Marion Krafzik
Secrets – Am Rande des Abgrunds

AF178710

Das Buch

Wenn die Vergangenheit dich einholt, stirbt deine Zukunft – ein beklemmend düsterer Psychothriller von Marion Krafzik.

Nahe dem Haus ihrer Eltern macht Jennifer einen grausigen Fund: eine Frauenleiche, notdürftig verscharrt, ein Zeichen in die blasse Haut geritzt. Weil die Polizei alle Informationen über die Ermordete zurückhält, beginnt die junge Korrespondentin aus Stockholm, auf eigene Faust zu ermitteln.

Sie findet heraus, dass es nicht der erste Mord in dem kleinen Ort Östervåla ist. Stets wurden die Morde begangen, wenn sie selbst in der Nähe war, und immer sahen die Opfer ihr verblüffend ähnlich – ein Zufall? Jennifer ahnt nicht, dass es für diese Frage zu spät ist. Denn sie ist längst Teil eines perfiden Plans …

Die Autorin

Aufgewachsen in der Lüneburger Heide, arbeitete Marion Krafzik zunächst als Fotografin, bevor sie nach Hamburg zog und dort die Fotografie gegen bewegte Bilder tauschte. Sie wurde Regisseurin für Werbung und Image-Filme. Der Drang nach Weite und Abenteuer führte Marion Krafzik nach Südafrika. Dort gründete sie eine Safari-Firma und fing an zu schreiben. Mit vielen Geschichten, Eindrücken und Erlebnissen kehrte sie nach Jahren wieder zurück in die Lüneburger Heide.

Sie liebt es, Geschichten über die menschlichen Abgründe zu schreiben – all das, was tief in uns verborgen ist.

MARION KRAFZIK

SECRETS

AM RANDE DES ABGRUNDS

THRILLER

Deutsche Erstveröffentlichung bei
Edition M, Amazon Media EU S.à r.l.
38, avenue John F. Kennedy, L-1855 Luxembourg
März 2020
Copyright © der deutschsprachigen Ausgabe 2020
By Marion Krafzik
All rights reserved.

Umschlaggestaltung: bürosüd⁰ München, www.buerosued.de
Umschlagmotiv: © Simone Betz / ArcAngel; © Evannovostro / Shutterstock;
© Roxana Bashyrova / Shutterstock; © Kjetil Oeyen / Shutterstock
1. Lektorat: Joern Rauser
2. Lektorat: Rotkel Textwerkstatt
Gedruckt durch:
Amazon Distribution GmbH, Amazonstraße 1, 04347 Leipzig /
Canon Deutschland Business Services GmbH, Ferdinand-Jühlke-Str. 7,
99095 Erfurt /
CPI books GmbH, Birkstraße 10, 25917 Leck

ISBN: 978-2-49670-264-4

www.edition-m-verlag.de

1. Kapitel

Die von Nieselregen durchzogene Abenddämmerung vertreibt die warme Septemberluft. Nur wenige Autos stehen noch auf dem großzügigen Parkplatz des Discounters in Solna, der durch die Außenbeleuchtung in ein gespenstisches Spiel aus Licht und Schatten getaucht ist.

Nervös trommeln seine schlanken Finger auf das Lenkrad, während er unentwegt auf den Eingang starrt. Es ist kurz vor einundzwanzig Uhr, viel Zeit bleibt nicht mehr, das macht ihn nervös und wütend. Aber solche Gefühle darf er nicht zulassen. Niemals wütend werden und niemals unüberlegt handeln!

In dem schwarzen Volvo Kombi ist es stickig. Er lässt das Fenster einen Spalt heruntergleiten und atmet die kühle feuchte Luft ein. Das tut gut. Für einen Moment legt sich seine Unruhe. Noch einmal atmet er tief durch. Seit einer Stunde steht er schon auf diesem gottverdammten Parkplatz! Sollte er aufgeben? Einfach nach Hause fahren und es an einem anderen Tag versuchen? Nein. Es muss jetzt sein. Seit Wochen hat er kein solches Gefühl mehr gehabt wie jetzt. Er hat weiß Gott mit sich gerungen, hat versucht, diesem Gefühl nicht nachzugeben, doch jetzt kann er es nicht mehr ignorieren, und er will auch nicht. Er sehnt sich nach der Entspannung, diesem Kitzel der Erregung, dem unwiderstehlichen Gefühl der Macht. Sein inneres Fieber steigt. Der Mund fühlt sich trocken an. Und dann sieht er sie.

Ungelenk schiebt sie ihren voll beladenen Einkaufswagen über den Parkplatz. Sie hält den Kopf gesenkt und scheint zu fluchen. Ein Lächeln huscht über seine Lippen. Sie kommt direkt auf ihn zu. *Perfekt.* Er richtet sich auf und hält den Atem an, registriert ihre schlanke Figur, die vollen Brüste unter dem T-Shirt, Hüften, so schmal wie bei einem Knaben, und dennoch versprechen sie Lust. Doch etwas fehlt, das dieses Bild vollständig macht. Seine Aufregung steigt, lässt seine Handflächen schwitzen. Automatisch reibt er sie an seiner Jeans, während er gebannt durch die von Nieselregen benetzte Scheibe starrt. Dann endlich sieht er ihr Gesicht, das Haar. Sehnlichst wünscht er sich, ihr Geruch möge blumig sein, mit einem Hauch von Sandelholz. Ein Bonus für seine langen Entbehrungen. Während er die Frau nicht aus den Augen lässt, verzieht er den Mund zu einem Grinsen.

Entschlossen steigt er aus dem Wagen, zieht sein Basecap tief ins Gesicht. Er umrundet den Kombi und öffnet die Heckklappe. Immer wieder linst er verstohlen zu der Frau, die mit festem Schritt auf ihren Wagen zusteuert.

Sie bemerkt ihn nicht, als er leise auf sie zukommt. Zu sehr ist sie damit beschäftigt, ihre Einkäufe im Kofferraum des Polos zu verstauen. Erst als er dicht neben ihr steht, hebt sie flüchtig den Kopf. Er lächelt sie an. »Mistwetter, nicht? Darf ich Ihnen helfen, damit Sie schneller ins Trockene kommen?«

»Nein, danke, nicht nötig«, antwortet sie abweisend. Er nickt und geht in Richtung Discounter.

Für eine Sekunde schließt er die Augen und ruft sich ihren Geruch ins Gedächtnis, dann dreht er sich um. Blitzschnell presst er ihr den übel stinkenden Lappen auf Mund und Nase. Er hält sie fest an sich gedrückt, spürt, wie sich ihr Körper aufbäumt, genießt diesen Moment des Kampfes, bis sie bewusstlos in seine Arme sinkt.

2. Kapitel

Jennifers Herz rast wie wild, sie blinzelt gegen das gleißende Sonnenlicht an, das durch die Fensterfront des Redaktionsbüros von Sveriges Television AB scheint und ihre Augen zum Tränen bringt. Mit aller Macht bemüht sie sich, ihre Stimme nicht zittrig klingen zu lassen. Während sie immer noch nach den richtigen Worten sucht, sprudelt es einfach aus ihr raus. »Das ist nicht dein Ernst, Helge! Wieso soll ich mich zurückziehen? Niemand kennt die Situation in Syrien besser als ich!« Ihre Hände umklammern die polierte Kante des Konferenztischs, als würde sie allein diese Tischplatte daran hindern, geradewegs auf ihren Chef zuzurasen, ihn am Kragen des frisch gestärkten Hemdes zu packen und ihm ihre tiefsten und dunkelsten Gefühle, die sie jetzt empfindet, in das glatt rasierte Gesicht zu brüllen.

»Jenny, niemand hat gesagt, dass du dich für immer zurückziehen sollst, es ist nur für eine Weile, bis du dich wieder gefangen hast.« Helge Erikson streicht sich ungelenk durch das schüttere Haar. »Ich möchte, dass du dir Urlaub nimmst und dich ... und dich eventuell in eine Trauma-Therapie begibst ... und wenn das alles geschehen ist, bist du wieder mehr als willkommen.« Er setzt ein zuvorkommendes und auch ehrliches Lächeln auf. »Schließlich bist du die Beste und ich will dich

7

wieder frisch in meinem Team haben. So wie gewohnt. Es ist nur zu deinem eigenen Wohl.«

»Das ist nicht dein Ernst! Ich fasse immer noch nicht, dass du mich so *entsorgst*, nur weil ich den letzten Bericht nicht emotionslos rübergebracht habe.« Jennifer spürt, ihre Wangen glühen vor lauter Wut über diese Ungerechtigkeit. Ihr Blick hetzt zu Dennis, ihrem Partner, der ihr gegenübersitzt. Sie kann sein Gesicht im Gegenlicht nicht genau erkennen, doch dass er die Augen rasch senkt, als er ihren Blick auffängt, und jetzt die blank polierte Tischplatte betrachtet, stimmt sie mehr als traurig. *Scheißkerl.* Schlagartig wird ihr bewusst, dass Dennis sie hintergangen hat. Er hat mit Helge geredet. Mit einem Ruck springt sie vom Stuhl auf. »Okay. Ich beuge mich dem System, auch wenn ich es nicht für richtig halte, dass ich ausgerechnet jetzt nicht nach Syrien darf, um die entscheidenden Fakten zu dokumentieren. Was dort passiert, ist mehr als ein Schachern um Macht. Es geht um Menschen, die zum Spielball der Nationen geworden sind und ...«

»Genau darum geht es, und deshalb brauche ich jemanden, der objektiv darüber berichtet«, unterbricht Helge sie scharf. »Ich bitte dich, meine Entscheidung zu akzeptieren.«

Jennifer schluckt die Empörung herunter und starrt zu Dennis, der ihrem Blick dieses Mal standhält. Doch ihre Erwartung, dass er sich auf ihre Seite schlägt, erfüllt er nicht.

Umständlich greift sie nach ihrer voluminösen Tasche und stürmt wortlos aus dem Büro. In der Hoffnung, dass ihr Gang aufrecht wirkt, und im Wissen, dass eher das Gegenteil der Fall ist.

Mit tränenverschleierten Augen hastet sie über den Parkplatz zu ihrem Wagen. Sie will nicht heulen, nicht jetzt und schon gar nicht hier. Nur ein einziges Mal hat sie hier Tränen vergossen. Damals, als sie ihren Vertrag in der Hand gehalten hat. Der glücklichste Moment in ihrem Leben. Auslandskorrespondentin beim SVT in Stockholm. Ja, das ist sie, und sie ist die beste. Und jetzt wird sie in den Zwangsurlaub geschickt. Schwachsinn! Wütend kickt sie eine leere Zigarettenpackung in die getrimmte Buchsbaumhecke.

»Jenny? Jenny, warte!«

Sie wartet nicht, sondern beschleunigt ihre Schritte. Sie hat keinen Nerv, mit Dennis zu reden. Ihr Körper erstarrt, als sie seine vertraute Hand spürt, die jetzt wie glühende Kohle auf ihrer Schulter brennt.

»Verdammt, Jennifer! Was soll das?«

Sie wirbelt herum und funkelt ihn wütend an. »Was das soll? Das fragst ausgerechnet du?!« Sie sieht in sein kantiges Gesicht, auf die sensiblen Lippen und in diese dunkelblauen Augen, in denen sie sich spiegeln kann. Schnell wendet sie sich ab und geht einen Schritt zurück. Sie hasst es, sich so zu benehmen. Es ist ganz und gar nicht ihre Art, vor allem nicht Dennis gegenüber.

»Jenny, sieh mich an, bitte!« Er neigt den Kopf, um einen Blick in ihr Gesicht zu erhaschen. »Süße, lass uns wie Erwachsene reden. Sei realistisch und betrachte es als Chance, wieder du selbst zu werden.« Vorsichtig streicht er ihr kastanienbraunes Haar zur Seite.

Gott, wie sie das verabscheut, wenn er so mit ihr redet. Schon damals, als sie den ersten Job zusammen gemacht haben. Er ist Deutscher, wie sie. Kam frisch aus München hierher, und er war so was von steif. Darauf bedacht, alles nach Plan abzuhandeln. Seine Kamera immer fest in der Hand, den Blick stur auf der Suche nach dem optimalen Hintergrund. Mit seinem Perfektionismus hat er sie schier in den Wahnsinn getrieben. Sie haben sich oft gestritten, dass es nicht nur um Bilder gehe, sondern um Inhalte. Unwillkürlich muss Jennifer bei diesen Gedanken lächeln – die Erinnerungen sind einfach wundervoll.

Irgendwann haben sie sich dann gut ergänzt, bis jetzt. Sie atmet tief durch. »Was gibt es zu reden? Du hast erreicht, dass ich jetzt nicht mit nach Syrien kann, dabei ist es so wichtig, das weißt du ganz genau.«

»Süße, ich weiß, und es tut mir leid, aber ich bitte dich, reflektiere doch mal ganz nüchtern deine beiden letzten Berichte.«

Jennifer schiebt energisch die Riemen ihrer Tasche die Schulter hinauf, sie braucht Zeit für die Antwort, flüchtig senkt sie den Blick, dann sieht sie Dennis fest an. »Dennis, natürlich war es nicht vorbildlich und viel zu emotional, das war auch beabsichtigt.« Eine kleine Notlüge, die sie mit einer ausladenden Handbewegung kaschiert. »Sieh dir doch die Menschen an. Niemand nimmt sich die Zeit, genau hinzuhören, geschweige denn hinzuschauen. Die Welt bricht zusammen, und wir sind dazu da, diesen Ignoranten die Augen zu öffnen für die Machenschaften, Manipulationen und Lügen.« Sie streicht sich eine Haarsträhne hinter das Ohr und sieht Dennis erwartungsvoll an.

Aber Dennis vergräbt nur die Hände in den Taschen seiner Jeans und wirft einen Blick über den Parkplatz. Jennifer tut es ihm gleich, hofft, dass er nicht erwähnt, was vor ein paar Wochen passiert ist und sie aus der Bahn geworfen hat. Sie könnte sich immer noch ohrfeigen.

»Süße, du hast völlig recht, aber ich möchte dich an das erinnern, was du mir immer wieder gepredigt hast: ›Niemals eine Emotion zeigen, niemals versuchen, die Menschen zu manipulieren!‹ Erinnerst du dich?«

»Natürlich«, gibt sie brüsk zu. »Dennoch gibt es Zeiten, da muss man seine Gewohnheiten aufgeben – oder sogar sein Gelübde.«

Dennis nickt und lächelt sie vertraut an. »Jenny, da gebe ich dir recht, aber du hast zweimal …«, er hebt zwei Finger in die Luft, »zweimal hast du dich für eine Seite entschieden, hast emotional gehandelt. Das ist nicht das, was den Journalismus ausmacht.«

In seinen Worten liegt so viel Kraft und Wahrheit, dass es Jennifer den Atem raubt. Gerade will sie zu einem Gegenargument ansetzen, da kommt er ihr zuvor. »Außerdem bist du besessen von der Idee, die Welt zu verbessern, und ich weiß nicht, wie ich es sagen soll, aber seit der Sache mit der Bombe und den Kindern hast du deine Neutralität verloren.«

Sie wusste, dass er es ansprechen würde. »Fuck, Dennis! Ich weiß, dass ich einen Fehler gemacht und dich in eine Situation gebracht habe, die …«

»Nein, Jenny, darum geht es nicht. Oder vielleicht doch, denn seit dem Tag bist du nicht mehr du selbst. Und das weißt du. Ich habe dich immer für deine Gradlinigkeit bewundert, für deine Objektivität. Ich wünsche mir die alte Jennifer zurück. Verstehst du?«

Sie schließt die Augen und schüttelt den Kopf. Sie hört weder den Straßenlärm von der Oxenstiernsgatan noch das unermüdliche Gezwitscher der Vögel in der Septembersonne. Sie will nur noch weg. Weg von ihren Schuldgefühlen, und ja, auch weg von ihrem Unvermögen, die richtigen Entscheidungen zu treffen.

***

Das Weinglas fühlt sich in ihrer Hand schmierig an. Jennifer linst auf ihre Armbanduhr und schüttelt resigniert den Kopf. Steht sie jetzt wirklich schon seit einer Stunde auf der Terrasse ihres Apartments und glotzt auf den Anlegerhafen, ohne etwas wahrzunehmen? Weder die Sonne, die schon tief steht, noch den brausenden Feierabendverkehr? »Oh Mann, ich fass es nicht!«, murmelt sie und atmet tief durch. Bewusst lässt sie den Blick zum Hafen wandern, obwohl die Aussicht von der Terrasse nicht besonders ist. Aber immerhin gibt sie ihr das Gefühl, in einer Stadt mit Hafen zu leben.

Der kühle Wind streicht über ihre nackten Arme. Die Geräusche des Verkehrs, das entfernte Kreischen der Möwen. Das ist Stockholm. Sie liebt diese Stadt, auch wenn sie kaum noch hier ist. Sie nimmt einen Schluck von dem mittlerweile warmen Weißwein und spuckt ihn angewidert zurück ins Glas. Verkorkster Tag! Erst die höfliche Aufforderung zum Zwangsurlaub, dann der panische Abgang auf dem Parkplatz.

Sobald sie die Augen schließt, sieht sie wieder Dennis' Blick vor sich, voller Unverständnis und Bedauern. Müde streicht sie sich über das Gesicht und muss sich eingestehen, dass er recht hat. Im Moment ist sie … ein Wrack. Kann nicht klar denken, zuckt bei jedem Geräusch zusammen und ist hypernervös. Aber eine Therapie? Nein. Jennifer Holmer bekommt das selbst wieder in den Griff.

Sie stößt sich vom Geländer ab und geht ins Wohnzimmer. Aus Gewohnheit greift sie nach der Fernbedienung des Fernsehers und sucht die Nachrichten. Einen Moment lang verfolgt sie die Headlines. Nichts Besonderes. Nichts, was nicht jeden Tag berichtet wird. Sie schlendert in die angrenzende Küche, greift sich die Flasche Weißwein aus dem Kühlschrank und füllt das Glas neu. Die Stimme des Nachrichtensprechers vermischt sich mit den Abendgeräuschen der Stadt, die durch die geöffnete Terrassentür wehen. Jennifer weiß, sie muss eine Entscheidung treffen. Sie will wieder klar denken und handeln können – der Welt berichten, wie es hinter den Kulissen wirklich aussieht. Ihr Entschluss steht fest, auch wenn sie sich dabei nicht wohlfühlt.

Sie kramt ihr Smartphone aus der Umhängetasche, die auf dem Sofa liegt. Aus den Augenwinkeln sieht sie zum Fernseher. Das Foto einer jungen Frau wird gerade eingeblendet. Sie ist hübsch, hat braunes halblanges Haar und ist wie sie zweiunddreißig. *Ava F.* wird seit drei Tagen vermisst. Bedauernd verzieht Jennifer den Mund und stellt den Ton leise, während sie auf dem Smartphone die Kurzwahltaste drückt. Sie wendet sich vom Fernseher ab, wappnet sich für das Gespräch.

»Hallo, Mum! Ich bin es. Jennifer.«

3. Kapitel

Bevor sie ihren weißen Mini startet, geht sie in Gedanken durch, ob sie alles hat, was sie für die nächsten Tage oder Wochen braucht. Nein, keine Wochen. Sie gibt sich maximal eine, dann wird sie entweder genervt oder geheilt zurückkommen.

Noch ist die Morgensonne blass, dennoch verspricht sie einen warmen sonnigen Herbsttag. Der Berufsverkehr dagegen ist eine Katastrophe. Stop-and-go. Im Normalfall ist Jennifer von dieser Metalllawine genervt, doch heute bemüht sie sich, gelassen zu bleiben. Sie hat keinen Termin, keinen Zeitdruck. Das wiederholt sie ständig, doch so ganz gelingt es ihr nicht, sich zu entspannen, viel zu sehr ist sie verhaftet in ihrem gewohnten Leben, das von Hektik und einem vollen Terminkalender bestimmt wird. Egal wo in der Welt sie sich aufhält. Schließlich entlädt sich ihr Frust doch – mit einem tiefen Seufzer und einem: »Fuck, du Idiot, FAHR!«, gerichtet an den Fahrer vor ihr, der es nicht gepeilt hat, die Orange-Phase der Ampel zu nutzen, um die Kreuzung zu überqueren.

Genervt dreht sie die Musik laut, lässt das Seitenfenster heruntergleiten und atmet die warme, von Abgasen geschwängerte Luft ein. Vielleicht ist es ja Schicksal, dass sie in den Urlaub geschickt wurde. Ja, ganz bestimmt ist es das, redet sie sich ein. Wenn sie wiederkommt, wird sie neu durchstarten können und der Welt die wahren Schuldigen zeigen, die hinter alldem stecken. Hysterisch lacht sie auf, so absurd ist dieser Gedanke. Niemand will die Wahrheit wissen.

Das wilde Hupen hinter ihr lässt sie aufschrecken. Grün. Hektisch knallt sie den ersten Gang rein und gibt Gas.

***

Jennifer hat sich entschieden, über die Landstraße zu fahren. Sie will jeden Meter bewusst erleben. Das hat sie sich für ihre eigene *Therapie* auferlegt. Sie will sich daran erinnern, wenn sie wieder nach Stockholm fährt und von dort aus in die Welt. Sie drückt sich fest in den Sitz, zwingt sich sogar zu einem Lächeln. Alles cool. Alles im Griff.

Vor knapp zwanzig Jahren hatten ihre Eltern entschieden, nach Schweden auszuwandern. Für Jennifer war es das Grauen. Ihr geliebtes Hamburg und ihre Freunde zurückzulassen, um in dieser einsamen Gegend zu leben. Schnell schiebt sie das Vergangene beiseite, den Grund, warum sie hierhergegangen waren. Längst ist Schweden ihre Heimat geworden.

Sanft gleitet die Landschaft mit ihren Seen, die im goldenen Herbstlicht glitzern, und den kleinen Ortschaften mit ihren typischen roten Holzhäusern an ihr vorbei. Alles sieht friedlich aus, obwohl es ein raues Fleckchen Erde ist. *Rau wie die Menschen, die dort leben. Ehrlich und direkt. Aber sind sie das wirklich?* Ein Seufzer wischt ihre Gedanken fort. Sie hat keine Lust, weiter über das ländliche Schweden und seine Bewohner nachzudenken. Sie ist aus gutem Grund von hier geflüchtet. Spießig. Beengend und weltfremd. Diese Weite mit ihren Wäldern, den weitläufigen Ebenen und Seen. Vor knapp zehn Jahren hat sie ihre Zelte hier abgebrochen und ist nach Stockholm gegangen. Die beste Entscheidung ihres Lebens.

Je näher sie ihrem Ziel kommt, desto langsamer fährt sie. Sie weiß, warum sie es macht, es ist das Gefühl, doch die falsche Entscheidung getroffen zu haben.

Als sie das Ortsschild *Östervåla* sieht, fühlt sich ihr Magen an, als hätte sie einen ganzen Sack Steine verschlungen. Noch zehn Kilometer, dann ist sie bei ihrem Elternhaus. Rasant fährt sie rechts ran. Ohne das Ortsschild aus den Augen zu lassen, kramt sie aus dem Handschuhfach nach der Packung. Notfallzigaretten, wie sie immer sagt, zum Nervenberuhigen, denn die sind jetzt äußerst angespannt. Sie ist nicht bereit für diese bekloppte Therapie, die sie sich auferlegt hat. »Verdammt!«, flucht sie, während sie sich mit bebenden Fingern die Zigarette anzündet. Was hat sie sich bei alldem nur gedacht? Wäre es nicht besser gewesen, irgend so einen Therapeuten zu besuchen, sich auf dessen Couch zu legen, ihm eine Geschichte zu erzählen und dann – zack – die Bestätigung zu erhalten, dass sie völlig in Ordnung ist?

Tief inhaliert sie den Rauch und unterdrückt das Kratzen in ihrer Kehle. Sie stellt das Radio noch lauter und hört die Nachrichten und schließt dabei die Augen. Sie muss mit Dennis reden. Er soll sie aus dieser beschissenen Situation rausholen, schließlich hat er sie da reingebracht. Mistkerl! Entschlossen drückt sie die Zigarette im Aschenbecher aus und kramt in der Handtasche nach ihrem Smartphone. Lange schwebt ihr Finger über der Kurzwahltaste. »Fuck! Nein, ich steh das durch.« Sie dreht das Radio leiser, gerade als der Sprecher sagt: *»Seit nun vier Tagen ist Ava F. verschwunden, zuletzt wurde sie gesehen …«*

»Arme Seele. Grausame Welt. Ich hoffe für dich, Ava, dass du da heil rauskommst.« Sie stellt das Radio aus.

Die Ortschaft hat sich kein bisschen verändert. Fast sechs Jahre ist es her, dass sie diese Strecke durch den Ort nahm, um zu ihrem Elternhaus zu kommen. Warum sie gerade jetzt diesen Weg wählt, kann sie nicht genau sagen. Vielleicht gehört es zu ihrer

Therapie oder ist ein Ankommen in der Nostalgie. Vielleicht! Sie verdrängt ihre Gedanken, während sie die Hauptstraße entlangfährt. Sieht genau hin, sieht die Holzhäuser, deren Türen und Fenster mit Kränzen und Blumenkästen geschmückt sind, sie sehen hübsch aus, jedoch verlieren sie ihren Glanz durch die Bauten dahinter aus den Siebzigerjahren, einfache Häuser, aus Stein gemauert und grau verputzt. Ohne Charme. Leer stehende Geschäfte und Querstraßen, die über die Jahre Risse bekommen haben, zeigen den Zerfall der kleinen Ortschaften. Je mehr Jennifer sieht, desto mehr entspannt sie sich. Sie hat es geschafft, sich aus diesem Kleinbürgertum herauszuschälen. Aus einer Laune heraus fährt Jennifer ins Gewerbegebiet.

Jennifer ist aufgeregt, als sie auf das Diner zusteuert. Sie zögert, doch dann siegt die Neugier.

Mit Schwung öffnet sie die Eingangstür, bleibt einen Moment lang stehen und schaut sich um. Das Diner ist gut besucht, das hat sie nicht erwartet. Einen Augenblick lang durchströmt sie ein Gefühl von Vertrautheit, Geborgenheit, ja sogar Glückseligkeit. Sie muss lächeln, während sie den Raum in sich aufnimmt. Es hat sich nicht viel geändert. Vielleicht eine andere Wandfarbe? Das könnte sein, es wirkt frischer, aufgeräumter, als sie es in Erinnerung hat. Geblieben ist die Dekoration – die US-Flagge, die Poster von Elvis Presley und James Dean und die bunte Jukebox. Wie oft hat sie dort gestanden, mit sechzehn, und ihre Lieblingssongs rauf und runter gehört. Mit Svenja, ihrer besten Freundin. Eine wunderbare Zeit. Obwohl sie das letzte Mal vor knapp sechs Jahren hier war, kommt es ihr vor, als wäre seitdem eine Ewigkeit vergangen. Die Erinnerung an das, was damals geschehen ist, hat sie tief in sich verborgen.

Der Duft von Kaffee und gebratenem Speck weht ihr entgegen. Ein deftiges Frühstück könnte sie jetzt gebrauchen.

Sie hält Ausschau nach dem Platz, an dem sie und Svenja oft gesessen hatten. Vielleicht … nein, besetzt. Schade, aber letztlich ist sie ja nicht hier, um in Erinnerungen zu schwelgen.

Sie setzt sich an einen anderen Tisch in der Nähe der Tür, entscheidet sich gegen ein Frühstück und bestellt nur einen Kaffee bei der freundlichen Kellnerin, deren Lächeln frisch und fröhlich wirkt. Angelehnt an das weiche Rückenpolster der Sitzbank, lässt Jennifer ihren Blick durch das Diner schweifen und saugt die Atmosphäre ein. Nun kann sie es doch nicht verhindern, dass Erinnerungen in ihr hochsteigen. Kein Wunder, immerhin hat sie an diesem Ort die schönste, lustigste und auch wehmütigste Zeit ihrer Jugend verbracht. Hier hat sie mit ihren Freunden ihren achtzehnten Geburtstag gefeiert. Eine tolle Party. Sie hatten sich gefühlt, als wären sie in Amerika. Frei von allen Zwängen und voller Tatendrang, beseelt von dem Wunsch, das Leben zu erobern. Sie erinnert sich an Svenjas Worte: »*Wir beide werden eine Reise unternehmen und die Welt kennenlernen, dann werden du und ich den Mann fürs Leben finden und wir alle vier werden glücklich und zufrieden auf einer Farm in Texas leben.*« Ja, das war damals ihr gemeinsamer Traum. Doch dann hatte Jennifer unerwartet den Drang verspürt, über die Geschehnisse der Welt zu berichten. Wie besessen wollte sie Journalistin werden. Während Svenja ihr Studium schmiss und im Diner jobbte, um Geld für den großen Amerika-Traum zu verdienen, hatte sie sich immer mehr zurückgezogen.

Jennifer seufzt, als die Kellnerin ihr den Kaffee bringt. Ohne sie anzublicken, dankt sie ihr, nippt an dem heißen Getränk und fühlt sich plötzlich ausgelaugt, um Jahre gealtert. Denn sie war es, die den Wunschtraum ihrer besten Freundin zerstört hat und einfach weggezogen ist.

»Jennifer?«

Irritiert wendet sie sich der Stimme zu. Sie braucht einen Augenblick, bis ihr Hirn realisiert, wer vor ihr steht. »Nils … was machst du hier?«

»Wollt ich dich auch grad fragen. Wie geht es dir?«

»Danke, sehr gut«, lügt sie und umklammert fest ihre Tasse.

»Und dir?«

»Könnte nicht besser sein.« Er rutscht auf die Bank ihr gegenüber. »Ist lange her, dass du dich hier hast blicken lassen.« Sein Lächeln ist genau wie in ihrer Erinnerung: aufreizend, nachdenklich und unnahbar. Und immer noch faszinierend. *Verflucht!* In seinem dunkelblauen Anzug und dem weißen Hemd, dessen obere Knöpfe geöffnet sind, sieht er gut aus, leger und jugendlich. Seine ganze Erscheinung: groß und muskulös. Schnell wendet sie den Blick ab.

Er neigt den Kopf und grinst sie an. »Erzähl, wie ist es so da draußen in der weiten Welt? Ich verpasse keine Nachrichten mehr, seitdem du Auslandskorrespondentin bist.« Nils lehnt sich zurück und sieht ihr in die Augen.

»Oh, da hab ich wohl einen Fan.« Sie lächelt ihn an und streicht sich nervös eine Haarsträhne hinters Ohr. »Na ja, ich bin immer viel unterwegs. Und jetzt dachte ich mir, mach mal Pause und schau, was in der alten Heimat so los ist.« Es sollte locker und leicht klingen, hörte sich aber gekünstelt an. Ein warmes, aufregendes Gefühl breitet sich unaufhaltsam in ihr aus. Nils, ihre große Liebe, der Mann, mit dem sie alt werden wollte. Damals – lange her. Nur noch eine blasse Erinnerung, die jetzt für Sekunden auflebt. Sie nippt an dem Kaffee, der plötzlich schal schmeckt. Sie hätte nicht herkommen sollen.

»Wie geht es Svenja?« Flüchtig hebt sie den Blick. Sie will nicht über Svenja reden, aber es wäre unhöflich, nicht zu fragen.

»Gut. Wie lange bleibst du?«

»Weiß ich noch nicht.« Sie sieht in seine dunkelgrauen Augen, die sie fixieren. Unermüdlich dreht sie den Kaffeebecher in den Händen. Warum muss sie ihn ausgerechnet jetzt treffen? Die Zeit ist vorbei, es gibt keine Gemeinsamkeiten mehr.

»Und was machst du?« Die Frage ist bescheuert und belanglos, sie fühlt sich wieder wie ein kleines dummes Mädchen. Wie damals, als sie ihm anvertraut hatte, dass sie mit Svenja auf große Weltreise gehen würde. Er hatte sie ausgelacht und … anschließend in seinem Golf gefickt. Bis heute das aufregendste Sexerlebnis. Was danach kam, war nur fad. Ihre Handflächen fangen an zu schwitzen.

»Hast du mir zugehört?«, fragt er.

»Entschuldige, ich …«

Sein Lachen ist tief und mitreißend. »Meine Antwort auf deine Frage, was ich so mache …« Wieder lacht er, während er sich zu ihr über den Tisch beugt. Seine Augen wandern über ihr Gesicht, ihr Haar bis zu ihrem Busen, um dort eine Weile zu verharren. »Das, was ich schon seit Jahren mache. Bin im Außendienst für Hygieneartikel. Erinnerst du dich? Der beste Job ever. Bin sehr zufrieden.« Gelassen lehnt er sich zurück und legt seine wohlgeformten schlanken Hände auf den Tisch, als würde er darauf warten, dass ihre Hände seine ergreifen.

Sie lächelt verhalten. Und dann steigt plötzlich Wut in ihr hoch. Wut auf sich selbst, weil dieser Idiot sie aus der Fassung gebracht hat und sie diese grandiose Idee hatte hierherzukommen, um sich selbst zu therapieren. Sie muss sich zusammenreißen, damit sie mit ihrer Antwort nicht zu viel von sich preisgibt. »Ja, ich erinnere mich.« So gut sie kann, lächelt sie. Dann blickt sie betont erstaunt auf ihre Armbanduhr. »Mein Gott, ich hab die Zeit total aus den Augen verloren, tut mir leid, Nils, ich muss los. Ich melde mich bei euch. Versprochen.«

Hastig eilt sie aus dem Diner. Sie kann seinen Blick in ihrem Nacken fühlen, ihr Unwohlsein nimmt mit jedem Schritt zu. Erst als sie die laue Septemberluft einatmet, entspannt sie sich. Was war das? »Verdammter Mist!«, flucht sie vor sich hin, während sie bemüht souverän ins Auto steigt. Sie weiß, er beobachtet sie. Wie früher schon.

Die Sonne wird von feinem Nebel eingehüllt – Herbst. Lauer Wind streicht durch die Blätter der Birken. Jennifer verlangsamt das Tempo, während sie die Kiesauffahrt zu ihrem Elternhaus hochfährt. Das im Schweden-Rot gestrichene Holzhaus mit den weißen Fensterrahmen liegt auf einem kleinen Hügel, eingerahmt von Sonnenblumen und der akkurat getrimmten Kirschlorbeerhecke. Windspiele füllen die Luft mit ihren Klängen. *Idylle pur*, schießt es Jennifer durch den Kopf. Sie hält inne, lauscht, schaut sich um und genießt sie. Wieder macht sich Geborgenheit in ihr breit. Mit aller Macht kämpft sie dagegen an.

»Mum?«, ruft sie über den verlassenen Hof. Für einen winzigen Augenblick bekommt sie Panik, ihre Eltern könnten vergessen haben, dass sie kommt. Plötzlich schießt Nelly schwanzwedelnd und bellend auf sie zu. Noch nie hat sich Jennifer so gefreut, den schwarz-weißen Border Collie zu sehen. Sie kniet sich hin und krault der alten Hündin das Fell. Nelly schleckt über Jennifers Gesicht. »Ja, Nelly, ich liebe dich auch. Altes Mädchen, wo sind deine Dosenöffner?« Jennifer lacht, als die Hündin fiepende und winselnde Geräusche von sich gibt.

»Ach, da bist du ja. Bist spät dran. Ich dachte schon, du hast es dir anders überlegt.«

Jennifer blickt zu ihrer Mutter. In den Händen hält sie einen Korb mit Gemüse aus dem Garten. Sie sieht gut aus. Frisch und strahlend mit ihren kurzen grauen Haaren und dem dezenten Make-up, das ihre blauen Augen und die hohen Wangenknochen unterstreicht. Jennifer richtet sich auf, wischt sich die feuchte Erde von der Jeans, während sie auf ihre Mutter zugeht. »Ich hab noch einen kleinen Abstecher ins Diner gemacht. Wie geht's dir?« Die Umarmung ist kühl und umständlich.

»Oh, wunderbar … soso, einen Abstecher ins Diner. Na ja. Komm, lass uns ins Haus gehen.« Sie schaut suchend umher. »Hast du kein Gepäck?«

»Doch, hol ich später.« *Wenn ich mir sicher bin, ob ich wirklich bleibe.* Sie schenkt ihrer Mutter ein breites Lächeln und folgt ihr ins Haus.

Jennifer sieht sich in der Küche um. Sie wirkt gemütlich mit dem Strauß wilder Feldblumen auf dem groben Holztisch, den bunten Kissen auf den Stühlen und der Eckbank. Die Sonne scheint durch das Fenster über der Spüle und taucht alles in ein warmes Licht. Es lädt förmlich zum Verweilen ein, wäre da nicht die Unnahbarkeit ihrer Mutter. Jennifer beobachtet, wie sie das Gemüse in der Spüle putzt. Die aufrechte Haltung, das leise Summen, als wäre sie allein. Jennifer ballt die Hände zu Fäusten und bemüht sich, einen ruhigen Ton anzuschlagen. »Wo ist Paps?«

»Jennifer, ich würde begrüßen, wenn wir uns mit Namen ansprechen. Meine Güte, wir sind erwachsen. Dieses *Mum* und *Paps* passt nicht zu dir.« Sie wendet sich zu Jennifer um, greift nach dem Handtuch neben der Spüle und trocknet sich die Hände ab.

»Oh Gott! Okay, Angela, wo ist Paul?«

»Bei den Hühnern.«

Jennifer vergräbt die Hände in den Taschen ihrer Jeans. »Warum hast du nicht gesagt, dass du keinen Wert darauf legst, dass ich euch besuche?«

»Wie kommst du darauf? Natürlich freu ich mich. Ich mag es nur nicht, wenn du mich mit diesem albernen *Mum* anredest. Ich komm mir dann so minderwertig vor.«

»Was ist das für ein Schwachsinn? Du bist meine Mutter!«

»Ja, klar, aber ich hab auch einen Namen, so wie du.« Angela neigt den Kopf und lacht so wunderbar hell wie früher, und wie früher ist Jennifer fasziniert. »Ach, Jennifer, du bist so steif, und man kann dich so schnell aus der Fassung bringen.« Für einen zarten Augenblick ist Wärme in dem Raum. »Erzähl, was ist passiert? Denn ich gehe davon aus, dass du nicht hier bist, um einfach nur deine kostbare Zeit mit deinen *Eltern* zu verbringen, schließlich hast du den obligatorischen Weihnachtsbesuch auch sausen lassen.« Enttäuschung liegt in ihren Worten, die sie schnell überspielt, indem sie den Wasserkocher anhebt und fragt: »Möchtest du einen Tee?«

Verhalten schüttelt Jennifer den Kopf. »Nein, nicht jetzt.« Krampfhaft sucht sie nach Worten. »Ich war beschäftigt ...«

»Aber das bist du doch immer, und das ist auch gut so«, unterbricht Angela sie. Ihr Blick ist starr auf Jennifer gerichtet. »Trotzdem hättest du anrufen können. Paul war enttäuscht.« Ohne Umstände wendet sie sich um und füllt den Wasserkocher.

»Wie du weißt, versuche ich, der Welt Informationen zu vermitteln, ergo hatte ich keine Zeit, Weihnachten zu zelebrieren. Entschuldige bitte, natürlich hätte ich anrufen können.« Sie ist versucht, ihre Mutter zu berühren. »Außerdem ist es doch schon so lange her ...«

Angela wirbelt herum. »Du hast dich auch nicht an Silvester und in den darauffolgenden Monaten gemeldet.«

»Tut mir leid, dass ich deinen Erwartungen nicht entspreche.«

»Meine Erwartungen spielen keine Rolle. Du hast Paul verletzt. Das ist das Einzige, was ich dazu sage.«

Die beiden mustern sich wie Katzen, die ihr Territorium abstecken.

Hatte Jennifer wirklich gedacht, ihre Mutter würde sie herzlich in die Arme nehmen und fragen, wie es ihr geht?

»Was ist? Warum siehst du mich so an?«, fragt Angela, eine Spur zurückhaltender.

»Wie sehe ich dich denn an?«

»Erwartungsvoll.«

»Nein, *Angela*, ich habe keine Erwartungen, die dich betreffen. Die hab ich schon lange aufgegeben.«

Ruhig wendet sich Angela um und stellt den Wasserkocher auf die Arbeitsplatte. Schließt die Augen und beißt sich auf die Unterlippe, lässt den angehaltenen Atem durch die Nase entweichen. »Jennifer, warum streiten wir immer so?«

»Die Frage kannst du dir nur selbst beantworten.«

Zögernd streckt Angela die Hand nach Jennifer aus, doch ihr reicht es. Abrupt wendet sie sich um und geht zur Tür.

»Ganz ruhig … ich bin sehr vorsichtig und achte darauf, dass es schnell geht. Du wirst nichts spüren, das versprech ich dir.« Liebevoll streicht Paul über den Hals des Hahnes, bis er glatt und lang gestreckt auf dem Hackklotz liegt. Paul holt aus, schwingt das Beil über seinen Kopf und zielt.

In dem Moment stürmt Jennifer um die Ecke des Hauses, sieht, wie ihr Vater das Beil hoch über seinen Kopf schwingt, und den Hahn, der ergeben auf dem Hackklotz liegt. Dann saust das Beil hinunter. »NEIN!«, brüllt sie.

Erschrocken lässt Paul den zuckenden Körper des Hahnes los. Kopflos flattern die Flügel des toten Vogels. Seine Nerven sind noch aktiv. Das Blut pumpt rhythmisch aus dem Hals, neben dem Hackklotz liegt der Kopf, der krächzende Laute von sich gibt.

Unfähig, sich zu bewegen, wird Jennifer von Flashbacks heimgesucht. All das Blut, das Krächzen des Hahnes vermischt sich mit dem Geschrei und den Bildern, die sich in ihr Gedächtnis eingebrannt haben. Menschen mit zerfetzten Gliedmaßen, die panisch umherlaufen. Körper, bis zur Unkenntlichkeit zerstört, liegen auf staubigem Boden. »Samira!«, brüllt sie, und dann wird es schwarz um sie herum.

»Mein Gott, Jenny, Mädchen!« Paul eilt zu ihr, doch er kann sie nicht auffangen.

4. Kapitel

»Guten Morgen, mein Mädchen.« Paul lächelt, als Jennifer in die Küche schlurft. »Wie geht es dir, konntest du schlafen?«

»Guten Morgen, Paps.« Rasch blickt sie sich um. »Wo ist Mum?«

»Einkaufen.« Er zwinkert ihr zu. »Kannst dich entspannen. Komm, setz dich zu mir! Möchtest du Kaffee oder lieber Tee? Ich kann dir schnell einen Tee zubereiten, wenn du möchtest.«

»Nein, Kaffee ist schon recht.« Sie ist dankbar, mit ihrem Vater allein zu sein. Er sieht besorgt aus und bemüht sich offenbar, einen fröhlichen Ton anzuschlagen. Schweigend bestreicht sie einen Toast mit Butter. Im Grunde hat sie überhaupt keinen Appetit. Am liebsten würde sie sich in die Arme ihres Vaters werfen und sich von ihm trösten lassen, so wie früher, als sie ein kleines Kind war und er ihre Albträume mit lustigen Geschichten verscheuchte. Lustlos beißt sie in den Toast.

»Angela war sehr besorgt, als du in Ohnmacht gefallen bist – alles meine Schuld.«

»Wieso deine? Quatsch, du hast einen Hahn geschlachtet, zur Feier des Tages, und ich …« Sie kämpft mit den Tränen. »Tut mir leid, dass ich keinen Bissen runterbekommen hab. Ich weiß, du hast es nur für mich getan.« Sie senkt den Blick, greift unsicher nach der Tasse. Aber ihre Hand zittert so stark, dass sie sie rasch in den Schoss legt.

Durch das geöffnete Fenster weht das Gackern der Hühner herein. Wieder sieht Jennifer das Bild des Hahnes vor sich, wie er noch im Tod versucht hat zu krähen.

»Willst du darüber reden, was in Syrien passiert ist?«

Die Frage treibt ihr endgültig die Tränen in die Augen. Unaufhörlich rinnen sie die Wangen herunter, tropfen auf ihre Hände. Es ist still in der Küche. Eine Weile sitzt sie einfach nur so da und schluchzt. Dann ebbt der Tränenfluss ab. »Paps, es war so schrecklich. Ich hätte es kommen sehen müssen … Dafür gebe ich mir die Schuld.«

»Das darfst du nicht. Was hättest du denn tun können?«

»Ich hätte vorher mehr in Erfahrung bringen müssen, aber ich war so erleichtert, dass die Menschen aus dem Bombengebiet gebracht werden …« Sie schließt die Augen und würgt die Erinnerung herunter, doch es gelingt ihr nicht. Sie räuspert sich. »Da war ein Mädchen, Samira. Ein helles, aufgewecktes Kind. Ich kannte sie schon eine Weile und … furchtbar. Ich konnte sie nicht warnen … ich konnte sie nicht retten.«

Tröstend legt Paul die Hand auf ihre. »Man kann nicht für alle Menschen auf der Welt die Verantwortung übernehmen.«

»Ich weiß, aber wenn ich nur etwas mehr getan hätte! Auch Dennis habe ich in Gefahr gebracht. Er war skeptisch, aber ich hab ihm gesagt, dass alles okay sei, um ihn zu beruhigen. Nur weil ich unbedingt die Menschen in Sicherheit wissen wollte, und zwar so schnell wie möglich … Verflucht!« Sie springt auf, der Stuhl kracht zu Boden. Mit einem tiefen Seufzer reibt sie sich die Schläfen. »Tut mir leid, dass ich euch den Abend versaut habe.«

»Jenny, mein Mädchen, das ist völliger Unsinn.« Er nimmt sie in die Arme. »Du bist hier jederzeit willkommen und immer in meinem Herzen. Das weißt du doch?« Jennifer lässt sich in seine Umarmung fallen. Sie beruhigt, befreit sie aber nicht von dem Gefühl der Schuld, die sie auffrisst wie eine Kakerlake die süße Frucht.

Sie löst sich aus seiner Umarmung. »Ach, Paps, wenn ich dich nicht hätte.« Sie wischt sich die letzten Spuren der Tränen aus dem Gesicht.

Unsicher blickt Paul sie an. »Du bleibst doch, oder?« Jennifer senkt den Blick. »Ich weiß nicht, ich dachte, ich könnte mich hier erholen und wieder zu mir selbst finden. Aber Mum … ich hab das Gefühl, dass wir nicht zueinanderpassen und ich nur ihren gewohnten Ablauf störe.«

»Nein, so ist es nicht, sie liebt dich … sie kann es nur nicht so zeigen. Sie war ganz außer sich, als du ohnmächtig dalagst. Immer wieder hat sie dich in den Arm genommen und deinen Namen gesagt. Angela meint es nicht so, du weißt, wie sie ist. Ihr seid euch so ähnlich! Das ist manchmal richtig erschreckend.«

»Paps, hör auf! Mum und ich uns ähnlich? Wenn das so ist, möchte ich lieber sterben …«

»Jenny, so darfst du nicht reden und schon gar nicht denken. Deine Mutter ist eine großartige Frau. Und du auch.«

Unsicher sieht sie ihn an, öffnet den Mund, um etwas zu erwidern, lässt es dann aber. Sie fragt sich, ob er nicht doch recht hat. Unwillig schüttelt sie den Kopf. Nein! Und jetzt will sie nicht mehr darüber nachdenken.

Versöhnlich blickt sie Paul an. Er sieht immer noch verdammt gut aus. Kein Gramm Fett, die Gesichtszüge noch markanter, die braunen Augen glänzen voller Lebensfreude. Unabsichtlich wandert ihr Blick zu dem Bild hinter ihm. Er, in seiner Feuerwehruniform vor zwanzig Jahren. Ein Kerl! Mutig. Voller Tatendrang. Und dann war da dieses Feuer, das sein Leben zerstört hat. Sie schlägt die Augen nieder und verscheucht die Erinnerung an die grauenvollen Bilder der Feuerwalze, die ihren Vater fast das Leben gekostet hätte. Geblieben sind Narben auf seinem Nacken und der Lunge. Das Feuer hatte ihrer aller

Leben auf den Kopf gestellt, sie verändert. Sie greift nach seinen Händen, drückt sie so fest, als wäre es das letzte Mal. »Alles in Ordnung?«, fragt er.

»Ja. Lass uns weiter frühstücken!«

»Gute Idee.« Er zwinkert ihr zu, und dann wie aus dem Nichts befällt ihn ein Hustenanfall. Er keucht, würgt, sein Gesicht wird purpurrot. Jennifer eilt zur Spüle, füllt ein Glas mit Wasser, reicht es ihm, ihre Hand zittert. »Brauchst du dein Spray?« Ein großer Schritt und sie steht vor der Anrichte, zerrt die Schublade auf, nimmt das Asthmaspray raus und gibt es ihm. Er inhaliert, und langsam ebbt der Anfall ab. Sie will ihn umarmen, doch er hebt abwehrend die Hand. »Nicht jetzt«, keucht er und nimmt noch einen weiteren Hub aus dem Inhalator.

***

Jennifer hält das Gesicht der Sonne entgegen und genießt die frische Septemberluft. *Was für ein Chaos.* Sie muss eine Entscheidung treffen. »Nelly?«, ruft sie über den Hof. Ein Grinsen huscht über ihre Lippen, als sie die Hündin entdeckt, die sich langsam erhebt, um ihr Sonnenbad zu unterbrechen. »Na, mein altes Mädchen, Lust auf einen Spaziergang?« Freudig folgt ihr Nelly in den angrenzenden Wald.

Das unermüdliche Hämmern der Spechte in das tote Holz der Bäume hallt wie ein Maschinengewehr durch den Wald. Laut krächzend beschwert sich ein Eichelhäher, dass Nelly ausgerechnet dort herumschnüffelt, wo er gerade sein Versteck für den Wintervorrat angelegt hat.

Zielstrebig setzt Jennifer den Weg fort. Mit jedem Schritt und jedem Einatmen der frischen Waldluft fühlt sie sich entspannter, ja, schon fast gelöst, befreit von ihren Sorgen und der bohrenden Frage, ob sie sich ihrem Vater zuliebe zusammenreißen und noch ein paar Tage hier verbringen soll.

Als der Wald sich lichtet, ist sie aufgeregt. Aber ihre Vorfreude stirbt jäh, als sie den See vor sich sieht. Er ist viel kleiner, als sie ihn in Erinnerung hatte, und die Farbe des Wassers gleicht einer braunen Kloake. Enttäuscht lässt sie sich auf den groben Sand am Ufer fallen. War ihre Erinnerung so falsch? Wahrscheinlich.

Erinnerungen spielen einem oft einen Streich, das hat sie in den vier Semestern ihres abgebrochenen Psychologiestudiums erfahren. Sie seufzt. Schon nach der kurzen Zeit, die sie hier in ihrer *Heimat* ist, wird sie von Erinnerungen heimgesucht. Sie hält das Gesicht in die warme Sonne und schließt die Augen. Soll sie wirklich bleiben? Ihr Vater hat es nicht gezeigt, aber sie weiß es auch so. Er wäre enttäuscht, wenn sie jetzt wieder führe. »Ach, verdammt noch mal!«, murmelt sie und lässt den Blick schweifen. Hier haben sie und Svenja heimlich geraucht, den ersten Alkohol getrunken, und dann sind sie nackt in den See gesprungen. Damals fühlte sich alles so leicht und voller Lebensfreude an. Ob ihre Erinnerungen an die schöne Zeit wirklich nur Fake sind? Das Gefühl nur schöne Einbildung? Sie sollte Svenja anrufen.

Im Sand ertastet sie einen flachen Stein. Sie nimmt ihn, steht auf und lässt ihn mit Schwung über das braune Wasser hüpfen. »Juhu! Wenigstens das klappt noch wie in alten Zeiten.« Sie lacht, und das befreit sie. »In der Dreckbrühe hab ich tatsächlich mal gebadet? Ich glaub es nicht! Was meinst du, Nelly?« Jennifer dreht sich um, doch der Hund ist nicht da. »Nelly?«, ruft sie zögernd. »Nelly, wo bist du? Komm her!« Jennifer späht in den Wald und ruft erneut.

Nichts.

Sie sprintet in den Wald. Immer wieder ruft sie nach dem Hund. Dann bellt er. »Verdammt, Nelly – komm hierher!« Sie folgt dem aufgeregten Bellen der Hündin. Hoffentlich ist ihr nichts passiert. Sie will sich gar nicht ausmalen, was das für ihre Mutter bedeuten würde! Fluchend und bangend quält sie sich durch das Unterholz. Und dann endlich sieht sie Nelly. Die Hündin tänzelt aufgeregt hin und her. Erleichtert bleibt Jennifer stehen. »Du hast mir einen Schrecken eingejagt, weißt du das? Komm, lass uns nach Hause gehen.«

Doch Nelly lässt sich nicht beeindrucken. Sie bleibt, wo sie ist. Immer wieder schnüffelt sie und kratzt den Waldboden auf. Das Brummen von Schmeißfliegen macht Jennifer nervös. Hektisch schlägt sie nach den Fliegen, während sie auf Nelly zugeht, um sie anzuleinen. Ein süßlich-schwerer Geruch strömt ihr entgegen. Klebt an ihrer Naseninnenwand. Jennifer hält sich die Nase zu, atmet durch den Mund.

»Was hast du da entdeckt? Einen toten Hasen?«

Als sie endlich bei Nelly ankommt, wird ihr Scharren noch dringlicher. »Pfui, Nelly! Wir gehen jetzt. Das hast du toll gemacht, aber jetzt ist Schluss!« Energisch greift sie nach Nellys Halsband, beugt sich hinunter, um die Hündin anzuleinen, und erstarrt. Das Summen der Schmeißfliegen ist durchdringend. Ein Gesicht – von Nelly freigelegt – wird sofort von den Fliegen in Beschlag genommen.

Jennifer taumelt zurück. In ihr ist Stille.

Kein Gedanke.

Kein Schrei.

Nichts.

Erst als Nelly an der Leine zieht, um zurück zu ihrem Fund zu gelangen, kommt Leben in Jennifer. Panisch dreht sie sich zu allen Seiten, nimmt eine Bewegung hinter den dicht stehenden jungen Birken wahr. »Hallo? Wer ist da?!« Fest umklammert sie die Leine, lauscht angestrengt in den Wald. Aber da ist nichts. Nichts Außergewöhnliches. Sie schluckt den Kloß in ihrem Hals herunter und wirft einen Blick auf Nelly, die hechelnd in Richtung ihres Fundes starrt. Jennifer weiß nicht, was sie als Nächstes tun soll. So kennt sie sich gar nicht, und dieses ungewohnte Gefühl von Hilflosigkeit ärgert sie. Ihre Kehle ist wie zugeschnürt, sie ringt nach Luft. Immer wieder suchen ihre Augen das Gelände ab. Doch da ist nichts. Nur der tote Körper zwei Meter vor ihr. »Scheiße!«, flucht sie und bindet Nelly kurzerhand an einem Baum fest.

Zögernd bewegt sie sich auf den von Erde, Laub und Zweigen bedeckten Körper zu. Sie fühlt nichts. Als wäre alles Blut aus ihr rausgesogen worden. Sie beugt sich über die Leiche und betrachtet sie mit Neugier und Ekel. Wächsern, aufgedunsen. Augen starren sie an. Fragend. Nach Hilfe rufend. Angezogen von diesen Augen sinkt Jennifer auf die Knie. Der Mund ist leicht geöffnet, als würde die Leiche etwas flüstern. Gebannt starrt Jennifer sie an. Alles um sie herum ist verschwunden. Da sind nur der Mund und die Augen. Magisch wird sie von ihnen angezogen. Dann dringt ganz langsam wieder das Summen der Fliegen zu ihr durch. Wie ein Pulk setzen sie sich auf den Mund und die Augen der Toten. Jennifer fuchtelt wild mit den Armen, um die Plagegeister zu vertreiben. Zwecklos.

Keuchend richtet sie sich auf. Stück für Stück kommt sie wieder in der Realität an. Sie ist im Wald, vor ihr liegt eine Tote. Was jetzt? Was soll sie tun? Am liebsten einfach nur schreiend weglaufen. *Reiß dich zusammen! Ruf die Polizei!* Die Stimme in ihrem Kopf erteilt die richtigen Anweisungen. Mechanisch greift sie in die Gesäßtasche ihrer Jeans, zieht mit unsicheren Fingern das Smartphone hervor und wählt den Notruf. »Hallo? Ich hab eine Leiche gefunden.« Nüchtern beschreibt sie den Fundort. Immer wieder nickt sie. »Ja, richtig, der See *Smirla*. Ja, mein Name ist Jennifer Holmer. Ja, ich warte. Selbstverständlich rühre ich nichts an.«

Sie legt auf. Allmählich kehrt die routinierte Journalistin zurück. Während sie alles um sich herum ausblendet, nähert sie sich wieder dem Leichnam. Bisher hat sie Leichen nur in Kriegsgebieten gesehen. Hier fühlt sich das falsch an. Sie hebt ihr Smartphone und konzentriert sich auf das Fotografieren der leblosen Gestalt.

5. Kapitel

Der Volvo Kombi V90 der Polizei hüpft über die Schlaglöcher. Jennifer wendet den Blick von der beschaulichen Waldszenerie ab und hin zu Kommissarin Smilla Berglund, die krampfhaft versucht, jedem Schlagloch auszuweichen. »Ach, verdammt!«, flucht sie, während der Wagen durchgeschüttelt wird. Smilla Berglund ist klein, und es wirkt grotesk, wie sie den Hals reckt, um auf den Weg schauen zu können. Der fransige Pony ihrer kurzen blonden Haare klebt an der Stirn. Sie sieht aus, als wäre sie einer dieser lächerlichen Vorabendserien über Landpolizisten entsprungen. Jennifer muss sich zusammenreißen, um nicht laut loszulachen. Schnell wendet sie den Blick ab und sieht wieder aus dem Seitenfenster.

»Ich weiß, ich entspreche nicht dem Bild einer Kommissarin. Sie dürfen ruhig lachen. Bin ich gewohnt.«

»Entschuldigung, das war nicht meine Intention ...«

»Egal«, unterbricht Smilla. »Sie stecken das erstaunlich gut weg. Eine Leiche zu finden ist nichts Alltägliches. Aber klar, Sie sind es gewohnt. In den Kriegsgebieten haben Sie einiges gesehen.« Smilla sieht unauffällig zu Jennifer hinüber. »Ihre letzten Reportagen fand ich besonders gut. Sie waren ... wie soll ich sagen, emotional. Endlich hab ich begriffen, dass es Gefühle in dieser verfahrenen Situation gibt.«

Jennifer entspannt sich. »Wirklich?«, fragt sie. »Ich dachte immer, die Menschen ziehen eine emotionslose und wertfreie Reportage vor.«

»Na ja, das stimmt schon. Aber manchmal ist es irgendwie erfrischend. Man schenkt dem Ganzen plötzlich mehr Aufmerksamkeit. Verstehen Sie?«

Innerlich jubelt Jennifer vor Genugtuung. Sie lehnt sich zurück. Mit neu gewonnenem Selbstbewusstsein fragt sie: »Wer ist die Tote?«

»Kann ich noch nicht sagen.«

»Aber Sie haben eine Vermutung, oder?«

»Frau Holmer, Sie sind Journalistin, aber ich hoffe auch in Ihrem Interesse, dass Sie noch nichts an Ihre Kollegen weitergegeben haben.« Ihre Ansage ist scharf, keine Spur mehr von dem Plauderton.

»Nein. Natürlich nicht.«

»Gut. Denn wenn ich eines nicht mag, ist es die Einmischung der Presse. Die schlachtet alles nur aus und verbreitet unnütze Vermutungen.« Sie sieht Jennifer hart an. »Verstehen wir uns?«

»Natürlich.« Jennifer blickt in Smillas blaue Augen, die noch vor einer Minute weich und verständnisvoll waren, doch jetzt sind sie wie ein klarer kalter Bergsee. Sie hatte die kleine drahtige Kommissarin falsch eingeschätzt.

Als sie das Haus erreichen, steht die Sonne tief. Nelly erschnüffelt ihr Zuhause und wird unruhig. Smilla dreht sich zu der Hündin um und wendet sich dann mit der Andeutung eines Lächelns Jennifer zu. »Gut, dass Sie den Hund dabeihatten. Ich fürchte, ohne ihn hätten wir die Tote nie gefunden.« Aus der Innenseite ihrer Jacke zieht sie eine Visitenkarte. »Für den Fall, dass Sie noch etwas herausbekommen.«

»Ich dachte, ich soll mich nicht einmischen?«

»Richtig, aber wie ich Sie einschätze …« Sie lässt den Satz unvollendet und reicht Jennifer die Hand. »Ich vertraue darauf, dass Sie diskret sind. Sobald ich mehr erfahre und es für die Öffentlichkeit bestimmt ist, lasse ich es Sie wissen.«

Sprachlos über diese Bestimmtheit steigt Jennifer aus dem Wagen. Bevor sie die Tür schließt, beugt sie sich noch einmal hinein. »Ihnen ist aber schon klar, dass ich keine gewöhnliche Journalistin bin, ich bin nicht für die Tagespresse unterwegs.«

»Schon, aber Sie sind Journalistin, und ich denke, eine gute Story lassen Sie sich nicht entgehen.«

»Ich bin im Urlaub.«

»Gut. Dann genießen Sie ihn.«

Smilla gibt Gas und blickt in den Rückspiegel. Sieht, wie Jennifer auf dem Hof steht. Sie wirkt unschlüssig. Verdammt! Verdammt! Nervös trommeln ihre Finger auf das Lenkrad. Das beruhigt sie. Nach ihrer ersten Einschätzung sieht es so aus, als wäre es ein *normaler* Vergewaltigungsakt mit Tötung. Ja. Wie der vor einem halben Jahr, in dem Stockholmer Randgebiet Husby. Auch dort wurde eine Frau verscharrt, nachdem sie brutal vergewaltigt worden war. Die Verdächtigen, eine Bande von jungen Männern, hatten bislang keine Spuren hinterlassen und immer ein perfektes Alibi parat. »Verdammte geile, kranke, perverse Kerle.« Ihr Trommeln auf dem Lenkrad wird heftiger. »Ich kriege euch. Das reicht jetzt.«

Noch bevor Jennifer die Tür erreicht, wird sie aufgerissen. »Was ist passiert?« Angela eilt energisch auf ihre Tochter zu. »Wer war das? Polizei? Warum hast du nicht angerufen? Wir waren in Sorge.«

»Mum, entspann dich. Bitte!« Sie drängt sich an ihrer Mutter vorbei. Als ihr Vater auf sie zugeht, ist ihr plötzlich nach Weinen und Schreien zumute. Sie lässt sich in seine ausgestreckten Arme fallen. Entgegen Kommissarin Smilla Berglunds Meinung, dass sie tough sei, weil sie ja schon so einiges gesehen habe, fühlt sie sich mies. Der Anblick der Toten ist ihr gewaltig an die Nieren gegangen. All die Schmeißfliegen, der Geruch und dann dieses Gefühl, beobachtet zu werden. Obwohl das mit Sicherheit nur Einbildung war, denn Nelly hätte es sicher bemerkt, wenn da jemand war. Oder? Langsam schält sie sich aus der Umarmung ihres Vaters. Dankbar lächelt sie ihn an.

»Ich geh mich umziehen. Ich erklär es euch später. Okay?« Flüchtig sieht sie Angela an. Bemerkt, wie ihre Mutter fahrig an ihrem kurzen Haar zupft.

»Tu das, Jennifer. Wenn du was brauchst, sag es ruhig.« Angela legt die Hand auf ihren Arm. In ihren Augen sieht Jennifer – Angst? Ungewöhnlich, denn die Augen ihrer Mutter verraten sonst wenig über das, was in ihr vorgeht.

Immer noch tätschelt Angela ihren Arm. »Tut mir leid, dass ich so barsch war.« Ein vages, um Verzeihung bittendes Lächeln huscht über ihre Lippen.

Befremdet nickt Jennifer. Dann entzieht sie sich ihrer Mutter und eilt den Flur entlang, sie will nur noch allein sein.

Sie verriegelt die Tür ihres Zimmers und lehnt sich mit dem Rücken dagegen. Langsam kommt sie zur Ruhe. Sie holt tief Luft, während sie ihr Smartphone aus der Hosentasche fingert und durch das Fotoarchiv scrollt. Sie betrachtet die Fotos der Toten. Jetzt wirkt die Leiche nur noch abstrakt. Nichts mehr ist übrig von dem Schrecken, den sie empfunden hat, als sie in ihr Gesicht blickte. Mutig vergrößert sie das Bild auf dem Display. Ihre Vermutung bestätigt sich. Traurig und erschrocken setzt sie sich auf die Bettkante. »Ich hatte so gehofft, dass es dich nicht erwischen wird. Was ist passiert, Ava F.?« Lange sitzt sie da und betrachtet das Bild der Toten. Schließlich rafft sie sich auf und tippt routiniert eine Nachricht an Dennis, fügt die Fotos anbei und drückt auf … *Abbrechen.* »Verdammt!« Er ist in Syrien, was kann er schon damit anfangen? Sie sollte es an ihren Redakteur Helge Erikson schicken, aber was dann? Nein, sie will da nicht weiter herumstochern, soll die Polizei doch ihre Arbeit machen. Sie pfeffert ihr Smartphone aufs Bett.

Der Kamin knistert und verbreitet eine behagliche Wärme im Wohnzimmer. Als sie ihren Bericht beendet, blickt Jennifer in die gespannten Gesichter ihrer Eltern. »Das ist alles. Und ja, es war schrecklich, die Leiche zu finden.«

»Weiß man schon, wer sie ist?« Angela hat sich vorgebeugt. Das Spiel des Feuers verstärkt die Unruhe in ihrem Gesicht.

Jennifer zögert, bevor sie mit belegter Stimme antwortet: »Nein, jedenfalls noch nicht.« Schnell wendet sie ihren Blick ab und greift zu dem Glas mit Wasser. Am liebsten würde sie jetzt einen ordentlichen Whisky trinken.

»Hast du mit deiner Redaktion gesprochen?«, hakt Angela nach.

»Nein, es geht mich nichts an. Und die Polizei hat mich darum gebeten, noch Stillschweigen zu bewahren.«

»Aber du bist Journalistin und verpflichtet, dich darum zu kümmern, dass die Menschen informiert werden. Das ist dein Job. Du findest eine Leiche und sagst, es geht dich nichts an. Das ist nicht das Bild eines Journalisten …«

»Angela, bitte!«, unterbricht Jennifer und stellt ihr Glas krachend auf den Tisch. »Die Polizei wird das regeln.«

»Ja, sicher, aber du hast sie gefunden. Hast du nicht das Bedürfnis, der Sache auf den Grund zu gehen?«

»Puh … ich weiß nicht, was dein Problem ist, aber ich werde mich NICHT in diese Geschichte einklinken.«

»Ich hätte mir die Gelegenheit nicht entgehen lassen.«

»Ausgerechnet *du* sagst das! Dass ich nicht lache. Als du in diesem Job tätig warst, bist du gewissen Dingen nicht nachgegangen, weil …«

»Das waren andere Zeiten, und ich hatte meine Gründe!«, fällt ihr Angela ins Wort.

»Klar, die Gründe waren deine Sauferei!« Wütend springt Jennifer hoch. »Erzähl mir nicht, was ich zu tun habe! Ich setze mein Leben aufs Spiel für die Wahrheit! Das weißt du ganz genau, auch wenn du es immer ignorierst. Ich verkriech mich nicht in irgendeine Ecke, heule wie ein bockiges Kind und greif zur Flasche, nur weil das Leben nicht so verlaufen ist, wie ich es mir gewünscht habe. Du hast deine Karriere aufs Spiel gesetzt, weil du dich mit dem falschen Mann ins Bett gelegt hast, um an Informationen zu kommen! Weißt du noch? Deine große Sache, damals im Hamburger Senat. Ich erinnere mich sehr gut daran, wie du alles getan hast, um die Story deines Lebens zu bekommen. Aber er hat dich nur gevögelt und dich dann fallen lassen! War es nicht so? Und danach hat er geplaudert, und aus war es mit deinem Job. Du hast dich verkrochen und Trost im Alkohol gesucht. Wir waren nicht mehr existent für dich …«

»Was bildest du dir ein!« Angela springt vom Sofa hoch. Ihr Gesicht ist Jennifers so nah, dass sie den heißen Atem ihrer Mutter auf ihrer Haut spürt.

Angela funkelt sie an. »Wag es nicht noch mal, so mit mir zu sprechen.«

»Aufhören!« Paul drängt sich zwischen sie. »Seht euch mal an! Schuldzuweisungen, wo es keine Schuld gibt. Ihr zerrt alte Geschichten ans Licht, nur damit ihr eure Kräfte messen könnt.« Sein Gesicht färbt sich rot, die Augen werden wässrig. »Könnt ihr nicht normal miteinander sprechen? Ist das zu viel?« Er muss heftig husten. Sofort stürmt Angela in die Küche, um das Spray zu holen.

»Paps, setz dich. Gleich ist alles wieder gut.« Jennifer greift nach seinem Arm, doch Paul schüttelt ihre Hand ab. Gescholten wie ein Kind steht sie da.

Nutzlos.

Ratlos.

Alleingelassen. Wie immer.

Als wohne sie einem Theaterstück bei, verfolgt sie die Akteure auf der Bühne. Angela kniet vor Paul und redet ihm sanft zu. Sie umarmt ihn und küsst seinen kahlen Schädel.

Jennifers Hände ballen sich zu Fäusten, sie drückt ihre Fingernägel tief in die Handflächen – nur so kann sie verhindern, in Tränen auszubrechen.

Leise zieht sie die Haustür hinter sich zu. Beinahe hätte sie Nellys Schwanz eingeklemmt, als die Hündin ihr nach draußen folgt. »Du brauchst frische Luft, altes Mädchen? Ich dagegen brauche jetzt dringend eine Zigarette.«

Während sie den Rauch in den sternenverhangenen Himmel bläst, trifft sie eine Entscheidung. Sie wird morgen früh fahren. Hierherzukommen war eine dumme Idee. Sie wird nach Spanien fliegen und sich von der Sonne verwöhnen lassen. Das hätte sie von Anfang an tun sollen. Sie verdrängt die Gewissensbisse, dass sie zu weit gegangen ist und überreagiert hat. Angela schafft es einfach immer, sie bis aufs Äußerste zu reizen. Ihr Vater tut ihr leid, er hat unter den ständigen Rangeleien zu leiden. Jennifer zieht kräftig an der Zigarette, lehnt sich an ihren Wagen und blickt in den Himmel. Wie ruhig es ist. Sie tritt die Zigarette aus und schlingt die Arme um den Oberkörper.

Plötzlich ist wieder dieses Gefühl da, dass sie nicht allein ist, dass sie beobachtet wird. Ihr Blick geht suchend über den Hof. »Nelly?« Angespannt lauscht sie in die Nacht. Aber da ist nur das entfernte Rufen eines Waldkäuzchens. Und dieses Gefühl, angestarrt zu werden. *Wo ist jetzt dieser verdammte Hund?*

Sie wird panisch, wie angewurzelt steht sie da, unfähig, eine Entscheidung zu treffen. »Verflucht!«, knirscht sie. Sie versucht, sich zu beruhigen. »Garantiert alles pure Einbildung«, sagt sie in die Stille. Doch da ist plötzlich ein schrilles Aufjaulen aus Richtung der Lebensbaumhecke. Sie wirbelt herum. »Nelly!« Mit eingezogener Rute schießt Nelly aus der Hecke auf sie zu. »Was ist denn mit dir los?« Die Hündin jagt an ihr vorbei zum Haus. Jennifer dreht sich um und starrt in die Hecke. Der auffrischende Wind lässt die Zweige tanzen. Fröstelnd vergräbt sie die Hände in den Taschen ihrer Jeans und eilt zum Haus.

6. Kapitel

Ganz allmählich tastet sich die Sonne hinter den Bäumen hervor zu dem Fenster, an dem Jennifer lehnt. Sie schaut hinaus, lässt die Morgenstimmung auf sich wirken. Sie fühlt sich verkatert und atmet den würzigen Morgenduft ein. Ihr Entschluss steht fest. Sie wird nach Hause fahren.

Sie greift nach der Reisetasche und blickt sich noch einmal in dem Zimmer um. So, wie sie es in unzähligen Hotels schon getan hat. Dieses Zimmer aber hat sie peinlich genau aufgeräumt. Sie will es so verlassen, wie sie es vorgefunden hat, es soll keine spitzen Bemerkungen geben.

Im Flur bleibt sie stehen und lauscht. Leises Klappern von Geschirr und der Geruch von Kaffee weht ihr entgegen. Sie stellt ihre Tasche ab und atmet tief durch, bevor sie die Küche betritt.

»Guten Morgen, Jennifer! Du bist früh dran.« Angela stellt das Marmeladenglas auf den Tisch und sucht ihn aufmerksam danach ab, ob noch etwas fehlt. »Setz dich.«

Zögernd lässt sich Jennifer auf die Eckbank gleiten. Wie schafft ihre Mutter es nur, so gelassen zu sein? Sie spürt ihre Wut auf Angela und auf sich selbst, weil sie so unsagbar unsicher wird, sobald ihre Mutter in der Nähe ist.

»Kaffee?«

»Ja, danke.«

Schweigend nippt sie daran. Es macht sie fertig, dass sie sich wie ein Kind fühlt, das um Erlaubnis bitten muss, um das zu tun, was es möchte. »Angela, ich werde abfahren.«

Gelassen legt Angela das angekaute Brötchen auf den Teller und streicht sich mit dem Finger über die Ecken ihrer Mundwinkel. »Das habe ich mir schon gedacht. Ich möchte dich aber bitten, noch zu bleiben.« Ihr Blick ruht auf Jennifer, die sie entgeistert ansieht. Gerade will sie ihren Unmut kundtun, da hebt Angela flüchtig die Hand. »Bitte, bevor du etwas sagst, möchte ich es dir erklären.« Sie hält inne und schiebt den Teller von sich. »Du hast recht mit dem, was du gestern gesagt hast. Dass ich eine Trinkerin und Egoistin war. Aber ich habe deinen Vater niemals betrogen. Nicht ich wollte den Senator der Finanzbehörde vögeln, sondern er mich. Aber das war ein absolutes Tabu für mich. Niemals!« In ihren Augen spiegelt sich feurige Wut. Unruhig rutscht sie auf die Kante des Stuhles. »Er fing an, mich zu erpressen, sagte mir, dass – wenn ich auch nur ein einziges Wort sage – er meinem Redakteur stecken würde, dass ich es mit ihm getrieben hätte, um an Informationen zu kommen. Und er würde dafür sorgen, dass Paul seinen Job verliert. Ich hatte Angst, dass er seine Drohung wahr macht. Ich steckte einfach zu tief in der Scheiße. Ich hatte mit ihm gespielt, weil ich einem Skandal, einer absoluten Top-Story, auf der Spur war. Oh, es war aufregend, aber ich hab die Grenzen nicht erkannt. Er zeigte sie mir.«

Jennifer starrt ihre Mutter an. Träumt sie? Die Geschichte passt so gar nicht in das Bild, das sie von ihrer Mutter hat. »Aber warum hast du ihn nicht auffliegen lassen? Du hattest doch sicher genug Material.«

»Das hatte ich, und natürlich habe ich nicht lockergelassen.« Sie schließt die Augen und atmet durch. »Er hat seine

Drohung wahr gemacht, dein Vater hat die Rechnung dafür bezahlt.«

»Was soll das heißen? Dieser Senator soll an dem schuld sein, was mit Paps passiert ist?«

»Beweisen kann ich es nicht … aber alles passt zusammen.« Angela springt von ihrem Stuhl hoch, eilt zur Spüle, klammert sich daran fest und blickt aus dem Fenster. Jennifer sieht, wie sie ein ums andere Mal Tränen wegblinzelt.

Sie ringt um Fassung. »Angela, ich versteh das nicht. Warum hast du nie etwas gesagt? Du hättest diesen Scheißkerl anzeigen sollen!«

Angela wirbelt herum. »Hast du nicht zugehört? Er hat seine Drohung wahr gemacht und meine Familie, mein Leben zerstört.« Wieder schießen ihr Tränen in die Augen, und wieder kämpft sie dagegen an. »Jennifer, lass es gut sein. Ich habe meine Lektion gelernt und es tut mir leid, dass du eine Zeit lang nicht existent warst für mich. Ich habe ständig nach einem Weg gesucht, mir mein Recht zu holen. Doch alles, was ich an Beweisen hatte, wurde unter Verschluss gehalten, vertuscht. Meine Karriere war futsch, meine Glaubwürdigkeit mehr als im Arsch und meine große Liebe wäre beinahe durch meinen Egoismus ums Leben gekommen.« Sie holt tief Luft und reibt sich müde das Gesicht. »Mir wurde klar, die einzige Möglichkeit, mein Leben zurückzuerobern und meine Familie wieder zu vereinen, bestand darin, hier aufs Land nach Schweden zu ziehen. Es hat lange gedauert, bis ich wieder so weit war, ein wenig Freude zu empfinden. Aber da warst du mir schon entglitten.«

Jennifer schüttelt unentwegt den Kopf. »Entschuldigung, ich brauche einen Moment.« Sie lacht gequält, streicht sich eine Haarsträhne hinter das Ohr. »Warum erzählst du mir das erst jetzt?«

»Weil ich Angst hatte.«

»Das ist doch lächerlich! Und das alles kommt reichlich spät, findest du nicht?«

»Es ist niemals zu spät.«

»Scheiße, doch! Das ist es ... ich werde fahren.«

»Bitte, noch nicht. Wenn du nicht meinetwegen bleibst, dann wenigstens für deinen Vater.«

»Jetzt verstehe ich. Er ist es, der dir gesagt hat, dass du endlich mit mir reden sollst.«

»Ach, Jennifer. Ja, er hat mir Mut gemacht. Denn ich brauchte Mut. Du bist so unnahbar.«

»Jetzt reicht es!«

Wütend stürmt Jennifer an Angela vorbei, greift sich ihre Tasche und knallt die Haustür hinter sich zu.

Sie weiß nicht, wie lange sie schon auf der Bank vor dem Haus sitzt. Alles fühlt sich kalt und dumpf an. Selbst die Sonne kann ihren Körper nicht wärmen. Sie kann weder lachen, schreien noch weinen. Endlich hat Angela die Maske fallen lassen und eine Art Reue gezeigt. Ist es nicht das, worauf sie so lange gewartet hat? Unfähig, sich zu entscheiden, starrt Jennifer auf ihre Reisetasche. Dann versetzt sie ihr einen heftigen Tritt. Das befreit sie so sehr, dass sie es gleich noch einmal macht. Erleichtert atmet sie aus und lehnt sich an die harte Lehne der Holzbank. Ringt mit sich, eine Entscheidung zu treffen.

7. Kapitel

»Jennifer! Ich bin so aufgeregt. Komm, komm mit, ich freu mich so! Wir werden dorthin fahren, wo keine Bomben fallen.« Jennifer *blickt in Samiras aufgeregt leuchtende Augen. Ihr fröhliches Lächeln. Dann sieht sie ihn.* Und schreit nach dem Kind.

»Samira! Bleib hier! Samira!«

Jennifer schreckt hoch. Ihr Atem geht stoßweise, kalter Schweiß rinnt zwischen ihren Brüsten entlang. Ihre Kehle ist rau und trocken. Sie starrt auf ihre Hände, hält sie dicht vors Gesicht, dreht und wendet sie. Kein Blut. Sie seufzt erleichtert. Trotzdem hetzt ihr Blick durch den Raum. Sie ist hier, im Haus ihrer Eltern, in ihrem alten Kinderzimmer.

In Sicherheit.

Erschöpft und befreit lässt sie sich in das zerwühlte Bett zurückfallen. Allmählich beruhigt sich ihr Herzschlag, doch sie wagt nicht, die Augen zu schließen, sie will die Bilder nicht sehen und sie will die Gefühle nicht, die sie ihr bereiten. Wut. Trauer und Schuld.

Schnell blinzelt sie den letzten Spuk ihres Albtraums fort und wendet den Blick dem Fenster zu. Die Morgensonne hat sich schon lange verzogen. Sie wirft einen Blick auf ihre Armbanduhr. Ruckartig setzt sie sich auf. »Das kann nicht wahr sein. Vier Uhr am Nachmittag?«

Sie schwingt die Beine aus dem Bett und tapst zum Bad gegenüber ihrem Zimmer. Bevor sie hineinschlüpft, lauscht sie. Es ist still. Offenbar ist außer ihr niemand im Haus. Das passt gut.

Verschlafen hebt Nelly den Kopf, als Jennifer in die Küche schlendert. »Ich hoffe, du hattest angenehmere Träume als ich. Hasenjagd oder Hühner hüten.« Jennifer lacht leise, während Nelly mit einem langen Seufzer antwortet. Als sie einen Apfel aus der Obstschale auf dem Küchentisch nimmt, bemerkt sie den Zettel, der daruntergeklemmt ist. *»Liebe Jenny, wir sind in die Stadt zum Einkaufen gefahren. Es kann später werden. Mum.«* Die Handschrift ihrer Mutter ist gerade und strahlt eine Perfektion aus, die Jennifer den Magen umdreht. *Oh Gott, jetzt ist es so weit. Angela macht ernst. Jenny – Mum.*

Entschieden knüllt sie den Zettel zusammen und wirft ihn in den Mülleimer. So sehr, wie sie sich immer gewünscht hat, dass ihre Mutter sie endlich wahrnimmt, so sehr hasst sie diesen plötzlichen Wandel. Nur wegen ihres Vaters ist sie geblieben, nicht wegen der unerwarteten Offenbarung ihrer Mutter. *Sicher?* Natürlich, antwortet sie sich selbst. Was für eine unnötige Frage. Genervt beißt sie in den süßen Apfel.

Während sie auf die Nachrichten wartet, blickt sie immer wieder Richtung Eingangstür. Sie hat keine Ahnung, wie sie sich ihren Eltern gegenüber jetzt verhalten soll. Fröhlich entspannt oder verhalten, distanziert? Sie wird sich entscheiden, wenn es so weit ist. »... die Meldungen des Tages«, verkündet der Nachrichtensprecher. Sie dreht sich zum Fernseher. Konzentriert und angespannt klebt sie an den Lippen des Moderators.

Nichts.

Warum gibt es keine Information von der Toten? »... und wenn Sie wissen möchten, wie das Wetter ...«, flötet der Moderator fröhlich.

Enttäuscht und beunruhigt stellt sie den Ton leiser. Sie müssten doch schon längst die Identität der Toten herausgefunden haben. »Entschuldige, Ava F., aber ich habe dich erkannt«, murmelt sie, stellt den Ton wieder laut und zappt auf der Suche nach weiteren Nachrichten durch die Kanäle. Doch nirgends eine Nachricht über die Tote am Baggersee *Smirla*. Warum hält sich die Polizei so bedeckt, warum die Nachrichtensperre? Aufregung strömt durch ihren Körper und gibt ihm Energie. Sie mag dieses Kribbeln. Es ist nur ein kurzes Zögern und eine leise Stimme in ihr, die sie abhalten will, in ihr Zimmer zu rennen und Kommissarin Berglund anzurufen.

Grübelnd und mit gesenktem Kopf hastet sie auf den Flur. Sie stockt, als sie Blutflecken entdeckt. Sie führen in die Küche, zur Spüle. Zögernd nähert sie sich. Eine Plastiktüte liegt darin, aus der ein feines Rinnsal Blut fließt. Mit spitzen Fingern öffnet sie die Tüte, neigt den Kopf, um hineinzusehen. Der abgezogene Körper eines Kaninchens. Wie ein Baby, nackt und schutzlos. Jennifer atmet nicht. Alles dreht sich, sie taumelt zurück.

Der Zusammenstoß mit einem fremden Körper raubt ihr den Atem. Geruch nach Schweiß. Eine Hand packt ihren nackten Arm, sie ist rau. Ihre Beine geben nach. Die Stimme, die auf sie einredet, ist leise und beruhigend. Wie die Stimme von Dennis damals, als sie zu Samira rennen wollte. Plötzlich kann sie den Staub wieder fühlen. Das Blut der Menschen und den Schwefel der Bombe riechen. Sie kann die Frau sehen. Unermüdlich sammelt sie die Gliedmaßen ihres Babys auf, das von der Bombe zerfetzt wurde.

Der Griff an ihrem Arm ist hart. Er verhindert ihren Sturz. Der Schrei bleibt ihr in der Kehle stecken.

»Entschuldigung, ich wollte Sie nicht erschrecken, ich hatte geklopft.« Der Mann hält seinen Blick gesenkt, das Basecap ist tief ins Gesicht gezogen.

Jennifer weicht zurück, ihr Blick hetzt zur weit geöffneten Haustür, ihre Stimme flattert. »Wer sind Sie?«

»Ich ... ich bin Colin, Colin Walsh. Der Nachbar. Ich wollte Paul fragen, ob er ein paar Eier für mich hat, im Tausch für das Kaninchen.« Er hält ihr die leere Eierpackung entgegen und hebt den Kopf. Ein unstetes Lächeln zeichnet sich auf seinen schmalen Lippen ab, seine stahlblauen Augen wandern unruhig über Jennifers Gesicht. »Offensichtlich ist er nicht da. Dann komm ich morgen wieder. Entschuldigen Sie, dass ich Sie erschreckt habe, Jennifer.« Seine Augen gleiten an ihrem Körper herunter, verweilen auf ihren Brustwarzen, die sich unter dem T-Shirt abzeichnen.

Jennifer verschränkt die Arme vor ihrer Brust. Ein eisiger Schauder kriecht ihren Rücken herauf. »Woher kennen Sie meinen Namen?« Immer noch hat sie Schwierigkeiten, alles zu sortieren. Sie will, dass er verschwindet. Sofort.

Colin leckt flüchtig über seine Lippen und sieht ihr in die Augen. Viel zu lange. »Paul hat mir von Ihnen erzählt. Sie sind seine Tochter.« Er senkt den Blick. »Ich geh dann jetzt.« Er macht auf dem Absatz kehrt und eilt aus dem Haus.

Blitzartig verschließt Jennifer die Haustür und rennt in die Küche, ignoriert die Tüte in der Spüle. Misstrauisch linst sie aus dem Fenster, um sich zu vergewissern, dass Colin tatsächlich den Hof verlässt. »Scheiße!«, flucht sie leise und reibt sich den Nacken, um das kalte Gefühl zu vertreiben. Tränen schießen ihr in die Augen. Warum kann sie die Bilder von damals nicht verdrängen?

In ihrem Zimmer verschließt sie sorgfältig die Tür hinter sich. »Was für eine verdammte Scheiße war das gerade?« Sie muss ruhiger werden. Darf nicht die Kontrolle verlieren. Tief atmet sie ein und aus, um die Geister aus ihrem Kopf zu vertreiben. Syrien. Samira. Sie wischt sich mit den Fingern den kalten Schweiß über ihren Lippen ab.

Ihre Finger zittern immer noch, als sie aus der Hosentasche die Visitenkarte von Kommissarin Smilla Berglund kramt. Vorsichtig späht sie aus dem Fenster. Alles wirkt wie immer. Ruhig und beschaulich.

Während sie dem Tuten ihres Handys lauscht, kaut sie auf dem Daumennagel. So durcheinander war sie seit dem Bombenanschlag nicht mehr. Angespannt streicht sie eine Haarsträhne hinter das Ohr.

»Kommissarin Berglund. – Hallo?«

»Hallo, hier ist Jennifer Holmer.«

»Alles in Ordnung?« Smillas Stimme klingt besorgt.

Oh ja, mir geht es hervorragend. Ich hab mir nur gerade vor Angst in die Hose gemacht. Jennifer drückt ihr Kreuz durch und räuspert sich. »Alles okay so weit. Ich habe die Nachrichten gesehen, aber die Tote wurde nicht erwähnt.« Sekundenlang ist es still in der Leitung. Jennifer kann fühlen, wie Smilla nach einer Antwort sucht. »Nein, wir haben ihre Identität noch nicht herausgefunden.«

»Sicher?«

»Natürlich bin ich sicher.«

Als hätte jemand mit den Fingern geschnippt, ist Jennifers Journalisteninstinkt geweckt. In Bruchteilen von Sekunden entscheidet sie sich für eine Strategie. »Ich sollte mich ja melden, wenn ich etwas herausbekomme.« Jennifer macht eine Pause. »Ich kann Ihnen den Namen der Toten verraten. Interessiert?«

Stille.

»Klar, wir können jeden Hinweis gebrauchen.«

Jennifer lacht. »Okay, sie heißt Ava F. Tut mir leid, dass ich den Nachnamen nicht kenne, aber ich könnte ihn recherchieren. Was meinen Sie?« Diese kleine Zickigkeit kann sie sich einfach nicht verkneifen. Hoffentlich ist sie nicht zu weit gegangen. Sie kneift die Augen zusammen und wartet auf Smillas Antwort.

»Woher wollen Sie das wissen?«

»Weil sie vermisst wurde und ihr Foto überall zu sehen war. Und weil ich Fotos von der Toten gemacht habe. Auch wenn sie nicht mehr so frisch aussah wie auf den Bildern im Fernsehen, hab ich sie erkannt. War nicht sonderlich schwer.«

Sie hört, wie sich Smilla mit einem genervten Seufzer auf ihren Bürostuhl fallen lässt. Jennifer hakt nach. »Also, was ist so geheimnisvoll an der Sache, dass Sie den Namen nicht öffentlich machen?«

»Das darf ich Ihnen leider nicht sagen. Und ich möchte Sie bitten, ebenfalls mit niemandem darüber zu sprechen. Wir sind mitten in der Ermittlung. Haben wir uns verstanden?«

»Mmh ... ja, sicher. Aber Sie verstehen bestimmt auch, dass nun meine Neugier geweckt ist und ich mich als Journalistin verpflichtet fühle ...«

»Frau Holmer, kommen Sie mir nicht mit solchen Phrasen, dafür ist mir meine Zeit zu schade.«

»Das versteh ich, aber vielleicht könnten wir uns ...?«

Smilla unterbricht sie schroff. »Nein. Ich melde mich bei Ihnen, wenn ich Ihre Hilfe benötige.« Dann ist die Leitung tot.

***

Mit einem kühlen Glas Weißwein in ihrer Hand lässt Svenja den Blick über den gepflegten Garten schweifen, schließt die Augen, atmet den frischen Duft des gemähten Rasens ein und genießt die Stille. Seit einem Jahr wohnen sie jetzt schon in diesem Einfamilienhaus. Es ist ein Traum, modern und komfortabel. Während sie das Gesicht in die rote Abendsonne hält, die sich langsam der Erde nähert, empfindet sie tiefe Zufriedenheit.

»Soll ich den Grill anschmeißen?«

Svenja wendet sich zu Nils, der in der Terrassentür steht, und lächelt ihn an. Was für ein Glück sie mit ihm hat. Er ist männlich *und* sensibel.

»Träumst du?«, fragt er und beugt sich zu ihr herunter, um ihre Stirn zu küssen. »Also, Lust auf ein Steak?«

»Klingt verlockend.«

Nils lacht dunkel. Dieses Lachen hat sie schon damals geliebt, als sie noch kein Paar waren. Svenja atmet tief ein und nippt an dem Wein, als plötzlich ein Gedanke ihre Stimmung trübt wie eine dunkle Wolke. »Hast du Jennifer noch mal getroffen?«

Nils schüttelt den Kopf. »Warum rufst du sie nicht an?«

»Weiß nicht. Nach dem, was du erzählt hast, scheint sie ja nicht wegen mir hier zu sein, sondern um ihre Batterie aufzuladen für den nächsten Einsatz in Syrien.« Sie beißt sich auf die Unterlippe – auch ihr ist nicht entgangen, dass sie verbittert klingt.

»Svenja, ruf sie an!«

»Ach nein, lieber nicht. Sie ist so distanziert. Ich glaub nicht, dass es eine gute Idee ist. Sie hat sich seit unserer Hochzeit nicht mehr gemeldet.«

»Na und, wo ist das Problem? Du hast dich ja auch bei ihr nicht gemeldet, oder?« Er betrachtet sie abschätzig. Ein missbilligender Zug legt sich um seinen Mund. »Seit ich dir erzählt hab, dass sie hier ist und ich sie getroffen habe, fragst du ständig, was sie gesagt hat, wie sie aussah, was du tun sollst. Das nervt langsam. Wenn du sie sehen willst, ruf sie an!«

»Ich werd es mir überlegen.« Sie nippt an dem Wein.

»Gott, Svenja! Manchmal hasse ich deine Unsicherheit.«

Sie zuckt zusammen. Die Kritik ausgerechnet in diesem Moment, als sie sich so glücklich und zufrieden mit Nils gefühlt hat, trifft sie hart. Nils schaut sie stur an. Sie schlägt die Augen nieder. Wie sehr wünschte sie doch, anders zu sein, entschiedener – ein bisschen mehr wie Jennifer.

8. KAPITEL

Ein energisches Klopfen reißt Jennifer aus dem Schlaf. Sie fährt hoch und wie immer braucht sie einen Moment, um sich zu orientieren. Okay, sie ist in ihrem alten Kinderzimmer. Alles ist gut.

»Jenny? Bist du wach?«

Jennifer schließt die Augen und atmet lang aus. »Ja, Angela.« Auf keinen Fall wird sie ihrer Mutter den Gefallen tun, sie mit *Mum* anzureden. Das hat sie sich versaut. So schnell lässt sie sich nicht einwickeln.

»Möchtest du mit uns frühstücken?«

»Fangt schon mal an. Ich brauch noch einen Moment.« Auch dazu hat sie keine Lust mehr. Sofort zu springen, wenn Angela etwas will. Angestrengt lauscht sie. Und erst als sie die sich schnell entfernenden Schritte auf dem Flur hört, schlägt sie die Bettdecke zurück, steht auf und setzt sich an den kleinen Holztisch am Fenster.

Als sie die Entertaste drückt, erwacht der Laptop zum Leben. Die halbe Nacht hat sie hier gesessen und wie eine Wahnsinnige über Ava F. recherchiert. Ohne Ergebnis. Doch sie ist auf etwas gestoßen, das sie in Aufregung versetzt hat. Noch einmal überfliegt sie das Ergebnis der Recherche, nur für den Fall, dass sie es geträumt hat. Hat sie aber nicht.

»Wo ist Paps?«, fragt Jennifer.

»Bei den Hühnern«, antwortet Angela knapp. »Setz dich und lass uns frühstücken.« Sie nickt Jennifer zu und füllt die Kaffeetasse.

Jennifer zögert, sie will sich nicht zu ihr setzen, zugleich hat sie Gewissensbisse, denn Angela versucht wirklich, sich normal zu benehmen. Zögernd lässt sie sich auf den Stuhl Angela gegenüber nieder.

»Hast du gut geschlafen? Tut mir leid, wir waren gestern länger unterwegs als geplant. Und ich wollte dich nicht wecken.«

»Kein Problem.« Sie nimmt das Milchkännchen und hält inne, als ihr plötzlich etwas einfällt. »Sag mal, seit wann habt ihr einen neuen Nachbarn?«

»Oh, du meinst Colin. Er ist vor knapp sechs Jahren in das alte Holzhaus von Frau Janson gezogen.« Angela lacht. »Er war ganz außer sich und hat sich tausendmal entschuldigt, dass er dir einen Schrecken eingejagt hat.«

»Das hat er wirklich. Was ist das bloß für ein merkwürdiger Kerl!«

»Er ist Schriftsteller, aber ich glaube, er hat noch kein einziges Buch veröffentlicht. Trotzdem bin ich mir nicht sicher, ob Colin Walsh sein wirklicher Name ist oder ein Pseudonym – irgendwie habe ich das Gefühl, dass er kein Ire ist. Aber was soll's, er ist harmlos, vielleicht ein wenig introvertiert, aber umgänglich.« Sie legt den Kopf zur Seite. »Alles in Ordnung bei dir? Du siehst müde aus.«

»Ja, alles bestens.« Jennifer nimmt vorsichtig einen Schluck von dem heißen Kaffee. »Bevor ich es vergesse, ihr habt doch nichts von der Toten erwähnt auf eurer Shoppingtour, oder?«

»Nein. Natürlich nicht. Gibt es was Neues?«

»Leider nicht, deshalb sollten wir auch nichts verbreiten.« Sie mustert ihre Mutter.

»Von mir erfährt niemand etwas.« Angela zwinkert ihr verschwörerisch zu.

»Gut. Tut mir leid, aber ich muss los, bin verabredet.« Flugs steht sie auf. Gewappnet gegen Angelas unvermeidliche Frage, mit wem sie denn verabredet ist, wendet sie sich zum Gehen. Aber Angela fragt nicht. Jennifer linst über die Schulter. Ihre Mutter beträufelt gelassen ein Brötchen mit Honig. Jennifer weiß, dass Angela sich auf die Zunge beißt. Und das freut sie. Sie lächelt und öffnet die Haustür.

Aber die Genugtuung verschwindet schnell, als sie ihren Vater entdeckt, der mit Colin auf dem Hof steht.

Die beiden unterhalten sich angeregt, Paul legt väterlich eine Hand auf Colins Arm. Unentschlossen nähert sie sich.

Es ist Colin, der sie bemerkt und aus den Augenwinkeln betrachtet. Paul folgt seinem Blick und ein warmes Lächeln legt sich auf seine Lippen. »Guten Morgen, Jenny.« Er drückt ihr einen Kuss auf die Wange. »Du hast Colin ja schon kennengelernt.« Er umfasst Jennifers Taille und zieht sie dicht zu sich heran. »Das ist meine Tochter. Eine hervorragende Journalistin und Auslandskorrespondentin.« In seiner Stimme schwingt so viel Stolz mit, dass Jennifer ganz schwindelig wird und es sie in ihrer Entscheidung, doch geblieben zu sein, bestärkt. Ihr Vater sieht glücklich aus.

»Hej, Colin.« Jennifer nickt Colin zu, der den Eierkarton nervös in den Händen dreht. Jetzt im Tageslicht wirkt er harmloser. Aber ganz wohl ist ihr in seiner Nähe nicht.

Sie löst sich aus Pauls Umarmung. »Wir sehen uns später.« Ohne weitere Erklärung steuert sie auf ihr Auto zu.

***

Bevor sie das Diner betritt, ordnet sie noch schnell ihr Haar, das ihr sanft auf die Schultern fällt. Sie hat sich viel Mühe damit gegeben, genauso wie mit ihrem Make-up. Nicht zu auffällig, aber auch nicht zu wenig. Warum nur musste Angela sagen, dass sie müde aussieht? War das doch ein kleiner Seitenhieb?

Energisch betritt Jennifer das Diner. Zielstrebig geht sie auf »unseren alten Platz« zu, wie Svenja es gestern Abend formuliert hat, als sie anrief. Angespannt und viel zu schrill hatte sie am Telefon geklungen. Sie selbst war dagegen eher ruhig, zu sehr in Gedanken bei ihrer Recherche, ein Treffen mit Svenja passte nicht hinein. Und da war noch etwas anderes, weshalb sie zögerte, bevor sie zusagte. Die Vergangenheit, die sie einholt und auf die sie keine Lust hat. Erst später, tief in der Nacht, nach der Entdeckung bei ihrer Recherche, war sie dankbar, dass Svenja sie angerufen hatte. Hoffentlich macht Svenja es jetzt nicht zu kompliziert.

Jennifer gleitet auf die Bank, genau auf den Platz, an dem sie immer gesessen hat. Die Sonne scheint durch das Fenster und lässt ihr kastanienbraunes Haar leuchten. Ihre gefalteten Hände auf dem Tisch, den Blick auf die Tür gerichtet. Es fühlt sich wirklich wie vor fünfzehn Jahren an. Svenja kommt zu spät. Wie immer.

Jennifer kann es sich nicht verkneifen und linst zu ihrer Armbanduhr.

Noch eine Minute.

Noch dreißig Sekunden.

Fünfzehn.

»Entschuldige bitte, ich bin zu spät.«

»Oh, du hast noch zehn Sekunden.« Der alte Running Gag kommt Jennifer wie von selbst über die Lippen. Doch anders als damals brechen sie nicht in schallendes Gelächter aus, sondern betrübtes Schweigen hüllt sie ein wie dichter Nebel.

»Ich … war noch Besorgungen machen«, murmelt Svenja und schiebt sich auf die Bank gegenüber.

Jennifer bemüht sich um ein unbefangenes Lächeln. Ihre damalige Freundin sieht gut aus, muss sie zugeben. Kurze blonde Haare, frischer Teint, der ihre braunen Augen mit dem feinen Hauch von Grün unterstreicht.

»Die kurzen Haare stehen dir gut.«

Svenjas Hand gleitet über den kurz geschorenen Nacken.

»Danke. Du bist die Erste, der es spontan gefällt.« Sie zögert einen Moment. »Nils hatte seine Probleme damit.« Sie verzieht die Lippen zu einer schmalen Linie.

Die Erwähnung von Nils lässt Jennifer unmerklich zusammenzucken. »Ach, Nils hat keine Ahnung, was Frauen steht.« Es sollte aufmunternd klingen, doch Svenja schweigt. Selbst ihr angedeutetes Lächeln wirkt verkrampft.

Nach einer unangenehmen Pause fragt sie Svenja aus heiterem Himmel: »Fühlt sich komisch an, oder?«

»Na ja, ist lange her.«

»Fast sechs Jahre. Seit meiner Hochzeit hast du dich nicht mehr bei mir blicken lassen, und dass du jetzt hier bist, habe ich erst durch Nils erfahren.« Sie lächelt immer noch, doch den Vorwurf, der in ihren Worten mitschwingt, kann das nicht kaschieren. »Warum hast du die Hochzeitsfeier ohne ein Wort verlassen? Das wollte ich dich immer fragen. Ich hab es nie verstanden, und dann war es irgendwann zu spät.«

»Tut mir leid, Svenja, aber wenn ich mich recht erinnere, habe ich mich von dir verabschiedet … ich musste wieder nach Stockholm, wegen meines ersten Auslandsjobs. Ich meine, ich hätte dir das gesagt. Ganz bestimmt.«

»Nein, du bist einfach verschwunden und hast dich danach nie wieder gemeldet.« Unruhig rutscht Svenja auf dem Sitz hin und her.

»Ich erinnere mich nicht mehr, aber wenn es so war, entschuldige ich mich dafür.«

Was für eine unangenehme Situation! Sie braucht eine Unterbrechung und versucht, den Blick der Bedienung aufzufangen. »Ich war damals viel unterwegs, und das bin ich auch jetzt. Der Besuch hier war eine spontane Idee. Ich wollte dich anrufen, aber irgendwie …«

»Schon gut, Jenny. Ist auch nicht mehr so wichtig.«

Wieder breitet sich Schweigen zwischen ihnen aus.

»Herrgott, haben die keine Lust auf Umsatz?« Wild wedelt Jennifer mit den Armen in Richtung Bedienung, die am Tisch gegenüber das Frühstück serviert.

»Es ist halb neun, Hochbetrieb also. In Stockholm ist das doch sicher genauso.«

»Du hast recht, ich benehme mich unmöglich.«

»Tust du auch.« Svenja betrachtet ihre Hände. »Wirklich eine merkwürdige Situation. Vielleicht hätte ich dich nicht anrufen sollen …«

»Quatsch! Alles gut, ich bin nur etwas neben der Spur.«

»Das kann ich mir gut vorstellen, nach dem, was du durchgemacht hast.« Svenja beugt sich vor, als wollte sie Jennifers Hand berühren, lässt es aber. »Ich hab es im Fernsehen verfolgt. Schrecklich. Gott, ich weiß nicht, ob ich es so gut wegstecken könnte wie du. Bombenanschlag. Und trotzdem bist du noch dortgeblieben und …«

»Guten Morgen, was darf es sein?« Mit geschultem Lächeln will die Kellnerin die Bestellung aufnehmen. Jennifer ist dankbar für die Unterbrechung. Gibt ihr das doch die Möglichkeit, das Gespräch in eine andere Richtung zu lenken. Sie braucht Informationen.

Svenja nimmt das Thema nicht wieder auf und lässt sich von Jennifer ermuntern, über sich und ihr Leben zu berichten, während sie frühstücken. Jennifer bemerkt das Strahlen in Svenjas Augen, als sie von ihrem neuen Haus erzählt. »Ich fühl mich so aufgehoben in diesen vier Wänden. Kannst du das verstehen? Es ist nur ein Haus!« Svenja lacht so erfrischend, dass sich Jennifer davon anstecken lässt.

»Wenn ich daran denke, dass wir so was damals extrem spießig fanden. Heiraten, ein Haus bauen und Kinder kriegen. Aber jetzt ist es ein so wunderbares Gefühl.« Versonnen blickt sie Jennifer an. »Was ist mit dir, gibt es da jemanden in deinem Leben?«

»Nein.«

»Hm … Schade.«

»Warum? Mir ist der Richtige nur noch nicht über den Weg gelaufen, und bei meinem Job …« Sie streicht sich eine Haarsträhne hinter das Ohr. »Warum lachst du?«

»Weil du immer noch dein Haar hinter das Ohr streichst, wenn du nervös bist.«

»Scheint wirklich eine blöde Angewohnheit zu sein.« Jennifer senkt den Blick und reibt mit dem Finger über den Tisch, um den Fettfleck von dem gebratenen Schinken wegzuwischen. »Du, ich hab eine ganz blöde Frage.« Sie hebt den Blick, um zu sehen, ob sie Svenjas Neugier geweckt hat. »Erinnerst du dich, dass zwei Tage nach deiner Hochzeitsfeier eine Frauenleiche gefunden wurde? Nicht weit entfernt vom Diner.«

Verwirrt sieht Svenja sie an. »Was soll die Frage?«

»Ach, nur so, ich habe gestern einen alten Zeitungsartikel gefunden und … na ja, Berufskrankheit.« Sie umschließt den Kaffeebecher mit beiden Händen. »Da du deine Hochzeit ja hier im Diner gefeiert hast, dachte ich, dass du etwas weißt.«

»Ja klar, das ganze Dorf war in hellem Aufruhr. War echt übel, und mein erster Gedanke war, dass es Unglück für meine Ehe bedeutet.« Sie lacht schrill. »Bescheuert, nicht wahr?«

»Ja, total … Kanntest du sie, die Frau?«

»Nein, sie war nicht von hier, aber das stand doch in der Zeitung.«

»Ja, schon, aber ich dachte, vielleicht war sie auch auf deiner Hochzeit. In der Zeitung stand, dass sie auf dem Weg zu einer Hochzeit war ...«

»Aber nicht zu unserer! Jenny, du warst doch auch hier.«

»Klar, aber es waren hundert Gäste da, und wie gesagt, ich dachte, du oder Nils kanntet sie.«

»Nein.« Svenja beugt sich vor. »Was interessiert dich daran so sehr? Das Ganze ist über fünf Jahre her. Ahnst du, wie viele Fragen ich der Polizei beantworten musste, weil sie ermordet wurde, während wir gefeiert haben? Sie wurde erst zwei Tage später von der Müllabfuhr gefunden. Vergewaltigt und erdrosselt. Einfach schrecklich.« Svenja schlingt die Arme um ihren Oberkörper. »Und ein Jahr später, so um Weihnachten, gab es wieder eine Tote.«

Atemlos richtet sich Jennifer auf, ignoriert Svenjas bedrückten Ausdruck. »Was ist passiert?«

»Keine Ahnung, es wurde nicht viel darüber berichtet, nur der übliche Dorfklatsch.« Svenja betrachtet gedankenverloren den Rest Kaffee in ihrem Becher. »War ein merkwürdiges Gefühl. Niemand mochte mehr im Dunkeln auf die Straße.«

»Erinnerst du dich an ihren Namen?«

»Nein, frag deine Mutter, wenn du mehr wissen willst.«

»Meine Mutter?«

»Ja klar, die war wie elektrisiert ... Können wir vielleicht das Thema wechseln?«

Jennifer nickt, nimmt einen Schluck Kaffee und blickt Svenja über den Rand ihres Bechers hinweg an. Svenjas frische Gesichtsfarbe ist verschwunden. Und da ist noch etwas, das sie irritiert. Aber sie lässt es gut sein und lenkt das Gespräch in eine andere Richtung. »Wie sieht es mit der Familienplanung aus?«, fragt sie und grinst Svenja an.

Svenja lacht wie ausgewechselt und wirft den Kopf in den Nacken. »Das Thema ist auch ziemlich heikel.«

»Aber wieso, du bist doch im besten Alter, ihr habt euer Nest gebaut, und ich bin mir sicher, es gibt einen wunderbaren Garten, stimmt's?«

»Natürlich gibt es einen Garten.« Wieder lacht Svenja. Dann albern sie herum, necken sich wie in alten Zeiten. Das tut gut. Vor Lachen schießen Jennifer die Tränen in die Augen. Ihr Blick gleitet über den Parkplatz, während sie sich die Lachtränen von den Wangen wischt.

Er zieht sein Basecap tief über die Augen, als Jennifer über den Parkplatz blickt. Ihr Haar leuchtet im Sonnenlicht wie glänzendes Kupfer. Gern würde er mit den Händen über dieses Haar streichen. Die Vorstellung lässt ihn schwitzen. Er rutscht tiefer in den Sitz seines Volvo Kombi und beobachtet die beiden gebannt. Wie sie lachen und reden, manchmal berühren sie sich. Sie sehen so gelöst und entspannt aus. Dann erhebt sich die Blonde und verschwindet aus seinem Sichtfeld. Er richtet sich auf und stiert auf das Diner. Jennifer sieht nachdenklich aus, das Kinn auf die Hand gestützt, und dann wendet sie den Blick zu ihm. Atemlos starrt er sie an. Sie scheint ihn anzulächeln, einladend, wissend.

Ein Wohnmobil fährt im Schritttempo an ihm vorbei und nimmt ihm die Sicht. Fluchend schlägt er mit der Hand auf das Lenkrad. Als das Fahrzeug endlich die Sicht freigibt, sitzt niemand mehr an dem Tisch im Diner. Hektisch dreht und wendet er den Kopf auf der Suche nach ihr. Wut und Angst schießen durch seinen Körper. Doch da öffnet sich die Tür des Diners, und er beruhigt sich. Die beiden umarmen sich lange und verabschieden sich lachend. Er lässt das Seitenfenster heruntergleiten. Lauscht mit angehaltenem Atem. »Also abgemacht. Morgen bei uns zum Grillen«, sagt die Blonde und winkt Jennifer zu. Jennifer nickt und eilt zu ihrem Wagen. Erleichtert atmet er aus.

Jennifer lenkt den Wagen auf die Landstraße. Entspannt lehnt sie sich zurück und genießt die Landschaft. Grüne Wiesen, grasende Pferde, Felder, die längst abgeerntet sind. Sie lässt das Treffen mit Svenja Revue passieren. Sie hatte so viele Bedenken, doch die waren alle unbegründet. Und sie hat mehr erfahren, als sie gehofft hat. Jetzt kann sie es kaum erwarten, zu ihrem Laptop zu kommen. Zufrieden und aufgeregt atmet sie durch. Aufregung und Entspannung. Das ist es, was sie antreibt.

Es war schön, Svenja zu sehen. Besonders, über alte Zeiten zu quatschen und zu lachen. Seit einer Ewigkeit hat sie nicht mehr gelacht. Sie stellt das Radio an. Whitney Houstons Wahnsinnsstimme: »I will always love you«. Jennifer stellt lauter. Sie ist versucht mitzusingen, beißt sich dann aber auf die Lippen, gibt Gas und linst in den Rückspiegel. Ein dunkler Wagen taucht hinter ihr auf. Viel zu schnell und viel zu dicht. Sie blickt auf den Tacho. Sie fährt schon schneller als erlaubt. Sie geht vom Gas runter. Doch der Wagen klebt an ihr. Verwundert, dass er nicht überholt, wird sie noch langsamer. Weit und breit ist kein anderes Auto in Sicht. »Nun mach schon!«, schimpft sie und blickt wieder in den Rückspiegel. Der Wagen lässt sich zurückfallen. Genervt gibt sie wieder Gas und stellt die Musik noch lauter. Doch die hat ihren Reiz verloren.

Als sie in den Seitenweg zu ihrem Elternhaus einbiegt, wirft sie einen raschen Blick in den Spiegel, und erleichtert sieht sie, wie der Wagen weiterfährt. Ungern gesteht sie sich ein, dass sie Angst hatte. *Blödsinn! Dorfjugend, nichts weiter.*

Im Schatten einer hohen Birke parkt sie. Beim Aussteigen lässt sie den Blick über Hof und Haus schweifen. Es ist ruhig, die Hühner dösen. Ein leiser Wind streicht sanft über die ockerbraunen Blätter der Birken. Sonnenlicht tanzt auf dem Boden. Sie mag den Herbst mit seinen Farben. Eine angenehme Ruhe breitet sich in ihr aus. Noch ein Gefühl, das sie schon ewig nicht mehr gespürt hat. Kaum hat sie das gedacht, schüttelt sie ärgerlich den Kopf und reißt sich von ihren melancholischen Gedanken los. *Alles nur Illusion, das wahre Leben ist grausam.* Entschlossen wirft sie die Wagentür hinter sich zu, als ihr Smartphone klingelt, zuckt sie zusammen. Umständlich holt sie es aus der Tasche, wirft wie gewohnt einen Blick auf das Display. Unbekannt. Sie zögert. »Hallo?« Nichts, nur Rauschen und lautes Atmen. »Hallo, wer ist da?« Keine Antwort. Sie unterbricht die Verbindung und pfeffert das Smartphone zurück in die Tasche.

Zügig geht sie auf das Haus zu. Ihr Gang wird schneller, hektisch sieht sie sich um. Da ist es wieder, das Gefühl, beobachtet zu werden.

***

Das weiche Licht der Herbstsonne verzaubert den erst kürzlich angelegten Garten. Er wirkt so jungfräulich. Fasziniert von diesem Spiel aus Licht und Schatten blickt Svenja aus dem Küchenfenster und kann es kaum erwarten, den Garten in seiner vollen Pracht zu erleben. Sie füllt an der Spüle ein Glas mit Wasser. Das Treffen war erstaunlich gut, fast wie in alten Zeiten. Sie hatte es sich komplizierter vorgestellt – distanzierter. Wie gut, dass sie die Initiative ergriffen hat. Darauf ist sie sogar ein wenig stolz, hatte sie doch befürchtet, dass Jenny sie nicht sehen wollte. Svenja atmet tief ein, verscheucht ihre Unsicherheit. Immerhin gibt es dafür keinen Grund, sie waren früher wie Zwillinge. »Früher«, flüstert sie. Jenny hatte ihr den Segen gegeben, als es mit Nils ernster wurde. »Du bist wie meine Schwester, und es macht mich froh, dass ihr euch eine Zukunft aufbauen wollt«, hatte sie damals gesagt. Wie weise sie geklungen hatte. Svenja muss laut lachen. Die Erinnerung ist so absurd, sie hat nichts mehr mit dem zu tun, was jetzt ist.

Eines bereitet ihr Kopfzerbrechen: Was sollte Jennys Frage nach der Toten? Sie nagt an der Innenseite ihrer Wange. »Jenny, Jenny«, murmelt sie, streicht sich über den Nacken, setzt das Glas an und trinkt begierig, als könnte sie mit dem kühlen Wasser die bedrückende Erinnerung einfach wegspülen. Doch so ganz gelingt es nicht, zumal noch eine andere Frage von Jenny einen wunden Punkt berührt hat. Die nach Kindern. Ja, sie wünscht sich welche, aber Nils hat immer neue Ausreden parat, weshalb sie noch warten sollen. Verdammt, sie ist zweiunddreißig, die Uhr tickt. Sie seufzt, während sie ein Eichhörnchen beobachtet, das auf der Suche nach geeigneten Plätzen für seinen Wintervorrat Ausschau hält.

»Svenja?«

Erschreckt wirbelt sie herum. »Nils! Wieso bist du schon hier?«

»Enttäuscht?« In seinem Blick sieht sie Lust. Es ist lange her, dass er spontan nach Hause kam, mit diesem Blick. Immer noch ist sie aufgewühlt von dem Treffen und ihren Gedanken, doch dazu gesellt sich jetzt Verlangen. »Nein, natürlich nicht. Schön, dass du früher da bist.«

Er nimmt ihr das Glas aus der Hand, drückt sie gegen die Spüle und küsst sie, wild und leidenschaftlich.

***

Jennifer eilt in ihr Zimmer und verschließt die Tür, bevor Angela sie mit Fragen belästigen kann.

Ungeduldig streicht sie eine Haarsträhne hinter das Ohr. Mitten in der Bewegung fällt ihr wieder ein, was Svenja dazu gesagt hat. Sie schmunzelt. Und dann erinnert sie sich noch an Svenjas »Frag deine Mutter!«.

Nein, jetzt nicht, entscheidet sie, geht zu ihrem Laptop und wartet ungeduldig, dass er zum Leben erwacht.

Noch einmal liest sie den kargen Artikel über die Ermordete vor knapp sechs Jahren.

Vermisst seit zwei Tagen, aus Stockholm Spånga-Tensta, gefunden vier Tage später in Östervåla, sexuell missbraucht, erdrosselt.

Sie sieht sich das Foto genauer an. Braune Haare, Mitte zwanzig, hübsch, lebensfroh. Sie vergleicht das Foto mit der toten Ava F. Die beiden weisen eine gewisse Ähnlichkeit auf. Derselbe Typ Frau.

Jenny erweitert ihre Suche nach Frauen, die in Stockholm vermisst werden, und engt den Zeitraum ein. Eine lange Liste von Einträgen und dazugehörigen Zeitungsartikeln. Sie forstet jeden einzelnen durch. Aber da ist keine Meldung, die Svenjas Aussage bestätigt. Nichts über eine weitere Tote in Östervåla. Jennifers Augen brennen. Müde lehnt sie sich zurück, legt den Kopf in den Nacken und starrt an die Decke. Die Suche nach der Nadel im Heuhaufen. »Was mach ich bloß falsch?« Ihre Gedanken werden durch das leise Piepsen des Smartphones unterbrochen. Sie hat eine Nachricht.

Sie reckt sich der Decke entgegen, bevor sie das Smartphone aus der Handtasche holt.

Hej, Süße! Wie geht es dir? Machst du Fortschritte in deinem Zölibat oder langweilst du dich zu Tode? Ich vermisse unsere Zusammenarbeit. Dennis.

Langsam lässt sie sich auf die Bettkante sinken. Es tut gut, von Dennis zu hören. Sie muss die Nachrichten sehen. Wissen, ob er weiter so akkurat arbeitet und so tolle Bilder einfängt, wie sie es ihm beigebracht hat. Die müssen zum Inhalt passen. Wie oft hat sie ihm das gesagt? Und er hat ihre Erwartungen übertroffen. Noch kann sie damit schlecht umgehen, dass nicht sie, sondern

Susanna, der neue Stern der Auslandskorrespondenten, die Situation in Syrien schildert. Sie runzelt die Stirn. Ausgerechnet Dennis hat sie in diese Lage gebracht. Und damit hatte er nicht mal ganz unrecht, gesteht sie sich ein. Sie braucht eine Auszeit. Sie seufzt, dann tippt sie eine Nachricht.

> **Hej Dennis. Mir geht es gut. Wie läuft es bei euch? Wann sendet ihr den ersten Beitrag?**

Noch bevor sie es sich anders überlegt, schickt sie die Nachricht. Nervös kaut sie auf ihrem Daumennagel, während sie auf eine Antwort wartet. Nichts. Genervt schleudert sie das Smartphone auf das Bett und geht zu ihrem Laptop zurück. Der Bildschirm ist schwarz. Sie drückt die Entertaste. Nichts. »Oh, verflucht!« Hektisch durchwühlt sie ihre Reisetasche, ihre Handtasche, die Schublade der Kommode und des Nachttischs, doch das Ladekabel ist nicht zu finden.

Hastig umrundet Jennifer das Haus zum Gemüsegarten. »Angela, hast du ein Ladekabel für meinen Laptop?« Angela beschattet ihre Augen mit der Hand gegen die tief stehende Sonne. Geschmeidig erhebt sie sich und klopft sich feuchte Erde von der Hose. In einer Hand hält sie eine Karotte, mit der anderen streicht sie energisch Erde ab. »Nein, tut mir leid, ich hab gar keinen Laptop.«

»Und den PC, kann ich den benutzen?«, fragt Jennifer und ist verblüfft, wie jugendlich doch ihre Mutter wirkt, mit dem rosigen Teint und dem zufriedenen Ausdruck im Gesicht. Es reizt sie, diese Zufriedenheit zu zerstören. Sie hat Mühe, dem Reiz nicht nachzugeben, und verabscheut sich im selben Moment dafür.

»Auch damit kann ich gerade leider nicht dienen. Wir haben ihn gestern in die Wartung gegeben.«

»Oh, verflucht!«

»Warum fragst du nicht Colin, der hat bestimmt so was.«

9. KAPITEL

Die Dämmerung hat schon eingesetzt und taucht die Welt in ein Zwielicht. Mit dem Laptop unterm Arm kämpft sich Jennifer den schmalen Waldweg entlang. Ausladende Brombeerzweige zwingen sie, langsam zu gehen. Immer wieder bleibt sie daran hängen, die Dornen kratzen ihre Haut an den Armen auf. »Verflucht, ich hoffe, die Aktion zahlt sich aus«, schimpft sie und befreit sich aus den Dornen. Das alte Holzhaus ist nur dreihundert Meter von ihrem Elternhaus entfernt, doch es fühlt sich an, als wäre sie kilometerweit gelaufen.

Endlich erreicht sie den winzigen Vorplatz. Entsetzt sieht sie sich um. Alles ist verkrautet, überall steht verwaistes Gartenwerkzeug, ein Rosenbusch bemüht sich, die letzte Blüte in diesem Jahr auszubilden. Er scheint einen aufmüpfigen Kampf auszufechten. Früher hatte hier Frau Janson gelebt. Eine schräge alte Schachtel, aber ihr Garten war eine Pracht.

Jennifer entdeckt unter einer Art Carport einen dunklen Wagen. Sie stutzt. Und versucht, sich das Bild von dem Wagen, der sie vom Diner bis zu ihrem Elternhaus verfolgt hat, ins Gedächtnis zu holen. Doch es gelingt ihr nicht. Er war auf jeden Fall dunkel, so wie dieser hier. Sie zuckt mit den Schultern und geht zur Tür. Jennifer klopft erst zögernd, dann energisch. Die Tür ist nur angelehnt. Sie steckt den Kopf durch den Spalt.

»Colin?« Als niemand antwortet, schlüpft sie hinein. »Colin? Ich bin es, Jennifer.« Sie scannt den kargen Raum. Er wirkt öde. Und der Geruch erinnert sie an alte Schweißsocken. Und jetzt? Wenn sie sich richtig erinnert, gibt es nur diesen Raum mit der angrenzenden Küche, das Schlafzimmer und ein kleines Bad.

Ein riesiger Schreibtisch beherrscht das Zimmer. Auch darauf herrscht Chaos. Jennifer schlendert zu dem Tisch, sieht verstohlen auf das ein oder andere beschriebene Blatt. Schriftsteller, hat ihre Mutter gesagt. Sie wirft einen Blick über die Schulter, bevor sie wahllos eines der Blätter in die Hand nimmt.

Während ich ihr das seidene Tuch um den Hals legte, sahen mich ihre Augen an. Voller Angst. Ihre Lippen bewegten sich, doch ihr Flehen erreichte mich nicht.

Jennifer lässt das Papier auf den Tisch fallen und nimmt das nächste.

Ihre Augäpfel quollen aus den Höhlen. Es verschaffte mir Befriedigung. Ich war kurz davor – aber ich wollte sie ficken, während ich ihr die Kehle … Angewidert legt sie das Blatt zurück, zögert kurz, aber ihre Neugier obsiegt, sie nimmt ein weiteres. Liest, mit Faszination und Ekel. Die kranke Fantasie, die ihr die Zeilen entgegenschleudern, erschüttert sie. Und noch etwas anderes versetzt sie in Erregung. *Missbraucht und erdrosselt.* »Immer ganz ruhig bleiben!«, sagt sie zu sich selbst. Es tut gut, ihre eigene Stimme zu hören. Ihr Blick fällt auf ein Blatt mit seltsamen Zeichnungen. Kreise, die ineinander verschlungen sind, Rauten, Dreiecke. Gerade will sie das Blatt aufheben, um es genauer zu betrachten, da spürt sie einen Luftzug. Sie erstarrt, kann sich nicht bewegen. Ihr Körper verliert jegliche Spannung, ihr Unterleib senkt sich, dann ist sie wieder angespannt wie eine Springfeder.

Angst.

Adrenalin.

Jennifer wirbelt herum. In der Tür steht Colin. Sein Basecap tief im Gesicht, der Mund zu einer schmalen Linie verzogen. Regungslos betrachtet er sie. Sein Blick gleitet von ihrem Haar abwärts zu den Sneakers. »Hej, Jennifer!«, sagt er und schließt die Tür hinter sich, lehnt sich gegen sie und verschränkt die Arme vor der Brust.

Adrenalin und Angst steigen in ihr auf und lähmen ihr Gehirn. *Immer tief atmen!*, ermahnt sie sich. *Gib ihm keine Chance, übernimm du die Führung!* Sie schluckt.

»Hej, Colin ich … ich bräuchte deine Hilfe.«

Ja, gut so, rede weiter!

»Ich habe mein Ladekabel vergessen. Hast du ein passendes?« Sie lächelt ihn an, während sie den Laptop hochhält – so, wie er gestern den Eierkarton.

Scheiße.

»Vielleicht«, sagt er, ohne sich von der Stelle zu rühren.

»Könntest du mal nachsehen?«

Colin beäugt sie abwägend. Dann stößt er sich von der Tür ab, geht mit ausholenden Schritten auf den Schreibtisch zu, reißt eine Schublade auf und kramt. Schließlich hat er ein Ladekabel in der Hand, begutachtet es. »Das müsste passen, versuch es mal.« Er hält es ihr hin.

Stockend nähert sich Jennifer, schnappt sich das Kabel, und mit bebenden Fingern steckt sie es in den Laptop.

»Passt«, sagt sie atemlos. Verärgert starrt er sie an. »Du hast hier rumgeschnüffelt.« Sanft fährt er mit einer Hand über die beschriebenen Blätter auf dem Schreibtisch.

»Nein … die Tür stand offen, ich hab mich nur umgesehen, ob du da bist. Ich wollte grad wieder …«

»Klar.« Er senkt den Blick, sorgsam sortiert er die Blätter auf dem Schreibtisch, streicht immer wieder liebevoll darüber.

»Hat dir gefallen, was hier steht?« Er stiert sie an, ein spöttisches

Lächeln breitet sich flüchtig auf seinen Lippen aus, dann stapelt er die losen Blätter.

»Ich weiß nicht, was du meinst.«

»Komm schon, Jennifer, hat es dir gefallen?«

»Ich geh dann jetzt.«

»Nein!« Colin umrundet den Tisch und hält sie am Arm fest. »Du hast es gelesen, ich möchte wissen, ob es dir gefallen hat.«

»Was soll das? Lass mich los!« Vehement schüttelt sie seine Hand ab. »Du bist doch nicht ganz dicht!«, brüllt sie.

Colin stutzt, dann lacht er. »Jenny … du bist gut. Entschuldige meine Aufdringlichkeit.«

Wie von Sinnen hastet sie durch den Wald. Sie spürt noch seinen Blick. Gierig.

Immer wieder wird der Halbmond von Wolken verfinstert. Ihr Fuß bleibt an einer Baumwurzel hängen, sie strauchelt, schlägt der Länge nach hin. »Verflucht!« Sie rappelt sich auf, betastet den Laptop und hofft, dass er keinen Schaden genommen hat. Ihr Knie schmerzt, ihr ist zum Heulen zumute. Humpelnd setzt sie den Weg fort. Plötzlich hört sie ein leises Rascheln ganz in ihrer Nähe. *Was ist das?* Abrupt bleibt sie stehen, lauscht. Doch das Einzige, was sie hört, ist ihr Blut, das durch ihren Körper rauscht. Sie reißt sich zusammen, beschleunigt ihre Schritte. Immer wieder blickt sie sich um. Er ist hinter ihr, sie kann es spüren. »Hilfe!«, brüllt sie, so laut sie kann. Dann rennt sie, ignoriert den Schmerz, der von ihrem Knie durch ihren ganzen Körper jagt.

***

Licht scheint aus dem weit geöffneten Tor der Werkstatt über den Hof. Erleichtert atmet sie auf. Für einen kurzen Moment bleibt sie stehen und blickt über ihre Schulter, vergewissert sich, dass niemand auf dem Hof ist. Dann rennt sie in die Werkstatt. Aus dem Gettoblaster auf der Werkbank erklingt »How deep is your love«. Paul, mit dem Kopf tief unter der Motorhaube des alten Ford Mustang, stimmt in den Refrain mit ein. Es wirkt friedlich und beruhigend – wie in Kindertagen.

»Paps!?« Paul reagiert nicht, er ist viel zu sehr in seiner eigenen Welt. Sie legt ihm eine Hand auf die Schulter. Erschrocken hebt er den Kopf, stößt ihn gegen die Motorhaube. Mit schmerzverzerrtem Gesicht streicht er sich über den Hinterkopf. »Mensch, Jenny! Was machst du hier?«

»Tut mir leid, ich wollte dich nicht erschrecken«, keucht sie atemlos.

»Was ist los, du siehst aus, als wär der Teufel hinter dir her.«

Wie recht er hat, aber sie will ihm nicht darauf antworten, noch nicht. Sie ist in Sicherheit. Langsam beruhigt sich das Klopfen in ihrer Brust. Sie haucht ihm einen Kuss auf die mit Motoröl beschmierte Wange.

»Danke, womit hab ich das denn verdient?« Paul schnappt sich ein altes Handtuch und wischt sich akribisch die Hände ab.

»Ach, nur so. Ich hab mich grad so nostalgisch gefühlt.« Das stimmt sogar, sie war immer gern hier mit ihm in der Werkstatt. »Erinnerst du dich, als du mir gezeigt hast, wie man die Zündkerzen bei einem Wagen wechselt?«

»Aber sicher, du warst so ungeschickt, hattest Angst, etwas kaputt zu machen, wenn du mit ganzer Kraft an der Zündkerze drehst.«

Sie lacht, streicht versonnen über den Kotflügel des Mustang. »Wann wirst du ihn fahrbereit haben?«

»Weiß ich nicht, irgendwie möchte ich immer an ihm arbeiten. Gibt mir ein Gefühl von Beständigkeit.« Liebevoll betrachtet er den Wagen. »Verrückt, nicht?«

»Ach, Paps. Was ist schon verrückt? Da gibt es ganz andere Dinge.« Sie fängt seinen fragenden Blick auf und senkt schnell die Augen. Eine Weile schweigen sie, nur der Refrain der Bee Gees hallt durch die Werkstatt.

»Lust auf ein Bier?« Paul zwinkert ihr zu und nimmt zwei Flaschen aus dem Kühlschrank neben der Werkbank. »Aber kein Wort zu deiner Mutter!«

Jennifer nickt. Ein Bier kann sie jetzt wirklich gut gebrauchen!

»Komm, mein Mädchen, wir genießen das Bier im Mustang und träumen von endlosen Highways und grandioser Landschaft.«

Schweigend trinken sie. Das hat Jennifer schon lange nicht mehr getan, ein Bier aus der Flasche. Irgendwie hat es was Verruchtes, Stilloses – das gefällt ihr. Gelassen sinkt sie tiefer in den Sitz, genießt den Moment.

»Sag mal, wie gut kennst du Colin?«

»Wieso fragst du?«

Jennifer zögert, bevor sie antwortet: »Ich war eben bei ihm, um mir ein Ladekabel auszuleihen.« Sie deutet auf den Laptop auf ihrem Schoß.

»Ah, ich hab mich schon gewundert, warum du dieses Ding so fest umklammerst.« Paul nimmt einen kräftigen Schluck. »Ist irgendwas passiert?«, fragt er beiläufig und schaut sie flüchtig von der Seite an.

Angespannt streicht sie über das Gerät. Sie will ihm nicht von dem Zwischenfall erzählen, möchte ihn nicht beunruhigen und schon gar nicht die entspannte Stimmung verderben. »Nein, ich bin nur neugierig.« Sie lächelt ihn an. »Also, wie gut kennst du ihn?«

»Na ja, wir haben ganz guten Kontakt. Manchmal hilft er mir beim Holzhacken oder bei Reparaturen.« Er lacht und schüttelt den Kopf. »Obwohl er zwei linke Hände hat, aber das ist okay. Er ist immer da, wenn ich ihn brauch. Ich glaube, er ist ... schüchtern.«

»Hm ... Mum sagte, er sei Schriftsteller. Hast du jemals etwas von ihm gelesen?«

»Oh ja, ganz furchtbar. Also ich würde das nie lesen wollen, aber Geschmäcker sind ja verschieden.«

Jennifer richtet sich auf, wartet ab, ob Paul noch etwas sagt. Aber der scheint sich nicht weiter damit befassen zu wollen. »Was war denn so schlimm daran?«, hakt sie nach.

»Willst du das wirklich wissen? Es ist mir irgendwie peinlich, weil ich ihn ermutigt habe weiterzumachen. Ich hab gesagt, dass es gut sei. Gott, manchmal denke ich, ich muss dringend an mir arbeiten, damit ich ehrlicher sein kann – egal, du weißt ja, er hat noch nie was veröffentlicht. Und ich denke: aus gutem Grund.« Paul nimmt einen weiteren Schluck Bier, streicht über das Lenkrad. »Also, das war so ein schwülstiges Liebesgeplänkel, das mir förmlich den Magen umgedreht hat. Verstehst du? So was von schmalzig und bar jeder Realität. Das liest doch keiner, oder?«

»Was meinst du mit schwülstig?«

»Gott, Sätze wie: ›Er liebkoste ihren Hals, und der Gesang der Nachtigall, der von der Zisterne zu ihm herüberwehte, machte sein Glück perfekt.‹ Oder so. Ich erinnere mich nicht genau, weil ich mich innerlich geschüttelt hab vor Grauen.«

»Sicher, dass er das geschrieben hat?«, fragt sie atemlos und etwas enttäuscht.

»Ja, ganz sicher. Das werde ich nie vergessen.«

»Und du hast es gelesen oder hat er es dir nur gesagt?«

»Mädchen, ich hab es gelesen. Was soll das?«

»Ach, nichts.« Sie nippt an dem Bier. Das passt doch alles nicht. Andererseits passt es perfekt.

Paul streicht eine Haarsträhne aus ihrem Gesicht. »Alles gut?«

»Könnte nicht besser sein.« Sie lehnt sich zu ihm hinüber und haucht einen Kuss auf seine Wange.

Sein Atem geht schwer, während er Paul beobachtet, der sanft eine Haarsträhne aus Jennifers Gesicht streicht. Er ballt die Hände zu Fäusten. Sie lachen miteinander, prosten sich zu. »Oh, wie ich dich …« Seine Stimme ist rau von Verlangen und Frust. Aber er muss sich unter Kontrolle bekommen. Er ist schon zu weit gegangen. Er muss geduldig sein, seine Zeit wird kommen. Dieser Gedanke erfüllt ihn mit Freude.

10. Kapitel

Als sie die Haustür öffnet, steigt Jennifer der Duft von frisch gebackenem Apfelkuchen in die Nase. Einen Moment bleibt sie im Flur stehen und atmet tief ein. Kindheit. Schon das zweite Mal an diesem Abend wird sie daran erinnert. Es tat gut, mit ihrem Vater zu sprechen, ihm dabei zuzusehen, wie er an *seinem* Traumauto bastelt. Das Schweigen mit ihm, als sie das Bier tranken … Verbundenheit. Er war immer ihre Zuflucht. Ihre Angst, als sie panisch in die Werkstatt lief, war bei seinem Anblick wie weggeblasen. Obwohl sie Colin mehr denn je verdächtigt, ist sie jetzt doch entspannt. Sie wird die Sache zu Ende bringen.

Aus dem Wohnzimmer fällt warmes Licht in den Flur. Vielleicht sollte sie mit ihrer Mutter über Colin reden, bevor sie den nächsten Schritt macht? Jennifer lehnt sich gegen den Türrahmen zum Wohnzimmer. Angela hat es sich in ihrem Lieblingssessel bequem gemacht. In der einen Hand hält sie einen Teller mit Apfelkuchen, in der anderen die Fernbedienung des Fernsehers. Vor ihren Füßen liegt Nelly. Als sie Jennifer bemerkt, hebt sie flüchtig den Kopf. Bei dem friedlichen Bild wird Jennifer warm ums Herz. Das Gefühl droht sie zu übermannen, aber gerade als sie sich in ihr Zimmer verkriechen will, kündigt der Nachrichtensprecher einen Bericht aus Syrien an. Einen Moment später berichtet die perfekt gestylte Susanna über die Zustände in Syrien. Jennifer ist sofort alarmiert. Was Susanna berichtet, ist hohles Gewäsch. All die Zusammenhänge, die sie sich mühsam erarbeitet hat, um für alle verständlich darüber zu berichten, sind verwässert. Klar ist es schwer – selbst nach all den Jahren weiß sie noch nicht genau, wie sich der westlichen Welt am besten vermitteln lässt, was dort geschieht. Die Lage ist schwer einzuschätzen. Aber sie hat es wenigstens mit Inhalten versucht … Verdammt, sie muss aufhören, sich Gedanken über die Welt zu machen. Erst muss sie sich um sich selbst kümmern! Jennifer streicht sich eine Haarsträhne hinter das Ohr und konzentriert sich auf die Bilder. Auch die sehen nicht so aus, wie sie es kennt.

»Du hast das besser gemacht. Deine Berichte waren mehr auf den Punkt.« Angela wendet sich zu Jennifer. »Ja, ich habe jeden deiner Berichte gesehen, auch wenn du immer denkst, dass mich nicht interessiert, was du machst.«

Perplex stolpert Jennifer ins Wohnzimmer und lässt sich auf das Sofa fallen. »Wirklich?«

»Aber ja, und ich bin stolz auf dich.«

Jennifers Blick wandert zwischen Angela und dem Fernseher hin und her. Damit kann sie nicht umgehen. »Danke.« Sie räuspert sich und schenkt Angela ein gequältes Lächeln.

»Du solltest versuchen, dein Trauma in den Griff zu bekommen. Warum machst du keine Therapie?«

»Wieso meinst du, dass ich ein Trauma habe?«

»Du hast um Haaresbreite einen Bombenanschlag überlebt. Wer wäre da nicht traumatisiert? Außerdem habe ich – wie gesagt – jeden Bericht von dir gesehen, und die beiden letzten waren, nun, nicht wie sonst.« Sie richtet sich in ihrem Sessel auf, als wollte sie zum Sofa gehen und sich zu Jennifer setzen, lässt es dann aber. »Du warst sehr emotional. Hat mir gefallen, aber die Objektivität fehlte.«

Jennifer rückt auf den Rand des Sofas. »Ich habe kein Problem ... ich bin okay. Nur ein wenig überarbeitet, deshalb bin ich hier – um Landluft zu schnuppern.«

»Na ja, wenn du es sagst.« Sie schweigen eine Weile und schauen desinteressiert dem weiteren Verlauf der Nachrichten zu. »Weißt du, Jenny, ich wünsche mir sehr, dass du statt dieser hübschen blonden Trulla wieder berichtest.«

Ohne es zu wollen, muss Jennifer lachen. »Trulla!?«

»Wie sie sich abmüht ... und dein Partner Dennis scheint es auch so zu sehen. Die Bilder sind langweilig und nichtssagend.«

Hat Angela recht? Sollte sie doch eine Therapie machen?

»Magst du ein Stück Apfelkuchen? Ist ganz frisch.«

Unruhig wandert Jennifer in ihrem Zimmer auf und ab. Sie öffnet das Fenster, blickt in den schwarzen Nachthimmel. Kein Stern zu sehen. In ihrer ruhigen Art hat Angela es geschafft, die wichtigen Dinge anzusprechen, und sie hat es ihr überlassen, ob sie darauf anspringt. »Scheiße, sie hat recht, wie immer!« Fluchend schließt sie das Fenster und fährt den Laptop hoch. Komisch, dass Angela nicht gefragt hat, ob Colin ein Ladekabel für sie hatte. Wahrscheinlich hat sie schon mit ihm telefoniert und die beiden haben sich über sie lustig gemacht. Quatsch, weist sie sich selbst zurecht. Energisch bindet sie ihre Haare zu einem Zopf. »Okay, Colin Walsh, dann schauen wir mal, ob es etwas über dich im Netz gibt.«

11. Kapitel

Die Sonne steht tief, am Horizont türmen sich graue Wolken. Die ersten Anzeichen eines Gewitters mit kräftigem Sturm. Lange betrachtet Jennifer den Himmel, dann steigt sie in den Wagen. Im Grunde passt es ihr ganz gut, wenn die Grillparty bei Svenja ins Wasser fällt.

Bevor sie losfährt, versucht sie zum gefühlt tausendsten Mal, Kommissarin Berglund zu erreichen. Doch wieder springt nur die Mailbox an. »Hej, ich weiß, es ist Wochenende, aber ich bitte Sie dringend, mich zurückzurufen.« Sie hat sich entschieden: Sie wird nicht weiter nachforschen, sondern am Montag nach Hause fahren und sich einen Therapeuten suchen. Damit sie schnellstmöglich wieder dahin kommt, wo sie hingehört. Sie hasst ihre Mutter dafür, dass sie es war, die den Anstoß gegeben hat für die Entscheidung. Blonde Trulla und die Kameraarbeit von Dennis. Außerdem ist sie mit ihrer Recherche über Colin weitergekommen. Jetzt muss Kommissarin Berglund nur noch die Handschellen zuschnappen lassen.

Und wenn er sich in der Zwischenzeit wieder eine Frau greift? Sie wühlt im Handschuhfach nach den Zigaretten, sie will nicht weiter daran denken. Und schon gar nicht, dass er *sie* möglicherweise als Nächste im Visier hat.

***

Der Wind lässt die bunten Lichterketten in den Bäumen sanft hin und her schwingen. Musik mit einem harten Beat erfüllt die schwüle Luft. Das Ganze erinnert Jennifer an die Partys von früher. Eine Weile bleibt sie unschlüssig vor dem Gartentor stehen. Will sie all diese Menschen wirklich treffen, mit ihnen reden, sich ausfragen lassen, wie es in der Welt des Krieges aussieht? Will sie deren Geschichten hören, von Familie und Gartenpartys?

Die Entscheidung, ob sie durch das Gartentor geht oder nicht, wird ihr abgenommen. »Da bist du ja! Ich dachte schon, du kneifst.« Svenjas Umarmung ist herzlich und fegt Jennifers Unwohlsein fort.

Fröhlich plappernd zieht Svenja sie in den hinteren Teil des Gartens. »Bestimmt kennst du die meisten noch von früher.« Sie grinst. »Ich weiß schon, was du denkst: spießig. Aber falsch. Wir sind nur zufrieden mit dem, was wir haben.« Der letzte Teil des Satzes klingt kratzig.

»Alles gut. Ich freu mich, hier zu sein«, lügt Jennifer. Im Dämmerlicht bemerkt sie Svenjas forschen Blick. »Was ist, warum siehst du mich so an?«

»Wie sehe ich dich denn an?«

»Als würde dir irgendwas auf der Seele liegen. Früher hast du mich auch immer so angesehen, wenn du ein Problem hattest.«

»Früher ist lange vorbei. Stimmt doch, oder?«

Sie mustern sich wie zwei Fremde, die sich das erste Mal begegnen und abschätzen, ob sie einem Freund oder einem Feind gegenüberstehen.

»Aber um deine Frage zu beantworten: Nein, ich habe keine Probleme, und ich brauche auch keine.« Svenja hakt sich bei Jennifer unter. »Komm, lass uns feiern, bevor das Gewitter alles zerstört.«

Aber dann bleibt sie abrupt stehen. »Was mir einfällt: Hast du mit deiner Mutter über die toten Frauen gesprochen?«

»Nein.«

»Warum nicht? Du warst doch so scharf drauf. Gerade was die Frau anging, die an meinem Hochzeitstag ermordet wurde.«

Jennifer will sich eine Haarsträhne hinter das Ohr klemmen, doch sie lässt es. Svenja würde sonst merken, dass sie lügt. »Ich hab die Sache nicht weiterverfolgt, ich bin im Urlaub … war nur so eine typische Neugier von mir. Wie gesagt, Berufskrankheit.«

»Puh … da bin ich froh, denn weißt du, ich hab schon befürchtet, dass du alles wieder aufwühlen wirst, was an meinem Hochzeitstag geschehen ist.« Ohne Umschweife zieht Svenja sie über den Rasen zu den Gästen. »Los, Schwester, stürz dich ins Getümmel! Ich muss mich um das Essen kümmern.« Bevor sie lachend davoneilt, blickt sie sich noch einmal um und zwinkert ihr zu.

Jennifer hebt flüchtig ihre Hand, und automatisch verziehen sich ihre Lippen zu einem Lächeln. Alles in Ordnung, soll das heißen. Tatsächlich hat sie keinen Schimmer, was das gerade sollte, mit der *Schwester*. Das sind sie doch schon lange nicht mehr. Will das denn gar nicht aufhören – diese Vergangenheit, die sie überrollt wie eine Lawine? Unschlüssig sieht sie sich um, dann befolgt sie Svenjas Anweisung und stürzt sich mutig in die Menge.

Sie beantwortet all die dummen Fragen, lacht an den passenden Stellen und bewundert die Erfolge ihrer ehemaligen Freunde. Selbst beim Mutterglück ihrer Schulfreundin Tilda heuchelt sie Interesse. »Und wie sieht es bei dir aus, gibt es da jemanden?« Tilda stupst sie an. Jennifer weicht zurück, lächelt in das von Make-up beladene Gesicht und erinnert sich an die Tilda von früher, die so hübsch und natürlich war, fröhlich und höchstens ein bisschen einfältig. »Nein, ich bin gern Single, und bei meinem Job ist es sehr schwer mit Kind.«

»Das versteh ich natürlich, aber weißt du, dein Leben ändert sich komplett. Ein Kind macht dich vollkommen. Kein Job dieser Welt kann das.«

»Hm ... ja, glaub ich dir sofort.« Jennifer lässt den Blick über die Menschen gleiten, auf der Suche nach Svenja, aber die hat sich seit ihrer Ankunft nicht mehr blicken lassen. »Entschuldige, Tilda, ich muss mal für kleine Mädchen.«

»Kein Problem, ich warte.«

Rasch geht sie auf das Haus zu. Was für eine Farce! Sie muss so schnell wie möglich hier weg. Sie wirft einen Blick auf ihre Armbanduhr. Verdammt, sie ist erst eine knappe Stunde hier, viel zu früh, um sich zu verabschieden. Außerdem hat sie Hunger.

»Hej!«

Sie spürt einen Griff am Arm. Wild schüttelt sie ihn ab.

»Wow, so angespannt?« Nils hebt die Hände und lacht sie an. »Du siehst aus, als könntest du einen kräftigen Drink vertragen.« Wie aus dem Nichts hält er ihr ein Glas mit Gin Tonic hin. »Ich weiß, dass es anstrengend ist. Ich verrate dir jetzt mal ein Geheimnis: Ich hasse solche Partys, aber Svenja fährt da richtig drauf ab.« Er zuckt mit den Schultern und prostet ihr zu.

»Wirklich? Dann hast du dich aber sehr verändert. Früher hast du keine ausgelassen.«

»Klar, in meiner Sturm-und-Drang-Zeit ... aber die Partys waren auch anders. Wild und hemmungslos.« Er verzieht die Lippen zu einem süffisanten Lächeln.

Jennifer schlägt die Augen nieder und stürzt den Gin Tonic hinunter. Sie fürchtet seine Nähe, sofort spürt sie wieder Verlangen in sich aufsteigen. Bei seinem Duft, seiner Wärme und seiner Stimme wird ihr ganz schwindelig. Als er ihr das Glas aus der Hand nimmt, berühren seine Finger ihre Hand.

Die Berührung durchfährt sie wie ein Stromschlag, ein lang vermisster Stromschlag.

»Möchtest du noch mehr?«

Die Frage bringt sie völlig aus dem Gleichgewicht. Stumm nickt sie. Sie versteht die Welt nicht mehr. Ihre Augen hetzen über den spärlich beleuchteten Garten.

Verdammt, wo ist Svenja?

Keine zwei Minuten später spürt sie seine Hand auf ihrem Rücken. Er reicht ihr einen neuen Gin Tonic. Sie will sich von ihm entfernen, schafft es aber nicht. Der Druck seiner Hand wird stärker, sie lässt sich von ihm führen, hinter das Haus, weg von den Laternen, dem Licht, weg von Svenja.

»Ich muss oft an dich denken«, haucht er ihr ins Ohr. Seine Wange berührt ihre, und das Verlangen in ihr steigt.

»Ich … ich sollte lieber gehen.«

»Aber warum? Wir wissen doch beide, dass wir füreinander bestimmt sind. Du gehörst mir. So wie ich dir.«

Sie schließt die Augen, seine Worte hallen in ihr nach. Zärtlich streicht er eine Haarsträhne hinter ihr Ohr. Der Kuss kommt unerwartet, doch sie empfängt ihn voller Freude.

»Jenny, lass uns von hier verschwinden!«, flüstert er heiser und drückt sie fester an sich. Der Wind hat aufgefrischt, er weht Wortfetzen der Partygäste zu ihnen.

War das Svenjas Stimme? Ihr Lachen?

Sie stößt ihn von sich. »Nein, wir gehen nirgends hin.«

»Entspann dich! Niemand wird uns vermissen, und du willst es doch genauso wie ich.«

»Da irrst du dich.« Sie drückt ihm ihr Glas in die Hand und flieht zum Gartentor. Sie fühlt nichts, denkt nichts. Ihr Kopf ist leer. Ihre Gefühle sind nicht existent.

Sie reißt die Autotür auf, schwingt sich hinter das Steuer. Der Schlüssel gleitet aus ihrer bebenden Hand, als sie ihn ins Zündschloss stecken will, und fällt zu Boden. Fluchend bückt sie sich. Als sie ihn endlich gefunden hat und sich aufrichtet, lässt ein Klopfen am Seitenfenster sie zusammenfahren. Entsetzt starrt sie in Svenjas Gesicht. *Bitte nicht!* Sie lässt die Scheibe heruntergleiten.

»Jenny, was ist los?«

»Mir geht es nicht so gut. Ich glaube, eine Magenverstimmung.«

»Jaja, ich glaube eher, dass du keine Lust hast, dich mit deiner Vergangenheit auseinanderzusetzen.«

»Wie meinst du das?«

»Wie meine ich was?«

»Wieso sollte ich damit Probleme haben?«

»Ach, Jenny, du lebst hier nicht mehr. Du bist ein anderer Mensch geworden.«

»Quatsch! Ich bin nur angeschlagen, das ist alles. Vielleicht sollten wir uns einfach allein treffen, das würde ich schön finden.« Ja, das würde sie, und jetzt würde sie am liebsten aus dem Wagen springen und Svenja umarmen, ihr alles erzählen.

»Gute Idee. Ruf mich an! Okay?« Svenja verschränkt die Arme, blickt in den dunklen Himmel. Ein Regentropfen trifft ihre Stirn. »War ja klar. Jetzt, wenn das Fleisch auf den Grill soll, regnet es.« Sie beugt sich zu Jennifer in den Wagen. »Ruf mich an!«

Jennifer sieht Svenja hinterher, bis sie inmitten der wild tanzenden bunten Lichter verschwunden ist. Und dann endlich rinnen Tränen über ihre Wangen.

Das Trommeln der dicken Regentropfen auf die Windschutzscheibe holt sie ins Hier und Jetzt zurück. Sie dreht den Zündschlüssel herum und schwört sich, Svenja die Wahrheit zu sagen. Irgendwann.

In gemächlichem Tempo fährt sie los. Der Wind ist zu einem ausgewachsenen Sturm mutiert. Die Scheibenwischer sind auf volle Leistung gestellt, und dennoch schaffen sie kaum ein klares Sichtfeld. Hoch konzentriert fährt sie über die Landstraße. Das Klingeln ihres Smartphones zwängt sich zwischen den prasselnden Regen. Ohne den Blick von der Straße zu nehmen, fingert Jennifer ihr Smartphone aus der Handtasche. »Hallo?«

»Jennifer Holmer? Hier ist Smilla Berglund, können Sie mich verstehen?«

»Ja.«

»Hallo? Verdammt, die Verbindung ist mies.«

Kurzerhand lenkt Jennifer den Wagen an den Straßenrand. »Jetzt besser?«

»Etwas. Wo verdammt noch mal sind Sie?«

»Im Nirgendwo ... und Sie?«

»Was gibt es so Wichtiges?«

»Ich habe ein paar Informationen, die vielleicht interessant sein könnten ...« Ob sie mit ihrer Vermutung wohl tatsächlich richtigliegt?

Ja, verdammt!

»Na, dann schießen Sie mal los!«

»Ich denke, der Täter, den Sie suchen, ist Colin Walsh.«

Stille.

Hektisch sieht Jennifer auf ihr Smartphone. »Sind Sie noch da?«

»Ja. Wo sind Sie?«

»Auf dem Weg zu meinen Eltern.«

»Okay. In einer halben Stunde bin ich bei Ihnen.« Jennifer holt Luft, um noch etwas zu sagen, doch die Leitung ist tot.

***

Mit einem tiefen Seufzer lehnt sich Smilla in ihrem Dienstwagen zurück. Das Smartphone immer noch in der Hand. Die Scheinwerfer ihres Wagens tauchen den Wald in ein gespenstisches Licht. Sie gibt sich einen Ruck und zieht den Bericht der Gerichtsmedizin aus der Handtasche. Sie hat ihn schon oft gelesen, aber immer noch fällt es ihr schwer zu akzeptieren, was dort steht. Sie lag falsch mit ihrer Vermutung, dass es sich um die Vergewaltiger-Bande aus Stockholm handelt. Ava F. ist das Opfer einer Mordserie, die ebenfalls noch ungeklärt ist und ihr Bauchschmerzen bereitet. »Wär ja auch zu einfach gewesen«, murmelt sie und startet den Wagen.

12. Kapitel

Tropfnass stürmt Jennifer ins Haus. Nelly begrüßt sie bellend und schnüffelt aufgeregt an ihren Schuhen. »Hej, Nelly.« Sie wuschelt der Hündin durchs Fell, hängt ihre Jacke an die Garderobe und sieht ungeduldig auf ihre Armbanduhr, bevor sie einen Blick ins Wohnzimmer wirft.

Im Kamin lodern die Flammen, der Geruch von Kerzen, die überall brennen, leise Musik, die den Raum füllt, und die beiden Menschen, die über ein Schachbrett gebeugt sind und konzentriert auf den nächsten Zug des Spielpartners warten. Wirklich eine perfekte Idylle, schießt es Jennifer durch den Kopf. *Was ist bloß mit mir los? Warum kann ich nicht einfach hinnehmen, dass es so was gibt?*

Angela hebt den Kopf und lächelt. »Hej, Jenny. Ist die Party schon vorbei?« Ihre Augen ruhen auf Jennifer, die immer noch mit ihren Gefühlen und diesem verfluchten Zwiespalt kämpft. »Ja, das Wetter ist schuld«, lügt sie und vergräbt die Hände in den Hosentaschen.

»Schade, soll ich uns einen Tee kochen?«

Jennifer linst wieder auf ihre Armbanduhr, Smilla Berglund müsste gleich da sein. Was für eine beschissene Situation. Sie fühlt sich wie ein Teenager, nicht wie eine erwachsene und erfolgreiche Frau.

»Was ist? Tee? Oder nicht?«

»Kommissarin Berglund kommt gleich.«

»Warum, was ist passiert?« Sofort ist Angela auf den Beinen. Sie und Paul tauschen besorgte Blicke. Jennifer wird wütend. »Angela, bitte! Ich bin kein kleines Kind. Ich muss etwas mit Kommissarin Berglund besprechen.«

»Okay, dann warten wir.«

»Nein, nicht *wir*, sondern ich.« Jennifer genießt Angelas irritierten Ausdruck. Und zugleich hasst sie sich wegen dieses Gefühls. Ihr Entschluss steht fest. Sobald sie mit Smilla Berglund alles geklärt hat, wird sie abreisen. So sicher wie das Amen in der Kirche. Sie muss raus aus diesem Muff.

Paul erhebt sich aus dem Sessel und legt ein Holzscheit in den Kamin. »Angela, ich warte immer noch auf deinen nächsten Zug. Ich fürchte, diese Partie wirst du verlieren«, sagt er, ohne sich umzudrehen.

Nelly bellt und Jennifer eilt zur Tür.

Sie bittet Smilla in die Küche und schließt die Tür hinter sich. »Kann ich Ihnen etwas anbieten?«

»Nein, danke, ehrlich gesagt hab ich es ein wenig eilig. Könnten wir gleich zur Sache kommen?«

»Sicher.«

Smilla streicht sich über ihr kurzes nasses Haar. »Verdammter Platzregen! Mögen Sie Regen?«

»Na ja, wichtig ist er. Ohne ihn hätten wir eine verdammte Wüste.« Jennifer holt ein Handtuch aus der Küchenschublade und reicht es Smilla.

»Vielen Dank. Also, was gibt es so Eiliges?«

Jennifer gleitet auf die Eckbank. Smilla setzt sich ihr gegenüber und sieht sie ungeduldig an.

»Ich habe recherchiert. Der Mörder, den Sie suchen, kann nur der Nachbar meiner Eltern sein. Colin Walsh.«

»Das sagten Sie bereits am Telefon. Wir haben ihn allerdings vor ein paar Tagen schon überprüft – wie fast jeden im Dorf. Warum glauben Sie, dass er es ist?« Sie faltet das Handtuch ordentlich zusammen und legt es neben sich auf den Tisch.

Jennifer starrt auf das Handtuch, das akkurat neben Smillas gefalteten Händen liegt. Sie muss schmunzeln, es erinnert sie an ihr kurzes Psychologiestudium.

Hang zum Perfektionismus.

»Bitte, Frau Holmer! Meine Zeit ist wirklich knapp.«

»Okay, ich war gestern bei Colin im Haus. Dort habe ich Notizen gesehen, die haargenau den Mord schildern ...«

»Mal ganz langsam!«, unterbricht Smilla. »Warum waren Sie bei ihm und was sind das für Details? Woher wollen Sie wissen, dass sie den Mord schildern?«

»Vielleicht erinnern Sie sich an einen Fall, der sich hier vor fast sechs Jahren ereignet hat, und ein Jahr später gab es eine weitere Tote. Ich habe mir die Fotos von Ava F. angesehen.« Sie schaut Smilla an, die Kommissarin hält ihrem Blick ohne jede Regung stand, sie wartet geduldig. Irritiert lässt Jennifer den Blick zum Küchenfenster wandern. Der Regen prasselt unaufhörlich gegen die Fensterscheibe. Was war das? Sie zuckt zurück, hält den Atem an.

»Was ist los?«, fragt Smilla und folgt Jennifers Blick.

»Nichts.« Ihre Kehle ist rau, zu gern würde sie jetzt ein Glas Wasser trinken, aber dazu müsste sie zur Spüle – und damit zum Fenster. Und da war ein Schatten. Verkrampft lächelt sie Smilla an, die sie abwartend ansieht. Jennifer räuspert sich. »Also gut, ich war gestern bei Colin, weil ich ein Ladekabel für meinen Laptop brauchte ...« Jennifer lässt bei ihrer Schilderung kein Detail aus. Und plötzlich ist das Gefühl wieder da, das sie hatte, als er sie ansah und mit ihr sprach. »Als ich durch den Wald lief, war er hinter mir her.«

»Haben Sie ihn erkannt oder war das nur ein Gefühl? Manchmal spielt uns die Angst einen Streich …«

»Nein, ich habe ihn nicht gesehen, aber ich weiß es genau. Es war auch nicht das erste Mal, dass ich das Gefühl hatte, beobachtet zu werden. Schon als ich die Leiche von Ava F. gefunden habe.«

»Schon gut. Beruhigen Sie sich.«

»Ich bin ruhig!«

Smilla nickt und tätschelt flüchtig Jennifers Hand. »Wir haben Colin überprüft. Er war zu dem Zeitpunkt des Todes von Ava F. nicht hier. Sein Alibi ist sauber.«

»Aber was ist mit den Notizen?«

»Er ist Schriftsteller, und genau genommen haben Sie in seinem Haus herumgeschnüffelt.« Bedauernd verzieht sie den Mund. »Ich werde dennoch mit ihm darüber reden.«

Erleichtert atmet Jennifer aus.

Habe ich mich so in diese Idee verrannt?

»Warten Sie, da fällt mir noch etwas ein. Ich habe Zeichnungen gesehen von – keine Ahnung, wie man das nennt: Runen? Na ja, so Kreise, Dreiecke … Ich habe im Internet nachgeforscht. Das, was ich da bei Colin gefunden habe, glich einem keltischen Symbol: Triquetra – die Dreifaltigkeit. Einheit von Geburt, Leben und Tod. Und in dem Zeitungsartikel über die erste Leiche am Diner stand, dass sich eingeritzte Male in ihrem Nacken befanden.« Jennifer bemerkt, wie Smilla sich anspannt.

»Was ist los?«

»Nichts.«

»Also stimmt es? Alle Toten hatten so ein eingeritztes Mal, auch Ava F.?«

Smilla springt vom Stuhl auf. »Ich muss los. Ich kümmere mich darum, und Sie halten sich da raus.« Sie eilt zur Tür.

»Smilla, warum sind Sie eigentlich so schnell hier gewesen?«

Langsam wendet sich Smilla zu Jennifer um. »Ich war noch mal am Tatort.«

»Es ist Colin Walsh. Ich weiß es. Ich habe Gier und kranken Verstand in seinen Augen gesehen.«

»Bitte, Jennifer, überlassen Sie das mir! Ich melde mich bei Ihnen. Wie lange sind Sie noch hier?«

»Ich wollte morgen wieder nach Hause.«

»Gut. Dann kommen Sie doch aufs Revier. Meine Karte haben Sie ja.«

»Bitte, wenn es etwas über Colin gibt, melden Sie sich bei mir, ja?« Jennifer sieht Smilla eindringlich an.

»Ja, das mache ich.«

»Versprochen?«

»Das sagte ich doch.« Smilla drückt die Türklinke herunter, sofort wird sie von Nelly beschnuppert.

Ihr Körper versteift sich. Jennifer zieht die Augenbrauen hoch, das hat sie nicht erwartet. »Haben Sie Angst vor Hunden?«

»Ich habe mal eine unschöne Erfahrung gemacht.«

»Tut mir leid. Dann waren Sie aber sehr mutig, als Sie uns in Ihrem Wagen mitgenommen haben.«

»Ich bin diszipliniert, ich habe meine Ängste im Griff.«

Jennifer fühlt einen kleinen Stich bei Smillas Worten. Offensichtlich ist sie selbst nicht diszipliniert, was ihre Ängste angeht. Umso besser fühlt sich ihre Entscheidung an, nach Hause zu fahren und einen Therapeuten aufzusuchen.

Jennifer blickt Smilla nach, wie sie zu ihrem Wagen rennt – die Jacke als Schutz vor dem Regen über den Kopf gelegt.

Sie starrt in die von Regen und Sturm aufgewühlte Nacht.

Auch er starrt. Sieht nur sie, spürt weder Regen noch Sturm.

13. KAPITEL

Der Morgen zeigt sich von seiner schönsten Seite. Die Sonne saugt den Regen der letzten Nacht auf. Feiner Nebel steigt vom Boden, verbreitet würzige Herbstluft. *Großartig!* Jennifer atmet tief ein. Der Blick aus dem Fenster ihres Zimmers ist fantastisch. Der nahe Wald, abgeerntete Felder und Wiesen. Früher hatte sie die Schönheit nie bemerkt.

Ihre Reisetasche ist gepackt, wieder hat sie das Zimmer aufgeräumt, so wie vor ein paar Tagen. Doch jetzt ist ihre Stimmung eine andere. Betrübt? Vielleicht.

Sie schnappt sich ihr Smartphone aus der Handtasche. Keine Nachricht, keine entgangenen Anrufe. Soll sie Smilla anrufen oder direkt zu ihr aufs Revier fahren, sobald sie in Stockholm ist? Oder sollte sie einfach abwarten? Sie weiß es nicht. Noch nie war sie so unsicher in ihrer Entscheidung. »Ach, verdammt!«, schimpft sie und lässt sich auf die Kante ihres Bettes fallen.

Warum hat Smilla auf ihren Bericht von den Zeichnungen so reagiert?

Immer wieder streicht sie sich ihr Haar hinters Ohr, ist versucht, den Laptop aus der Tasche zu kramen. Nein. Es geht sie nichts an. Sie hat alles getan, damit die Kommissarin ihn verhaften kann. Sie wird nach Stockholm fahren und sich um ihr Leben kümmern.

Als sie das Zuschlagen einer Autotür hört, steht sie auf und späht aus dem Fenster. Sie kann es nicht fassen, wen sie unten im Hof sieht.

Eilig hastet sie den Flur entlang, ihr Blick geht flüchtig in die Küche. Da ist niemand mehr. Gut so. Mit Schwung öffnet sie die Haustür.

»Dennis!«, ruft sie mit einer Mischung aus Freude und Irritation. Irritation darüber, dass er hier ist und – verdammt attraktiv aussieht. Sein Lächeln, unschuldig … wie ein Kind, das etwas zu verbergen hat und dem man sofort verzeiht, sobald es dieses Lächeln aufsetzt. War sein Lächeln immer so? Hat sie es vergessen oder liegt es nur an ihrer Stimmung? Denn am liebsten würde sie sich hemmungslos in seine Arme werfen. Jennifer blinzelt verstohlen und vergräbt die Hände in den Taschen der Jeans. »Was machst du hier?« Flüchtig und mit Abstand küsst sie ihn rechts und links auf die Wangen.

»Tja, ich dachte, ich nehm mir auch eine Auszeit.« Mit verkniffenem Gesichtsausdruck hält er seinen rechten Arm hoch. Seine Hand ist bandagiert. »Ich habe mir die Hand verstaucht und die Bänder angerissen.«

»Oje, wann ist das passiert?«

»Vor zwei Tagen. Das ist saudumm gelaufen, bin gestürzt und habe den Sturz falsch abgefangen.« Und da ist es wieder, dieses Lächeln, das Jennifer berührt. Vorsichtig streicht sie über die bandagierte Hand. »Und das dir? Armes Kind!« Sie lächelt ihn an, sieht in seine Augen, und erneut ist da dieser Wunsch, sich sofort in seine Arme zu werfen.

Was ist bloß los mit mir?

Sie geht auf Abstand.

Er lacht und legt den Kopf in den Nacken. »Hey, was soll das heißen?« Er sieht sie durchdringend an. »Wie geht es dir? Kannst du dich entspannen oder fällt dir die elterliche Decke auf den Kopf?«

»Na ja, mal so – mal so. Also, warum bist du hier?«

»Ich dachte, ich statte meiner Lieblingskollegin einen Besuch ab. Passt es dir nicht?«

»Doch. Ich freu mich.« Und wie! Und sie fühlt sich geschmeichelt. »Eigentlich wollte ich grad wieder nach Stockholm, meine Sachen sind gepackt, ich warte nur darauf, dass meine Eltern vom Sonntagsspaziergang zurückkommen …«

»Oh, okay.« Er nestelt an seinem Verband. »Zu blöd, ich dachte, es würde dir guttun, über was anderes zu reden als über den allgemeinen Dorfklatsch. Und wir könnten vielleicht eine Runde durch den Wald drehen. Ich war schon lange nicht mehr im Wald.«

Bei dem Wort Wald muss Jennifer schlucken. Auf keinen Fall will sie durch den Wald streifen. »Ich mach dir einen Vorschlag: Wir fahren ins Diner und gönnen uns ein schönes ausgiebiges Frühstück.«

»Klingt fantastisch.«

***

Das Diner ist bis auf den letzten Platz voll. Enttäuscht blickt Jennifer zu Dennis, der die Atmosphäre begeistert aufnimmt. »Wow! Das ist großartig hier. Hätte ich nicht erwartet.«

»Aber wie es aussieht, finden das Millionen von Menschen offenbar auch.« Jennifer seufzt und wendet sich Richtung Ausgang.

»Warte, dort wird ein Platz frei.« Dennis hält sie am Arm fest. Er lächelt das Paar an, das gerade aufsteht, wünscht ihm einen schönen Sonntag und setzt sich auf die Bank, bevor das Paar hinter Jennifer ihm zuvorkommen kann.

»Und angewärmte Sitze gratis! Ich bin gespannt auf das *American Breakfast*«, sagt er und blickt sich interessiert um. So gelöst und locker hat Jennifer ihn gar nicht in Erinnerung. Oder war er das immer schon, und sie hat es nur ignoriert? Seine Stimmung wirkt auf jeden Fall beruhigend.

Nachdem sie das Frühstück geordert haben, schweigen sie einen Moment. Dann wendet sich Dennis ihr zu und sagt: »Das ist er also, *dein* Diner.«

Verwundert sieht sie ihn an. »Hab ich dir davon erzählt?«

»Ja, und dass du hier deine Jugendsünden begangen hast.«

»Wann war das denn? Ich kann mich nicht erinnern.«

»Irgendwann und irgendwo in Syrien. Ich glaub, als wir uns gerade zusammengerauft hatten. Erinnerst du dich an die Zeit, als du mir so strikte Anweisungen gegeben hast?« Er grinst in sich hinein. »Das war eine merkwürdige Situation für mich, aber du hattest recht. Wie immer. Nachrichten und Bilder müssen harmonieren und transportieren.« Er sieht sie an, sein Blick voller Stolz und Bewunderung. »Du wurdest redselig, als ich dich auf ein Glas Wein eingeladen hab … da hast du dann aus deinem persönlichen Nähkästchen geplaudert.« Er zwinkert ihr zu.

Jennifer will etwas erwidern, doch sie kommt nicht dazu. »So, die Herrschaften! Zweimal das *American Breakfast*. Guten Appetit!«, wünscht ihnen die Kellnerin und stellt zwei riesige Teller vor sie auf den Tisch.

Dennis stellt sich unbeholfen an – mit nur einer intakten Hand. »Soll ich dir helfen?«, fragt Jennifer, und ohne eine Antwort abzuwarten, schneidet sie Bacon und Spiegelei in mundgerechte Stücke.

»Danke«, murmelt er. In seiner Miene sieht Jennifer Unbehagen … und noch etwas. Sie ist nicht sicher, ob sie das

Richtige getan hat. Scheiße, wie mütterlich von ihr! Aber nun ist es geschehen, und im Grunde ist es doch egal, oder?

Das Stimmengewirr im Diner schwillt immer mehr an und macht Jennifer nervös. Die ganze Situation macht sie nervös.

Sie schweigen. Und dieses Schweigen legt sich schwer wie Blei auf ihr Gemüt. Sie will weg. Nach Hause.

Nach einer gefühlten Ewigkeit fragt Dennis: »Erzähl! Wie ist es dir ergangen?« Er legt sein Besteck umständlich auf den Teller und sieht sie erwartungsvoll an.

»Gut.« Auch wenn er jetzt wieder normal klingt, ihr Bedürfnis, nach Hause zu fahren, schmälert das nicht.

»Was ist los, Jenny? Du siehst so bedrückt aus, ist irgendwas passiert? Warum willst du wieder nach Stockholm?«

In Bruchteilen einer Sekunde trifft sie die Entscheidung, ihm nichts zu erzählen. »Nein, alles gut. Ich hab einfach bloß die Nase voll vom Landleben.« Ein schwacher Versuch, ihre plötzlich aufsteigende schlechte Laune zu kaschieren. Warum hat sie Dennis' Frühstück bloß in mundgerechte Häppchen geschnitten? Sie hat sich wie eine Idiotin benommen! Nur wegen dieses Kribbelns, das er plötzlich bei ihr ausgelöst hat. Sie weiß, dass er nicht lockerlassen wird, aber sie hat keine Muße, über die Geschehnisse zu sprechen. »Wie ist die Zusammenarbeit mit Susanna?«, fragt sie schnell, bevor er nachhakt.

Er lehnt sich zurück und presst verachtend die Lippen aufeinander. »Sie ist okay, aber ganz anders als du. Ich hatte Mühe, mich umzugewöhnen … wir sind schon ein tolles Team, ich meine – du und ich.«

Mit Mühe unterdrückt Jennifer ein missgünstiges Lächeln.

»Stell dich nicht so an, Dennis! Jeder arbeitet anders.«

»Das ist mir schon klar, aber Susanna ist nicht so perfekt. Sie ist mehr … Wie soll ich sagen? Sie liebt es, sich in Szene zu setzen. Da bist du ganz anders.«

Das Bad der Schmeichelei wird durch das Klingeln ihres Smartphones unterbrochen. Mit Elan zieht sie es aus der Handtasche, checkt die Nachricht – und spürt, wie sich in Sekundenschnelle ein eisiger Schauer auf ihre Haut legt.

Das war wohl nichts. Du wirst mein Leben nicht zerstören. Ich sehe dich. Colin.

»Was ist, schlechte Nachrichten?«

»Nein, nur meine Mutter.« Sie wirft ihr Smartphone in die Tasche, als würde sie sich die Finger verätzen, wenn sie es nur einen Moment länger in den Händen hielte. Hektisch streicht sie sich eine Haarsträhne hinter das Ohr, während ihre Augen das Diner absuchen. Woher hat er ihre Nummer? Angela? Panik und Wut durchströmen ihren Körper und ihr wird schlagartig übel.

Dennis wendet sich ebenfalls um. »Wonach suchst du?«

»Ach, nichts.« Sie stürzt den Rest Kaffee herunter. Atmet tief aus, um sich wieder runterzufahren. Sie wird das mit Angela klären.

Ganz Gentleman öffnet Dennis die Tür des Diners für sie. Einen winzigen Augenblick berührt er ihren Rücken, und da ist wieder das Gefühl, das sie nicht beschreiben kann. Erregend und beunruhigend gleichermaßen. Sie schüttelt es ab, während sie schwatzend auf seinen Wagen zusteuern.

»Jenny!«

Jennifer beschattet mit einer Hand ihre Augen gegen die Sonne und sucht den Parkplatz ab. Nur zwei Wagen weiter sieht sie Svenja und Nils.

Bitte, jetzt nicht auch noch die beiden!

Ohne dass sie es will, blickt sie Dennis an. Der lächelt und umfasst ihre Taille. »Ist das Svenja?«, fragt er interessiert.

Das wird ihr alles zu viel. Sie will nicht, dass er ihre Freunde kennenlernt. Auch nicht, dass er sie so anfasst ... besitzergreifend. Ohne ihm zu antworten, geht sie auf Svenja zu und umarmt sie, als hätten sie sich ewig nicht gesehen.

»Hej! Schön, dich zu sehen.« Während sie Svenja umarmt hält, schielt sie zu Nils, der sie mit – wie es scheint – amüsiertem Blick betrachtet.

Svenja schält sich aus Jennifers Umarmung und streckt Dennis die Hand hin. »Hej! Ich bin Svenja.«

»Dennis. Schön, dich endlich mal live zu erleben. Jenny hat mir schon viel von dir erzählt.« Verwundert sieht Svenja Jennifer an. »Wirklich?«

Sie lächelt gequält und nickt.

»Und du bist dann mit Sicherheit Nils.« Dennis streckt Nils die Linke entgegen, die Nils fest ergreift.

»Was ist mit der rechten Hand passiert?«

»Kleines Missgeschick, aber sehr willkommen. So hab ich jetzt die Gelegenheit, ein paar schöne Stunden mit Jenny zu verbringen, und endlich habe ich euch kennengelernt. Jennys Jugendfreunde.« Dennis und Nils mustern sich wie Torero und Stier in der Arena. Nils grinst und wendet sich Jennifer zu, umarmt sie und haucht ihr einen Kuss auf die Wange. »Schade, dass du gestern Abend so schnell gegangen bist.«

Jennifer lacht gekünstelt und linst zu Svenja. »War nicht mein Abend.« Sie hakt sich bei Dennis unter. »Wir sehen uns. Ich ruf dich an, Svenja.«

***

Schweigend vergeht die Fahrt zu ihren Eltern. Es war ihr unangenehm, Svenja und Nils zu treffen. Und dann dieses Gebaren von Dennis. Furchtbar!

»Okay, Lady, wir sind da.« Dennis dreht am Zündschlüssel und der Motor erstirbt. »Also, du fährst jetzt nach Stockholm?«

Jennifer sieht zu ihrem Elternhaus und streicht sich eine Haarsträhne hinter das Ohr. Langsam wendet sie sich Dennis zu. »Hast du Lust, noch mit reinzukommen? Meine Eltern würden sich bestimmt sehr freuen. Schließlich warst du schon länger nicht hier. Hattest immer etwas anderes vor, so wie ich … ach egal. Was ist, magst du?«

»Gern. Ich mag deine Eltern, sie sind so … entspannt.«

Darüber muss Jennifer laut lachen. Sie kann gar nicht wieder aufhören, Tränen rollen ihr die Wangen hinunter.

»Mein Gott! Hab ich was Falsches gesagt?«

»Nein, nein … alles gut«, keucht sie und schnappt nach Luft.

Auf dem Weg zum Haus bemerkt sie, dass das Tor zur Werkstatt geöffnet ist. »Komm! Mein Vater ist anscheinend in der Werkstatt.« Sie ergreift Dennis' Hand und zieht ihn mit. Sie fühlt sich gut und erleichtert. Der Lachflash hat ihre Lebensgeister geweckt und ihren Kopf gereinigt. Und Dennis' warme Hand in ihrer fühlt sich gut an.

»Paps, schau mal! Ich habe Besuch mitgebracht.«

Es dauert keine zehn Sekunden, und ihr Vater und Dennis haben sie vergessen und widmen sich ganz der Fachsimpelei über den Stolz ihres Vaters. Den Mustang.

Noch bevor Jennifer ins Haus geht, zückt sie ihr Smartphone und checkt ihre Nachrichten. Nichts. Genervt schüttelt sie den Kopf. Dann drückt sie die Kurzwahl. Es klingelt nur drei Mal. »Jennifer, ich habe eigentlich viel früher mit Ihrem Anruf gerechnet.«

»Und ich habe damit gerechnet, dass Sie mich informieren.«

»Tut mir leid, dann haben Sie wohl noch nicht mit Ihrer Mutter gesprochen.« Was? Sie versteht nicht. Wieso mit ihrer Mutter, was hat sie damit zu tun? Jennifer blickt zum Haus und erkennt hinter dem Küchenfenster Angelas Silhouette.

»Jennifer? Sind Sie noch dran?«

»Ja, und ich wäre Ihnen dankbar, wenn Sie mich aufklären könnten.«

Mit versteinerter Miene lauscht sie den Ausführungen von Kommissarin Smilla Berglund.

»Was für eine Scheiße ist das alles?« Jennifer ist außer sich. »Angela, sag mir, dass ich das nur träume!«

In Angelas Blick liegt Besorgnis. Mit einem tiefen Seufzer wendet sie sich wieder dem Geschirrspüler zu.

Jennifer beobachtet jede ihrer Bewegungen. Wie kann sie nur so desinteressiert sein? In ihr steigt Wut auf wie in einem brodelnden Vulkan. Als Angela eine weitere saubere Schüssel aus dem Geschirrspüler nimmt, packt sie ihre Hand. Klirrend fällt die Schüssel zu Boden.

Für einen Moment ist es unheimlich still. Sie mustern sich.

»Angela, hast du der Kommissarin gesagt, dass ich gerade ein mentales Problem hab und deshalb nicht mehr weiß, was richtig oder falsch ist, dass ich bei jeder Aufregung überreagiere?«

»Na, so deutlich habe ich das nicht formuliert.«

Ihr Herz klopft bis zum Hals. Sie fühlt sich, als würde jeden Moment ihr Schädel platzen. Sie atmet tief ein und aus. »Hast du ihr gesagt, dass du mit Colin die alten Todesfälle recherchiert hast und er das alles deshalb aufgeschrieben hat … hast du das gesagt?«

»Was ich der Kommissarin gesagt habe, entspricht den Tatsachen, und jetzt beruhige dich wieder.« Ungerührt bückt sich Angela, um die Scherben aufzuheben. »Colin ist kein Mörder«, fügt sie leise hinzu.

»Und woher willst du das wissen?« Jennifer stemmt die Hände in die Hüften. »Verdammt, Angela! Er hat exakt das beschrieben, was den Frauen angetan wurde. Das kann kein Zufall sein. Er hat keltische Zeichen gemalt, und als ich bei ihm war, hat er mich ...« Sie beendet den Satz nicht. Am Ende würde Angela sich sonst noch ihre Angst bei Colin zunutze machen und sie mit scharfer Zunge kommentieren.

»Colin ist einfältig, aber nicht gewalttätig. Ich kenne ihn, und ich habe eine verdammt gute Menschenkenntnis.« Vehement wirft Angela die Scherben in den Mülleimer unter der Spüle. »Er wollte unsere Recherche nutzen, um sie in seinem Buch zu verwenden. Das ist alles.«

»Das glaube ich jetzt nicht! Wie kannst du nur? Frauen werden vergewaltigt und ermordet, und du ...«

»Bitte, Jenny! Du bist hysterisch. Warum hast du mir nicht gesagt, dass du dich doch für die Tote vom See interessierst? Ich hätte dir einiges von dem erzählen können, was in den vergangenen Jahren hier passiert ist. Du hättest dir die Zeit und die Peinlichkeit ersparen können.«

»Peinlichkeit!? Du bist eine verdammte Heuchlerin. Wenn du so darauf erpicht warst, die Morde aufzuklären, warum hast du mir dann deine jahrelangen Aufzeichnungen nicht gezeigt?«

Angela zögert. »Ich wollte mich dir nicht aufdrängen.«

»Bullshit! Du hast mich absichtlich ins Messer laufen lassen.« Sie starrt Angela an. Es fällt ihr schwer, ihre Wut und Enttäuschung im Zaum zu halten. »Und wenn wir schon dabei sind, hast du Colin meine Telefonnummer gegeben?«

Angela nickt.

Die Stimmen von Paul und Dennis im Flur lassen sie verstummen. Als die beiden in die Küche kommen, tauscht sie noch einen Blick mit Angela. Die Männer feixen herzlich miteinander. Sie sehen so entspannt und gelöst aus, dass es Jennifer den Atem raubt. Sie will nur noch schreien, all den angestauten Frust in die Welt hinausbrüllen. Sie ballt die Hände zu Fäusten, damit sie es nicht tut.

***

Jennifer zieht ihre Strickjacke enger um sich und blickt in den Sonnenuntergang, der den Himmel zum Brennen bringt. »Was ist, Lust auf ein Bier und romantisches Grillengezirpe?« Sie lacht Dennis an, doch in ihren Augen ist kein Lachen.

»Fantastische Idee.« Er blickt über den Hof. »Und wo bekommen wir das Bier her, und wo ist die Romantik?«

»Du weißt ja, ich bin gut im Organisieren.« Sie lässt Dennis mitten auf dem Hof stehen und rennt zur Werkstatt.

Der Geruch nach Öl und Schmiere hängt in der Luft. Zielstrebig geht sie auf den kleinen Kühlschrank neben der Werkbank zu. Es fühlt sich merkwürdig und falsch an, dass sie einfach Bier nehmen will, ohne zu fragen. Sie zögert. Aber dann bückt sie sich doch und holt zwei Flaschen aus dem Kühlschrank, und da ist es plötzlich wieder, das Gefühl im Nacken: Sie wird beobachtet. Ihr Herz galoppiert. Ruckartig richtet sie sich auf und wendet sich zum Werkstatttor um. Aber da ist niemand.

Eilig geht sie zurück zu Dennis, sie zwingt sich, fröhlich zu klingen. »Auf geht's!« Sie benimmt sich idiotisch, das ist ihr völlig klar. Aber schließlich ist es Dennis, und der kennt ihre Stimmungen.

Auf einer umgestürzten Fichte lassen sie sich nieder. Schweigend blicken sie über die Wiese vor ihnen, die ihr saftiges Grün schon dem Herbst geopfert hat. Sanft steigt der Bodennebel auf. Über ihnen hat sich der Himmel blutrot gefärbt. Krähen sammeln sich schreiend, um auf einer hohen Fichte die Nacht zu verbringen.

»Tja, mit Grillengezirpe kann ich leider doch nicht dienen, ist schon zu kalt.« Jennifer erhebt ihre Bierflasche: »Trinken wir auf den wundervollen Sonnenuntergang!«

Schweigend genießen sie das sich verändernde Licht.

»Das war ein angenehmer Abend. Deine Mutter ist großartig, so … wortgewandt und aufmerksam.«

Jennifer kommt die Galle hoch. So wird ihre Mutter wahrgenommen? Am liebsten würde sie Dennis anbrüllen, seine verletzte Hand nehmen und zusammenquetschen, damit er aufwacht und sieht, wie ihre Mutter wirklich ist. Sie verflucht sich. Immerhin ist nicht er es, der sie zur Weißglut bringt.

»Meinst du?« Ihr Ton ist zu schroff. »Ja, meine Mutter ist eine verdammt gute Schauspielerin.« Sie nimmt einen kräftigen Schluck aus der Flasche.

»Wie meinst du das?«

Sie senkt den Kopf, ihr Haar fällt ihr ins Gesicht. Sie kämpft gegen den emotionalen Aufruhr – und verliert. Tränen tropfen ins Gras. Sie spürt seine Hand, die ihr eine Strähne zur Seite streicht. »Was ist los, Jenny?« Seine Stimme ist weich, und noch bevor sie es realisiert, lehnt sie sich an seine Schulter und weint hemmungslos.

Dennis drückt sie sanft an sich, atmet den Duft ihres Haares ein, streicht ihr ruhig über den Rücken. Die Krähen fliegen noch einmal auf, ihr Ruf klingt beunruhigt. Dann ist es totenstill.

»Süße, was ist los?« Seine Hand ist unter ihrem Kinn. Er hebt ihren Kopf so, dass sie ihn ansehen muss. Vielleicht ist es das erste Mal, dass sie ihn bewusst ansieht, sie weiß es nicht, doch was sie sieht, beruhigt und verwirrt sie zugleich. Er ist ihr viel zu nah! Jennifer räuspert sich, rückt von ihm ab, wischt sich mit dem Ärmel ihrer Strickjacke die Tränen aus den Augen. Sie blickt ihn fest an. »Okay, ich werde dir jetzt etwas erzählen, und ich hoffe, wir beide können dann Licht in eine dunkle Geschichte bringen.«

Sie hat sich gefangen, ist wieder ganz Journalistin. Alles Private ist nicht mehr von Belang.

Als sie endet, ist es dunkel geworden und die feuchte kühle Luft hat sie eingefangen.

»Und jetzt sag du mir noch mal, dass meine Mutter wortgewandt und aufmerksam ist! Ich verstehe nicht, warum sie diesen Irren so in Schutz nimmt.«

Dennis lehnt sich nach vorn, stützt die Ellenbogen auf den Knien ab. »Das ist eine verrückte Geschichte ... und du hast Fotos von der Toten gemacht?«

»Ja, habe ich.« Sie nimmt ihr Smartphone aus der Hosentasche. »Hier, aber ich warne dich, ist kein schöner Anblick.« Doch noch bevor sie den Satz ausgesprochen hat, weiß sie, dass Dennis nicht schockiert sein wird. Wie sie hat er schon wesentlich perversere Verstümmelungen gesehen.

»Okay. Und du denkst, dass es Colin war?«

»Er ist vor knapp sechs Jahren hergezogen. Damals wurde hier zum ersten Mal eine Frau ermordet. Tote Nummer eins am Diner. Und der Typ hat alles exakt beschrieben.«

»Aber wenn es in der Zeitung stand ... dann ist doch nichts Außergewöhnliches daran.«

»Im Grunde nicht, aber die Art, wie er es ...«

»Süße, er ist Schriftsteller.«

Gefrustet springt Jennifer auf. »Verdammt, das weiß ich! Aber wie er mich angesehen hat und wie er plötzlich im Haus meiner Eltern stand.« Sie wirbelt hektisch mit den Armen. »Von wegen Eier holen! Der wusste ganz genau, dass meine Eltern nicht da waren. Und dann in seinem Haus, als er wissen wollte, ob ich sein Geschreibsel mag.« Sie schüttelt energisch den Kopf. »Der Typ ist ein Psycho.«

Dennis steht auch auf, sein Blick ist in die Dunkelheit gerichtet. Und obwohl sie seinen Gesichtsausdruck nicht genau erkennen kann, merkt sie: Er wägt ab.

»Du hast doch mit dieser Kommissarin Eklund ...«

»Berglund. Smilla Berglund.«

»Ja, richtig. Was hat sie gesagt?«

»Oh, sie hält sich bedeckt wie eine alte Jungfer und glaubt nicht, dass er der Täter ist.«

Dennis wendet sich ihr zu. »Vielleicht suchst du in der falschen Richtung.«

»Wie meinst du das?« Plötzlich ist sie aufgeregt.

»Überleg mal! Colin tötet die Frauen und bringt die Gefühle, die er dabei empfand, zu Papier. Und dann lässt er die Aufzeichnungen einfach so liegen? Außerdem kann ich mir nicht vorstellen, dass es deine Eltern nicht bemerkt hätten, wenn er mehr mit der Sache zu tun hätte …«

Jennifer lässt sich Dennis' Worte durch den Kopf gehen. »Was du sagst, klingt logisch, aber …«

»Genau, es ergibt Sinn. Deshalb lohnt es sich, einen weiteren Blick zu wagen.« Dennis streicht über seine bandagierte Hand. »Was ist mit Nils? Er ist doch oft unterwegs und …«

»Jetzt spinnst du! Warum sollte Nils so was tun? Außerdem kenn ich ihn besser«, fällt sie ihm ins Wort.

»Ist ja nur so ein Gedanke und … mein Gefühl.«

»Mit Gefühlen kommen wir nicht weiter.«

»Sehr gut. Ich spüre, wie die alte Jennifer zurückkommt.« Ein breites Grinsen legt sich auf ihre Lippen. »Ja, vielleicht.«

»Bist du sicher, dass du nicht lieber hier übernachten willst statt im Dorfhotel?«

»Danke für das Angebot, aber ich möchte ein wenig allein sein.« Ungelenk stehen sie sich auf dem dunklen Hof gegenüber – wie Teenager, die nicht wissen, was sie als Nächstes tun sollen. Jennifer hasst das.

Was ist bloß los mit mir?

Sie schlingt die Arme um ihren Körper. »Okay, dann sehen wir uns in Stockholm.«

Sie sieht den Rücklichtern seines Wagens hinterher. Es hat gutgetan, sich mit Dennis auszutauschen, auch wenn er sich irrt. Sie ist sich einfach sicher, dass sie recht hat. Und es ärgert sie immer noch, dass er Nils erwähnt hat. Aber eins hat er erreicht: Sie ist angefixt, sie will diese Mordserie aufklären und darüber berichten.

Sie hat Lust auf eine Zigarette.

An ihren Wagen gelehnt bläst sie den Rauch in die Luft und betrachtet den Sternenhimmel. *Warum passiert das alles?* Sie glaubt nicht an Zufälle, dafür ist sie zu sehr Realistin. Sie zieht ein weiteres Mal an der Zigarette und wendet den Blick zum angrenzenden Wald. Sie kneift die Augen zusammen und späht angestrengt in die Dunkelheit. Ihr Körper ist angespannt. Dann guckt sie zum Haus hinüber. Alles dunkel. Ohne den Wald aus den Augen zu lassen, bewegt sie sich auf das Haus zu.

14. Kapitel

»Wann kommst du wieder?«, fragt Paul, als er Jennifers Reisetasche im Kofferraum verstaut.

»Ich weiß noch nicht.« Sie vergräbt die Hände in den Taschen der Jeans. Sie fühlt sich mies und ausgelaugt. »Paps, bitte mach es mir nicht so schwer.«

»Mädchen, ich weiß, dass du und Angela ... na ja, ist vielleicht ganz gut, wenn ihr nicht so eng aufeinander hockt. Und die Sache mit Colin ...« Er senkt den Blick, betrachtet angestrengt seine derben Arbeitsschuhe. »Ich glaube auch, dass du falschliegst.« Langsam hebt er den Blick, Jennifer kann seine Betrübnis sehen.

»Ich hab dich lieb, Paps. Alles wird sich regeln.«

»Wenn du es sagst, glaub ich dir.« Paul hält ihre Hände fest und zieht sie an sich. »Pass auf dich auf!«

Jennifer öffnet die Wagentür, aus dem Augenwinkel bemerkt sie Angela, die auf sie zugerannt kommt.

»Warte! Ich hab noch was für dich.« In ihren Händen hält sie einen Korb mit Gemüse. »Alles bio.« Sie lächelt, drückt ihr den Korb in die Hand, beugt sich vor und haucht ihr einen Kuss auf die Wange. Jennifer weicht zurück und senkt den Blick. Reiß dich zusammen. »Ich ... ich melde mich, sobald ich in Stockholm bin.« Sie nickt den beiden zu und springt in ihren Wagen.

Im Rückspiegel sieht Jennifer ihre Eltern. Arm in Arm sehen sie ihr nach. Jennifer legt die Hand auf die Wange, die Angela geküsst hat. »Scheiße, Scheiße, Scheiße!« Heftig reibt sie den Kuss fort.

***

Bevor Jennifer den Klingelknopf drückt, holt sie tief Luft. Sie will sich zumindest von Svenja verabschieden, wenn sie schon ihr Versprechen nicht einhält, sich mit ihr zu treffen.

»Guten Morgen, Jenny.« Nils blickt sie überrascht an, hat sich aber schnell wieder im Griff. »Wie geht's dir?«

»Sehr gut. Ist Svenja da?« Mist, sie hat nicht damit gerechnet, dass Nils zu Hause ist. Jennifer drängt sich an ihm vorbei und bleibt unschlüssig im Flur stehen.

Nils geht voran in Richtung Küche. »Hast du schon gefrühstückt?«

»Ja, danke.« Sie folgt ihm und nimmt jedes Detail in sich auf. Der weiße Fliesenboden ist blank poliert. An der Wand im Flur hängen Fotos aus vergangenen und jüngeren Tagen, Jacken hängen ordentlich an den Garderobenhaltern. Sie erhascht einen Blick ins Wohnzimmer. Rote und orangefarbene Kissen zieren eine Sofaecke in Beige vor einem offenen Kamin. Das gefällt ihr. Die Küche ist so, wie Jennifer vermutet hat: Hightech, aufgeräumt und … ohne Leben? Ja, kein Vergleich zu der Küche ihrer Mutter, und auch bei ihr selbst sieht es gemütlicher aus.

Nils wendet sich ihr zu, sein Lächeln wirkt zweideutig. Nervös streicht sie sich eine Haarsträhne hinter das Ohr. »Wo ist Svenja?«

»Draußen. Du siehst müde aus, ist irgendwas passiert?«

»Nein, alles gut.«

»Wie geht es deinem neuen Freund … Dennis?«

Jennifer seufzt. »Er ist mein Kollege – und ja, sein Name ist Dennis.«

»Oh, ihr habt so vertraut ausgesehen, da dachte ich …«

»Nils, lass es bitte!«

Er hebt abwehrend die Hände und wendet sich der Terrassentür zu. Als er sie hinausführt, liegt seine Hand auf ihrem Rücken. Das fühlt sich nicht gut an. Irgendwie hat es den Reiz verloren. Noch auf der Party war sie kurz davor, sich mit ihm in die Büsche zu schlagen, und jetzt … jetzt mag sie seine Berührung nicht mehr. Sie beschleunigt ihren Schritt. Erleichterung durchströmt sie, als die Wärme seiner Hand nicht mehr zu spüren ist.

Svenja blickt auf, und ihre Augen weiten sich, als sie Jennifer entdeckt. »Jenny! Ich … waren wir verabredet, hab ich das vergessen?« Sie springt vom Gartenstuhl hoch, nestelt nervös an ihrem weit geschnittenen Hemd und streicht sich über das kurze Haar.

»Nein.« Auf Svenjas Gesicht zeichnet sich Erleichterung und Verwunderung ab. Plötzlich hat Jennifer das Bedürfnis, ihre Freundin fest an sich zu drücken. Svenja sieht ohne ihr Make-up ganz aus wie früher, frisch und sorglos wie damals, als sie ihre Pläne geschmiedet haben.

»Magst du einen Kaffee?«

»Ja.«

Nils beugt sich zu Svenja, gibt ihr einen Kuss auf den Mund. »Bis später, mein Engel.« Er schielt zu Jennifer hinüber. Sie setzt sich an den Tisch und lächelt ihn verkrampft an. Er legt ihr im Vorbeigehen die Hand auf die Schulter. »Ich sehe dich.« Jennifer schluckt hart bei den Worten. Dennis' Worte schießen ihr durch den Kopf: *Was ist mit Nils, er ist immer viel unterwegs.* Ihre Hand geht zu ihrem Haar, mitten in der Bewegung hält sie inne.

Schweigen breitet sich zwischen ihr und Svenja aus. Selbst die Vögel unterbrechen für einen Moment ihren Gesang.

»Bei Tag betrachtet ist der Garten wunderschön«, sagt Jennifer in die Stille hinein.

Svenja lacht schrill. »Na ja, in ein paar Jahren wird er das wohl sein. Die Pflanzen brauchen noch ein wenig Zeit, bevor sie ihre Pracht zeigen.«

Nachdenklich nickt Jennifer. »Ist es das, was du wolltest?«

Verdutzt blickt Svenja sie an. »Was meinst du?«

»Ich weiß auch nicht, aber irgendwie passt das alles nicht zu dir. Es ist so, wie soll ich sagen … so aufgeräumt und steril.«

Svenja lehnt sich vor und beäugt Jennifer aufmerksam. »Und das passt deiner Meinung nach nicht zu mir?«

Jennifer merkt sofort, dass sie zu weit gegangen ist. Schließlich geht es sie nichts an, wie Svenja ihr Leben gestaltet. Sie wischt über den makellosen Holztisch. »Du warst immer so … eher frei, und jetzt … ich hab das Gefühl, du verbiegst dich.«

Svenja holt tief Luft und lässt sie langsam entweichen. »Ausgerechnet *du* sagst mir das? Jennifer, sieh dich doch mal an! Du ziehst gnadenlos dein Ding durch. Schon damals, als wir *unseren Traum* verwirklichen wollten, hast du mich einfach vor vollendete Tatsachen gestellt. Nein. Ich mag mein Leben. Und in gewisser Weise bin ich dir sogar dankbar dafür, dass du die Segel hier gestrichen hast.« Ihre Hand bebt, als sie die Kaffeetasse anhebt. Vorsichtig stellt sie sie wieder zurück. »Ich habe den Mann bekommen, den ich immer wollte. Ich führe ein Leben ohne Sorgen, und so soll es auch bleiben.«

Das ist nicht das, was sie hören wollte. Aber was hat sie erwartet? »Ja, du hast recht. Ich bin in manchen Dingen egoistisch. Ich wollte mich nur verabschieden, ich fahr nach Haus.«

Svenja schweigt und dadurch fühlt sie sich noch unwohler. Am liebsten würde sie ihr sagen, was für einen tollen Kerl sie hat, der auf Partys und sogar auf ihrer Hochzeit seine Ex vögeln wollte. Doch sie lässt es. Es gibt keinen Grund, einen Keil in Svenjas Beziehung zu treiben.

An der Haustür hält Svenja sie zurück. »Lass Nils in Ruhe!«

Und noch bevor sie etwas erwidern kann, hat Svenja die Tür geschlossen.

***

Erleichtert atmet Jennifer aus, während ihr Blick zum Hafen wandert. An das Geländer ihrer Terrasse gelehnt genießt sie die Brise, die über die Stadt weht. Ihr Blick wandert zum blauen Himmel, hoch oben ziehen Möwen ihre Kreise. Genüsslich schlürft sie Weißwein, und mit jeder Sekunde hier auf ihrer Terrasse fühlt sie sich besser. Es kommt ihr vor, als wäre sie unendlich lange fort gewesen. Dabei waren es nur ein paar Tage. Doch die hatten es in sich. Morgen wird sie alles sortieren, um zu verstehen, was sie erlebt hat. Jetzt will sie keinen Gedanken mehr daran verschwenden, weder an Svenja und ihre spitze Bemerkung noch an Ava F. und schon gar nicht an Colin und Nils. Auch nicht an Dennis und ihre Eltern. Alles morgen, wenn sie wieder klar ist und den Muff der Vergangenheit hinter sich gelassen hat.

Das warme Wasser rinnt ihren Körper hinab, sie genießt den blumigen Duft ihres Duschgels – mit dem Hauch von Sandelholz. Langsam gleitet ihre Hand zwischen die Schenkel.

Zwanzig Minuten später lässt sie sich entspannt in die Kissen ihres Bettes fallen. Noch nie hat sie ihr Bett so sehr vermisst. Schnell übermannt sie der Schlaf. Tief, fest und dunkel. So dunkel, dass Jennifer sich in ihren weißen Laken hin und her wälzt. Getrieben von einem Traum, der so wirklich und doch nicht zu greifen ist.

Das Bersten der Detonation, Geschrei, und dann ... Nichts.

Eine Straßenecke, staubig, voller Lärm. Samira, die auf sie zukommt, ihre Hände nach ihr ausgestreckt, sie anlächelt. Plötzlich verschwindet das Lächeln. Ihre Stimme wird schrill und durchdringend: »Jenny, hör, was ich dir sage! Eine Hand klatscht keinen Beifall.«

Schweißgebadet schreckt Jennifer hoch. Ihr Atem geht rasselnd, ihre Kehle fühlt sich rau und trocken an. Orientierungslos sieht sie sich um. Im Mondschein sind schwach die Konturen ihres Schlafzimmers zu sehen. Lauer Wind streicht durch den Raum und trägt die müden Geräusche der Stadt zu ihr. Jennifer schlägt die Decke zurück, setzt sich auf die Bettkante und schaltet die Nachttischlampe an, die den Spuk vertreibt.

Aus dem Kühlschrank holt sie sich eine Flasche Wasser und geht auf die Terrasse. Der Wind lässt ihren Schweiß schnell trocknen. Gierig trinkt sie, das kühle Nass belebt ihre Sinne. Immer wieder kaut ihr Hirn Samiras Worte durch. *Eine Hand klatscht keinen Beifall.* Was hat das zu bedeuten? Sie kann sich keinen Reim darauf machen.

Hat Samira das irgendwann einmal zu mir gesagt?

Sie ist viel zu müde, um noch weiter darüber nachzudenken. Jennifer blickt in den Nachthimmel der Stadt, der nie richtig dunkel wird. Das gefällt ihr auf dem Land besser. Mit einem letzten Blick auf den Hafen löst sie sich vom Geländer der Terrasse, um wieder ins Bett zu gehen.

An der Terrassentür bleibt sie wie angewurzelt stehen, als sie ein Geräusch aus dem Flur hört. Es klang, als würde ein Schlüssel leise im Schloss gedreht. Angestrengt lauscht sie. Es ist still, bis auf ein paar Autos, die vereinzelt die Straßen entlangfahren. Sie atmet lange aus – bemüht sich, ihren viel zu lauten Herzschlag zu beruhigen.

Alles Einbildung. Sicher?

Wie einen Baseballschläger umklammert sie die Wasserflasche. Die Fliesen unter ihren Füßen sind kalt, ihr Herz pocht so schnell, als wollte es aus ihrer Brust springen. Vorsichtig blickt sie in den dunklen Flur. Nichts. Ohne den Flur und das Wohnzimmer aus den Augen zu lassen, tastet sie wie wild nach dem Lichtschalter. Am liebsten würde sie laut fluchen, weil sie sich so dämlich anstellt. Und dann spürt sie ihn. Endlich. Das Licht vertreibt schlagartig den Schreck und gibt ihr Sicherheit. Sie hetzt zur Haustür, drückt die Klinke herunter. Verschlossen. Sie rüttelt vorsichtshalber noch einmal daran. Langsam entspannt sie sich. Sie sieht sich noch einmal um. Doch da ist nichts Außergewöhnliches, bis auf ihre Strickjacke, die auf dem Boden liegt. Jennifer hebt sie auf und hängt sie wieder an den Garderobenhaken.

Sorgsam verschließt sie die Schlafzimmertür hinter sich.

15. Kapitel

Svenja berührt seine Bettseite. Sie ist noch warm, erleichtert atmet sie auf. Jetzt hört sie auch das Summen aus dem Bad. Sie schwingt die Beine aus dem Bett, schlüpft in ein altes T-Shirt und zieht ihre Jogginghose über.

Angestrengt starrt sie auf jeden einzelnen Tropfen, der durch die Kaffeemaschine in die Kanne läuft. Die halbe Nacht hat sie wach gelegen. Zwischen Zorn und Sorge hin und her getrieben. Wie so oft. Doch diesmal hat sie ein ganz schlimmes Gefühl. Und es ist mehr als Eifersucht.

Svenja zuckt zusammen, als Nils sie von hinten umarmt und ihren Nacken küsst. »Guten Morgen, mein Engel.« Er dreht sie zu sich herum und betrachtet ihr Gesicht. »Entschuldige, dass es so spät wurde. Aber ich hatte eine Panne auf der E4 und es hat ewig gedauert, bis der Pannendienst da war.«

»Du warst in Stockholm?«

»Nein, in Uppsala. Hatte ich dir doch gesagt?« Genervt nimmt er die Kaffeekanne von der Wärmeplatte. »Warum siehst du mich so an?«

»Ich frage mich … du hättest anrufen können oder zumindest rangehen … Ich hab ein paar Mal versucht, dich zu erreichen.« Ihr ist zum Heulen zumute. Sie verschränkt die Arme vor der Brust und vergräbt die Fingernägel in ihren Oberarmen, bis es schmerzt. Doch der Schmerz kann nicht verhindern, dass ihre Unterlippe bebt. Schnell wendet sie sich von Nils ab.

»Svenja, bitte! Was soll das?« Er legt die Hand auf ihre Schulter. Heftig schüttelt sie sie ab.

»Lass mich in Ruhe«, faucht sie und stürmt in den Garten.

Tränen der Wut und Eifersucht rinnen heiß ihre Wangen hinunter und tropfen auf das T-Shirt. Sie hört erst das Zuschlagen der Haustür, kurze Zeit später jagt Nils' Wagen mit aufheulendem Motor davon.

Lange tigert Svenja um das Telefon herum, starrt es paralysiert an, schließlich greift sie danach, aber nur um es gleich wieder hinzulegen. Sie stemmt die Hände in die Hüften, dann nimmt sie all ihren Mut zusammen und wählt Jennifers Nummer.

***

Dennis nimmt sich die Tageszeitung vom Tresen und setzt sich an den Tisch, an dem er vor zwei Tagen mit Jennifer gesessen hat. Während des Frühstücks liest er flüchtig, was in der Welt geschehen ist. Immer wieder wandert sein Blick durch das Diner. Er entdeckt einen jungen Mann mit Basecap, der ihn ungeniert ansieht. Das nervt, aber seine Laune vermiest es nicht. Gelassen widmet er sich der Zeitung.

»Hej, Colin!«

Dennis hebt den Blick. Nils geht mit ausgestreckten Armen an ihm vorbei, direkt auf den Mann zu und klopft ihm kameradschaftlich auf die Schulter.

Hab ich richtig gehört? Hat er Colin gesagt? Wunderbar!

Er lächelt schief, und als Nils ihn entdeckt, füllt sich sein Körper mit Glückshormonen.

Perfekt!

16. Kapitel

Angespannt blickt Jennifer auf die Armbanduhr. Sie liegt gut in der Zeit, hoffentlich bleibt das so. Doch das Schicksal meint es an diesem Dienstagmorgen nicht gut mit ihr. Stop-and-go. Gereizt trommeln ihre Finger auf das Lenkrad. Der Verkehr macht sie noch wahnsinnig. Sie hätte die U-Bahn nehmen sollen.

»Oh lieber Gott, lass Abend werden, möglichst noch vor dem Mittag!« Ein alter Ausspruch ihrer Großmutter. Wenn sie sich richtig erinnert, war das eine kluge Frau. Aber das nützt ihr jetzt auch nichts.

Sie jubelt innerlich, als sie direkt vor dem Café in der Rådmansgatan einen Parkplatz entdeckt. Einen Moment später zieht sie mit Schwung die Tür des Cafés auf, der Duft frisch gebackener Zimtschnecken weht ihr verführerisch in die Nase. Sofort hat sie Lust auf die süße Köstlichkeit.

Suchend sieht sie sich in dem gemütlichen Café um. Hier scheint die Zeit stillzustehen. Die Möbel sind ein Sammelsurium aus vergangenen Tagen. Nichts passt zusammen, und doch passt es. Jennifer entdeckt Smilla Berglund in der hinteren Ecke auf einer Bank, die einer Kirchenbank gleicht.

Smilla sieht auf und winkt Jennifer zu. Sie wirkt entspannt. Gelassener als bei ihrem letzten Treffen. Vielleicht gibt es gute Nachrichten über Ava F. und die anderen Frauen.

»Hej, Smilla, Sie machen einen zufriedenen Eindruck.« Jennifer ergreift die ausgestreckte Hand.

»Das kann ich von Ihnen nicht sagen, sorry für meine Direktheit.« Smilla neigt entschuldigend den Kopf zur Seite und verzieht den Mund zu einer schmalen Linie.

Das muss Jennifer erst einmal verdauen, und doch sagt sie: »Ich mag, wenn Menschen direkt sind.« Sie schenkt Smilla ein aufgesetztes Lächeln und nimmt der Kommissarin gegenüber auf einem unbequemen Holzstuhl Platz. Die Lust auf eine Zimtschnecke ist ihr vergangen. Egal.

Jennifer streicht sich eine Haarsträhne hinters Ohr, atmet tief aus und lässt den Blick durch das Café wandern. Sie hatte sich eine Strategie zurechtgelegt, aber die ist jetzt einfach verschwunden. Und das ärgert sie, denn das ist nicht ihr Stil. Sie ist immer konzentriert und auf den Punkt.

»Entspannen Sie sich, Jennifer! Ich habe ein wenig Zeit und sterbe für eine frisch gebackene Zimtschnecke. Was meinen Sie, wollen wir es wagen?«

Jennifer zögert, doch dann übermannt sie die Lust auf etwas Süßes. »Ich bin dabei.«

Während Jennifer den ersten Bissen der Köstlichkeit auf der Zunge zergehen lässt, fragt sie sich, was die drahtige Kommissarin im Schilde führt. Will sie vielleicht, dass sie sich entspannt und keine Fragen stellt? Na, da hat sie sich geschnitten.

»Ausgezeichnet! Das war eine sehr gute Idee, Smilla.« Jennifer tupft sich mit der Serviette die Zuckerkrümel aus den Mundwinkeln. Sie blickt Smilla an. Die Kommissarin befördert gerade das letzte Stück Zimtschnecke in ihren Mund. »Ich wollte Sie sehen, weil ich ein paar Dinge klarstellen möchte.«

»Und?« Interessiert lehnt sich Smilla vor. Es wirkt ein wenig grotesk, weil sie nahezu mit dem Kinn auf dem Tisch liegt. Jennifer wendet schnell den Blick ab. Sie muss sich zusammenreißen und professionell sein.

Gott, warum fällt es mir nur so schwer?

Sie atmet tief durch, nimmt einen Schluck von dem Milchkaffee.

»Okay«, sagt sie, nachdem sie sich wieder gefasst hat. »Gibt es Neues im Fall Ava F.?«

»Jennifer, bitte!« Smilla rollt abfällig die Augen.

»Okay, was ist mit Colin?«

»Was soll mit ihm sein?«

»Haben Sie noch einmal mit ihm gesprochen und nach den Schriftstücken und den Zeichnungen geforscht?« Jennifer sieht Smilla fest an, die sich Zeit mit ihrer Antwort lässt.

»Wir haben sein Haus durchsucht. Da war nichts. Klar, er kann es vernichtet haben, Sie haben ja gesagt, dass es handgeschrieben war.«

»Sie glauben mir also nicht?«

»Das habe ich nicht gesagt. Aber das ist auch nicht relevant, weil er zum Zeitpunkt des Mordes und des Ablegens der Leiche von Ava F. gar nicht in der Nähe war.«

Jennifer runzelt die Stirn. »Das verstehe ich nicht. Wurde Ava nicht am See ermordet, sondern in Stockholm und dann zum See gebracht?«

»Hören Sie, Jennifer, ich kann und darf Ihnen keine Details verraten.«

Lange sieht Jennifer Smilla an. »Gut, dann frage ich, und wenn ich richtigliege, nicken Sie einfach.«

»Nein, wir sind hier nicht bei James Bond. Sie müssen sich damit zufriedengeben.«

Jennifer will protestieren, doch der eindringliche Blick Smillas lässt sie verstummen.

»Also gut. Wo war Colin zu der Zeit?«

Smilla atmet tief und genervt aus. »Auf einer Buchmesse.«

Überreizt lacht Jennifer. »Und das glauben Sie?«

»Es gibt genügend Zeugen, die das bestätigen.« Smilla sieht sie durchdringend an. »Und Ihre Mutter hat ausgesagt, dass sie und Colin über die davorliegenden Mordfälle recherchiert haben … aus Spaß, wie sie sagte. Obwohl ich annehme, dass Ihre Mutter das keineswegs nur aus Spaß gemacht hat. Sie ist ja auch Journalistin – wie Sie. Laut der Aussage Ihrer Mutter war Colin jedenfalls mit Eifer dabei und wollte die Ergebnisse für ein Buch verwenden.«

»Und Sie glauben meiner Mutter?«

»Jennifer, ich habe keine Ahnung, was zwischen Ihnen und Ihrer Mutter läuft, aber was sie gesagt hat, trifft zu.«

»Klar.« Jennifer nimmt einen Schluck von dem lauwarmen Milchkaffee, innerlich kocht sie. »Was hat sie noch gesagt?«

»Ach, Jennifer! Was soll das?«

»Hat meine Mutter Ihnen auch gesagt, dass Colin mich bedroht hat? Dass er einfach so in das Haus meiner Eltern gekommen ist, obwohl er wusste, dass sie nicht da waren?«

Smilla nickt. »Ja, das hat sie. Und sie sagte, dass Colin *sonderbar* sei, aber sie sagte auch, dass Sie im Moment extrem unter Stress stehen.«

Jennifer öffnet und schließt den Mund. Sie hat das Gefühl, in einem luftleeren Raum zu sein. »Ja!«, stößt sie heiser hervor. »Es ist eine Krise, aber ich bin bei klarem Verstand.«

»Das weiß ich.«

»Schön, dann sind wir uns ja einig.«

»Nicht ganz, denn ich kann mir vorstellen, dass dieses Erlebnis in Syrien Ihren Blick trübt. Und ich denke, dass Sie und Ihre Mutter ein Problem haben.«

Jennifer starrt Smilla an. Was ist hier los? Warum kann sie ihre Emotionen nicht abschalten wie sonst?

»Jennifer? Jennifer, alles in Ordnung?«

»Ja, alles gut.«

»Sicher? Sie sehen blass aus.«

Unbeeindruckt holt Jennifer ihr Smartphone aus der Handtasche, sieht, dass sie eine Nachricht von Svenja bekommen hat, zögert einen Moment, scrollt dann aber weiter durch die Nachrichten, bis sie die von Colin gefunden hat. »Hier, was ist damit?« Sie schiebt ihr Smartphone über den Tisch.

Smilla räuspert sich und streicht mit dem Finger nachdenklich über ihre Nase. »Nun, das mag nicht die feine Art sein, aber als Drohung verstehe ich das nicht.«

Jennifer runzelt die Stirn. »Ach nein?«, fragt sie und liest Colins Nachricht laut: »Das war wohl nichts. Du wirst mein Leben nicht zerstören. Ich sehe dich. Colin.«

»Mmh«, murmelt Smilla, »hat er das geschrieben, nachdem ich bei ihm war?«

»Ja.«

»Nun, er war offensichtlich sauer, und das bestätigt, was Ihre Mutter über ihn gesagt hat. Ich würde das nicht so ernst nehmen.«

Jennifer legt den Kopf in den Nacken und lacht bitter. »Ich fass es nicht. Ich habe Ihnen gesagt, dass ich das Gefühl habe, ständig beobachtet zu werden, und dann erhalte ich eine Nachricht mit den Worten: *Ich sehe dich.* Und Sie erkennen da keinen Zusammenhang.«

»Nein. Colin kommt nicht als Täter infrage. Glauben Sie mir, wir haben ihn gründlich durchleuchtet.«

»Okay.« Jennifer streicht sich eine Strähne hinter das Ohr und ringt um Fassung. Sie richtet sich auf, versucht, ihre *privaten* Gefühle abzuschütteln. Ja, privat, das ist es, was sie blockiert. Sie ist eine der besten Berichterstatterinnen, sie hat alles im Griff. »Warum gibt es keine Informationen über die Toten? Nur über das erste Opfer vor etwa sechs Jahren, und dann nichts mehr. Alle, die danach kamen, sind zwar tot, aber niemand redet darüber. Warum? Warum gibt es nichts, was Sie der Öffentlichkeit zu berichten haben, oder sollte ich besser sagen, berichten *wollen*?«

Offenbar irritiert von ihrer plötzlichen Sachlichkeit rutscht Smilla auf der harten Bank zurück und lehnt sich an. »Weil es nichts gibt, was wir sagen können.«

Jennifer lehnt sich vor, kommt Smilla nah. Smilla drückt sich noch enger an die Holzlehne. Sie genießt diesen Moment, in dem Smilla auf Distanz geht. »Ich vermute, es geht um einen Serienkiller.« Jennifer sieht das kurze Aufflackern in Smillas Augen. Aber auch sie ist Profi. Wieder streicht Jennifer eine Haarsträhne hinter ihr Ohr.

Aufmerksam beäugt Smilla sie. »Machen Sie das öfter?«

»Was meinen Sie?«

»Das mit Ihrem Haar. Sie streichen ständig Ihr Haar hinter das Ohr, obwohl es gar nicht nötig wäre.«

»Eine Angewohnheit.«

»Hm … schon immer?«

»Laut meiner ehemaligen besten Freundin Svenja, ja.«

»Ehemaligen Freundin?«

»Lassen wir das.« Jennifer ist versucht, ihr Haar schon wieder zu berühren. Sie neigt den Kopf und hakt nach: »Ich habe Sie gerade gefragt, ob es sich um einen Serienmörder handelt. Und wenn ja, wie dicht sind Sie ihm auf den Fersen? Wie sicher sind die Frauen? Was ist sein Motiv?«

Smilla lacht. Das verblüfft Jennifer. Niemals hätte sie gedacht, dass diese Frau zu einem Lachen fähig ist. »Gut, ich nehme Ihr Lachen als Bestätigung.«

Smilla schießt vor und sieht sie ernst an. »Ich warne Sie!«

***

Immer und immer wieder lässt Jennifer das Treffen mit Smilla Revue passieren, kaut darauf herum und versucht herauszufinden, was es ihr genützt hat. Nichts. Gar nichts. Sie hätte es sich schenken können. Ihre Mutter hat gute Arbeit geleistet, indem sie Smilla verraten hat, dass sie sich in einer *Krise* befindet. Jennifer kocht. Die Möglichkeit, Colin könnte wirklich nichts damit zu tun haben, nimmt in ihren Gedanken einen immer größeren Raum ein. Obwohl sie das gar nicht will. Sie kann das nicht zulassen. Sie war bei ihm. Sie hat ihn gespürt, gesehen und mit ihm gesprochen. »Fuck!«, brüllt sie und schlägt auf das Lenkrad ein.

»In zweihundert Metern rechts abbiegen.«

Die säuselnde Stimme des Navis zwingt Jennifer dazu, sich zu konzentrieren. *»Sie haben Ihr Ziel erreicht. Das Ziel liegt links.«*

»Danke, Fred. Was würde ich ohne dich machen? Vielleicht hast du ja eine Idee, wie ich in diesem Wirrwarr etwas Brauchbares finde.« Zärtlich streichelt sie das Navi. Diese Geste und das kleine *Gespräch* haben sie beruhigt, und das befremdet sie und stimmt auf das ein, was sie gleich erwarten wird.

Das weiß gestrichene Haus aus der Gründerzeit in *Strandvägen* leuchtet in der Morgensonne. Es strahlt Reichtum und Kompetenz aus. Unschlüssig schwebt Jennifers Finger über der Klingel mit der Aufschrift *Dipl.-Psych. Malte Olsson*. Sie schließt die Augen und drückt den Knopf.

Kurz darauf ertönt ein dumpfer Summer. Jennifer stemmt sich gegen die reichlich verzierte Haustür und ist erstaunt, wie einfach sie sich öffnen lässt.

Dritter Stock. Fahrstuhl oder Treppe? Sie nimmt die Treppe. Es tut gut, sich zu bewegen, und es verschafft ihr Zeit. Im Hausflur riecht es angenehm, ein weicher, reiner Duft – je höher sie kommt, desto stärker wird er. Mit jedem Schritt und jedem Einatmen entspannt sie sich.

Die Wohnungstür ist angelehnt. Jennifer stutzt, sie hat es sich förmlicher vorgestellt. Unsicher, was sie tun soll, steckt sie den Kopf durch die Tür. »Hallo?« Eine tiefe Stimme antwortet ihr. »Kommen Sie ruhig herein, Frau Holmer! Ich bin gleich bei Ihnen.« Sie hört Tassen klimpern, riecht den Duft von Kaffee.

Mit ausgestreckter Hand kommt Malte Olsson aus der Küche. »Entschuldigen Sie das Chaos, aber meine Mitarbeiterin Lilly pflegt eine Erkältung, und nun ... ich bin nicht so gut, was Timing anbelangt. Überhaupt überfordert mich die Situation.«

Jennifer muss grinsen. Alles hat sie sich vorgestellt, aber nicht das, was sie gerade erlebt. Vor ihr steht ein Mann um die fünfzig, etwas füllig um die Hüften, aber nicht unattraktiv. Sein dunkles Haar ist kurz geschnitten, die braunen Augen leuchten, der Händedruck ist fest und der Blick wach. »Mögen Sie Kaffee oder lieber Tee?«

»Kaffee, bitte.«

»Sehr gut. Haben Sie einen Parkplatz in der Nähe bekommen?«

»Ja, fast direkt vor der Haustür.«

»Dann sind Sie auf der Seite des Glücks.«

»Wenn Sie das sagen.« *So leicht lasse ich mich nicht einfangen.* Sie schenkt ihm ein Lächeln und folgt ihm ins Büro.

Gemütlich, ist ihr erster Gedanke. Nicht, wie sie es sich vorgestellt hat. Eher so, als würde sie in einem Wohnzimmer bei einem Freund sein. Nur der Schreibtisch erinnert an etwas Offizielles.

»Nehmen Sie Platz, Frau Holmer.« Jennifer wählt das braune Ledersofa mit den bunten Kissen. »Hübsch haben Sie es hier.«

»Oh, danke. Mir ist wichtig, eine entspannte Atmosphäre zu schaffen.« Er schenkt den Kaffee ein, setzt sich in den Sessel Jennifer gegenüber und sagt nichts.

Je länger die Stille andauert, desto unruhiger wird Jennifer. »Wie läuft das normalerweise ab?«

»Wenn Sie so weit sind, sich wohl und entspannt fühlen, dann reden wir.«

»Ich bin entspannt.«

»Gut. Dann erzählen Sie mir doch ein wenig über sich.«

Mist! Wo soll sie anfangen?

Sie hat es geahnt, diese Sache ist nicht ihr Ding. Noch bevor es begonnen hat, will sie abbrechen.

»Ich habe keine Ahnung, und um ehrlich zu sein, ich bin nicht der Typ, der einen Seelenstriptease hinlegt. Schon gar nicht bei Menschen, die ich nicht kenne.«

Malte Olsson lacht schallend.

»Frau Holmer, Sie haben mir auf jeden Fall schon mal eine Freude bereitet … an diesem Tag. Seelenstriptease …« Immer noch lachend fügt er hinzu: »Aber ich verstehe, was Sie meinen.« Er räuspert sich und lehnt sich gegen die weiche Lehne des Sessels. »Ignorieren Sie einfach, dass ich da bin. Außerdem: Alles, was Sie mir erzählen, bleibt hier zwischen diesen vier Wänden. Sie können mir vertrauen.«

»Das fällt mir aber schwer.«

»Ja, das ist normal.« Er blickt sie mit wachen Augen an. »Ich mache es Ihnen leichter, in Ordnung? Ich stelle Fragen und Sie antworten.«

Das fühlt sich besser an. Sie nickt. Die ersten Fragen sind belanglos. Kindheit, Schule, Freunde, Tiere. Immer wenn es kritisch wird, schönt sie die Antworten. Denn was geht es ihn an, ob ihre Kindheit rosig war oder ob sie darunter litt, dass ihre Mutter kaum Zeit für sie hatte. Ganz zu schweigen von dem panischen Aufbruch nach Schweden. Raus aus ihrem gewohnten Umfeld, weg von den paar Freunden, die sie hatte. Sie weiß, was er damit bezweckt, mit diesen harmlosen Fragen. Aus dem Augenwinkel beobachtet sie, wie er unauffällig in das lederbezogene Büchlein, das auf der Armlehne des Sessels liegt, Notizen kritzelt.

Tja, lieber Doktor Olsson, eins hab ich dir verschwiegen, mein Psychologiestudium, und das werde ich dir auch nicht verraten.

Sie sinkt tiefer in das weiche Sofa. Trotz allem gefällt er ihr. Er ist so unkompliziert, hat Charme und Witz. Ungeniert sieht sie ihn an. Er schaut zurück.

»Langweile ich Sie?«

»Oh nein. Ich bin nur erstaunt, dass Sie so tief graben.« Sie fühlt sich ertappt und richtet sich auf.

»Nun, manchmal erfahre ich dadurch ein paar Dinge, die uns vielleicht weiterhelfen.«

Schnell senkt sie den Blick. Er ist schlau, und zu gern würde sie jetzt wissen, was er zwischen den Zeilen herausgefiltert hat. Als sie ihren Blick wieder hebt und ihm in die Augen sieht, lächelt er.

»Wollen wir weitermachen?«

»Doktor Olsson, mein Problem ist ja nicht meine Kindheit und die Frage, ob ich jemals gemobbt wurde. Wie ich Ihnen am Telefon sagte, ich habe einen Bombenanschlag überlebt.«

»Ja, das sagten Sie. Und ich würde gern mit Ihnen darüber sprechen. Das eben war nur zum Warmwerden.« Er zwinkert ihr zu, lehnt sich zurück und schlägt die Beine übereinander.

Jennifer nimmt einen Schluck kalten Kaffee, dessen bitterer Geschmack auf ihrer Zunge brennt. Es ist ruhig, und diese Ruhe und der samtige Geruch, den sie schon im Hausflur wahrgenommen hat, entspannen sie. Sie fasst sich ein Herz und berichtet von dem Erlebnis in Syrien, erst zögernd, dann im Eiltempo. So rational, als würde sie eine Reportage moderieren. Bis zu dem Augenblick kurz vor der Explosion. Plötzlich hat sie wieder die Bilder vor Augen, so präsent, als würde es in diesem Moment passieren. Sie sieht Samira, deren Augen voller Freude sind. Wieder steigt Panik in ihr auf. Das Gefühl der Machtlosigkeit. Wie damals, als sie nach Samira gerufen hat und von einer Sekunde auf die andere alles vorbei war. Das Leben ausgelöscht. Unwiderruflich.

Immer wieder streicht sie eine Haarsträhne hinter das Ohr. Knetet die Finger, bis sie schmerzen.

Nicht ein einziges Mal unterbricht Malte sie. Sein Blick ist dem Fenster zugewandt. Er scheint die Baumkrone der Birke zu beobachten, die sich sanft im Wind wiegt.

Abrupt hört sie auf zu reden. Verdruss kriecht in ihr hoch. Hat er ihr zugehört? Hat er genau hingehört? Es ist wichtig für sie, dass er versteht, wie sie sich fühlt. Wie Schuld und Versagen an ihr nagen. Ihre Schuld, ihr Versagen, dass sie nicht genügend Informationen darüber gesammelt hat, ob der Flüchtlingskonvoi wirklich sauber ist. Sie hatte sich einfach so gefreut, dass die Menschen endlich rauskönnen aus der Hoffnungslosigkeit.

»Dieses Mädchen, Samira ... Sie mochten sie sehr?« Er wendet sich Jennifer zu. »Wie lange kannten Sie sich?«

Seine Stimme erschreckt sie. Jennifer senkt den Blick und betrachtet angestrengt den Holzdielenboden. Wie viele Menschen hier wohl schon saßen so wie sie? Mit welchen Problemen waren sie hier? Sie will nicht antworten, es tut so weh, sie möchte weg, einfach rennen, bis sie tot umfällt.

»Wir kannten uns drei Jahre.« Sie flüstert.

Lange Zeit sagt er nichts, und Jennifer ist sich nicht sicher, was sie tun soll. Sie räuspert sich, rutscht auf die Kante des Sofas. »Sind wir fertig für heute?«, fragt sie mit bemüht fester Stimme.

»Wenn Sie das so wollen, dann ja.«

An der Haustür reicht er ihr die Hand. »Sie sind sehr tapfer.«

»Das höre ich immer wieder, aber ich bin mir da gar nicht mehr so sicher.«

Er nickt. »Das kann ich mir denken. Schuldgefühle können erdrücken. Aber was ist eigene Schuld und was ist Schicksal? Wir können nicht alles vorhersehen. Machen Sie sich frei davon!«

»So einfach geht das nicht, Doktor Olsson.«

»Das weiß ich, und deshalb gehen wir das gemeinsam durch. Sie und ich.«

Seine Worte haben Kraft, und erst jetzt bemerkt sie, dass er noch immer ihre Hand hält. Erstaunlich, dass ihr das nicht unangenehm ist.

»Eines noch … leben Sie in einer Beziehung?«, fragt er, bevor er ihre Hand nun doch loslässt.

»Nein. Hat sich noch keiner bereit erklärt.« Es sollte wie ein Scherz klingen, doch das tut es nicht.

»Und Freunde, haben Sie Freunde?«

Jennifer zögert, bevor sie antwortet: »Auch da muss ich Nein sagen.« Sie zuckt mit den Schultern, ringt sich ein gequältes Lächeln ab. »Ich bin zu viel unterwegs.«

»Dann war Samira Ihre einzige Freundin?«

Bedauernd berührt er ihren Arm. Jennifer schluckt den trockenen Kloß herunter, drückt ihr Kreuz durch und geht schnell aus der Tür.

Der Wind hat zugenommen, graue Wolken türmen sich am Himmel auf. Doch all das bemerkt Jennifer nicht. Mit bebenden Fingern öffnet sie den Wagen. Ohne etwas zu sehen, starrt sie auf die Straße. Sie sieht nicht die Mutter, die sich zu ihrem Kind beugt, um ihm die Nase zu putzen, auch nicht den Mann mit dem Dackel, der sich gegen den Wind stemmt.

Maltes Stimme hallt in ihrem Kopf. *»Dann war Samira Ihre einzige Freundin?«*

Tränenblind nimmt sie ihr Smartphone aus der Handtasche und stellt es an. Nach ein paar Sekunden erscheint auf dem Display das Foto von Samira mit dem Schriftzug: *Hallo my friend.* Zärtlich streicht Jennifer über das Foto, zeichnet jede Linie von Samiras Porträt nach. »Hallo my friend«, murmelt sie mit erstickter Stimme. Ihr ist, als könnte sie Samira hören, ihr Lachen, als könnte sie die kleine weiche Hand spüren, die sich um ihre legt.

Jennifer schließt die Augen. »Eine Hand klatscht keinen Beifall. Du hast recht, Samira. Manche Dinge kann man nicht allein machen. Für etliche braucht man andere, die helfen.« Sie hatte das syrische Sprichwort gegoogelt und vermutlich nur wegen dessen Bedeutung den Termin mit dem Psychologen wahrgenommen.

»Verflucht!« Sie atmet schwer aus und startet den Motor. Genau in dem Moment klingelt ihr Smartphone, sie zuckt zusammen. Dann stellt sie den Motor wieder ab. »Hej, Paps!« Während sie der aufgeregten Stimme ihres Vaters lauscht, wühlt sie im Handschuhfach nach den Zigaretten.

17. Kapitel

Jennifer stürmt in die Küche ihrer Eltern. Sie sieht Dennis auf der Eckbank und hält den Atem an. Sein Gesicht ist geschwollen, eine Platzwunde an der rechten Augenbraue, seine Lippen sind aufgesprungen. Ihre Eingeweide ziehen sich zusammen. Eine böse Ahnung schlingt sich fest wie ein Seil um sie, raubt ihr die Luft.

»Was ist passiert?« Niemand antwortet. Abwechselnd sieht sie Dennis und ihre Mutter an, die ihm ein feuchtes Tuch reicht. »Immer schön auf dein Auge pressen.«

»Wo ist Paps?«

»Im Dorf, Schmerztabletten besorgen.«

Jennifer gleitet auf den Stuhl Dennis gegenüber. Vorsichtig berührt sie seine Hand und streicht über die verkrusteten Knöchel. Der Verband auf der anderen Hand ist ebenfalls mit Blut verschmiert. »Es tut mir so leid.«

»Wieso? Süße, das war ganz allein mein Fehler. Ich hätte wissen müssen, dass Nils auf Streit aus ist.« Er verzieht den Mund vor Schmerz. »Das mit dem Sprechen klappt noch nicht so gut.«

»Nils?« Sie ist verwirrt, Gedanken rasen durch ihr Hirn. Ihre Blicke gleiten über Dennis' lädiertes Gesicht. Ihre Hand möchte seine Wunden streicheln. Sie wischt die wirren Gedanken fort. »Wieso Nils? Was habt ihr, du und … wo warst du?«

»Im Diner, ich wollte frühstücken und dann nach Hause fahren.« Umständlich greift er sich das Glas und trinkt einen Schluck Wasser.

Jennifer kann sehen, wie schwer ihm das fällt und dass er Schmerzen dabei hat. »Seid ihr bei der Polizei gewesen?«

»Nein, und das ist auch nicht nötig.« Er senkt den Blick, seine Finger gleiten über das feuchte Glas.

»Ich nehme an, beim Arzt warst du auch nicht. Was ist mit deiner eh schon verletzten Hand, wäre es nicht besser, wenn du das untersuchen lässt?«

»Ich bin okay. Das wird mich nicht umbringen. Du weißt doch, ich bin ein hartgesottener Kerl.« Er schenkt ihr ein schmerzverzerrtes Grinsen.

»Ich habe ihm das auch geraten, aber er ist stur wie ein Hund.« Angela nimmt ihm das Handtuch ab, taucht es wieder in kaltes Wasser, wringt es aus und gibt es ihm zurück.

Unschlüssig steht Jennifer auf. Sie weiß nicht, was sie als Nächstes tun soll. Soll sie überhaupt etwas tun? Warum ist sie hergekommen? Warum hat sich Dennis mit Nils geprügelt? Unruhig geht sie in der Küche auf und ab. Irgendetwas verschweigt er ihr. Sie kennt ihn viel zu gut.

»Setz dich, Jenny, du machst mich nervös.« Angela wirft ihr einen stechenden Blick zu, den Jennifer mit einem aufgesetzten Lächeln quittiert.

»Ich könnte ein wenig frische Luft gebrauchen. Kommst du mit, Jenny?« Dennis erhebt sich, und ohne ihre Antwort abzuwarten, geht er aus der Küche.

Schweigend sitzen sie auf der Bank vor dem Haus. Jennifer blickt in den Himmel. Auch hier sind die dunklen Wolken angekommen, sie kündigen Sturm und Regen an.

»Erzähl, was ist passiert?«

Dennis lehnt den Kopf an die Hauswand und schließt die Augen. Jennifer sieht ihn an, und es zerreißt ihr das Herz, ihn so zu sehen. Vorsichtig legt sie die Hand auf seinen Arm, streichelt liebevoll darüber. Als sie seine Wärme spürt, durchströmt sie ein unerwartet vertrautes Gefühl. Einmal hat sie es zugelassen … diese Wärme, das Gefühl der Verbundenheit. Sie hat zugelassen, dass er sie küsst. Damals, ganz am Anfang, bei ihrem ersten Job. Ein Kuss, so anders, einnehmend, elektrisierend – er hat ein enormes Verlangen ausgelöst, ein Verlangen, dem sie nicht nachgeben wollte, nicht nachgeben durfte. Sie sind Kollegen. Und jetzt spürt sie wieder, wie seine Nähe ihr Verlangen befeuert. Sie zieht ihre Hand zurück, doch er hält sie fest.

»Nicht aufhören, das tut gut.«

Sie lässt die Hand auf seinem Arm liegen, doch der Zauber ist vorüber – wie damals, als sie sich danach sehnte und es nicht erlauben konnte. Weil sie Angst hatte. Angst, die sie nicht erklären kann und auch nicht erklären will.

»Was ist passiert?«

Er richtet sich auf und blickt sie ernst an. »Ich konnte und wollte nicht zulassen, dass er dich in den Dreck zieht.«

»Was meinst du?«

»Ich war im Diner, Colin war auch dort … aber ich hatte keine Ahnung, dass er es ist. Das wurde mir erst klar, als Nils auf Colin zuging und ihn begrüßte, als wären sie alte Kumpels.« Dennis schaut auf ihre Hand, die immer noch auf seinem Arm ruht. »Als Nils mich gesehen hat, kam er auf mich zu, setzte sich an den Tisch, und dann gab ein Wort das andere.«

Jennifer wartet darauf, dass er weiterredet, doch er bleibt still. »Und? Was hat er gesagt, dass es zu so einer Eskalation geführt hat?« Sie entzieht ihm die Hand. Sie ist viel zu nervös und – wie sie sich eingestehen muss – auch verärgert.

»Er sagte, dass du ein guter Fick bist und ich mich glücklich schätzen kann.« Genervt stößt er die Luft aus. »Er hörte mit diesen unflätigen Sprüchen gar nicht auf, redete von dir, als wärst du der letzte Dreck.« Dennis wendet sich von ihr ab, verzieht die Augen zu schmalen Schlitzen. »Er sagte, dass ihr für immer ein Paar sein würdet und du ihm gehören würdest, dass niemand zwischen euch kommen könnte.«

Eine plötzliche Übelkeit befällt sie. Sie will aufstehen, doch ihre Beine fühlen sich an wie die einer Marionette, deren Fäden durchschnitten wurden. »Was für ein Schwachsinn! Und das hast du ihm geglaubt?«

»Er sagte, er würde dich eher töten, als dich mit jemandem zu teilen.«

Es dauert, bis seine Worte sie erreichen.

»Blödsinn!« Die Fassungslosigkeit gibt ihr Kraft, sie springt auf. »Das ist totaler Schwachsinn! Und du hast das geglaubt?« Wütend stemmt sie die Hände in die Hüften. »Ich hätte dir mehr zugetraut, als dich auf eine so miese Art provozieren zu lassen!«

»Hatte ich auch gedacht, aber er ist mir zu nah gekommen. Und ehrlich gesagt verabscheue ich Psychos.«

Sie weiß nicht mehr, was sie denken oder sagen soll. Alles dreht sich im Kreis. Am liebsten würde sie die Augen schließen und erst wieder öffnen, wenn alles wäre wie immer.

»Beruhige dich, Jenny! Ist doch alles gut geendet, dank Colin, der dazwischengegangen ist. Ich glaube, sonst wäre es sehr unschön geworden.«

»Colin?«

»Ja, er scheint mir kein übler Kerl zu sein. Er war ruhig und hat auf Nils eingeredet, sich bei mir für dessen Verhalten entschuldigt, während Nils wie ein wilder Stier aus dem Diner gestürmt ist. Der Typ ist krank, Jenny. Du solltest aufpassen!« Er sieht sie durchdringend an. »War er immer schon so aggressiv?«

»Nein. Und das passt überhaupt nicht zu ihm.«

Lüge.

Sie erinnert sich sehr wohl daran, wie fordernd er war, oft kalt und unnahbar. Das hatte sie gereizt. Damals. Auch heute noch reizen sie solche Männer. Nils lebt aus, was auch sie in sich spürt. Aggression.

Nein, keine Aggression, eher ein Schrei nach Liebe. Sie schluckt hart. Scheiße, der Seelenklempner hat in ihr unbemerkt etwas freigesetzt. Liebe. Schrei nach Liebe. Was für ein Schwachsinn! Sie will das nicht.

»Sicher?«, fragt Dennis, und ein kalter Zug legt sich auf seine Lippen. Erschrocken sieht sie ihn an. Hat sie ihre Gedanken laut ausgesprochen?

»Jenny, bist du dir sicher, dass Nils kein aggressiver Typ ist?«

»Ja, da bin ich sicher.« Schnell wendet sie den Blick ab und starrt in den Himmel, der sich immer mehr bezieht.

Der alte Pick-up ihres Vaters rast auf den Hof, eine Staubwolke im Schlepptau. Paul springt aus dem Wagen, gefolgt von Nelly, die mit lautem Freudengebell auf Jennifer zustürmt.

Jennifer umarmt ihren Vater, wie gut, dass er gerade jetzt da ist. Das gibt ihr Zeit, sich zu sortieren.

»Schön, dass du gleich kommen konntest«, sagt Paul und drückt sie an sich. »Habt ihr besprochen, was jetzt passieren soll?« Paul sieht von Jennifer zu Dennis hinüber.

»Nein, es ist auch nicht nötig, irgendetwas zu unternehmen. Oder, Jenny?« Dennis versucht ein Lächeln, sie verzieht keine Miene.

»Na gut, ist eure Sache. Ich hätte ihn angezeigt.« Paul zuckt mit den Schultern, drückt Dennis die Schmerztabletten in die Hand und geht ins Haus.

Jennifer sieht ihm nach, schüttelt den Kopf. Warum um alles in der Welt ist sie nicht einfach nach Spanien gefahren? Nie hätte sie die Tote im Wald gefunden, und Dennis würde jetzt nicht vor ihr sitzen, verprügelt von ihrer Jugendliebe.

»Was denkst du?«, fragt er und dreht unermüdlich die Packung Schmerztabletten in den Händen.

»Nichts weiter. Ich fahr zu Nils und Svenja und klär die Sache. Dann fahren wir nach Stockholm und vergessen den ganzen Mist.«

»Du solltest nicht zu ihm fahren. Jedenfalls nicht allein. Ich komme mit.«

Jennifer bricht in schrilles Gelächter aus. »Dennis, entspann dich! Er wird mir nichts tun. Das ist albern.«

Blitzschnell springt er von der Bank hoch, greift ihren Arm und hält sie fest. »Nein!«

»Lass meinen Arm los!« Überrascht von so viel Dominanz schüttelt sie seine Hand ab. So hat er noch nie reagiert. Sonst ist er immer besonnen und korrekt. Aber jetzt legt er eine Schroffheit an den Tag …

»Entschuldige … es ist nur, dass ich mir Gedanken mache, ich meine … Ach, Jenny, hast du darüber nachgedacht, was wir bei diesem wundervollen Sonnenuntergang besprochen haben – ob Nils nicht doch als Täter infrage kommt?«

Entgeistert sieht sie ihn an. »Lass das, Dennis! Das ist Blödsinn.«

»Ich weiß nicht, aber wenn ich all die Dinge bedenke, die Daten, an denen die Frauen ermordet wurden, sein obsessives Verhalten dir gegenüber …«

»Hör auf!«, unterbricht sie ihn. »Ich glaube, wir sollten nicht weiter darüber reden. Du kennst weder Nils noch weißt du, wie unsere Beziehung war – oder ist.«

Beschwichtigend hebt er die Hände. »Natürlich nicht, aber ich habe ebenso wie du recherchiert, und meine Ergebnisse passen hervorragend zu dem, was du mir über die toten Frauen erzählt hast, und auch zu dem, was ich über dich weiß. Mach die

Augen auf, Jennifer, und nutze deinen Verstand!« Er hebt eine Braue, legt den Kopf zur Seite, sein Blick ist herausfordernd. »Zieh es wenigstens in Betracht, rede mit der Kommissarin, aber geh nicht zu Nils!«

In ihr arbeitet es. Sie weiß nicht mehr, wann oder wo, aber offensichtlich hat sie mal in einer Bierlaune über ihre Vergangenheit geplaudert. Das wird ihr nicht wieder passieren. »Ich glaube, es reicht.« Ihr Blick schweift über den Hof. »Wo steht dein Wagen?«

»In der Werkstatt. Nils hat die Reifen aufgeschlitzt. Tja …«

Der Wind frischt auf und wirbelt Staub über den Hof. Aus ihrer Hosentasche holt Jennifer ein Haargummi und bindet ihr Haar energisch zu einem Zopf. Sie bemerkt, dass Dennis sie fasziniert beobachtet, und noch etwas liegt in seinem Blick: Zorn. »Sieh mich nicht so an! Geh rein und nimm die Tabletten, wir reden später.«

Sie rennt zu ihrem Wagen. Im Rückspiegel sieht sie Dennis, der immer noch vor der Tür steht.

***

In ihrem Kopf herrscht ein grandioses Durcheinander. Sie kann nicht glauben, was Dennis da behauptet. Nils – ein Serienkiller? Lächerlich! Ihr Wut-Pegel ist auf dem Höchststand. Das alles ergibt keinen Sinn.

Sie umklammert das Lenkrad, ihr Blick ist stur geradeaus gerichtet. Während sie mit aller Kraft wegdrängt, was Dennis über Nils gesagt hat, fällt ihr ein, dass Svenja ihr eine Nachricht auf dem Smartphone hinterlassen hat. Ohne den Blick von der Straße zu nehmen, wühlt sie in ihrer Handtasche nach dem Smartphone und hört die Nachricht ab.

»Ich hatte dich gebeten, Nils in Ruhe zu lassen! Warum musst du immer alles zerstören?« Klack, aufgelegt. Noch einmal

132

hört sie Svenjas verzweifelte und tränengeschwängerte Nachricht an. Dann atmet sie schwer aus, wirft das Smartphone auf den Beifahrersitz. »Was für eine gequirlte Mistkacke ist das alles?«

Sie parkt vor dem schmucken Haus und findet es plötzlich ätzend und spießig. Und noch etwas stößt ihr sauer auf: Warum hat Nils das zu Dennis gesagt? Was für einen Grund hatte er? Ihr läuft es kalt den Rücken herunter. Die Party! Nur weil sie sein Angebot einer schnellen Nummer hinter den Büschen abgewiesen hat? Ist das der Grund? Was für ein krankes Gehirn! Aber jetzt ist Schluss! Sie wird ein für alle Mal die Fronten klären.

Kräftig drückt sie den Klingelknopf, ein tiefes *Ding-Dong* ertönt. Jennifer rollt mit den Augen. Selbst das Klingeln findet sie anstrengend und spießig. Lauscht. Doch da ist nichts als der tosende Sturm. Wann wohl der Regen einsetzt? Er würde gut zu ihrer Stimmung passen.

Im Haus regt sich nichts. Sie hält den Finger auf dem Klingelknopf. Nichts.

Mit ausholenden Schritten umrundet sie das Haus und eilt in den Garten. Sie bleibt stehen, als sie Svenja entdeckt, die auf den Knien mit den Händen die Erde aufwühlt. Auf Jennifer wirkt es, als würde sie ein Grab ausheben.

»Svenja!«, ruft sie gegen den Wind. Doch Svenja macht weiter. Wühlt manisch mit den Händen in der Erde. Es erschreckt sie, Svenja so zu sehen. Was ist mit ihrer Freundin passiert? Schon im Diner hatte sie den Eindruck, dass Svenja unglücklich ist und mit aller Macht versucht, ihrem Leben einen Sinn zu geben. Bei dem Gedanken wird ihr übel, denn wenn das so ist, ist es auch ihre Schuld. Sie hat den Traum ihrer Freundin zerstört.

Blödsinn, reiß dich zusammen!

Doch so einfach ist es nicht. Ihre Wut von eben zerplatzt wie ein zu stark aufgeblasener Ballon.

Bedachtsam nähert sie sich Svenja. Ihre Stimme ist sanft: »Svenja, alles okay? Was machst du da?« Sie hockt sich neben

Svenja, die nur flüchtig ihr Graben unterbricht. Jetzt sieht Jennifer auch, was sie macht. Sie buddelt Pflanzen aus. »Warum tust du das, warum nimmst du keinen Spaten?«

»Geh weg, Jennifer! Geh!«

»Sag mir, was los ist?« Vorsichtig berührt sie Svenjas Arm. »Sieh mich an, Svenja!«

Ruckartig richtet sich Svenja auf, wischt sich mit den erdigen Händen über das Gesicht. »Lass mich in Ruhe!«

»Sag mir, was passiert ist!« Jennifer erhebt sich ebenfalls, ihr Blick geht zum Haus, doch dort ist alles ruhig und dunkel. »Wo ist Nils?«

Svenja lacht hysterisch, sieht zu den Pflanzen, die traurig auf dem Rasen liegen, daneben tiefe Löcher – so schwarz wie der Schlund der Hölle.

»Ist gegangen, nachdem er mir gesagt hat, dass der Garten idiotisch aussieht. Völlig dilettantisch angeordnet. Nichts passt zusammen. Ja, und zwar nur weil dein Kollege Dennis ihn verprügelt hat und weil du immer noch MEINEN Mann vögelst!«

Die Erde dreht sich schneller, sie muss sie anhalten, sonst gerät noch mehr aus den Fugen. Zu gern würde sie Svenja bei den Schultern packen und schütteln, damit sie wieder einen klaren Gedanken fasst. »Svenja, beruhige dich! Es ist nicht so, wie du denkst.« Jennifers Stimme ist leise und eindringlich.

»Natürlich nicht! Du bist wie immer unschuldig, du nimmst dir nur das, was du willst.« Hass und Verachtung liegen in ihren Worten. »So hast du es schon immer gemacht. Und nun tauchst du wieder hier auf und bringst alles durcheinander. Geh weg und komm nie wieder!« Ohne Jennifer noch einmal anzusehen, eilt Svenja ins Haus.

Noch lange steht Jennifer in dem trostlosen Garten. Sie kann sich nicht entschließen zu gehen. Erste Regentropfen fallen auf ihren Kopf, sie merkt es nicht.

18. Kapitel

Im Schritttempo fährt sie die Auffahrt zu ihrem Elternhaus hinauf. Ihr Kampfgeist ist erloschen. Sie bleibt im Wagen sitzen, beobachtet, wie die Blitze über den Himmel zucken. Auf das Autodach trommelt Regen, das hat etwas Beruhigendes, und das ist es, was sie jetzt braucht. Wie schön wäre es doch, wenn sie jetzt jemand anlächeln, trösten und in den Arm nehmen würde.

Mit hochgezogenen Schultern rennt sie auf das Haus zu. Flüchtig bemerkt sie, dass Dennis' Wagen wieder da ist.

Wie immer ist Nelly die Erste, die sie begrüßt. Ausgiebig schmust sie mit der Hündin. Das tut gut. Die Spannung ist für einen Moment verschwunden.

Jennifer hört den Fernseher. Die Nachrichten. Was würde sie dafür geben, wieder zurück in ihrem Job zu sein. »Ach, Nelly, du hast es gut.«

»Jenny?« Angela kommt in den Flur. »Da bist du ja. Magst du einen Tee?«

Jennifer folgt Angela in die Küche. Der Duft von Kerzen und Apfelkuchen weht ihr entgegen. Lächelnd sieht Angela sie an. »Möchtest du ein Stück? Grade frisch aus dem Ofen. Komm, setz dich!«

Noch nie hat ihr ein Apfelkuchen so gut geschmeckt. »Köstlich, der ist dir wirklich gelungen«, lobt sie zwischen zwei Bissen.

»Das freut mich.« Angela nippt an dem Tee und betrachtet Jennifer. »Wie geht's dir? Hast du mit Nils gesprochen?«

»Nein, er war nicht da. Ich möchte jetzt nicht darüber reden.«

»Verstehe.« Angela stellt langsam ihre Teetasse auf den Tisch. »Wir waren in Sorge, als Dennis uns gesagt hat, dass du zu Nils gefahren bist.«

»Angela, bitte nicht jetzt! Wo ist Dennis?«

»Er schläft im Gästezimmer, nehm ich an. Er war ganz durcheinander. Aber ehrlich gesagt hätte ich auch so gehandelt wie du. Nichts ist schlimmer als Ungewissheit.«

Jennifer muss lachen. »Du bist echt gut.«

»Wieso?«

»Ach, komm! Du weißt, was ich meine. Lass uns morgen darüber reden.«

»Jenny, etwas stimmt da nicht.« Angelas Stimme klingt besorgt. »Ich weiß, Nils ist kein Kind von Traurigkeit und … und er hat auch nicht den besten Ruf in der Gemeinde, aber dennoch glaube ich nicht, dass er dir schaden will.«

»Wieso kommst du darauf, dass er mir schaden will?«

»Dennis hat uns alles erzählt.«

Entgeistert sieht Jennifer ihre Mutter an. »Oje, was für ein Chaos!«

»Jenny, was … ist zwischen dir und Nils?«

»Nichts.« Sie wirft Angela einen kalten Blick zu.

»Denkst du auch, dass er die Frauen umgebracht hat?«

»Oh, bitte! Angela, jetzt reicht es. Nein, ich glaube das nicht. Können wir mal damit aufhören?«

»Natürlich. Ich mach mir nur Gedanken, das ist alles.«

»Gut. Was ist mit Paps? Was denkt er?«

»Er will, dass du zur Polizei gehst.«

Jennifer nickt und nimmt einen Schluck Tee. Ihr Blick schweift durch die Küche, die so viel Wärme und Geborgenheit ausstrahlt, doch sie spürt nichts davon. »Wir reden morgen darüber. Ich geh jetzt schlafen.«

Unruhig wälzt sich Jennifer im Bett, an Schlaf ist nicht zu denken. Sie stiert an die Decke, immer wieder muss sie an Dennis' Worte denken. Hat er recht? Ist Nils ein Mörder? Das kann sie nicht glauben.

Aber hatte er in Syrien nicht recht, als er mich davor gewarnt hat, zu dem Bus mit den Flüchtlingen zu gehen?

Damals hat sie seine Bedenken einfach ignoriert, sie hätte besser recherchieren müssen und es so verhindern können. Ihr Kiefer schmerzt, so sehr hat sie die Zähne aufeinandergepresst. Für einen Moment schließt sie die Augen und atmet tief aus. Diesmal wird sie es besser machen.

Entschlossen schwingt sie die Beine aus dem Bett, steigt in ihre Jeans, streift sich ein Sweatshirt über, nimmt ihr Smartphone vom Nachttisch und eilt zum Fenster. Sturm und Regen haben nachgelassen. Ausgezeichnet!

Vorsichtig öffnet sie die Zimmertür und lauscht. Alles ist ruhig. Auf Zehenspitzen schleicht sie den Flur entlang, an der Garderobe schnappt sie sich Angelas Regenjacke. Als sie die Jacke überstreift, riecht sie ihr Parfüm. Überraschend durchströmt sie ein Gefühl von Geborgenheit, während sie den Duft einatmet. Unschlüssig verharrt sie einen Augenblick, fragt sich, ob sie das Richtige tut.

Ja, verdammt!

Sie nimmt die Taschenlampe vom Beistelltisch im Flur, überlegt, ob sie eine Nachricht hinterlassen soll. Kurz entschlossen legt sie ihr Smartphone neben den Block und schreibt hastig: *Ich bin bei Colin.*

Sie reißt den Zettel ab, legt ihn auf den Küchentisch und dreht sich schwungvoll zur Tür. Der Luftzug der Regenjacke lässt den Zettel unter den Tisch gleiten.

Erwartungsvoll steht Nelly an der Tür. »Nein, mein Mädchen, du bleibst besser hier.« Energisch schließt Jennifer die Tür hinter sich.

Unruhig hüpft der Schein der Taschenlampe über den Waldboden. Jennifers Atem geht schnell – genau wie ihr Herzschlag. Immer wieder blickt sie sich um, lauscht den Geräuschen der Nacht. Ihre Kehle ist trocken, sie verflucht die Idee, jetzt mit Colin zu sprechen. Aber sie muss, sie will unbedingt wissen, was im Diner passiert ist. Angespannt greift sie in die Taschen der Regenjacke, auf der Suche nach dem Smartphone. Nichts. Sie tastet ihre Hosentaschen ab. Verflucht! Sie hat es auf dem Tisch im Flur liegen gelassen.

Ratlos bleibt sie stehen. Der Gedanke umzudrehen geht ihr durch den Kopf. Fahrig streicht sie sich eine Haarsträhne hinter das Ohr. Nein, entscheidet sie, immerhin hat auch Smilla gesagt, Colin sei harmlos.

Und wenn er es nicht ist?

Ihre Augen streifen abwägend durch den Wald. Der Schein der Taschenlampe erfasst eine Bewegung hinter dicht stehenden Birken – direkt hinter ihr. Vor Beklommenheit kribbelt ihr Körper, und sie hat nur einen Gedanken: *Lauf!*

Blind vor Angst rennt sie weiter, und dann endlich erreicht sie Colins Hütte, aus der warmes und einladendes Licht auf den Hof scheint. Erleichtert atmet sie auf, ordnet ihre Gefühle und Gedanken und geht zur Haustür.

Dann ein plötzlicher Druck um ihre Brust, ihr Oberkörper wird nach hinten gebeugt, ein Tuch wird ihr auf Mund und Nase gepresst. Es lähmt sie für Sekunden. Der Geruch lässt sie würgen. Automatisch hält sie den Atem an. Sie will das nicht einatmen, etwas sagt ihr, dass es nicht gut ist. Panisch schlägt sie um sich.

Er presst den mit Äther getränkten Stoff noch fester auf ihren Mund und ihre Nase, drückt ihren Rücken kräftig an seinen Körper, schließt die Augen, genießt den Moment des Widerstands und ihrer Nähe. Dann erschlafft ihr Körper, und auch er wird ruhiger.

***

Im klammen Schuppen riecht es nach Gras und Benzin. Liebevoll legt er Jennifer auf den Boden, kniet sich neben sie, betrachtet sie. Ihre Gesichtszüge sind entspannt, die Sorgenfalten auf der Stirn und um den Mund verschwunden. Sanft streicht er über ihr Haar, lässt eine Strähne durch seine Finger gleiten, beugt sich vor und riecht daran. Dann legt er sich neben sie, atmet den Geruch ihres Haares ein, fährt behutsam mit den Fingerspitzen über ihr Gesicht. Seine Lippen liebkosen ihren Mund. »Du gehörst mir. Niemand berührt dich, nur ich.« Seine Worte sind ein leises Wispern, dann wagt er es und lässt die Hände über ihren Körper gleiten. Sacht und ohne Eile.

Beinahe fürsorglich fesselt er ihre Hände und Füße, nur mit Widerwillen stopft er ihr einen Knebel in den Mund. Bevor er geht, träufelt er noch ein paar Tropfen Äther auf den Lappen und hält ihn ihr vor die Nase. »Bin bald zurück, dann werden wir endlich eins sein.«

***

Das Wohnzimmer wird nur durch die Stehlampe neben dem Ohrensessel in ein warmes Licht getaucht. Leise Jazzmusik erfüllt den Raum. Smilla sitzt am Esstisch, der Laptop vor ihr taucht ihr Gesicht in ein gespenstisch blaues Licht. Angestrengt betrachtet sie die Fotos der ermordeten Frauen. Besonders die Male, die den Opfern post mortem in den Nacken geritzt wurden, haben ihre Aufmerksamkeit. Wie Jennifer vermutet hatte, ist es ein keltisches Symbol. *Triquetra.* Mit seinen drei verbundenen Kreisbögen, die die Einheit von Geburt, Leben und Tod symbolisieren. Bei dem ersten Opfer war es nur die Andeutung eines Bogens. Bei jeder Toten wurde es erweitert, jetzt fehlt nur noch ein kleiner Bogen, dann ist es vollständig. Smilla rauft sich das kurze Haar. Ihr ist bewusst, dass sie den Mistkerl schnell finden müssen, doch bisher erwies sich jede Spur als falsch. Er gehört definitiv nicht zu den Serienkillern, die es lieben, auffällig zu werden. Nein, er ist gerissen und hat anscheinend keine Eile. Sucht sich die Opfer mit Sorgfalt aus. Das ist einer der Gründe, warum Jennifer mit Colin falschliegt. Er ist nicht sorgfältig und … gerissen? Nein, auch das nicht. Außerdem hat er ein Alibi. Seufzend steht Smilla auf, reckt sich und streicht über ihren verspannten Nacken.

Aus dem Kühlschrank nimmt sie eine halb volle Flasche Weißwein und füllt ihr Glas erneut. Mit dem Glas in der Hand geht sie zum Panoramafenster hinüber und lässt sich in den Ohrensessel sinken. Ihr Blick schweift über die Stadt. Ihre bunten Lichter spiegeln sich auf den nassen Straßen. Sie mag dieses Schauspiel und auch die Stadt. Nie wieder könnte sie wieder auf dem Land leben, mit seinen hohen Fichten und Birken, aber ohne Menschen weit und breit – nur Tausenden von Seen und Tieren. Nein, danke! Als sie einen Schluck von dem kühlen Wein trinkt, muss sie an Jennifer denken, an das Treffen von heute Morgen. Auch Jennifer ist dem Land entflohen und – wie sie – ein Stadtmensch geworden. Oder? Vielleicht, vielleicht aber auch nicht. Viel weiß sie nicht von ihr. Es ist nur eine Vermutung, die wachen Augen und die Neugier, die sie in ihnen gesehen hat, ihre Gesten. Jennifer ist wie sie, hungrig nach Leben.

Gedankenverloren nimmt sie noch einen Schluck Wein und betrachtet die nächtliche Szenerie Stockholms. Da fällt es ihr plötzlich auf. Sie springt hoch, eilt zum Esstisch. Noch einmal sieht sie sich die Fotos der Opfer an. »Scheiße!«, flucht sie leise, sucht aus den Dateien die Ordner der Gerichtsmedizin raus und öffnet sie. Ihre Augen jagen über die Berichte. »Verdammt.« Jedem Opfer wurde eine Haarsträhne abgeschnitten. Smilla hält den Atem an, vor ihrem inneren Auge sieht sie Jennifer, wie sie in dem Café immer wieder eine Strähne hinter die Ohren streicht. Smillas Finger zittern, als sie durch die Berichte scrollt.

Ungeduldig trommelt sie mit dem Zeigefinger auf die Tischplatte, dann endlich findet sie, was sie gesucht hat. *Fundorte der Opfer rund um das Gebiet Östervåla.*

»Ich könnte mich ohrfeigen!« Immer wieder vergleicht sie die Fotos der Opfer miteinander. »Ganz ruhig, Smilla, nichts übereilen!«, versucht sie, sich selbst zu beruhigen.

Sie blickt auf ihre Armbanduhr, fast halb elf. Ohne zu zögern, wählt sie Jennifers Nummer. Sie erreicht nur die Mailbox. Mit ruhiger Stimme hinterlässt sie eine Nachricht mit der Bitte um Rückruf.

19. Kapitel

»Guten Morgen, Dennis. Gut geschlafen?«

»Ja, erstaunlich gut.« Er blickt sich in der Küche um, bemerkt den reichlich gedeckten Tisch. »Das sieht verlockend aus, und ich muss gestehen, ich hab einen wahnsinnigen Hunger.«

Lachend stellt Angela die Kaffeekanne auf den Tisch. »Kann ich mir vorstellen, du hast ja gestern Abend keinen Bissen zu dir genommen.«

»Nein, erst die Sache mit Nils und dann auch noch die Tabletten, das hat mich ausgeknockt.« Beherzt greift er sich einen Toast.

»Guten Morgen!«, murmelt Paul, als er in die Küche kommt. Er beugt sich zu Angela und gibt ihr einen Kuss. Dennis grinst.

»Was gibt es da zu grinsen, möchtest du auch einen Kuss?«, frotzelt Paul und gleitet auf die Eckbank. Er beäugt Dennis und verzieht bedauernd den Mund. »Dein Gesicht hat die Farbe einer reifen Pflaume.«

»Ja, ich hab mich selbst kaum wiedererkannt, als ich in den Spiegel geguckt hab, aber das wird schon.« Er nimmt einen Schluck Kaffee und sieht auf die Armbanduhr. »Wo ist Jenny?«

»Schläft sicher noch«, antwortet Angela und blickt auf die Uhr, die über der Arbeitsplatte neben der Spüle hängt. Acht Uhr. »Ich werde sie wecken.«

Verhalten klopft Angela an Jennifers Tür. Keine Antwort. Dann etwas beherzter. Nichts. Sie drückt die Klinke herunter und steckt den Kopf durch den Türspalt. »Jenny?« Immer noch keine Antwort. Sie betritt das Zimmer und schaut sich um. Das Bett zerwühlt, keine Kleidung.

Sie klopft an der Badezimmertür. Nichts.

»Paul, hast du Jenny heute schon gesehen, ist sie vielleicht mit dem Hund draußen?«, ruft Angela in Richtung Küche.

»Nein, ich bin grad erst aufgestanden.« Paul legt das Messer auf den Teller und steht auf. »Ist sie nicht in ihrem Zimmer?«

Angela tritt in die Küche und sieht ihn genervt an. »Würde ich sonst fragen? Wo ist Nelly?« Wie auf Kommando kommt Nelly schwanzwedelnd in die Küche.

»Beruhigt euch! Vielleicht ist sie einfach nur draußen … Es war ja in der letzten Zeit sehr turbulent für sie. Und so, wie ich sie kenne, hat sie dann gern mal eine Minute für sich.« Dennis sieht in die besorgten Gesichter von Paul und Angela. »Okay, ich werde nach ihr schauen.« Energisch steht er auf und drängt sich an Jennifers Eltern vorbei.

»Ich komme mit.« Paul folgt Dennis hinaus. Eine Wand aus schwülem Dunst empfängt sie und lässt sie kurz innehalten, bevor sie sich auf die Suche nach Jennifer machen.

Unruhig sieht Angela aus dem Fenster. »Oh lieber Gott, bitte lass sie einfach nur spazieren sein!«, flüstert sie und dreht sich um. Plötzlich fühlt sie sich sehr allein. Etwas stimmt ganz und gar nicht. Als ihr Blick auf einen Zettel unter dem Tisch fällt, stutzt sie.

Während sie die Nachricht liest, beruhigt sie sich. Für eine Sekunde. Danach hat sie die Angst umso fester im Griff.

»Paul!«, ruft sie über den nebelverhangenen Hof.

Aufgeregt kommt er auf sie zu. »Was ist los?«

Sie reicht ihm den Zettel. Er liest, dann sieht er sie fragend an, streicht sich über sein rasiertes Kinn. »Colin, na ja …«

»Paul, sie ist vermutlich gestern Nacht zu ihm gegangen, meine Regenjacke ist auch verschwunden. Wir müssen zu ihm. Schnell!«

»Was ist, habt ihr eine Idee, wo sie ist?«, fragt Dennis und kommt aus dem Gemüsegarten auf sie zu. Noch während Angela antwortet, klingelt Jennifers Smartphone.

Angela ist als Erste im Haus. Ohne zu zögern, nimmt sie den Anruf entgegen. »Hallo?«

»Hej, Jennifer?«

»Nein, hier ist Angela Holmer.«

»Oh, entschuldigen Sie, Kommissarin Smilla Berglund. Kann ich bitte mit Jennifer sprechen?«

»Sie ist nicht da … sie ist verschwunden.« Angela spürt, wie sich ihr Magen zusammenzieht, während sie die Worte ausspricht.

»Seit wann?«

»Ich weiß es nicht, sie hat eine Nachricht hinterlassen, dass sie bei Colin ist. Wir gehen jetzt zu ihm.« Resolut beendet sie das Gespräch.

***

Paul hämmert an die Tür. »Colin, mach auf! Ich bin es, Paul!« Ein Schlurfen und ein mürrisches Gemurmel, dann öffnet Colin die Tür einen Spaltbreit. Paul drückt sie auf und stürmt ins Haus, dicht gefolgt von Dennis und Angela.

»Wo ist Jenny?« Pauls Augen funkeln vor Wut und Sorge.

»Was? Wieso Jenny? Ich hab keine Ahnung, wovon du redest.« Colin weicht zurück, greift sich einen Pullover und eine Jeans vom Sessel und schlüpft hastig hinein.

»Sie hat eine Nachricht geschrieben, dass sie zu dir geht.« Paul hält Colin den Zettel unter die Nase.

»Sie war nicht hier.« Colin sieht Paul fest an. »Warum sollte ich dich anlügen?«

»Sag du es mir! Ich warne dich, Colin!«

Angela lässt den Blick durch den Raum streifen. Chaotisch, dreckig und verwohnt. Sie war lange nicht hier, jetzt versteht sie, was Jenny gemeint hat, als sie Colin beschuldigte. Diese Hütte passt zu jemandem, der mehr als nur eigenartig ist. Sie hätte sicher auch so gedacht. »Wo ist meine Tochter?« Ihre Stimme ist scharf wie ein Rasiermesser.

»Schau nach, wenn du mir nicht glaubst! Ich habe sie nicht mehr gesehen, und ich bin auch nicht gerade wild darauf. Schließlich wollte sie mir die Morde anhängen.« Colin verschränkt die Arme vor der Brust. »Tu dir keinen Zwang an, Angela, geh und durchsuche mein Haus! Jennifer ist nicht hier.«

Sie stürmt an ihm vorbei ins Schlafzimmer, dann ins Bad. Angewidert von der Unordnung kehrt sie zurück, schießt Colin einen scharfen Blick zu und rennt auf den Hof.

Jeden Winkel des Grundstücks sucht sie ab. Was, wenn Jenny mit ihrer Vermutung recht hat? Was, wenn Colin hinter alldem steckt? Sie will gar nicht daran denken, was das bedeuten würde. Immerhin hat sie sich für Colin starkgemacht. Sie hätte ihre Tochter verraten. Die Vorwürfe drohen sie zu ersticken.

Ratlos und erschöpft steht sie vor der alten Scheune und zerrt an der Holzverriegelung. Sie muss sich anstrengen, um das Tor zu öffnen, doch ihre Wut auf sich selbst verleiht ihr Kraft.

Im Inneren ist es dunkel und riecht feucht. »Jenny?« Nichts. Sie brüllt noch einmal Jennys Namen, sieht in den Pferdeboxen nach, hinter den rostigen Fässern und den alten Säcken mit

Hafer. Gott, wie lange ist dieses Zeug schon hier? Seit zehn Jahren hat hier kein Pferd mehr gestanden. Sie wischt sich den Schweiß von der Stirn. Noch immer kann sie es nicht fassen. Wer ist Colin wirklich? Wie konnte sie sich so blenden lassen? Es tut gut, sich über ihn aufzuregen. Es lenkt sie ab von dem Gefühl, an allem schuld zu sein.

Aus Leibeskräften ruft sie nach Jenny – wie eine Bärin, deren Junges in eine Falle geraten ist. Als sie eine Hand auf ihrer Schulter spürt, fährt sie vor Schreck zusammen. Voller Hoffnung wirbelt sie herum, doch die Hoffnung schwindet, als sie Dennis sieht. »Beruhige dich, Angela! Wir werden sie finden.«

Unentwegt schüttelt sie den Kopf. »Wir *müssen* sie finden! Ich liebe meine Tochter, auch wenn wir nicht gut miteinander auskommen, aber ich liebe sie.«

»Ich weiß, und ich bin mir sicher, dass Jenny es ebenfalls weiß.«

Schrill klingelt Jennifers Smartphone in Angelas Westentasche. Ihre Hände beben, als sie den Anruf annimmt. »Wo sind Sie, Frau Holmer?« Smillas Stimme klingt abgehackt. Angela geht über den Hof auf der Suche nach einem besseren Empfang. »Bei Colin, aber Jenny ist nicht hier.« Angela nickt und legt auf.

»Wer war das?«, fragt Dennis.

»Smilla Berglund. Sie hat uns gebeten, hier zu warten. Sie ist auf dem Weg.«

Smilla reißt die Tür auf, kaum dass der Wagen steht, und eilt auf die eng zusammenstehende Gruppe zu. Sie kann die Angst und Ratlosigkeit spüren, sie wird davon förmlich angesprungen. Smilla verlangsamt ihren Schritt und setzt ein zuversichtliches Lächeln auf, sie darf sich nicht von der Angst anstecken lassen.

Neben Angela entdeckt sie einen Mann, den sie nicht kennt. Zielstrebig steuert sie auf Angela zu. »Frau Holmer!« Sie reicht Angela die Hand und drückt sie beruhigend. Dann blickt sie Dennis an. »Und Sie sind?«

»Dennis Beck, der Arbeitskollege von Jenny.« Smilla erwidert sein souveränes Lächeln und deutet auf sein Gesicht. »Was ist mit Ihnen passiert?«

Dennis sieht sie peinlich berührt an. »Ich hatte gestern eine Auseinandersetzung mit Nils.«

»Nils? Welcher Nils?«

»Nils Eklund, ein Freund von Jenny.«

In Smillas Kopf arbeitet es. Sie kennt den Namen von irgendwoher. Sie streicht sich durchs Haar, das von der schwülen Luft feucht ist. Woher kennt sie nur den Namen? Okay, später, wenn sie weiß, was genau los ist, wird sie es überprüfen. Smilla wendet sich Angela zu. »Was ist passiert, warum wollte sie unbedingt zu Colin?«

»Ich weiß es nicht, aber ich nehme an, dass sie Nils nicht angetroffen hat, um mit ihm über das zu reden, was zwischen ihm und Dennis vorgefallen ist.«

»Aber was hat Colin damit zu tun?«

»Er war auch im Diner, als es passiert ist.«

»Okay, ganz langsam! Sie, Herr Beck, hatten gestern mit Nils eine Auseinandersetzung im Diner.«

»Ja.«

»Und worum ging es dabei?«

Dennis druckst herum, verstohlen sieht er zu Angela und Paul. »Nils hat über Jenny gelästert.« Er blickt sie beschwörend an. Smilla versteht den Wink. »Mmh, ich rede noch einmal mit Colin.«

Als Angela sich ihr anschließen will, hebt Smilla die Hand. »Nein, Sie bleiben bitte hier.«

»Sollten wir nicht einen Suchtrupp losschicken?!« Angelas Stimme ist schrill.

»Sobald ich mehr erfahren habe.«

»Aber … wenn es dann zu spät ist?«

»Frau Holmer, geben Sie mir ein paar Minuten, bitte!«

Unwirsch dreht sich Angela um und geht zu Paul, der sie liebevoll in den Arm nimmt. »Alles wird gut, hab ein wenig Geduld und lass sie ihren Job tun.« Er küsst ihre Stirn und lächelt sie aufmunternd an.

Keine fünf Minuten später ist Smilla wieder bei ihnen. »Gut, ich möchte, dass Sie beide nach Hause fahren und dort warten, bis ich wieder bei Ihnen bin.«

»Aber wieso? Was sollen wir da?«, fragt Angela und blickt Hilfe suchend zu Paul.

»Vielleicht ist Ihre Tochter schon wieder da.«

»Aber ...«

»Komm, Angela! Sie hat recht. Lass uns nach Hause gehen.« Paul greift nach der Hand seiner Frau, aber die schüttelt sie vehement ab. »Und was machen Sie in der Zwischenzeit?«

»Ich fahre mit Dennis zu Nils Eklund.« Mit einer Kopfbewegung deutet Smilla an, dass Dennis ihr folgen soll.

»Warten Sie! Ich möchte wissen, was Colin gesagt hat.« Angela überholt Smilla und baut sich vor ihr auf. »Ich habe ein Recht darauf.«

»Bitte, Frau Holmer, gehen Sie mit Ihrem Mann nach Hause! Ich melde mich später.«

»Aber warum Nils?«

»Vielleicht hat Jennifer es sich anders überlegt und ist zu Nils gegangen ...«

»Blödsinn! Wie? Zu Fuß! Wissen Sie, wie weit das ist? Nein, das glaube ich nicht. Sie ist hier irgendwo.«

Smilla wägt ab. Eigentlich unwahrscheinlich, aber wer weiß, wozu Jennifer fähig ist. So, wie sie sie einschätzt, wächst sie über sich hinaus, wenn sie etwas will. »Ich möchte nur sichergehen, bevor ich eine Entscheidung treffe.«

Ohne weiter auf Angela einzugehen, eilt sie zum Wagen. Unwillkürlich muss sie schmunzeln.

Wie die Mutter so die Tochter.

Sie mag diese Art Menschen, die neugierig sind und sich nicht so leicht abspeisen lassen. Auch wenn es bisweilen anstrengend ist – so wie jetzt.

»Bitte schnallen Sie sich an! Mein Fahrstil ist gewöhnungsbedürftig.« Sie grinst Dennis an und bemerkt die flüchtige Irritation auf seinem Gesicht. Er sieht gut aus, trotz des blauen Auges und der Schwellung im Gesicht. Er wäre genau ihr Typ. Aber sie ist aus anderen Gründen mit ihm unterwegs, und diese Gründe beanspruchen ihre volle Konzentration. Hoffentlich ist Jennifer einfach nur bei diesem Nils.

Smilla ist so in Gedanken versunken, dass sie das Schlagloch mit hoher Geschwindigkeit erwischt. Der Wagen hüpft hoch und sie stößt einen Schrei aus. »Verflucht!« Besorgt sieht sie zu Dennis, der hält sich krampfhaft am Griff der Wagentür fest. »'tschuldigung, aber ich bin eher die Straßen der Stadt gewohnt.«

Sie geht vom Gas und reckt den Hals, um eine bessere Sicht auf die Schotterpiste zu bekommen. »Sie sind auch Deutscher, oder?«

»Ja, ich komme aus München, lebe aber schon sieben Jahre in Schweden.«

»Wohnen Sie auch in Stockholm?«

»Ja, aber wie Jenny bin ich meist im Ausland. Seit einigen Jahren in Syrien.«

»Ach ja? Was machen Sie?«

»Ich bin Kameramann. Seit etwas mehr als fünf Jahren arbeiten wir zusammen.«

»Wie ist Jennifer in ihrem Job?«

»Sie ist die Beste, weiß, mit den Menschen umzugehen, und ist immer ausgezeichnet informiert.«

Smilla nickt. »Aber bei ihrem letzten Aufenthalt dort gab es ein Problem, oder?«

»Ja.«

Dennis schweigt. Smilla zieht es vor, nicht weiter auf dieses Thema einzugehen. Aus dem Augenwinkel betrachtet sie ihn aufmerksam. »Warum haben Sie sich mit Nils geprügelt? Was hat Sie so aus der Fassung gebracht?«

»Er hat sich Jennifer gegenüber beleidigend geäußert. Jenny beleidigt.«

»Inwiefern?«

»Er hat sie als … als einen guten Fick bezeichnet.« Er hält den Blick stur geradeaus.

»Wow! Das ist allerdings nicht besonders charmant.« Smilla bemerkt, wie sich Dennis' Finger in den Stoff des Sitzes krallen. »Haben Sie ein Verhältnis mit Jennifer?«

Sein Kopf schießt herum. »Was soll die Frage? Nein, habe ich nicht. Und ehrlich gesagt, sollten Sie sich um Nils kümmern – nicht um mich.«

»Wie kommen Sie darauf?«

»Er ist, was Jenny betrifft, obsessiv.«

»Aha. Und was führt Sie zu dieser Annahme?« Wieder erhält sie keine Antwort und wieder taucht diese Ahnung auf. Irgendwoher kennt sie den Namen Nils. »Haben Sie Nils erst jetzt kennengelernt?«

»Ja, und ehrlich gesagt hätte ich darauf gern verzichtet. Er ist ein Chauvinist.«

Smilla schmunzelt, und dann fällt es ihr aus heiterem Himmel ein. Nils und Svenja Eklund … die Tote am Diner, ermordet an deren Hochzeitstag. Sie hat die Aussagen gelesen. So schließt sich also der Kreis. In ihr schrillen alle Alarmglocken.

Als die Schotterpiste endet, gibt sie Gas. »Gott sei Dank, endlich wieder eine richtige Straße.« Mit hohem Tempo rast sie auf das Dorf Östervåla zu.

***

Smilla sieht auf ihren Notizblock, auf dem Nils' Adresse steht, die Colin ihr gegeben hat. »Hübsches Haus. Ganz anders, als ich erwartet habe. Modern, aber na ja …« Sie zuckt die Achseln und sieht Dennis an. »Passt irgendwie nicht hier rein, oder was meinen Sie, Dennis?«

»Ist doch egal.« Er öffnet die Autotür.

»Nein, Sie bleiben am besten im Wagen.«

Smilla holt tief Luft, als sie auf die Haustür zugeht. Sie hat ein ungutes Gefühl, streicht sich mit der Hand über den Nacken und blickt über die Schulter zurück zu ihrem Wagen. Dennis tut, was sie ihm gesagt hat. Er bleibt im Wagen. Gut so.

Ein tiefes *Ding-Dong*, dann hört Smilla eilige Schritte hinter der Tür, einen Moment später öffnet sie sich einen Spaltbreit.

»Svenja Eklund? Kommissarin Smilla Berglund aus Stockholm.« Sie hält Svenja ihre Dienstmarke hin. »Darf ich reinkommen?« Aufmerksam schaut sie Svenja an, die Augen der jungen Frau sind geschwollen, darunter liegen dunkle Schatten. Sie sieht krank aus. Das Haar ist zerzaust, ihr Hemd verkehrt zugeknöpft. »Ist … alles in Ordnung?« Smilla späht über Svenjas Schulter in den Flur.

Svenja folgt Smillas Blick und geht einen Schritt zurück. »Kommen Sie rein.« Unschlüssig sieht sie Smilla an. »Was ist passiert?«

»Ist Jennifer Holmer bei Ihnen?«

»Jennifer? Nein.« Ihr Gesicht nimmt einen harten Zug an, sie verschränkt die Arme vor der Brust. »Warum sollte sie?«

»Sie war aber bei Ihnen, stimmt's?«

Nervös kaut Svenja auf der Unterlippe und stiert auf ihre nackten Füße. Dann schlingt sie die Arme um sich, als wäre ihr plötzlich kalt.

»Svenja, ist Jennifer hier gewesen?«, wiederholt Smilla.

»Ja, am Montagmorgen, sie ist vorbeigekommen, um sich zu verabschieden. Sie wollte wieder nach Hause.« Svenjas Augen streifen sie flüchtig.

»Hm ... und sie war nicht noch einmal hier?«

Unruhig reibt Svenja eine Fußsohle an ihrer Jogginghose. »Doch, sie war gestern Nachmittag hier, wollte mit Nils sprechen, aber er war nicht da.«

»Ich nehme an, es ging um die Prügelei im Diner mit Dennis?«

Svenja nickt.

»Und ist sie gestern spätnachts hier gewesen?«

Svenja schüttelt den Kopf.

»Ist Ihr Mann da?«

»Er ist oben und schläft.«

»Könnten Sie ihn bitte wecken?«

»Verdammt, sagen Sie mir, was los ist!«

»Jennifer ist verschwunden.«

Entgeistert hält sich Svenja die Hand vor den Mund, sie will etwas sagen, schluckt es dann aber runter.

Während Svenja die Treppe hinaufeilt, sieht sich Smilla um. Die Einrichtung gefällt ihr. Kühl und nüchtern, genau ihr Geschmack. Sie geht ins Wohnzimmer, öffnet die Verandatür und stutzt. Der Garten sieht aus, als wäre ein Trupp Goldgräber hier gewesen.

»Ich bin gerade dabei, ihn neu zu gestalten«, sagt Svenja entschuldigend hinter ihr. »Nils kommt gleich. Darf ich Ihnen einen Kaffee oder Tee anbieten?«

»Nein, danke.« Smilla blickt auf die Armbanduhr. Verdammt, das dauert alles viel zu lange. »Darf ich mich ein wenig draußen umsehen?«

»Ja, sicher.«

Ruhelos verlagert Dennis seine Sitzposition, reckt sich, um das Haus besser beobachten zu können. Smilla kommt in den Garten. Sie dreht und wendet sich, redet mit Svenja, die ihre Hände in den Taschen der Jogginghose vergraben hat. *Wo ist Nils?* Er kneift die Augen zusammen und massiert seine Schläfen. Er hat rasende Kopfschmerzen. Die Luft im Wagen ist stickig, ihm ist übel, er hasst es, in diesem beschissenen Wagen zu sitzen und nicht zu wissen, was dort im Haus passiert.

Dennis betätigt den Schalter für das Beifahrerfenster, aber nichts regt sich. Sein Blick geht zum Zündschloss. Kein Schlüssel. Genervt öffnet er die Tür. Die schwüle Luft, die ihn empfängt, ist keine Erleichterung. Gereizt steigt er aus, um einen besseren Blick auf Smilla und Svenja zu bekommen, gerade in dem Moment, als Smilla hektisch in den hinteren Teil des Gartens rennt. Jetzt kann er auch Nils sehen, der aus dem Haus eilt und ihnen folgt. Dennis hält den Atem an. Und dann sieht er Svenja, die jammernd die Arme um ihren Körper schlingt.

Dennis reißt die Gartenpforte auf und rennt zum Schuppen. Unsanft stößt er Nils zur Seite. »Nein!« Sein Schreien lässt Smilla herumwirbeln. »Ganz ruhig, sie lebt!« Sie wendet sich wieder Jennifer zu, streicht ihr fürsorglich über die Stirn. »Der Krankenwagen ist unterwegs. Bleiben Sie ganz ruhig liegen. Alles wird gut.«

Fassungslos fällt Dennis neben Jennifer auf die Knie. »Mein Gott, Jenny!« Er betrachtet ihr Gesicht, das blass wie ein Leinentuch ist, rote Striemen an den Handgelenken zeigen, wo die Fesseln saßen. Sanft streicht er ihr über Stirn und Wangen, spürt die kalte feuchte Haut.

Jennifers Augen wandern über sein Gesicht hin zu Smilla, die leise, aber eindringlich telefoniert. Lethargisch richtet sie sich auf, verdreht die Augen und fällt wieder zurück. »Wasser …

ich muss was trinken!« Ihre Stimme ist leise, krächzend, voller Dringlichkeit.

»Bleib liegen, ich besorg dir was.«

Blind vor Wut und Sorge stolpert Dennis hinaus. Svenja steht wie paralysiert vor dem Schuppen. »Wasser, ich brauche Wasser für Jenny!« Als Svenja nicht reagiert, greift er hart nach ihrem Oberarm. »Hast du gehört, was ich gesagt habe? Wasser!«

Mit rot unterlaufenen Augen blickt sie Dennis an und nickt abwesend.

»Svenja, hast du Wasser für Jenny?«, wiederholt er eindringlich.

»Ja … oh mein Gott, was ist bloß passiert?« Verwirrt blickt sie ihn an.

»Das werden wir herausbekommen.« Er sieht flüchtig zu Nils hin, der hitzig mit Smilla diskutiert. »Bring mir das Wasser, bitte!« Dennis reibt sich die Schläfen. Das verdammte Klopfen in seinem Kopf will nicht verschwinden.

Mit ausladenden Schritten geht er auf Smilla und Nils zu. »Wie lange wird der Krankenwagen brauchen?«

»Ist gleich da«, antwortet Smilla angestrengt.

Dennis wirft Nils einen kalten Blick zu, bevor er Svenja das Wasser aus der Hand reißt.

»Hier, Jenny, trink etwas! Aber nicht zu hastig.«

Er hebt ihren Kopf an, zittrig greift Jennifer nach der kühlen Flasche. »Langsam, Jenny! Ja, so ist es gut.«

Er fühlt ihren Puls, kneift die Augen zusammen, dann atmet er erleichtert auf. »Fühlt sich gut an, oder? Du wirst bald wieder auf den Beinen sein.« Er schenkt ihr ein aufmunterndes Lächeln.

»Ich will nur nach Hause, schlafen und vergessen.« Ihre Worte sind schwer und klebrig.

20. KAPITEL

Der Geruch nach Desinfektionsmitteln, das leise Quietschen von Gummisohlen auf Linoleum und das Klirren von Geschirr dringen zu Jennifer. Sie öffnet die Augen. Das herbstliche Sonnenlicht, das durch das Fenster strahlt, lässt sie blinzeln. Ihr Kopf fühlt sich an wie Watte und ihr ist entsetzlich übel. Sie atmet tief durch, und doch kann sie nicht verhindern, dass ihr Mageninhalt den Weg nach oben nimmt. Hektisch greift sie nach der Pappschale auf dem Nachttisch.

Angewidert wischt sie sich mit einem grauen Papiertuch vom Nachttisch über den Mund. Dann lässt sie sich wieder auf das Kissen sinken, dreht sich zum Fenster. Auf der Spitze der Birke sitzt eine Amsel und singt. Ihr Gesang ist eindringlich, genauso wie Jennifers Gedanken.

Was ist passiert? Immer noch fällt es ihr schwer, einen klaren Gedanken zu fassen. Es nervt sie, in diesem Kokon festzusitzen. Sie blickt auf ihren Arm, eine Nadel steckt darin, über die sie eine Infusion bekommt. Das Einzige, an das sie sich erinnert, ist die Angst, als die Arme sie fest gepackt hatten. Und dann der Geruch, als ihr der Lappen auf Mund und Nase gepresst wurde. Die Erinnerung lässt sie erschaudern. Und noch etwas lässt sie nicht los. Nils. Wieso war sie in seinem Geräteschuppen? Das passt doch alles nicht.

Das Klopfen an der Tür reißt sie aus der Grübelei. Mit aufmunterndem Lächeln steckt Smilla den Kopf durch den Türspalt. »Hej, Jennifer!« Sie nähert sich dem Bett, ihre Nasenflügel blähen sich auf und ziehen sich schnell wieder zusammen.

»'tschuldigung, ich hab mich gerade übergeben.«

»Kein Problem.« Smilla deutet auf das Fenster. »Ich lasse einfach ein wenig Luft herein, ist das okay?« Als wäre das in dieser Situation das Normalste der Welt.

»Ich werde nach der Schwester klingeln, damit sie das … entfernt.«

»Keine schlechte Idee.« Smilla zieht den Besucherstuhl ans Bett. »Wie geht es Ihnen?«

»Scheiße.«

»Das glaube ich gern. Sie hatten eine Überdosis Äther.«

Jennifer zieht die Decke bis an ihr Kinn. Ihr ist plötzlich kalt, und wieder drängt sich Nils in ihr Bewusstsein. Doch sie will die quälende Vermutung nicht aussprechen. Sie schaut auf die makellose hellblau gestreifte Bettdecke.

»Jennifer, kann ich Sie mit ein paar Fragen belästigen?«

Das klingt wie der Auftakt zu einem Katz-und-Maus-Spiel. Sie hasst so etwas. »Fragen Sie einfach!«

»Gut. Woran können Sie sich erinnern?«

»An nicht viel, nur dass ich auf dem Weg zu Colin war und dann, als ich sein Haus erreichte … wurde ich überwältigt.«

»Sonst nichts, kein Geruch, keine Geräusche, keine Worte?«

»Nein.« Sie zupft an der Bettdecke. »Doch … da war wieder das Gefühl, dass ich beobachtet und verfolgt werde.« Jennifer sieht Smilla fest an. »Was ist mit Nils? Glauben Sie, dass er es war?« Es fällt ihr schwer, diese Frage zu stellen, aber es liegt doch auf der Hand, dass er es war, oder? Sie wurde in seinem Schuppen gefunden, abgelegt wie Abfall. Er hatte Dennis gesagt, dass er sie töten würde, dass sie ihm gehöre … Nein, sie kann das immer noch nicht glauben.

»Na ja, alles spricht dafür. Ich denke schon, dass er es war, aber mir fehlen Beweise. Ich musste ihn gehen lassen.«

Jennifer schluckt den bitteren Geschmack in ihrem Mund runter. »Ja, verstehe.« Einerseits ist sie erleichtert, doch da ist auch dieses andere Gefühl, das sie mehr als nur beunruhigt. Nein, nicht jetzt! Später, wenn sie wieder klarer denken kann, wird sie mit Smilla darüber reden. Ihr sagen, in welchem Verhältnis sie zu Nils steht und was auf der Gartenparty geschehen ist. Sie spürt Smillas aufmerksamen Blick.

»Laut Dennis' Aussage hatten die beiden einen Streit im Diner. Es ging um Sie.«

»Ja, ich weiß. Deshalb bin ich am Nachmittag zu Nils' Haus gefahren und wollte mit ihm sprechen. Aber er war nicht da.«

»Richtig. Svenja sagte, dass er nach der Prügelei betrunken nach Hause kam. Die beiden hatten deswegen einen heftigen Streit. Daraufhin ist er wütend weggefahren.«

Jennifer senkt den Blick auf ihre Finger. Unter den Nägeln ist Dreck, am liebsten würde sie aufspringen und ihre Hände schrubben, den Dreck unter den Nägeln rauskratzen, alle Spuren der vergangenen Nacht, nein, der ganzen Vergangenheit wegwaschen.

»Ich kann mir keinen Reim darauf machen. Ehrlich, ich wünschte, ich wüsste, wer mich überfallen hat.« Verhalten sieht sie Smilla an. Ihr Mund ist zu einer schmalen Linie verzogen und ihre wachen Augen sehen sie an, als würde sie ihr etwas verschweigen. Na ja, in gewisser Weise stimmt das sogar.

Jennifer zuckt zusammen, als Smilla mit der Hand auf die Bettseite klopft und sich erhebt. »Der Arzt hat mir gesagt, dass Sie morgen entlassen werden. Dann reden wir.« Das klingt wie ein Befehl, automatisch richtet sie sich in ihrem Bett auf. »Ich rufe Sie an, sobald ich wieder zu Hause bin.«

An der Tür bleibt Smilla stehen und dreht sich zu ihr um. »Jennifer, haben Sie immer noch ein Verhältnis mit Nils?« Jennifer schluckt. »Nein.«

***

Stockend öffnet Jennifer die Tür zu ihrer Wohnung. Der vertraute Geruch nach ihrem Parfüm, der Anblick ihrer Möbel, die Fotos an der Wand, all das lässt sie aufatmen. Noch nie war sie so erleichtert, nach Hause zu kommen. Beschwingt dreht sie sich zu Dennis um, der noch in der Tür steht. »Komm rein! Seit wann bist du so schüchtern?« Sie lächelt ihn warm an. Wenn er nicht gewesen wäre, würde sie sicher nicht hier in ihrer Wohnung stehen.

»Danke, nicht nur für das Nachhausebringen.« Aufgewühlt streicht sie eine Haarsträhne hinter das Ohr. »Ich glaube, noch einen Tag länger in der Klinik, und ich wäre ernsthaft krank geworden. Was ist in der Tüte, die du so krampfhaft festhältst?« Jennifer neigt den Kopf zur Seite und betrachtet Dennis amüsiert, auf dessen Gesicht sich eine feine Röte ausbreitet. Die Blessuren sind noch zu erkennen und zeugen von dem, was Nils ihm vor drei Tagen angetan hat. Sie schluckt.

»Ich hab eingekauft, weil ich dachte … na ja, ich wollte für dich kochen.«

In diesem Augenblick würde sie ihn am liebsten umarmen. *Nein!*, ermahnt sie sich und hängt ihre Jacke an die Garderobe. »Sehr gute Idee, denn was Kochen angeht, bin ich eher auf die simplen Dinge spezialisiert.«

Jennifer geht mit Dennis in die Küche und breitet die Arme aus. »Dein Reich! Ich bin gespannt, was du zaubern wirst.«

Wie ein Profi lässt Dennis seinen Blick durch die Küche streifen, und seine Schüchternheit ist verflogen. »Sehr gut.«

Seine Augen leuchten, etwas Gewinnendes liegt darin. Jennifer schluckt. Dennis in ihrer Küche zu sehen verunsichert sie.

»Ich werde in der Zwischenzeit den Krankenhaus-Mief abwaschen. Fühl dich ganz wie zu Hause!«

»Das werde ich«, murmelt Dennis, während er die Einkäufe sorgfältig auf die Arbeitsplatte legt.

Wohlig schmiegt er sich in das weiche Sofa, schnuppert an den Kissen und lauscht dem Plätschern des Wassers und dem leisen Summen Jennifers aus dem Bad. Entspannt atmet er aus, als sein Blick auf die Fotos auf der Anrichte neben dem Bücherregal fällt.

Interessiert nimmt er eines hoch und betrachtet es. Jennifer und Nils posieren fest umschlungen Wange an Wange. Darunter der Schriftzug *Silvester 2005*. Dennis vergräbt die Hände tief in den Taschen seiner Jeans. Der Geruch nach Sandelholz dringt in seine Nase. Gelassen dreht er sich um und sieht Jennifer an, die dicht hinter ihm steht. Ihr Haar ist noch feucht und verströmt den wunderbaren Duft. Seine Augen gleiten über ihren Körper. Schnell wendet er den Blick ab.

»Alles okay?«, fragt sie und sieht über ihre Schulter in die Küche. »Was ist mit dem versprochenen Essen?«

»Kommt sofort. Ist ein Gericht à la minute.« Er zwinkert ihr scherzhaft zu und eilt in die Küche.

Sie sieht ihm nach, dann wendet sie sich dem Foto zu, das er angesehen hat. Die Erinnerung an die Zeit mit Nils wird lebendig. Silvester 2005. Damals hat sie zum ersten Mal das erlebt, wovon sie immer geträumt hatte – ultimativen Sex. Hart, leidenschaftlich, egoistisch.

»Madame, es ist angerichtet.« Erwartungsvoll blickt er sie an. »Komm, ich habe mir erlaubt, dass wir den letzten lauen

Abend des Herbstes nutzen und auf deiner wundervollen Terrasse speisen.«

Sie lacht. »Dennis, bitte! Wie redest du nur?« Kopfschüttelnd folgt sie ihm. Vor der Terrassentür bleibt sie stehen. Sie traut ihren Augen kaum. Kerzen brennen, der Duft von Kräutern und frisch gebratenem Fisch steigt ihr in die Nase. »Das sieht wundervoll aus. Danke, Dennis.«

»Ist mir ein Vergnügen.« Er rückt ihr den Stuhl zurecht und schenkt ihr gekonnt Weißwein ein. »Ich hoffe, du magst Lachs?«

»Ich liebe Lachs.«

»Puh, da fällt mir ein Stein vom Herzen.« Er hebt sein Glas. »Auf dich, Jennifer! Die beste, tapferste Frau, der ich je begegnet bin.«

Die Sonne ist längst hinter den zerklüfteten Felsen Stockholms untergegangen. Das Kreischen der Möwen ist verstummt, nur noch die gedämpften Geräusche der Stadt wehen zu ihnen herauf. Schweigend genießen sie die für die Jahreszeit ungewöhnlich laue Luft.

»Was passiert jetzt?«, fragt Dennis und beugt sich zu ihr. Sie sieht ihn verwirrt an. »Was meinst du?«

»Na, wie geht's weiter mit Nils? Schließlich hat er dich betäubt und in seinem Schuppen versteckt wie … wie ein Stück Vieh!« Er spuckt die Worte geradezu aus.

Für einen Augenblick ist Jennifer befremdet. Eben noch war die Stimmung leise und harmonisch, jetzt fühlt sie sich bedrängt.

»Ich habe ehrlich gesagt keine Ahnung. Sie mussten ihn aufgrund mangelnder Beweise freilassen.«

»Das versteh ich nicht! Ist doch ziemlich eindeutig, dass er es war.«

»Es könnte auch Colin gewesen sein, der es Nils in die Schuhe schieben will, weil er befürchtet, dass ich ihm auf die Schliche gekommen bin.«

»Jetzt redest du, als könntest du die Zusammenhänge nicht erkennen. Du bist Journalistin! Und wenn ich mich recht erinnere, ist dein Verstand messerscharf. Aber wenn es um Nils geht, dann …« Er hält inne und fährt sich mit der Hand über das Gesicht. »Jenny, bitte denk nach! Red mit mir! Was ist zwischen dir und Nils passiert, dass du ihn so verteidigst?«

»Schluss jetzt!« Heftig springt sie auf und schleudert die Serviette auf den Tisch. »Ich glaube, es ist besser, wenn du jetzt gehst.«

Schleppend erhebt er sich. »Ja, sicher. Ich möchte nur nicht, dass du alles in dich hineinfrisst – wie mit Samira.«

»Was heißt das denn?«

»Samira hat dich aus dem Gleichgewicht gebracht, und Nils pulsiert immer noch in deinen Adern. Denk drüber nach! Er hätte dich umgebracht, wenn wir dich nicht rechtzeitig gefunden hätten.«

»Du hast zu viel getrunken. Samira ist eine Geschichte für sich, und Nils ist kein Mörder.«

Dennis schüttelt den Kopf. »Süße, ich möchte doch nur, dass dein Leben wieder geordnet wird. Wenn du sagst, dass Nils nichts mit deiner Entführung zu tun hat, glaube ich dir. Auch wenn ich denke, dass er ein Psycho ist. Ich bin besorgt, dass er dir etwas antun wird. Deshalb möchte ich dich bitten, ehrlich zu dir zu sein und dich nicht von widersinnigen Gefühlen leiten zu lassen. Du bist doch sonst immer so realistisch, nur jetzt nicht. Das ist es, was ich nicht verstehe.«

Nervös streicht sich Jennifer eine Haarsträhne hinter das Ohr. Er hat recht, und es tut ihr weh, sich das einzugestehen. Nils war fordernd und er hat ihre Zurückweisung nicht gut vertragen. Das hat auch Dennis zu spüren bekommen. Er denkt, sie gehöre ihm. Immer noch. Jennifer schlingt die Arme um ihren Körper, die Kühle der Nacht und die Kälte der vergangenen Tage lassen sie frösteln und rauben ihr Kraft. »Ich weiß, und es macht mich wahnsinnig. Ich wünschte, das alles wär nicht passiert und …«

Noch bevor sie weitersprechen kann, nimmt Dennis sie in die Arme. Sie lässt es geschehen. Die Wärme seines Körpers tut ihr gut. Sie spürt jeden Muskel, jede Bewegung, jeden Atemzug. Sein Kuss ist fordernd. Sie fühlt wieder Leben in sich. Ihr Herz pocht laut, sie will mehr. Das Gefühl der Einheit, der Macht, der Hemmungslosigkeit, mit jeder seiner Berührungen wird es stärker, das Feuer in seinen Augen spiegelt sein Verlangen … das ist es, was sie braucht. All das hatte Nils auch, aber nicht so wie Dennis.

Unvermittelt lässt er sie los. »Süße, ich kann das nicht, nicht solange deine Gedanken immer noch ihm gehören.« Er nimmt eine Strähne ihres Haares und lässt es langsam durch seine Finger gleiten. »Überleg dir, was du jetzt tust.« Sein Ton hat einen gleichförmig kratzigen Klang.

Eine Ewigkeit steht sie auf der Terrasse, den Blick auf die schlafende Stadt gerichtet, ohne sie wahrzunehmen. Ihr Körper schreit vor Verlangen. Verdammt, sie wusste schon bei ihrer ersten Begegnung, dass sie auf eine teuflische Art miteinander harmonieren. Und wie damals hat sie auch heute Angst davor. Doch jetzt will sie es trotzdem auskosten.

Bist du dir wirklich sicher?

Die Frage wird immer lauter in ihrem Kopf. Schreit sie an. Sie streicht eine Haarsträhne hinter das Ohr. Die Erinnerung, wie Dennis diese Haarsträhne durch seine Finger gleiten ließ, lässt ihren Körper beben.

21. Kapitel

Das dumpfe Horn eines Schiffes lässt Jennifer aus unruhigem Schlaf aufschrecken. Ihre Augen hasten durch das Schlafzimmer, sie braucht einen Augenblick, um zu realisieren, wo sie ist. Mit beiden Händen streicht sie sich über das Gesicht, sie will den Traum verscheuchen und verstehen, warum sie wieder von Samira geträumt hat. Warum sieht Samira sie immer so an, mit diesen großen Augen voller Dringlichkeit? Erschöpft lässt sie sich auf das zerwühlte Kissen fallen. Ihr Blick starr auf die Zimmerdecke gerichtet. »Ich schaffe das!«, versucht sie, sich selbst Mut zu machen, und schwingt die Beine aus dem Bett.

Mit nackten Füßen schlurft sie in die Küche. Die Kälte der Fliesen unter ihren Fußsohlen weckt sie erst richtig auf. *Gut so.* Sie muss wach sein und ihre Gedanken ordnen.

Mit einem Becher dampfendem Kaffee geht sie ins Wohnzimmer, setzt sich an den Esstisch und schaltet den Laptop an. Während er hochfährt, blickt sie sich im Wohnzimmer um. Was ist das? Sie steht auf, geht zur Anrichte hinüber und kneift die Augen zusammen. Unter dem Bild von Nils und ihr liegt ein Zettel. Ohne ihn zu berühren, liest sie die Nachricht.

Glaub mir, Jennifer, du tust das Richtige.
Komm heute Abend zu mir.
Ich will dich.
Dennis.

Langsam atmet sie aus. Wann hat er das geschrieben? Egal. Ihr Herz klopft bis zum Hals, sie freut sich. Doch schon im nächsten Augenblick wird die Freude gedämpft, weil sie einen Preis dafür bezahlen muss.

Mit kalten Händen und steifen Fingern tippt sie den syrischen Spruch, den Samira ihr im Traum gesagt hat, in die Suchmaschine: *Wenn ein Mann droht, dich zu töten, schlag ihn in den Kopf.*

Eigentlich ist ihr die Bedeutung klar, aber sie braucht eine Bestätigung, auch eine Bestätigung für das, was sie vorhat. Doch sie wird nicht fündig.

Aufgewühlt betrachtet sie das Foto von sich und Nils, nimmt es, geht damit in die Küche, und während sie Smillas Nummer ins Smartphone tippt, wirft sie das Foto in den Mülleimer.

»Smilla, hier ist Jennifer. Können wir uns treffen?«

***

Mit gesenktem Kopf eilt Jennifer die Straßen entlang. Sie zieht den Kragen der Jacke hoch und stemmt sich gegen den heftigen Wind. Ganz im Gegensatz zu gestern ist der Himmel verhangen und der Wind bläst kalt und unbarmherzig durch die Straßen. Kaum jemand ist an diesem grauen Tag zu Fuß unterwegs, und die wenigen Passanten, die ihr entgegenkommen, nimmt Jennifer nicht wahr. Sie will nichts sehen, hören oder denken. Stattdessen wiederholt sie wie ein Mantra, dass sie das Richtige tut. Aber warum fällt ihr das dann so verdammt schwer?

Wieder empfängt sie der köstliche Duft nach Zimtschnecken, aber heute verspürt sie keinen Appetit. Allein die Wärme tut ihr gut, die das Café ausstrahlt – die Menschen reden entspannt miteinander und genießen.

Smilla sitzt an demselben Tisch, auf derselben Holzbank, und auch ihr Winken ist das gleiche.

»Hej, Jennifer! Wie geht es Ihnen? Sie sehen immer noch mitgenommen aus.«

»Ja, das beantwortet Ihre Frage nach meinem Befinden«, antwortet Jennifer schneidend. Im selben Moment tut es ihr leid. »Entschuldigung, das war nicht so gemeint.« Sie nimmt Smilla gegenüber Platz und sieht sich um. Sie braucht einen Augenblick, um sich und ihre Gedanken zu sortieren. Bei der Bedienung bestellt sie einen Milchkaffee.

»Keinen Kuchen?«, fragt Smilla und grinst Jennifer an.

»Nein, mein Appetit hält sich in Grenzen.« Verständnisvoll nickt Smilla, ihre Augen ruhen geduldig auf ihr.

»Okay, ich sage Ihnen jetzt, was mir seit dem Überfall durch den Kopf geht.« Jennifer atmet schwer aus. »Ich denke, Nils muss es gewesen sein. Und ich vermute, Nils ist auch der Serienkiller, den Sie suchen.« Sie hat es ausgesprochen, das fühlt sich merkwürdig an. Als die freundliche Bedienung den Milchkaffee vor ihr auf den Tisch stellt, zuckt sie zusammen. Dann sieht sie Smilla an und stutzt. Smilla ist nicht wie erwartet euphorisch oder interessiert, sondern betrachtet Jennifer aufmerksam.

»Was ist, Smilla, haben Sie nichts dazu zu sagen?«

»Doch, ich frage mich nur, warum Sie mir das nicht schon im Krankenhaus gesagt haben.«

»Weil ich es nicht glauben wollte.« Sie streicht sich das Haar hinter das Ohr.

»Dann sagen Sie mir, wie Sie zu diesem Fazit gekommen sind.«

»Nils und ich hatten eine etwas spezielle Beziehung ...«

»Was meinen Sie mit *speziell*?«, unterbricht Smilla.

»Sexuell. Und bitte, wenn möglich möchte ich nicht ins Detail gehen. Es war eben anders als das, was man sich unter *normalem* Sex vorstellt. Wir haben uns perfekt ergänzt. Als ich dann den Entschluss fasste fortzugehen, um in Stockholm zu leben, ist er ausgerastet. Er sagte mir, dass er mich nicht in Ruhe lassen werde.« Sie senkt den Blick und starrt auf den Milchkaffee. Zu gern würde sie jetzt einen Schluck trinken, doch sie fürchtet, dass ihre Hände zu stark zittern. »Wie auch immer, ich habe mich zurückgezogen. Dann kam er eines Tages zu mir nach Stockholm. Er sagte mir, dass er jetzt mit Svenja zusammen sei und sie heiraten werde. Ich fand das okay, freute mich sogar, obwohl ich ein ungutes Gefühl hatte. Und dann bestätigte er mein Gefühl, indem er sagte, dass er sie nur heirate, um mir nah sein zu können, und dass er jedes Mal, wenn er mit ihr vögelt, an mich denke.«

»Moment! Was hat Svenja damit zu tun?«

»Wir waren die besten Freundinnen, fast wie Schwestern.« Jennifer nimmt nun doch einen Schluck von dem mittlerweile lauen Milchkaffee. »Wie auch immer, ich bin zu der Hochzeit gefahren, nicht um seinetwillen, sondern wegen Svenja. Irgendwann hatten wir alle viel getrunken, ich war glücklich, weil ich meinen ersten Auslandsjob bekommen hatte. Alles andere war mir ziemlich egal. Am nächsten Tag würde ich eh nach Syrien fliegen.« Sie holt tief Luft und vermeidet es, Smilla anzusehen. »Ich habe mich von Nils hinter das Diner ziehen lassen, und wir haben es miteinander getrieben. Doch mittendrin bekam ich plötzlich Skrupel wegen Svenja und bin weggelaufen. Er kam hinterher und meinte, dass ich das noch bereuen würde.«

Jennifer schaut hoch. Smilla blinzelt, mit belegter Stimme fragt sie: »Was ist dann passiert?«

»Wir haben uns noch ein paar Mal in Stockholm getroffen. Ich weiß auch nicht, warum, aber – wie gesagt – es war eine spezielle Beziehung. Doch ich musste immer an Svenja denken.« Aufgewühlt schüttelt Jennifer den Kopf und umklammert die Tasse mit dem Milchkaffee. »Ich bin umgezogen, Telefon mit Geheimnummer, das volle Programm. Es hat funktioniert.« Sie lacht auf, es klingt bitter. »Und dann war ich vor ein paar Tagen auf der Grillparty von Nils und Svenja. Er hat es wieder versucht. Als ich ihn abwies, meinte er, wir wären füreinander bestimmt. Er sagte: ›Du gehörst mir – so wie ich dir.‹ Das waren seine Worte. Und bei der Prügelei mit Dennis hat er das wiederholt und gesagt, er würde mich umbringen, bevor er mich mit jemand anderem teilen müsste. Aber das wissen Sie ja schon von Dennis.«

Jennifer guckt auf. Smilla sagt nichts. Eine Weile schweigen sie.

Dann richtet sich Smilla auf. »Okay. Ich glaube, das reicht. Wir werden ihn vorläufig festnehmen.« Sie klingt professionell. »Was ist mit Svenja?«, fragt sie und reibt sich den Arm. »Hat sie eine Vermutung, dass Sie und Nils auch nach der Heirat noch ein Verhältnis hatten?«

»Wahrscheinlich nicht, er ist ja immer viel unterwegs.«

»Und auf der Party?«

»Ich weiß nicht. Nein, ich glaube nicht.«

Ihr schießt durch den Kopf, was Svenja zu ihr gesagt hat, als sie nach Dennis' und Nils' Prügelei bei ihr war. Sollte sie Smilla davon erzählen? Nein.

»Sie machen jetzt Folgendes: Sie fahren nach Hause und bleiben dort, bis ich mich bei Ihnen melde. Verstanden?«

»Warum?«

»Nur so ein Gefühl.«

»Mit Gefühlen habe ich Schwierigkeiten. Also bitte?«

»Tun Sie es einfach.«

Jennifer sieht Smilla nach, die aus dem Café eilt und Anweisungen in ihr Smartphone bellt.

Sie fühlt sich leer und ausgelaugt. Sie hat ausgesprochen, was sie seit geraumer Zeit denkt, aber nicht wahrhaben wollte. Auch jetzt noch nicht. Dennis hat recht, Nils pulsiert immer noch in ihren Adern. Aber ist das nicht normal? Schließlich war er ihre erste große Leidenschaft.

***

Zu dem Wind hat sich ein feiner Nieselregen gesellt. Stockholm wirkt nicht farbenfroh und leicht wie sonst, sondern grau und trostlos, und genauso fühlt sie sich auch.

Mit hochgezogenen Schultern und gesenktem Kopf eilt sie zur U-Bahn. Hier drängen sich die Menschen, entweder suchen sie Schutz vor dem Wetter oder sie müssen eilig irgendwohin. Einen Moment beobachtet sie das rege Treiben, bevor sie die Rolltreppen betritt. Die U-Bahn-Stationen in Stockholm sind etwas Besonderes, über neunzig Stationen verschönerten Künstler – sie besprühten den nackten Felsen oder bemalten ihn mit bunten Farben und utopischen Motiven. Jennifer liebt diese Farben, die Motive, die davon ablenken sollen, dass man unter der Erde ist, mitten im Felsen.

Diese Station allerdings gleicht der Hölle. Die Felsen über und neben ihr sind in einen blutroten Farbton getaucht, die Kanten der Felsen und das Spiel der Beleuchtung vermitteln einem das Gefühl, mitten im Fegefeuer die Rolltreppe runterzufahren, ins Zentrum der Hölle. Schweiß rinnt ihr den Rücken herunter, Angst schlängelt sich langsam an ihr hoch. Fest umklammert sie den Handlauf der Rolltreppe.

Unten angekommen, atmet sie erleichtert auf. Inständig hofft sie, dass sich alles aufklären wird, damit sie wieder ein normales Leben führen kann. Aber was ist normal? Nichts. Es gibt keine Samira mehr, es gibt keine Leichtigkeit mehr und es gibt keine Zukunft, auf die sie sich freut.

Sie richtet den Blick auf die Gleise, blendet die Stimmen der Menschen und die Durchsagen aus den Lautsprechern aus. Der Luftzug der einfahrenden Bahn zerrt an ihrer Windjacke, doch sie bleibt regungslos stehen, zu tief in ihre Gedanken versunken.

Menschen strömen aus der Bahn, andere eilen hinein. Gebannt starrt sie auf die U-Bahn, kann sich nicht entscheiden. Da plötzlich sieht sie in der Reflexion der Fensterscheibe einen Mann hinten an der Felswand, das Basecap tief in das Gesicht gezogen, den Blick starr auf sie gerichtet. Ihr Körper spannt sich an.

Sie sollten nach Hause gehen ... es ist nur so ein Gefühl. Smillas Worte dröhnen ihr im Kopf. Sie hechtet auf die Tür der U-Bahn zu – gerade in dem Moment, als sie sich schließt.

Ihre Hände krallen sich an der Haltestange fest, während sich die U-Bahn in Bewegung setzt. Gehetzt blickt sie aus dem Fenster. Aber da ist niemand mit einem Basecap, nur eine Frau, die fluchend auf die anfahrende Bahn zurennt.

Die Eingangstür des altehrwürdigen Gebäudes öffnet sich und eine Frau mit Kleinkind an der Hand kommt heraus. Jennifer stürmt auf die Tür zu, vorbei an der Frau, die ihr entrüstet hinterhersieht.

Immer zwei Stufen auf einmal nehmend erreicht sie den dritten Stock. Ihr Finger ist auf der Klingel, und irgendwie bleibt er dort. Die Tür wird aufgerissen, und Jennifer ist verwirrt, als sie eine Frau in den Dreißigern vor sich sieht. Ihr Haar ist kurz wie Svenjas, allerdings braun, nicht blond. »Hej! Kann ich Ihnen helfen?«

Oh, genau die richtige Frage. Jennifer richtet sich auf, bemüht sich um Ruhe. »Hej! Ich möchte mit Malte Olsson sprechen.«

»Haben Sie einen Termin?«

»Nein, aber es ist wichtig.« Jennifer sieht über die Schulter der Frau. »Ist er da?«

»Ja, aber gerade beschäftigt.«

»Gut, ich kann warten.« Sie drängt sich an der verblüfften Brünetten vorbei. »Sie sind Lilly, oder? Wie geht es Ihrer Erkältung? Sie waren doch erkältet?«

»Ja. Und Sie sind …?«

»Jennifer Holmer.« Sie lächelt breit und nimmt auf einem der braunen Lederstühle im Flur Platz.

Verunsichert fragt Lilly: »Möchten Sie etwas trinken?«

Gönnerhaft hebt Jennifer die Hand. »Nein, danke, alles gut.« Sie greift sich eine Zeitschrift von dem runden Beistelltisch neben ihrem Stuhl und blättert durch das Magazin, sich bewusst, dass Lilly sie beobachtet.

Sie braucht eine Bestätigung für ihre Vermutung. Warum nur hat sie nicht ihrem Psychologiestudium mehr Aufmerksamkeit geschenkt? Dann würde sie jetzt nicht hier sitzen, sondern könnte sich selbst die Fragen beantworten. »Ach, verdammt!« Sie knallt das Magazin auf den Tisch.

Den fragenden Blick von Lilly quittiert sie mit einem Lächeln. »Diese Magazine sind einfach langweilig.«

Nach schier endlosen Minuten öffnet sich endlich die Tür zu Maltes Büro. Sofort springt Jennifer vom Stuhl auf. Ungeduldig folgt sie der Verabschiedung zwischen Malte und einem Mann mit kahlem Kopf, der etwa so alt ist wie ihr Vater. Sie schluckt. Seit ihre Eltern sie im Krankenhaus besucht haben, hat sie es vermieden, sich bei ihnen zu melden. Das bereut sie jetzt.

»Jennifer! Schön, Sie zu sehen.« Malte reicht ihr die Hand. »Kommen Sie rein.« Beruhigend nickt er Lilly zu und schließt leise die Tür hinter sich. Und auch diesmal fühlt sie sich aufgehoben und beunruhigt zugleich.

»Setzen Sie sich! Was gibt es Dringendes? Unser Termin ist doch erst in zwei Tagen.«

»Ja, das ist richtig.« Sie setzt sich auf die Kante des Sofas und wählt ihre Worte mit Bedacht. »Es geht um meine Träume.« Jennifer faltet die Hände und legt sie in den Schoß. »Vielleicht ist das ja total verrückt, aber es handelt sich um Samira. Ich träume von ihr, und es sind nicht nur die üblichen Albträume über die … die Explosion und ihren Tod. Samira spricht zu mir.«

Unsicher sieht sie Malte an. Er verzieht nicht einen Gesichtsmuskel. »Also, Samira hat sich immer einen Spaß daraus gemacht, mir syrische Sprüche beizubringen. Sie sagte zum Beispiel: ›Kennst du das? Er hat zwei Vögel mit einem Stein erschlagen.‹ Und ich sagte: ›Ja, bei uns heißt es: zwei Fliegen mit einer Klappe schlagen.‹« Sie sieht Malte an. »Verstehen Sie?«

»Na ja, schon … aber fahren Sie fort.«

»Seit einiger Zeit träume ich von ihr, und immer wieder redet sie in Sprüchen. Und die passen hundertprozentig zu dem, was ich gerade durchmache. Aber sie kann es doch nicht wissen.« Hilfe suchend blickt sie Malte an, der sich nachdenklich über das Kinn streicht. Er lässt sich Zeit, bevor er antwortet. Nach einer schier unendlich langen Pause sagt er: »Nun, es ist so, offensichtlich hatten Sie und Samira eine enge Beziehung, und dieses Spiel, wie Sie es bezeichnen, ist in Ihrem Gehirn fest verankert. Es ist nicht wirklich Samira, die Ihnen Botschaften im Traum vermittelt, sondern Ihr Unbewusstes.«

Im Grunde hat sie die Antwort schon gewusst. Aber sie brauchte Gewissheit.

»Das heißt also, ich selbst schicke mir diese Botschaften?«

»In gewisser Weise. Es ist komplex.«

»Okay, aber wie kann ich die Gewissheit haben, dass mein Gehirn mir die richtigen Botschaften sendet?«

»Die können Sie nicht haben. Sie werden es erst merken, wenn Sie vor der Entscheidung oder dem Problem stehen. Dann setzt in der Regel der Verstand ein.«

»Das bedeutet: Mein Unterbewusstsein rät mir zu etwas, was vielleicht falsch sein könnte?«

»Wie gesagt, es ist nicht so einfach. Gerade in Ihrem Fall.«

Jennifer stützt den Kopf in die Hände und wiegt den Oberkörper hin und her. Hat sie alles falsch gedeutet?

»Was ist passiert, Jennifer?«

»Nichts. Ich will nur wissen, ob ich Samiras Botschaften in meinen Träumen vertrauen kann.«

Malte lässt sich Zeit. »Eines ist sicher, es ist nicht Samira. Sondern die Verbindung und das, was sie zusammen erlebt haben. Samira gibt es nicht mehr. Nur noch die Erinnerung an sie. Und das, was Samira Ihnen gesagt und was sie getan hat. Nur das ist real, alles andere entspringt Ihrer Fantasie und dem, was in Ihrem Unterbewusstsein ist.« Er sieht sie eine Weile an, sein Blick wirkt besorgt. »Gibt es etwas, was Sie verdrängt haben könnten? Etwas, das Samira Ihnen gesagt hat, das Sie aber nicht wahrgenommen haben?«

Jennifer überlegt lange, aber ihr Kopf ist leer. Sie kann noch nicht einmal Samiras Bild heraufbeschwören. Alles ist dunkel. Sie schüttelt den Kopf, als würde das helfen, die Dunkelheit zu vertreiben.

»Nein«, sagt sie schließlich und erhebt sich vom Sofa. »Danke, dass Sie mir zugehört haben.«

Malte ergreift ihre ausgestreckte Hand und hält sie fest. »Sie stehen unter enormem Stress, Jennifer. Was Sie erlebt haben, hat ein Trauma verursacht. Aber ich bin mir sicher, wir werden es gemeinsam schaffen, da rauszukommen.«

Seine Hand fühlt sich gut an, und seine Stimme ist voller Zuversicht. Jennifer öffnet den Mund, für einen flüchtigen Moment möchte sie ihm schildern, was sich in den letzten Tagen noch alles zu einem Trauma entwickelt hat. Sie will ihm sagen, dass sie auf Samira gehört hat und …

»Möchten Sie mir noch etwas erzählen, Jennifer?«

»Nein, wir sehen uns in zwei Tagen.«

Draußen holt sie tief Luft, blickt in den grauen Himmel und heißt den Regen auf ihrem Gesicht willkommen. Eine ganze Weile steht sie so da, bis der Regen durch ihre viel zu dünne Jacke dringt. Fröstelnd zieht sie die Schultern hoch und winkt nach einem Taxi.

Er sieht, wie sie ein Taxi heranwinkt, und lehnt sich an die gegenüberliegende Hauswand. Als Jennifer flüchtig in seine Richtung blickt, zieht er das Basecap tiefer ins Gesicht. Freudig erregt lächelt er in sich hinein.

22. Kapitel

Das heiße Wasser der Dusche entspannt Jennifers verkrampfte Muskeln. Eine angenehme Leichtigkeit breitet sich in ihrem Körper aus.

Summend wischt sie mit der flachen Hand über den beschlagenen Spiegel, betrachtet aufmerksam ihr Gesicht. Tiefe Schatten liegen unter ihren Augen, ihr Mund scheint das Lächeln verlernt zu haben. Sie schneidet ihrem Spiegelbild eine Grimasse. Dann lächelt sie über ihre eigene Albernheit.

»Geht doch.« Beschwingt schlüpft sie in ein dunkelgrünes Etuikleid. Die Farbe passt perfekt zu ihrem Haar und ihren Augen. Sorgfältig legt sie Make-up auf. Danach betrachtet sie sich erneut im Spiegel, und ein Prickeln im Unterleib macht sich bemerkbar. Vorfreude, Erregung oder Angst? Noch kann sie absagen. Nein. Sie will es wissen.

Sicher? Was ist mit Nils? Was, wenn es die falsche Entscheidung war?

Ärgerlich schüttelt sie den Kopf, sie will sich nicht weiterhin mit ihrem Zwiespalt auseinandersetzen. In der Küche durchwühlt sie die Schubladen nach Zigaretten, hier hat sie immer eine Packung herumliegen. Aber da ist nichts. Hitzig zieht sie die darunterliegende Schublade auf, und ganz weit hinten, bei den Mülltüten, findet sie die Schachtel.

Dennis hat aufgeräumt.

Sie trommelt mit den Fingernägeln auf der Arbeitsplatte, zieht eine Zigarette aus der Packung und verstaut sie wieder an den gewohnten Platz. Gereizt nimmt sie ihr Smartphone und geht auf die Terrasse. Der erste Zug kratzt noch im Hals, aber schon bald beruhigen sich ihre angefressenen Nerven. Sie checkt, ob Smilla sich gemeldet hat. Nichts. Ob das wohl ein gutes oder ein schlechtes Zeichen ist? *Nicht nachdenken!*, ermahnt sie sich. Nervös sieht sie auf ihre Uhr, sie sollte jetzt ein Taxi rufen. Doch noch bevor sie die Nummer wählen kann, erwacht ihr Smartphone mit schrillem Klingelton zum Leben. Sie starrt auf das Display, unschlüssig, ob sie rangehen soll.

»Hej, Angela!«

»Wie geht es dir, Jenny?«

»Gut – so weit. Und bei euch alles okay?«

»Ja, ich wollte nur fragen, was mit deinem Wagen passieren soll. Wir könnten ihn dir bringen, wenn du willst.«

Jennifer streicht sich nervös eine Haarsträhne hinter das Ohr. Möchte sie ihre Eltern hierhaben, gerade jetzt? Braucht sie den Wagen? Sie spürt Angelas Ungeduld.

»Nein, ich werde ihn in den nächsten Tagen abholen.«

»Gut.« Die Antwort ist brüsk. Sie fühlt sich mies dabei, ihre Eltern so auf Distanz zu halten, schließlich sind sie voller Sorge.

»Wie geht es Paps?«

»Es geht ihm gut.« Angela deutet so etwas wie ein Lachen an. »Er hat deinen Wagen erst einmal inspiziert, wie er sagt, und gewaschen und poliert hat er ihn auch.« Sie macht eine Pause. »Hat ihn alles sehr mitgenommen.«

Jennifer spürt, wie ihre Augen anfangen zu brennen.

Nicht jetzt, bitte!

»Ich komme bald zu euch. Gib ihm einen Kuss von mir, ja?«

***

Ihr Herz klopft wie verrückt, als sie auf die Klingel von Dennis' Apartment drückt. Das Gefühl, wieder ein Teenager zu sein, das gefällt ihr nicht, aber abschütteln kann sie es auch nicht. Die Alternative wäre, einfach wieder nach Hause zu gehen. Vielleicht sollte sie das tun. Die Entscheidung wird ihr abgenommen: Dennis öffnet die Tür.

»Hej, Süße, komm rein!«

In seinem eng anliegenden weißen T-Shirt und der verwaschenen Jeans sieht er verdammt attraktiv aus. Dieses Lächeln, einladend, seine ganze Ausstrahlung ist so anders. Die Zurückhaltung ist verschwunden, sie hat einer gebieterischen Dominanz Platz gemacht. Sie spürt, wie ihr Körper reagiert. Weich, feucht und bereit.

»Was ist, warum siehst du mich so an?«

»Nichts.« Sie weicht seinem Blick aus.

»Magst du ein Glas Wein?«

»Ja, das wäre toll.«

Damit ich verdammt noch mal lockerer werde.

Wie sehr sie es hasst, so unsicher zu sein. Das Gespräch mit ihrer Mutter liegt ihr noch im Magen.

Verdammt, schalte dein Gehirn auf Abenteuer und Entspannung!

Er verschwindet in der Küche, Jennifer sieht ihm nach. Seufzend lässt sie den Blick durch den Raum schweifen. Modern, kühl, ausgesprochen aufgeräumt. Nicht mal Fotos oder andere Bilder. Das hat sie nicht vermutet.

Dennis reicht ihr ein Glas Weißwein. »Wie war dein Tag?« Sein Blick ist durchdringend. Wie selbstverständlich nimmt er eine Strähne ihres Haares und lässt es durch die Finger gleiten, dann klemmt er sie ihr hinters Ohr.

Wie schon in der letzten Nacht empfindet sie bei der Berührung einen wohligen Schauer. Sie räuspert sich und nimmt einen kräftigen Schluck Wein. »Ich habe mich mit Smilla getroffen.«

»Das ist gut. Was sagt sie?«

»Sie ist nach Östervåla gefahren, um Nils vorläufig festzunehmen.«

»Das heißt, sie glaubt auch, dass er mit den Morden an den Frauen zu tun hat? Sehr gut. Ich bin erleichtert. Mutig, dass du es getan hast.« Er neigt den Kopf und blickt ihr in die Augen. »Und wie fühlst du dich dabei?«

»Ich weiß nicht. Ich kann es mir immer noch nicht vorstellen. Wir werden sehen.« Sie will nicht weiter darüber sprechen. Sie will Sex, und zwar sofort, damit sie sich entspannen kann. Entschlossen nimmt sie Dennis das Glas aus der Hand und stellt es auf dem gläsernen Wohnzimmertisch ab.

Sie steht dicht vor ihm, presst ihren Körper an seinen, lässt die Hände über seine Brust nach unten gleiten, hin zu der Gürtelschnalle.

Er packt ihre Handgelenke. »Nein, nicht jetzt!« Er schiebt sie von sich, hält sie immer noch fest, lächelt sie an. »Du musst geduldig sein. Ich verspreche dir eine Nacht, die du nicht vergessen wirst. Willst du warten?«

Ihre Kehle ist trocken. Die Abweisung und die Aussicht auf etwas Grandioses erregen sie. Er beugt sich zu ihr herunter, sein Gesicht nah an ihrem, es macht sie schwindelig. Als seine Hand ihren Nacken berührt, schließt sie die Augen. Sein Zeigefinger zeichnet sanft etwas auf ihre Haut. Seine Stimme ist leise, als er sagt: »Ich habe Jahre auf diesen Augenblick gewartet und möchte ihn auskosten. Zelebrieren. Deshalb ist es so wichtig, dass du mit den Gedanken bei mir bist und nicht bei ihm.«

Schlagartig öffnet sie die Augen. Sie will ihn ansehen, doch er hält sie fest an sich gepresst. Nach einer Weile lockert er die Umarmung. »Hast du Hunger?«

»Ja«, haucht sie und folgt ihm in die Küche. Auch hier ist alles penibel sauber. »Wie machst du das?«

»Was meinst du?«

»Alles ist so aufgeräumt, du hast doch gerade gekocht.« Sie lacht ihn an. »Wenn *ich* koche, sieht meine Küche aus, als wäre eine Bombe eingeschlagen.«

»Tja, ich bin so erzogen worden. Stört es dich?«

»Nein.« Vorsichtig berührt sie das akkurat angeordnete silberne Besteck auf der weißen Damastdecke über dem Küchentisch. »Du hast mir nie erzählt, wie du aufgewachsen bist, was du so getrieben hast.«

Er schenkt den Wein in die Kristallgläser ein. »Ist es wichtig?«

Sie zuckt die Schultern. Nein, je weniger sie über ihn weiß, desto besser, denn sie bricht ja schon ihre eigene eiserne Regel: *Nie mit einem Kollegen ein Verhältnis anfangen!*

»Was ist, Jenny, willst du etwas wissen oder wollen wir einfach nur genießen?«

»Letzteres.« Dankbar lächelt sie ihn an, und doch entgeht ihr das leichte Zucken um seine Mundwinkel nicht. Sie runzelt die Stirn, möchte etwas sagen, doch er kommt ihr zuvor. »Magst du Rehrücken und gedünstete Bohnen?«

»Ja! Das hat meine Mutter oft gekocht, als wir noch in Hamburg lebten.«

»Na, dann habe ich ja die richtige Wahl getroffen. Genieß das Essen, genieß diesen wundervollen Abend! Ich bin glücklich, dass du hier bist.«

Er beobachtet, wie sie den ersten Bissen in den Mund befördert. »Und? Wie ist mir der Rehrücken gelungen, schmeckt es so, wie ihn deine Mutter auch zubereitet hat?«

»Fantastisch! Ich bin beeindruckt, ich könnte das nicht.«

»Du kannst andere Dinge.« Er schenkt ihr ein breites Lächeln und hebt sein Glas. »Auf dich, Jenny!«

Nach einer Weile fragt sie: »Was ist mit deinem Job, wann geht es wieder los?«

»In ein paar Tagen werde ich nach Syrien fliegen.«

»Mit Susanna?«

»Ja, es sei denn, du bist wieder einsatzfähig.«

Und da ist wieder das steife Gerede, es macht sie wütend und verdirbt ihr schlagartig die Lust auf das, was er versprochen hat. Sie würgt ihren Frust herunter. Der Abend ist merkwürdig verkrampft. Gar nicht so, wie sie erwartet hat. Oder ist sie nur enttäuscht, weil er sich nicht hat verführen lassen und weil er mit Susanna nach Syrien fliegt?

»Magst du Dessert? Himbeermousse mit Mascarpone.«

»Klingt verlockend.« Sie muss sich zusammenreißen, damit sie nicht aufspringt und ihn einfach dazu zwingt, mit ihr Sex zu haben. Gott, sie will wissen, warum ihr Körper so auf seine Berührungen reagiert, und das nicht erst seit ein paar Tagen, sondern schon seitdem sie zusammenarbeiten. *Fuck!* Sie weiß, dass sie nicht normal tickt, wenn es um Sex geht. Vielleicht sollte sie mit dem Therapeuten darüber sprechen, aber bestimmt sollte sie aufhören, Wein zu trinken. Hat sie so viel getrunken? Es waren höchstens zwei Gläser. Ihr Kopf fühlt sich wie Watte an.

»Was ist mit dir?«

»Ich weiß nicht, hast du Wasser da?«

Er reicht ihr ein Glas Wasser. Sie stürzt es hinunter, als wäre sie kurz vorm Verdursten.

»Besser?«, fragt er und streicht sanft über ihren Nacken. Sofort stellen sich die kleinen Härchen auf. Sie versteht es nicht, fühlt sich elend. Doch kaum berührt er sie, ist das Verlangen da. Ihre wirren Gedanken werden unterbrochen, als sie ihr Smartphone hört.

»Hast du es nicht ausgestellt? Ach, Jenny!«

Sie ignoriert seinen Kommentar und schleppt sich ins Wohnzimmer. Mit ungeschickten Fingern zieht sie das

Smartphone aus der Handtasche. Sie fühlt sich so müde, auch ihre Stimme klingt lallend. »Hej, Smilla.« Gebannt lauscht sie Smillas aufgeregter Stimme. »Nein, aber wie ist das möglich, ich meine … nein, ich bin bei Dennis.«

Sie gleitet auf das weiße Sofa, starrt auf das Smartphone in ihrer Hand.

»Was ist los?«

»Das war Smilla, Nils ist verschwunden.« Sie dreht sich zu Dennis, der sie unverwandt ansieht.

»Sieh mich nicht so an!«

»Wie seh ich dich denn an?«

»Als wäre es meine Schuld.«

»Jenny, das ist pure Einbildung.« Er breitet seine Arme aus. »Komm zu mir. Mach dir keine Sorgen!«

Dieser Wandel macht sie wütend. Sie will nicht in die Arme genommen werden. Sie will nur wissen, was passiert ist. Und ob sie das Richtige getan hat. Er lächelt wohlwollend, wankend erhebt sie sich vom Sofa. »Kann ich mal deine Toilette benutzen?« Es bereitet ihr Vergnügen, wie dieses Lächeln in sich zusammenbricht, weil sie nicht wie gewünscht in seine Arme sinkt.

»Aber ja, zweite Tür links.«

Während sie den Flur entlanggeht, fühlen sich ihre Beine an, als gehörten sie nicht zu ihr. Die erste Tür ist nur angelehnt, sie hält inne, blickt über ihre Schulter, Dennis ist ihr nicht gefolgt. Sie öffnet die Tür weiter.

Ein Kingsize-Bett. Weiße Bettwäsche mit endlos vielen bunten Kissen darauf. Rechts und links neben dem Bett hohe Kerzenständer, auf denen Altarkerzen brennen. Ein angenehmer Geruch liegt in der Luft. Sandelholz? Jennifer atmet tief ein. Ja, Sandelholz. Sie liebt diesen Duft. Seufzend schweift ihr Blick durch das Schlafzimmer. Als sie sich in dem deckenhohen Spiegel sieht, zuckt sie zusammen. Dann geht sie auf den Spiegel zu, dreht und wendet sich und verliert das Gleichgewicht. Ihre Hand findet am Rand des Spiegels Halt. Ein leises Klicken ertönt, sie bemerkt eine Bewegung unter ihrer Handfläche. Sie sollte keinen Wein trinken.

Jennifer wendet sich von dem Spiegel ab und wankt zur Tür, aus dem Augenwinkel bemerkt sie ein Foto auf der Kommode. Sie geht darauf zu, streckt ihre Hand aus, will es genauer betrachten, denn da ist etwas, was sie erkennt.

»Alles in Ordnung, Jenny?« Sie zuckt zurück, als sie Dennis' Stimme aus dem Wohnzimmer hört.

»Ja, alles gut.« Schnell verlässt sie das Zimmer.

Immer noch benommen setzt sie sich auf den Rand der Badewanne und sieht sich um. Auch hier ist alles ordentlich. Sie fragt sich, wie ein Mensch in einer so sterilen Umgebung leben kann. Jedenfalls hätte sie nie gedacht, dass Dennis so lebt. Schließlich haben sie während ihrer Aufenthalte in Syrien nicht im Luxus gelebt. Aus einem Impuls heraus öffnet sie den Spiegelschrank über dem Waschbecken. Wie zu erwarten: übersichtlich geordnet. Ein paar Kopfschmerztabletten, Rasierschaum, Haargel und Scheren. Davon mehr als nötig. Sie schließt die Tür, und ihr Herz setzt einen Schlag aus, als sie Dennis im Spiegel erblickt.

»Hast du gefunden, wonach du suchst?« Seine Miene ist freundlich, doch sein Tonfall geht ihr durch Mark und Bein.

»Nein, ich … habe Kopfschmerztabletten gesucht, aber nicht gefunden.«

Bedächtig kommt er auf sie zu und öffnet den Spiegelschrank. »Dann hast du nicht richtig nachgesehen.« Lächelnd reicht er ihr eine Packung.

»Oh, danke.« Nervös dreht sie die Tabletten in den Händen. »Schade, dass der Abend so unglücklich verlaufen ist.« Sie schaut ihn mit einem betrübten Lächeln an.

»Süße, wir holen das nach. Versprochen!« Er beugt sich zu ihr herunter und küsst sanft ihren Hals. »Du wirst sehen, alles wird sich regeln.«

»Das hoffe ich.« Sie sieht ihm nach, bis er die Tür hinter sich geschlossen hat. Erleichtert atmet sie aus.

Keine Viertelstunde später klingelt es. Dennis öffnet die Haustür und begrüßt Smilla mit besorgtem Ausdruck. »Kommen Sie herein, Frau Berglund. Jenny ist im Wohnzimmer. Was für eine furchtbare Nachricht. Wissen Sie schon mehr? Gibt es eine Spur?«

»Leider nein.«

Jennifer springt vom Sofa auf, als sie die drahtige Kommissarin in der Wohnzimmertür erblickt. Nur mit Mühe widersteht sie dem Drang, sich in ihre Arme zu werfen. Wie froh sie doch ist, Smilla zu sehen, auch wenn die Umstände erschreckend sind.

Smilla nickt ihr zu. »Tja, der Vogel ist ausgeflogen.«

Unwillkürlich muss Jennifer lachen. »Treffende Bemerkung.« Sie streicht sich eine Haarsträhne hinter das Ohr. »Wie geht es Svenja?«

Smilla atmet tief durch, bevor sie antwortet: »Hält sich tapfer.« Ernst blickt sie Jennifer an. »Wie ich sehe, sind Sie okay.« Dezent sieht sie zu Dennis, der dicht neben Jennifer steht und Smilla aufmerksam beobachtet. »Jennifer, könnten Sie morgen in mein Büro kommen?«

»Ja, sicher.« Jennifer verschränkt die Arme, ihr ist plötzlich kalt und die Übelkeit macht ihr zu schaffen. »Wissen Sie was, ich würde gern nach Hause fahren, aber leider steht mein Wagen noch bei meinen Eltern in Östervåla. Könnten Sie mich mitnehmen?«

»Ich weiß nicht. Sie sollten nicht allein sein, schon gar nicht in Ihrer Wohnung.«

»Warum, wo ist das Problem?« In ihr breitet sich Ärger aus. Sie kann allein entscheiden, was gut oder schlecht für sie ist. »Ich möchte nach Hause. Wenn Nils mich töten wollte, aus welchem Grund auch immer, dann hätte er längst Gelegenheit dazu gehabt.« Sie reckt ihr Kinn, nimmt ihre Handtasche vom Sofa und sieht Smilla forsch an. Die Kommissarin tauscht einen Blick mit Dennis.

Fürsorglich legt Dennis eine Hand auf ihren Arm. »Smilla hat recht, du solltest nicht allein sein. Bleib besser hier! Wer weiß, wo er ist und was sich in seinem Kopf abspielt.«

»Nein. Ich möchte allein sein.« Entschieden sieht sie Smilla an.

»Also gut, ich nehme Sie mit.«

***

Obwohl ihr tausend Fragen durch den Kopf schwirren, schweigt sie während der Fahrt und blickt aus dem Beifahrerfenster. Die Lichter der Stadt spiegeln sich auf dem nassen Asphalt. In der Reflexion der Scheibe sieht sie Smilla, die immer wieder verstohlen zu ihr schaut. Aber sie will nicht reden. Nicht jetzt. Sie braucht noch ein paar Minuten.

»Da wären wir«, sagt Smilla schließlich und sieht abwechselnd zum Haus und zu Jennifer. »Ich könnte einen Kaffee gebrauchen.«

»Ja, ich auch.«

Während Jennifer die Kaffeemaschine in Gang setzt, checkt Smilla alle Räume.

»Glauben Sie im Ernst, dass Nils sich hier versteckt hat?«, ruft Jennifer belustigt aus der Küche.

»Sicher ist sicher.« Smilla schlendert in die Küche und lehnt sich an die Arbeitsplatte. »Gemütlich haben Sie es.«

»Danke, ich bin selten hier, aber wenn, dann brauche ich einen Ort, an dem ich mich wohlfühle.« Sie reicht Smilla einen Becher Kaffee. »So, und nun sagen Sie mir, was Ihnen schon die ganze Zeit auf der Seele brennt!«

»Was für Details wissen Sie über die Morde?«

Jennifer zuckt mit den Schultern. »Nichts. Nur das, was in der Zeitung stand. Sie haben mir ja nichts verraten.«

»Okay, dann mach ich es kurz.« Smilla stellt den Kaffeebecher neben sich auf die Arbeitsplatte. »All den Frauen wurde eine Haarsträhne abgeschnitten und post mortem ein keltisches Zeichen in den Nacken geritzt. Das Zeichen – wie Sie ja selbst schon recherchiert haben – ist die Triquetra. Sie symbolisiert die Einheit von Geburt, Leben und Tod.« Aufmerksam sieht sie Jennifer an. »Wir konnten in Nils' Haus Haarsträhnen sicherstellen. Alle Frauen hatten kastanienbraunes Haar – wie Sie.«

Stocksteif steht Jennifer da und starrt Smilla an, sie will etwas sagen, kann aber keinen klaren Gedanken fassen. Ihr Körper fühlt sich an wie von einer klebrigen Masse überzogen. Nachdem der erste Schock über diese Nachricht abgeklungen ist, kramt sie hektisch nach ihrer Packung Zigaretten. »Aber warum hat er all die Frauen getötet, wenn er es auf mich abgesehen hat? Das ergibt keinen Sinn.«

»Im Augenblick wissen wir das noch nicht. Der leitende Profiler Erik begutachtet und analysiert mit Hochdruck die jüngsten Informationen. Aber es dauert, bis wir ein zuverlässiges Bild erstellen können.« Smilla deutet auf die Zigarettenpackung in Jennifers Hand. »Sie rauchen?«

»Manchmal. Möchten Sie auch?«

»Nein, danke. Das Zeug bringt einen nur um.«

Jennifer bricht in Gelächter aus. »Smilla, Sie können unglaublich witzig sein.«

»Ja, Sarkasmus wurde mir in die Wiege gelegt.« Smilla zieht ihr Smartphone aus der Innentasche ihrer Jacke. »Ich lasse Beamte vor Ihrem Haus postieren.«

»Denken Sie wirklich, er stolziert hier rein, vergewaltigt mich, schneidet mir eine Haarsträhne ab, erwürgt mich und ritzt mir dann irgendein idiotisches Zeichen in den Nacken? Warum sollte er das tun?« Sie inhaliert tief den Rauch der Zigarette. »Das ist eine absurde Vorstellung. Und was hat Nils mit diesem keltischen Zeichen zu tun? Er ist weder Ire, Schotte noch sonst ein keltischer Narr. Er hat mit diesen Mythologien nie was am Hut gehabt.«

»Das werden wir herausfinden.«

»Verdammt, Smilla! Ich kann mir nicht vorstellen, dass Nils ein solcher Schizo ist. Auch wenn ich noch vor Kurzem so gedacht habe wie Sie. Aber jetzt – mit dem letzten Detail der abgeschnittenen Haarsträhne ... das ist krank. Und Nils ist auf keinen Fall jemand, der so etwas tun würde.«

Smilla verschränkt die Arme vor der Brust. »So, nun beruhigen Sie sich wieder! Ich schlage vor, wir sprechen uns morgen, wenn ich mehr weiß.«

Jennifer schnippt den Zigarettenstummel ins Spülbecken. »'tschuldigung, Smilla! Das Ganze erschlägt mich gerade.«

»Versteh ich.« Vorsichtig legt Smilla eine Hand auf Jennifers Arm.

»Wirklich? Das glaube ich nicht.« Sie klingt verbittert, genauso verbittert, wie sie sich fühlt. Verbittert, voller Scham und Schuldgefühle. Nur weil sie so ... so ... notgeil war, hat sie ihren Ex beschuldigt. Sie hätte vorher weitere Nachforschungen anstellen sollen. Wie kann das jemand anders verstehen, wenn sie selbst Schwierigkeiten damit hat?

»Schließen Sie die Tür sorgfältig hinter mir ab! Ich rufe Sie morgen an, okay?«

Gebannt sieht er auf den Hauseingang. Endlich kommt die Kommissarin heraus. Ihr Blick wandert in seine Richtung, sie bleibt stehen und sieht unverwandt in die Gasse, in der er steht. Ruhig bewegt er sich rückwärts. Sein Herz schlägt schneller. Er liebt dieses Gefühl, wenn das Adrenalin durch den Körper schießt. Nach ein paar Sekunden wagt er einen weiteren Blick. Smilla geht auf einen dunklen Wagen zu, beugt sich vor und sagt etwas zu den beiden Männern darin. Ihre Hand deutet auf das erleuchtete Fenster von Jennys Wohnzimmer. »Gute Arbeit, Frau Kommissarin!« Leise fluchend dreht er sich um. Alles lief glatt, doch jetzt gibt es eine Herausforderung. Aber auch die wird er meistern.

23. KAPITEL

»Was ist los, hast du sie immer noch nicht erreicht?« Paul bemüht sich, nicht allzu besorgt zu klingen, doch das misslingt. Seitdem sie erfahren haben, dass Nils mit den Morden an den Frauen zu tun haben soll und flüchtig ist, kann er seine Emotionen kaum zurückhalten.

Matt schüttelt Angela den Kopf, legt die Hände flach auf den Küchentisch und stemmt sich hoch. »Nein, und langsam mache ich mir ernsthaft Sorgen. Ich habe so viele Nachrichten auf ihrem Smartphone hinterlassen.« Sie vermeidet es, Paul anzusehen, während sie die Wasserschüssel für Nelly auffüllt.

»Wir sollten die Kommissarin anrufen«, sagt Paul entschieden.

»Nein!«

»Aber warum nicht? Er ist da draußen und hat es auf unsere Tochter abgesehen!« Paul packt ihre Schultern, zwingt sie, ihn anzusehen. »Wieso bist du nur so verdammt stur?«

»Das bin ich nicht. Da ist nur einfach diese kleine Hoffnung, dass es Jenny gut geht, solange sich die Kommissarin nicht meldet.«

Paul sieht sie lange an, dann zieht er sie an sich und hält sie fest. Stumm stehen sie eng aneinandergepresst in der Küche.

Die frühe Herbstsonne zeichnet tanzende Flecken auf den Holzboden.

Langsam löst sich Angela aus der Umarmung. »Ich fahre zu Svenja.«

»Was willst du dort?«

»Sie ist Jennys Freundin und Nils' Frau, und sicher macht sie gerade eine schwierige Zeit durch.«

Paul fährt sich mit der Hand über den vernarbten Nacken. »Vielleicht hast du recht.«

***

Angela ist entsetzt, als Svenja ihr die Tür öffnet. Ihre Augen sind geschwollen, das kurze Haar klebt am Kopf. »Darf ich reinkommen?«

»Was willst du? Mich auch fertigmachen? Mir noch mal sagen, dass Nils ein Serienkiller ist?«

»Nein. Dir meine Hilfe anbieten.«

»Die brauch ich nicht. Die braucht Jenny, deine Tochter, dieses Miststück!«

»Ich habe keine Ahnung, wovon du sprichst. Ich weiß nur, dass Jenny hier bei euch im Schuppen gefunden wurde. Mehr tot als lebendig. Da habe ich wohl das Recht zu erfahren, was hier gespielt wird.« Verärgert stemmt sich Angela gegen die Tür und zwängt sich durch den Spalt.

»Was fällt dir ein?«, brüllt Svenja und taumelt zurück. »Ich rufe die Polizei!«

Angela ignoriert Svenjas Ausbruch. Sie sieht ihr fest in die Augen. »Ich glaube, ein Kaffee wird dir guttun.«

In der Küche lässt sich Svenja auf einen Stuhl fallen. Unentwegt reibt sie sich die Augen. Als Angela eine Tasse Kaffee vor ihr auf den Tisch stellt, vermeidet sie den Blickkontakt.

Unbeirrt rückt sich Angela den Küchenstuhl zurecht und gießt sich Milch in den Kaffee. Sie muss jetzt behutsam vorgehen, um etwas zu erfahren, das ihr zu verstehen hilft, was passiert ist. Denn eines ist klar: Ihre Tochter ist der Mittelpunkt einer Mordserie. Nur das Warum ist verschwommen. Vorsichtig berührt sie Svenjas ineinander verschlungene Hände, die verkrampft in ihrem Schoß liegen.

»Erzähl mir, was passiert ist.«

Ruckartig entzieht Svenja ihre Hände. Ihre Augen funkeln Angela an. »Scheiße, Angela! Ich wünschte, ich wäre Jenny nie begegnet. Sie hat mir alles genommen. Erst meine Träume, dann meinen Mann. Sie konnte nicht die Finger von ihm lassen. Bei jeder Gelegenheit haben sie gevögelt. Selbst auf meiner Hochzeit … und auf der Gartenparty hätte sie es fast wieder getan!« Sie reibt sich das Gesicht. »Ich habe all die Eskapaden ertragen. Ich wusste, wann Nils bei ihr war. Irgendwann hörte es auf und ich habe Hoffnung geschöpft. Aber jetzt, jetzt ist sie wieder da, und es ist schlimmer als je zuvor.«

Angela schüttelt das eben Gehörte einfach von sich. Dazu will sie nichts sagen, obwohl ihr tausend Fragen durch den Kopf gehen. Aber das hat Zeit. Ruhig sieht sie Svenja an, deren Blick sich im Nirgendwo verirrt. Angela wartet ab. Es ist gespenstisch ruhig in der Küche. Nicht einmal das Ticken einer Uhr ist zu hören, keine Motorengeräusche, kein Gelächter von Kindern, die auf der nahen Wiese spielen.

Angela zuckt zusammen, als Svenja plötzlich die Stille durchbricht.

»Weißt du, was es für mich bedeutet? Ich war wie von Sinnen, als wir Jenny in dem Schuppen gefunden haben. Ich wusste nicht, was ich denken oder tun sollte.« Svenja wendet sich dem Küchenfenster zu, ihr Blick ist immer noch leer und weit entfernt, gefangen zwischen Vergangenheit und Gegenwart.

»Und was ist dann passiert?«

Verwundert blickt Svenja sie an.

»Rede weiter! Was ist passiert, nachdem die Polizei Nils gehen ließ?«

»Als Nils wiederkam, weil es keine Beweise gab, war ich erleichtert, und doch … Wir haben uns fürchterlich gestritten. Er hat an dem Abend viel getrunken und …« Sie wischt die Tränen, die ihr über die Wangen tropfen, mit dem Handrücken fort. »Angela, ich weiß nicht, wo er ist. Ich bin ins Bett gegangen und habe ihm gesagt, dass er im Gästezimmer schlafen soll, bis sich die Sache aufgeklärt hat.« Mit geröteten Augen sieht sie Angela an. Vergeblich versucht sie, das Schluchzen zu unterdrücken. »Am nächsten Morgen war er weg – und der Wagen auch.«

Mit dem Daumennagel kratzt sie über die Tischplatte. »Am Nachmittag kam dann die Polizei und hat noch mal Haus und Grundstück durchsucht. Diesmal gründlich.« Sie lacht schrill auf, wischt sich die Nase mit dem Ärmel ihres Sweatshirts ab. »Im Schuppen hinter einem Verschlag haben sie Haarsträhnen gefunden. Von einer Frau. Vielleicht Beweise für frühere Taten, hat mir die Kommissarin erklärt. Ich hab keine Ahnung, wie sie dort hingekommen sind. Nils ist ein verdammter Hurensohn, der seine Finger nicht stillhalten kann, wenn er eine attraktive Frau sieht, aber er ist kein Mörder, das weiß ich!« Sie haut mit der flachen Hand auf den Tisch.

Angela weicht zurück, sie braucht frische Luft. Das alles ergibt keinen Sinn und verstärkt ihre Angst um Jenny. »Wo könnte er sein?«

»Ich habe keine Ahnung!«

»Es ist wichtig! Gibt es einen Ort …?«

»Verdammt, Angela! Ich weiß es nicht und … ich habe Angst, dass er sich was angetan hat. Er war verzweifelt. Verstehst du?«

***

Das Smartphone liegt auf dem Tisch vor ihr. Dennis und Smilla wollten wissen, wie es ihr geht. Die beiden hat sie heute Morgen schon zurückgerufen. Schwieriger waren die Nachrichten, die Angela ihr auf die Mailbox gesprochen hat. Seit fast einer halben Stunde starrt Jennifer nun schon auf ihr Smartphone und kann sich nicht entschließen, sie zurückzurufen. Ihre letzte Nachricht klang panisch. Was soll sie ihr sagen? Es gibt nichts. Und sie hat keine Lust auf Fragen, die sie nicht beantworten kann oder will. Sie stößt den Atem aus und dann wählt sie doch ihre Nummer.

Die Erleichterung darüber, die Stimme ihres Vaters zu hören, lässt ihr Tränen in die Augen schießen. Schon allein seinetwegen hätte sie sich früher melden sollen.

»Hallo, Paps!«

»Mädchen, wie geht es dir?«

»Gut, macht euch keine Sorgen. Vor meinem Haus sind Polizeibeamte.« Sie versucht, die verfahrene Situation wegzulachen. »Wo ist Angela?«

»Bei Svenja.«

»Wieso? Was will sie dort?«

»Einfach sehen, wie es ihr geht.«

Jennifer schluckt den Kloß hinunter. Scham breitet sich in ihr aus, weil sie nicht daran gedacht hat, sich bei Svenja zu melden, und Wut, weil Angela es tut.

»Jenny, bist du noch da?«

»Ja … Aber ich muss jetzt los, ich treff mich mit der Kommissarin. Grüß Angela, ich melde mich.« Schon legt sie auf.

Jennifer reißt die Kühlschranktür auf, greift nach der angebrochenen Weißweinflasche und füllt sich ein Glas. Der Geruch des Alkohols bringt sie zur Besinnung. Sie kippt das Glas in die Spüle. »Du bist Journalistin, also handle auch so!« Mit aufrechtem Gang geht sie zurück ins Wohnzimmer und ruft Smilla an.

»Was gibt es Neues? Eine Spur von Nils?«

»Bisher nicht.« Smilla zögert. Jennifer kann fühlen, wie sie mit sich ringt.

»Die Haarsträhnen, die wir gefunden haben, stammen vom letzten Opfer, Ava F.«

Jennifer stützt sich am Tisch ab, sinkt auf den nächsten Stuhl. »Das ergibt doch alles keinen Sinn.«

»Das können wir erst herausfinden, wenn wir mit Nils sprechen ...«

»Nils ist kein Psychopath!«

»Woher wollen Sie das wissen?«

»Ich kenne ihn.«

Jennifer lauscht in die Stille am anderen Ende der Leitung. Endlich sagt Smilla: »Fällt Ihnen ein Ort ein, wo er sich aufhalten könnte? Vielleicht ein Platz, wo Sie beide sich öfter getroffen haben, um ... na, Sie wissen schon ...«

Jennifer schnaubt vor Wut. »Nein! Es gab keine besonderen Orte, an denen wir gevögelt haben. Aber ich werde überlegen, und sobald mir was einfällt, melde ich mich.«

Energisch bindet sie sich die Laufschuhe zu. Sie muss sich bewegen, den Kopf klar kriegen, um endlich Licht in dieses Chaos zu bringen. Aber selbst Samira ist still geworden und gibt ihr keine Hinweise. Wobei das ja nicht wirklich Samira ist, sondern das Unterbewusstsein, korrigiert sie sich.

Jennifer klopft an die Autoscheibe der Beamten. »Guten Morgen! Ich geh jetzt joggen.«

Noch bevor die Beamten sie zurückhalten können, läuft sie los, durch die engen Gassen Richtung Hafen.

Ihr Herz pumpt, sie ist viel zu schnell gerannt, das rächt sich jetzt, ihre Kraft ist aufgebraucht. Sie ringt nach Luft und verlangsamt das Tempo.

Am Anlegerhafen Strandvägen herrscht reges Treiben. Durch die lockere Bewölkung dringen Sonnenstrahlen. Nach dem heftigen Regen der letzten Nacht zieht es die Menschen raus. Der Winter lässt jetzt nicht mehr lange auf sich warten, die Tage werden immer kürzer, das wissen alle. Also genießen sie das Licht, lassen sich das Eis schmecken oder sitzen einfach nur auf einer Bank und betrachten die Schiffe.

Jennifer sieht sich um, lässt den Blick über die Menschen streifen. Niemand scheint sich für sie zu interessieren. Erleichtert atmet sie die Seeluft ein, macht ein paar Dehnübungen und lässt sich auf einer Bank nieder. Für einen Moment schließt sie die Augen, genießt die warme Sonne auf dem Gesicht und lauscht dem gleichmäßigen Plätschern der kleinen Wellen am Anleger. Nach einer Weile kommt sie zur Ruhe.

Ein Kinder-Juchzen erregt ihre Aufmerksamkeit. Sie beschattet die Augen mit der Hand und betrachtet ein kleines Mädchen, das den Möwen Brot hinwirft und kreischend vor Freude zusieht, wie sich die Vögel im Flug die Stücke schnappen. Freudig sieht das Mädchen ihren Vater an und animiert ihn, es ihr gleichzutun. Jennifer muss lächeln. Die Sorglosigkeit der Szene tut ihr gut – auch sie war immer mit ihrem Vater unterwegs, manchmal gingen sie zum Hamburger Hafen und fütterten ebenfalls die Möwen. Oder er hat sie zu der Feuerwehrstation mitgenommen, bei der er arbeitete. Sie war stolz, wenn sie hinter dem Steuer eines Feuerwehrautos sitzen durfte. Für sie war ihr Vater ein Held. An solche Ausflüge mit ihrer Mutter kann sie sich nicht erinnern, ganz einfach weil sie nicht stattgefunden haben. Angela war immer zu beschäftigt.

Jennifer seufzt, wendet den Blick wieder auf das Wasser und lenkt ihre Gedanken auf das, was in den letzten Tagen geschehen ist und die Frage, wo Nils sein könnte.

Keine zehn Meter entfernt – gelehnt an einen Baum, dessen Schatten ihm genügend Deckung gibt – beobachtet er sie aufmerksam. Er kann ihr Grübeln spüren. Ihre Zerrissenheit darüber, was sie als Nächstes tun soll, ihre Unfähigkeit, eine Entscheidung zu treffen, weil sie nicht weiß, was richtig ist. Es bereitet ihm keine Freude, sie so zu sehen. Er liebt es, wenn sie stark ist. Zu gern würde er sie noch länger beobachten, doch die Zeit drängt. Seine Augen suchen die Umgebung ab. Keine Beamten, die auf Jennifer aufpassen.

»Du bist gut, Jennifer«, murmelt er. Aber kann er es hier wagen? Er *muss*, es ist seine Chance. Vielleicht die letzte. Er greift in die Taschen des Kapuzenshirts, eine angenehme Erregung breitet sich in seinem Körper aus, als er die Flasche mit dem Äther in den Händen spürt.

Eine Gruppe von Touristen kommt vorbei, sie gehen direkt auf Jennifer zu. Ausgezeichnet! Er löst sich von dem Baum, zieht das Basecap tiefer ins Gesicht und schließt sich der Gruppe an. Immer wieder blickt er sich um. Rechnet sich aus, wie lange er bis zu seinem Wagen brauchen wird. Der steht nur fünfzig Meter entfernt, das wird er schaffen, schließlich vertraut sie ihm, und er hat schon die passenden Worte im Kopf. Und wenn sie nicht mitwill, dann … abrupt bleibt er stehen.

Auf der Bank neben Jennifer sitzt eine Frau. Er kneift die Augen zusammen, dann erkennt er sie. Sofort breitet sich Stress in ihm aus. Lässt seinen Magen verkrampfen. Mit einem Ruck dreht er sich um und stößt mit einem jungen Mann zusammen. Der beschimpft ihn wild, weil er bei dem Zusammenstoß sein Bier vergossen hat.

»Halt's Maul, oder ich stopf es dir! Hast du verstanden, Penner!« Er funkelt den jungen Mann an. Dann blickt er über die Schulter, vergewissert sich, dass die Frau, mit der Jennifer auf der Bank sitzt und sich angeregt unterhält, wirklich Susanna ist. Schnell eilt er davon.

***

Aufgewühlt stürmt Jennifer in ihre Wohnung, verschließt die Haustür und lehnt sich mit dem Rücken dagegen. Ihr Atem geht schwer. Und das nicht etwa, weil sie so schnell gelaufen wäre, nein, sie ringt nach Luft wegen dem, was sie gerade erfahren hat. Sie stößt sich von der Tür ab und eilt in die Küche. Aus dem Kühlschrank nimmt sie eine Flasche Wasser und trinkt.

Die blasse Sonne scheint durch die Terrassentür und taucht die Küche in ein weiches Licht. Gedankenverloren betrachtet Jennifer das Spiel von Licht und Schatten auf dem Fußboden. Licht und Schatten, so wie ihr Leben, aber da ist mehr Schatten als Licht. So war es schon immer. Damals als Kind und auch heute noch. Aber sie kann das ändern, zumindest was den Schatten der jüngsten Zeit betrifft.

Aus der Schublade kramt sie die Zigarettenpackung, nimmt eine Zigarette, zündet sie an, inhaliert tief. Ihre Lunge rebelliert. Egal. Sie wird damit aufhören, wenn es vorbei ist. Nicht jetzt. Da braucht sie den Stoff, der ihre Nerven beruhigt.

Der Laptop summt leise, während Jennifer die spärlichen Berichte der Zeitungen über die Opfer ansieht. Wieder mal. Sie vergleicht die Daten, vom Verschwinden bis zum Auffinden der Leiche, und schreibt sie akribisch auf. Vergleicht sie. Das erste Opfer an Nils' und Svenjas Hochzeitstag, dann zu Weihnachten und danach fünf Jahre später Ava F. Da ist kein Muster zu erkennen, außer dass die Opfer ihr ähnlich sehen. Aber warum liegt eine so große Zeitspanne dazwischen? Ohne den Blick vom Block zu nehmen, greift sie wieder nach einer Zigarette. Bläst den Rauch gegen die Decke und sieht ihm dabei zu, wie er sich auflöst.

Immer noch in Gedanken nimmt sie ihr Smartphone vom Tisch, drückt die Kurzwahltaste, geht zur Terrassentür und öffnet sie weit. Die Luft, die ihr entgegenströmt, ist köstlich. Smilla hat recht, diese Dinger bringen einen um. Entschieden schnippt sie die angerauchte Zigarette über die Balustrade. Sie lauscht dem Klingeln. Als sie gerade wieder auflegen will, meldet sich Smilla in ihrer korrekten Art. Wider Willen grinst sie, obwohl ihr nicht danach zumute ist. Irgendwie schafft es diese Frau, sie immer wieder zum Lächeln zu bringen. »Hej! Hier ist Jennifer. Ja, es geht mir gut, und ja, das Joggen hat gutgetan.« Jennifer verdreht die Augen bei Smillas forschen Fragen und Vorhaltungen.

»Ja, ich weiß, ich hätte das nicht tun dürfen, aber mir war danach und …« Sie hält das Smartphone von ihrem Ohr weg, kneift die Augen zusammen und wartet, bis sich Smilla wieder beruhigt hat. »Ich habe eine Frage, und ich bitte Sie, mir ehrlich zu antworten. Wie viele Opfer waren es wirklich, die in Östervåla gefunden wurden, und in welchem Zeitraum?« Wie erwartet, herrscht Stille am anderen Ende der Leitung. Smilla überlegt ganz offensichtlich, wie viel sie ihr sagen kann und darf. Jetzt kann sie nur hoffen, dass sie ihr vertraut. »Smilla, es ist wichtig. Bitte!« Wieder diese Pause.

»Fünf!«

Fünf? Sie kann es nicht fassen. »Okay. Und wann war das jeweils?« Jennifer hält sich die Hand vor den Mund, um nicht laut zu schreien, als Smilla ihr die Daten durchgibt. Sie hat Mühe, sich wie gewohnt von Smilla zu verabschieden.

Die zwei weiteren Opfer wurden jeweils zu Weihnachten getötet, während Jennifer bei ihren Eltern die Weihnachtsgans aß. Er war immer in ihrer Nähe.

Die Sonne steht tief, immer wieder wird sie von dunklen Wolken verdeckt. Es ist kühl geworden. Sie schlingt die Arme um sich, sieht zum Hafen mit seinen bunten Lichtern hinüber. Sie fühlt sich taub und unfähig, irgendetwas zu entscheiden. Wie konnte sie nur? Wie blind war sie? Was hatte Samira ihr gestern Nacht zugeraunt?

Sieh hin, Jennifer! Sieh, was er getan hat!

Natürlich, das war ihr Unterbewusstsein. So, wie Malte gesagt hat. Es ist nicht Samira, sondern sie selbst. Aber ist das Unterbewusstsein nicht ein Spiegel? Und wenn ja, was soll sie sehen? Was hat sie verdrängt?

Sie geht zur Anrichte, zieht eine Schublade auf und holt das Stück Papier mit der Nachricht von Dennis heraus. Lange betrachtet sie die Zeilen.

> Glaub mir, du tust das Richtige.
> Komm heute Abend zu mir.
> Ich will dich.
> Dennis.

Sie stopft den Zettel in eine Reisetasche, wirft wahllos ein paar Kleidungsstücke und frische Wäsche hinein. Dann geht sie unter die Dusche.

24. KAPITEL

Eine halbe Stunde später zieht sie die Haustür hinter sich zu. Sie streicht sich ihr noch feuchtes Haar hinter das Ohr, atmet tief durch, beugt sich zu dem Polizeiauto, klopft gegen die Seitenscheibe und bemüht sich, ihrer Stimme einen entspannten Klang zu geben. »Hej, Jungs! Ich hab eine große Bitte: Könntet ihr mich zu dieser Adresse fahren?« Der Beamte mit dem Kinnbart und den müden Augen, unter denen dicke Tränensäcke hängen, sieht unsicher zu seinem Kollegen. Der schürzt die Lippen und zieht die Schultern hoch.

»Ich denke, das wird nicht möglich sein.«

»Ach, kommen Sie schon! Ist doch Quatsch, wenn ich mir ein Taxi nehme und Sie mir sowieso folgen. Außerdem ist es mein Arbeitskollege, die Kommissarin Berglund kennt ihn.« Sie schenkt den Beamten ein breites Lächeln, während sie einen Zettel mit der Adresse durch das Beifahrerfenster reicht. »Bitte!«

Der Kinnbärtige holt tief Luft. »Okay, steigen Sie ein.«

Jennifer sieht aus dem Seitenfenster. Die untergehende Sonne hat die Stadt in einen prächtigen Goldton getaucht, alles wirkt friedlich und behütet. Wie gern würde sie sich diesem abendlichen Treiben jetzt hingeben, irgendwo an einer Uferpromenade einen Drink nehmen und auf das Meer schauen, sehen, wie sich die Sonne darin spiegelt, den

Menschen lauschen, die über ihren Alltag sprechen und sich treiben lassen. Vielleicht, wenn das hier alles vorbei ist. Sie reißt sich von ihren sehnsüchtigen Gedanken los und beugt sich zu dem Kinnbärtigen vor. »Ich habe noch eine große und besonders wichtige Bitte.«

»Dann lassen Sie mal hören.«

»Ich möchte, dass Sie nach fünfzehn Minuten bei ihm klingeln und sagen, die Kommissarin wolle mich sprechen.«

»Oh, oh! Ich wusste es. Frau Holmer, das können wir nicht zulassen. Wenn Sie hier in Gefahr geraten könnten, sollten wir sofort umkehren.«

Beruhigend legt Jennifer die Hand auf seine Schulter. »Nein, so ist es nicht. Ich habe nur keine Lust, den ganzen Abend mit ihm zu verbringen. Verstehen Sie? Er redet immer wie ein Wasserfall, und im Moment kann ich das so gar nicht gebrauchen.« Sie bemüht sich um einen betrübten Tonfall und eine sorgenvolle Miene.

»Aber warum wollen Sie ihn dann überhaupt besuchen?«

»Er hat Geburtstag.« Sie öffnet ihre Handtasche und zieht eine Flasche Champagner heraus. Wir sind Kollegen, und er ist allein.«

Der Kinnbärtige seufzt. »Also gut, nach fünfzehn Minuten holen wir Sie dort raus.«

Schwungvoll parkt er den Wagen direkt vor dem modernen Wohnhaus. Jennifer hat den Griff der Autotür schon in der Hand, doch dann zögert sie. Tut sie das Richtige? Sie weiß es nicht, aber sie will nicht schon wieder etwas behaupten, wenn sie sich nicht ganz sicher ist.

»Also, nicht vergessen! Sagen Sie einfach, dass Kommissarin Berglund mich sehen will.« Sie lächelt den Beamten unsicher zu.

***

Ihr Gang ist hölzern, als sie auf die Haustür zugeht. Nervös streicht sie eine Haarsträhne hinter das Ohr. Es fühlt sich merkwürdig an, sie muss an das denken, was Smilla gesagt hat: *»Den Opfern wurde eine Haarsträhne abgeschnitten.«*
Verdammt!
Innerlich zählt sie bis drei, dann drückt sie die Klingel. Von innen wird der Schlüssel umgedreht, dann öffnet Dennis die Tür. Sprachlos sieht er sie an, sein Ausdruck wirkt erst gehetzt, doch dann grinst er und beugt sich vor, um sie auf die Wange zu küssen.

Sie lässt es geschehen, bringt es sogar fertig, einen Seufzer über ihre Lippen zu schicken.

»Was für eine schöne Überraschung!«, sagt er und zieht die Tür hinter ihr zu. Sie hört, wie er den Schlüssel im Schloss umdreht und bekommt eine Gänsehaut. Ihre Hand will schon wieder eine Haarsträhne hinter das Ohr klemmen, nur mit Mühe kann sie den Drang unterdrücken.

»Ist alles in Ordnung, gibt es was Neues von Nils?«

»Nein, er wird immer noch vermisst.« Sie nestelt an ihrer Handtasche und zieht die Flasche Champagner heraus.

»Die habe ich noch bei mir im Kühlschrank gefunden und ich dachte, ich schau mal kurz vorbei, um dir eine gute Reise zu wünschen. Du und Susanna, ihr fahrt doch morgen, oder?« Aufmerksam betrachtet sie sein Gesicht, doch da ist keine Regung. Nichts, was andeutet, dass er sie anlügen wird.

»Ja, morgen geht es wieder los. Ich packe gerade.«

Und doch hat er es getan, er hat gelogen, ohne mit der Wimper zu zucken. Sie senkt den Blick, zu sehr befürchtet sie, sonst etwas zu verraten. Wie oft hat er sie wohl angelogen? *Nicht jetzt darüber nachdenken!* Mit einem tiefen Seufzer sagt sie: »Wie gern würde ich auch fahren.«

»Das wirst du. Pass auf, bald klärt sich alles.«

»Das hoffe ich.« Sie lächelt ihn an und betet, dass es ehrlich wirkt. Für sie fühlt es sich gekünstelt an. »Wollen wir ein Glas trinken und dabei den Sonnenuntergang ansehen?«, fragt sie aufmunternd und stellt ihre Handtasche neben der Schlafzimmertür ab.

»Gute Idee.« Er nimmt ihr die Flasche aus der Hand und holt zwei Gläser aus dem Küchenschrank. Sie beobachtet jede seiner Bewegungen, sie kann nicht anders. Gestern Abend noch hat ihr Slip vor Nässe getropft bei der Vorstellung, Sex mit ihm zu haben. Sie schüttelt den Kopf. Dann erinnert sie sich daran, wie schwindelig ihr geworden ist, als sie den Wein getrunken hat. Hatte er etwas hineingetan? Gott, sie muss aufhören, darüber nachzudenken, noch ist nichts bewiesen.

»Süße, hast du mir zugehört?«

»Äh ... nein, ich war in Gedanken. Was hast du gesagt?«

»Dass du heute so anders bist. Liegt es daran, dass Nils noch verschwunden ist, oder gibt es etwas, was du mir verschweigst?« Er grinst sie an, legt einen Finger unter ihr Kinn und blickt ihr in die Augen.

Jennifer zwingt sich, nicht zu blinzeln. »Es ist nur, du wirst mir fehlen ... gerade jetzt.«

»Ich werde immer bei dir sein.« Er küsst sie leidenschaftlich, mit einer Prise Dominanz. »Und jetzt lass uns endlich den Champagner trinken.«

Jennifer folgt ihm auf den Balkon und muss den Drang unterdrücken, sich die Lippen abzuwischen. Sie ermahnt sich, ruhig und besonnen zu handeln. Das Glas Champagner liegt kühl in ihrer Hand. Verstohlen sieht sie auf die Armbanduhr. Noch sechs Minuten. Das wird knapp.

Lächelnd hebt sie das Glas. »Ich wünsche euch eine gute Zeit, eure Berichte werde ich natürlich verfolgen.«

Sie stürzt den Champagner herunter, blickt über die Dächer der Stadt, die letzten Sonnenstrahlen färben den Himmel feuerrot, dahinter lauert die Dunkelheit. Sie hält Dennis ihr leeres Glas hin. »Füllst du es noch mal, während ich zur Toilette gehe?« Sie drückt ihm das Glas in die Hand und eilt den Flur entlang.

An der Schlafzimmertür bleibt sie stehen. Ihr Herz klopft schneller. Nervös blickt sie über die Schulter, Dennis ist nicht zu sehen. Rasch drückt sie die Klinke herunter und schlüpft hinein.

Es ist dunkel, die schweren Vorhänge sind zugezogen. Hektisch tasten ihre Finger nach dem Lichtschalter. Das dauert viel zu lange. Am liebsten würde sie laut fluchen. Aber dann hat sie ihn endlich gefunden. Das grelle Deckenlicht lässt sie blinzeln.

Zielstrebig geht sie auf die Kommode zu. Es ist weg. Das Foto! Ihr Blick hetzt durch das Zimmer. Ihr Herz schlägt so schnell, dass sie fürchtet, keine Luft mehr zu bekommen. Und dann entdeckt sie es auf dem Bett, direkt neben dem Kopfkissen. Ohne zu zögern, nimmt sie es. Schon wendet sie sich zum Gehen, da fällt ihr Blick auf den Spiegel. Sie sieht ihren panischen Ausdruck und zögert, sie erinnert sich an das merkwürdige Klicken, als sie bei ihrem letzten Besuch den Rand des Spiegels berührt hat. Eilig geht sie auf den Spiegel zu, will gerade den Rand abtasten, als sie das Öffnen der Kühlschranktür hört und Dennis, der nach ihr ruft, fragt, ob alles okay sei. Es sind nur Bruchteile einer Sekunde, die sie für ihre Entscheidung braucht.

Kurz entschlossen knipst sie das Licht aus und drückt langsam die Klinke herunter. Vorsichtig öffnet sie die Tür einen Spaltbreit und lauscht. Nichts. Keine Geräusche in der Wohnung und keine auf dem Hausflur. Behutsam öffnet sie die Tür und schlüpft hinaus. Sie lässt das Foto in ihre Handtasche gleiten, dann schließt sie laut die Tür, streicht über ihr Hemd und öffnet noch einen weiteren Knopf, sodass der Ansatz ihres mit Spitzen besetzten BHs zu sehen ist.

Lasziv lehnt sie sich an die Balkontür. »Welches ist mein Glas?« Sie streckt ihre Hand aus und leckt sich über die Lippen, während Dennis ihr das Glas reicht. Ihre Finger berühren sich. Sie spürt seinen Blick auf ihrem Ausschnitt, atmet tief ein und aus, sodass sich ihr Busen hebt und senkt. Sie kommt sich vor wie eine Nutte. Warum klingelt es jetzt nicht an der Tür? Verdammt!

»Was hast du vor, Jenny?«

Diese einfache Frage wirft sie einen Wimpernschlag lang aus der Bahn. »Was denkst du denn?«, fragt sie zurück und streicht sich über ihr Dekolleté. »Wir sollten das beenden, was wir begonnen haben.«

»Vielleicht ... ja.« Er umfasst ihre Taille und zieht sie zu sich heran. »Aber wir machen es so, wie ich es will.«

Und da ist wieder das, was sie erregt hat. In diesem Moment verabscheut sie es.

Wo bleiben die Beamten?

»Damit habe ich überhaupt kein Problem. Ich gehöre ganz dir.« Und zum ersten Mal an diesem Abend sieht sie eine Emotion in seinen Augen. Es ist still zwischen ihnen.

Dennis lässt sie nicht aus den Augen und zieht sie dichter zu sich heran. Seine Nase berührt ihren Hals, er atmet tief ihren Duft ein. Dann nimmt er eine Strähne ihres Haares und lässt sie durch seine Finger gleiten.

Sie bekommt kaum Luft vor Angst. Was soll sie jetzt tun? Ihr Körper versteift sich mit jeder Berührung.

Dann endlich schrillt die Klingel.

»Bleib, wo du bist!« Seine Stimme ist heiser.

Stumm nickt sie und sieht ihm hinterher. Erst als sie sicher ist, dass er sich nicht mehr zu ihr umdreht, folgt sie ihm und ist überglücklich, den Beamten mit dem Kinnbart zu sehen.

»Frau Holmer, Sie müssen leider mitkommen. Kommissarin Berglund möchte mit Ihnen sprechen.«

Jennifer knöpft sich ihr Hemd zu und sieht Dennis entschuldigend an. »Ich ruf dich an, wenn es etwas gibt, was Nils betrifft, okay?«

»Ja, mach das.« Dennis' Stimme ist rau, in seiner Miene liegt etwas Unergründliches. »Wir sehen uns, Jenny.«

25. KAPITEL

Nachdem sie sich von den Beamten verabschiedet hat, eilt Jennifer in ihre Wohnung. Sie knipst das Licht im Wohnzimmer an und programmiert den MP3-Player auf Endlosschleife. Bis eben stand sie unter Spannung wie ein gedehntes Gummiband – jetzt liegen ihre Hände flach auf der Kommode und ihr Blick ist starr auf die grauen Linien an der weißen Wand gerichtet: Dort hing das Foto von ihr und Nils.

Sie stürmt in die Küche und durchwühlt den Mülleimer. Tränen schießen ihr in die Augen, als ihr einfällt, dass sie den Mülleimer gestern geleert hat. Heulend vor Wut über sich und ihre beschissene Psyche, ihre Blindheit und ihre Unfähigkeit, Gefühle zu zeigen, dreht sie den Wasserhahn am Spülbecken auf und wäscht sich akribisch die Hände, als könnte sie mehr fortspülen als nur den Geruch des Mülles.

Aus der Küchenschublade kramt sie die Zigaretten hervor, zündet sich eine an und geht auf die Terrasse. Sie bläst den Rauch aus und sieht in den dunklen Himmel. Der fast volle Mond wird immer wieder von Wolken bedeckt. Einen Moment lang wünscht sie sich, es irgendwann in ihrem Leben zu lernen: zu genießen und dankbar zu sein. Dankbar, dass sie diesen Mond anschauen kann und dass sie lebt.

»Fuck! Ich muss aufhören mit dieser beschissenen Melancholie und diesem Selbstmitleid.« Sie erschrickt über ihre Stimme, so fremd hört sie sich an, ganz belegt und voller Traurigkeit. Sie beugt sich über das Geländer und hebt den Arm, um die Beamten zu grüßen. Sie hat keine Ahnung, ob die das sehen, aber es gibt ihr ein gutes Gefühl.

Im Flur schnappt sie sich ihre gepackte Reisetasche und sieht sich noch einmal um. Das Licht in Wohnzimmer und Küche ist an, die Musik auf Zimmerlautstärke. *Was noch?* Ihr Laptop und das Ladekabel. Gott, wie konnte sie das nur vergessen?

Geräuschlos zieht sie die Wohnungstür hinter sich zu. Ihre Hand fühlt die Wand entlang auf der Suche nach dem Lichtschalter und zuckt zurück, als sie ihn spürt. Fast hätte sie das Licht im Treppenhaus angeschaltet. Verdammt. Sie muss sich konzentrieren! Schritt für Schritt tastet sie sich die Stufen hinunter.

Unten bleibt sie stehen. Vorsichtig öffnet sie die Haustür und späht zu dem Wagen der Beamten links von ihr. Dort ist alles ruhig. Tief atmet sie ein, dann senkt sie den Kopf, zieht die Tür leise hinter sich zu, und ohne noch einmal aufzublicken, drückt sie sich rechts an der Hauswand entlang Richtung Seitenstraße.

Ihre Schritte werden schneller, bis sie in die nächste Straße einbiegt. Erleichtert schließt sie den Mietwagen auf, den sie sich heute Vormittag nach ihrer Begegnung mit Susanna besorgt hat. Sie versucht, die Erinnerung an das Gespräch abzuschütteln. Dennis war nie mit Susanna in Syrien, er sei im Urlaub. Nein, nicht jetzt darüber nachdenken! Alles später, wenn sie genügend recherchiert und die Fäden zusammengefügt hat.

Genüsslich schlürft Dennis den letzten Tropfen Champagner aus Jennifers Glas, lässt ihn lange in seinem Mund hin und her gleiten, bevor er ihn runterschluckt. Was sollte das ganze

Theater? Oder war es keins, war sie wirklich hier, um sich zu verabschieden? Hat er sich getäuscht, war es nicht Susanna, die neben Jenny auf der Bank an der Hafen-Promenade gesessen hat? Er blickt zum Mond. Der scheint ihn auszulachen.

Nachdenklich reibt er sich über den Nacken, versucht, die Unruhe wegzuwischen. Doch sie verschwindet nicht.

Da fällt ihm plötzlich etwas ein. Zielstrebig geht er ins Bad, hebt den Toilettendeckel an und lässt eine Hand über den Toilettensitz gleiten. Dann dreht er sich zum Waschbecken. Aber auch dort: kein Tropfen Wasser, alles sieht so aus, wie er es hinterlassen hat, trocken gerieben. Für Sekunden steht er regungslos da, dann hastet er ins Schlafzimmer.

Das grelle Deckenlicht scheint auf ihn nieder, während er den Duft, der in dem Raum hängt, tief einatmet. Sie war hier.

Wut steigt in ihm auf. Er sieht sich um. Was wollte sie hier? Dann sieht er es: Das Foto ist weg. Er stößt den Atem aus und ballt die Hände zu Fäusten. Warum hat sie das getan? Das ist nicht fair!

Er wendet sich dem Spiegel zu. Seine Hand tastet an der oberen Ecke des Rahmens entlang. Mit einem leisen Klicken schwingt der Spiegel zur Seite. Dennis schlüpft in den geheimen Raum. Kurz betrachtet er die gläsernen Kästen an der Wand, in denen jeweils Haarsträhnen und ein Seidenschal drapiert sind. Auf einem Messingschild darüber sind fein säuberlich ihre Namen eingraviert.

Der größte Kasten mit der goldenen Verzierung ist leer. Noch. Liebevoll lässt er seine Finger über den Namen darüber gleiten. Jennifer. »Warum machst du es immer so kompliziert? Jetzt wird es weniger schön – für dich und für mich.«

Aus der Schublade des Tisches an der Wand zieht er den kleinen schwarzen Stoffbeutel, sorgfältig legt er weiße Tücher hinein und eine Flasche mit Äther. Er breitet diverse Scheren auf dem Tisch aus. Wieder spürt er das Gefühl, das die Haare zwischen seinen Fingern hinterlassen haben. Er wählt eine kräftige Schere. Aus der kleinen Schatulle auf dem Tisch holt er ein Klappmesser und lässt die Klinge aus dem verzierten Holzgriff springen. Es liegt gut in der Hand, die Klinge ist scharf und glänzt im Licht der Tischlampe. Ein Geschenk seines Vaters. Das einzige. Zum Schluss faltet er ein rotes Seidentuch sorgfältig zusammen. Er hat es auf einem Markt in Aleppo gekauft. Jenny hatte es ausgesucht. Was hatte sie noch gesagt? »Dieses Rot ist fantastisch, es passt gut zu meinem Haar, oder was meinst du, Dennis?« Sie hat ihn das mit einem neckischen Lächeln gefragt, und er musste sich zwingen, ihr nicht recht zu geben. Er redete es ihr aus, Tage später kaufte er das Seidentuch dann selbst.

Er streift sich das schwarze Kapuzenshirt über, schlüpft in die dunkle Jeans und setzt sein Basecap auf. Den Beutel verstaut er in den Vordertaschen des Kapuzenshirts.

***

Schnell fegen die Wolken am schwarzen Himmel dahin, für Sekunden verdunkeln sie den Mond. Die Luft ist so kühl, dass sein heißer Atem kleine Wolken bildet, während er durch die Seitengasse rennt. An der Ecke zu Jennifers Haus bleibt er stehen und lehnt sich an die Wand. Sein Hals fühlt sich trocken an, das Herz schlägt schnell, sein Körper ist vor Erregung angespannt.

Er linst um die Ecke der Hauswand. Das Auto der Beamten steht direkt unter dem kegelförmigen Licht der Straßenlaterne. Aber was ist das für ein Wagen, der direkt hinter dem der Beamten parkt? Schnell zieht er den Kopf zurück, lauscht angestrengt. Nach einer Weile hört er das Zuschlagen von Autotüren und Stimmen. Wieder wagt er einen Blick um die Hausecke.

Er grinst, das ist seine Chance. Offensichtlich ist gerade Wachablösung und die vier halten erst einmal einen Plausch.

Großartig! Er zieht sein Basecap tief ins Gesicht und drückt sich an der Hauswand entlang. Aus der Hosentasche zieht er den Schlüssel zur Haustür.

Trotz der Dunkelheit im Treppenhaus erklimmt er geschmeidig die Stufen bis hinauf in den dritten Stock zu Jennifers Wohnung. Alles nur seiner Vorfreude geschuldet. Er hört die Musik aus ihrer Wohnung. Soll er das Tuch mit Äther bereithalten? Ja, denn Jenny ist eine Kämpferin.

Vorsichtig steckt er den Schlüssel in die Tür, dreht ihn herum und schlüpft hinein.

Er lauscht. Öffnet die Badezimmertür, doch im Bad ist es dunkel. Ebenso im Schlafzimmer.

Wohnzimmer und Küche, hell und …

»Verdammtes Miststück!«

Noch einmal inspiziert er das Schlafzimmer und das Bad, diesmal forscher. Sie hat ihn reingelegt. Frustriert kratzt er sich den Arm. Sie darf ihm nicht entkommen, sie ist doch das Bindeglied der Einheit. Das letzte Stück, das noch fehlt, sie ist … alles, was er je begehrt hat.

Nachdem er sich beruhigt hat, sucht er nach Hinweisen. Wo ist sie bloß? Sicher nicht bei dieser kleinen Schlange von Kommissarin. Ratlos steht er im Wohnzimmer, der Frust nagt an ihm – wie eine Ratte am Speck.

26. KAPITEL

Mittlerweile verdunkeln dichte Wolken den Mond. Angestrengt heftet Jennifer den Blick auf die Lichtkegel der Scheinwerfer ihres Wagens, die über die Landstraße rasen. Rechts und links nichts als dichter Wald, dunkel, tief und unergründlich. Bei diesem Anblick läuft ihr ein eisiger Schauer den Rücken herunter und sie umfasst das Lenkrad noch fester. Noch nie hat sie eine solche Angst verspürt wie jetzt. Immer wieder geht ihr Blick zum Rückspiegel, doch da ist nichts außer Dunkelheit – genauso wie in ihrem Kopf. Alles ist verworren, es fällt ihr so unsagbar schwer, einen klaren Gedanken zu fassen. Wie gern würde sie wissen, wie alles zusammenhängt und warum ausgerechnet sie in dieser Geschichte vorkommt. Und was ist mit Nils, wo ist er? Was hat Dennis vor und warum hat er gelogen? Ihr ist zum Heulen und Schreien zumute. Sie kann dieses Gedankenknäuel nicht entwirren. Aber sie muss.

Hart tritt sie auf die Bremse, als sie an dem weißen Schild vorbeirauscht, das die Auffahrt zum Haus ihrer Eltern anzeigt. Fluchend knallt sie den Rückwärtsgang rein und gibt Gas. Die Reifen drehen durch auf der Schotterpiste, der Wagen gerät ins Schlingern. Hektisch lenkt sie dagegen und geht vom Gas. »Puh … langsam, Jennifer!«, ermahnt sie sich, als sich der Wagen wieder gefangen hat.

Als sie sieht, dass noch Licht im Haus brennt, fällt die Anspannung von ihr ab.

Hinter der Haustür hört Jennifer Nelly vor Freude bellen und ihren Vater, der den Hund beruhigt. Noch bevor er die Tür öffnet, ruft sie: »Ich bin es!«

Die Tür fliegt auf, und ohne lange zu zögern, fällt sie ihrem Vater in die Arme.

Angela sieht aus dem Küchenfenster, in ihren Händen hält sie ein Handtuch, mit dem sie sich energisch die Hände abtrocknet. Jennifer fängt ihren Blick auf und bemerkt, wie Angela Tränen in die Augen schießen, während sie Paul umarmt. Schnell wendet sich Angela ab, legt das Handtuch neben die Spüle und füllt den Wasserkocher.

»Hej, Angela! Ich hatte nicht erwartet, dass ihr noch wach seid.«

Angela wischt sich schnell mit dem Handrücken eine Träne von der Wange und lächelt Jennifer an. »Schön, dich zu sehen. Wie geht es dir?« Sie macht einen Schritt auf Jennifer zu, will sie umarmen, doch Jennifer weicht aus.

»Geht so. Und euch?«

Angela blickt Jennifer lange an und verzieht den Mund zu einer feinen Linie. »Wir waren draußen in den Wäldern und haben nach Nils gesucht. Das ganze Dorf war auf den Beinen.«

Jennifer senkt den Blick zu Boden. Sie wünschte, er würde sich öffnen und sie einfach verschlingen, so sehr lasten die Schuldgefühle auf ihr. Als Angela ihr die Hand auf die Schulter legen will, weicht sie zurück. Nicht jetzt! Das kann sie nicht ertragen, obwohl sie sich nichts sehnlicher wünscht, als Angelas Duft zu riechen und ihre Wärme zu spüren.

»Gibt es überhaupt keine Spur, keinen Hinweis, wo er sich versteckt haben könnte? Das kann doch nicht so schwer sein!« Doch sie weiß, wie schwer es ist. Es gibt so unendlich viele Wälder, verstreute kleine Ansiedlungen, wo man leicht

Unterschlupf findet. Sie fühlt sich matt, denn noch ein anderer Gedanke bedrückt sie. Was, wenn er sich etwas angetan hat? Schnell schiebt sie die Frage weg. Nein, Nils ist nicht der Typ … Und doch, da ist dieses Gefühl im Magen, schwer und erdrückend wie ein Felsen.

Sie setzt sich auf einen Stuhl und legt die Hände auf den Küchentisch, fühlt das raue Holz unter den Fingern. »Alles ist meine Schuld.«

»Mädchen, was redest du da? Natürlich ist es nicht deine Schuld.« Paul setzt sich ihr gegenüber auf die Eckbank und legt seine Hand auf Jennys. Er lächelt sie an. »Wir werden ihn finden und alles wird sich regeln, auch wenn ich immer noch der Meinung bin, dass das, was er dir angetan hat … Nein, das kann ich nicht verzeihen und …«

»Aber vielleicht war er es gar nicht … ich kann mich nicht erinnern«, unterbricht sie ihn und zieht die Hand weg.

»Jenny, ich verstehe nicht, warum du zweifelst. Bei ihm wurden doch sogar Beweise gefunden, die darauf schließen lassen, dass er die Frauen umgebracht hat.«

»Du hast recht, ich habe Zweifel.« Sie streicht sich energisch eine Haarsträhne hinter das Ohr.

Unschlüssig, wie er reagieren soll, reibt sich Paul den Nacken. »Wir werden sehen, wer von uns recht hat, aber eines kann ich dir sagen: Wenn ich ihn erwische, werde ich die Wahrheit aus ihm herausprügeln.«

»Was soll das? Ich lebe, und mir geht es gut. Hör auf damit! So kenne ich dich gar nicht, und so will ich dich auch nicht kennen.« Befremdet sieht sie ihn an. »Ich bin es, die das alles zu verantworten hat. Aber ich habe mich hinreißen lassen von …«

Abwehrend hebt Paul die Hände. »Sag jetzt nichts mehr. Morgen werden wir weitersuchen. Ich hoffe für Svenja, dass du recht behältst.« Er stützt sich mit den Handflächen auf dem Tisch ab und stemmt sich hoch, als würde es ihm viel Kraft

abverlangen, sich aufzurichten. »Ich geh an die frische Luft.«
Er drückt versöhnlich Jennifers Schulter. Angela, die den Tee
aufgießt und Tassen aus dem Regal nimmt, lächelt ihn mitfühlend an.

Jennifer schabt mit dem Daumennagel auf der Tischplatte,
der Nagel ist schon ganz ausgefranst. Doch das interessiert sie
nicht. Am liebsten hätte sie Paul gesagt, was sie wirklich denkt,
aber noch ist es zu früh. So aufgebracht hat sie ihn jedenfalls
schon lange nicht mehr erlebt. Das letzte Mal, als sie seinen
Wagen genommen und ohne Führerschein mit Svenja eine
Spritztour unternommen hat. Und das ist lange her.

Sie schluckt den Frust herunter und wendet sich Angela zu.
»Wie geht es Svenja?« Es kostet sie Mühe, diese Frage zu stellen.

»Ehrlich gesagt nicht besonders gut.« Angela verteilt Tassen
auf dem Tisch und setzt sich. »Dein Vater meint es nicht so, er
ist nur besorgt und möchte nicht, dass dir wieder etwas passiert.«

»Wird es nicht. Weißt du, Nils ist ein komplizierter Mensch,
aber kein Serienkiller. Nein. Das weiß ich genau. Und ich bin
es, die das zu verantworten hat, was ihm vorgeworfen wird. Ich
habe ihn, ohne nachzudenken, beschuldigt. Ich habe seinen Ruf
zerstört, seinen und Svenjas.«

Sie will aufspringen, doch Angela hält sie am Handgelenk
fest. Ihre Stimme klingt resolut: »Setz dich und lass uns erst mal
einen Tee trinken und in Ruhe reden.«

Merkwürdigerweise ist sie für Angelas Bestimmtheit dankbar. Sie wäre jetzt kopflos rausgerannt und hätte wie eine
Wilde nach Nils gesucht oder wäre einfach zu Svenja gefahren.
Irgendetwas Unsinniges hätte sie getan, nur um dem elenden
Schuldgefühl zu entkommen. Da umarmt sie Angela, drückt
sie an sich. Jennifer spürt, wie sich Angelas Körper entspannt,
ruhig wird, als wäre eine Last von ihr gefallen. Und mit einem
Mal weiß sie, dass Angela nicht so stark ist, wie sie immer
geglaubt hat.

Eine Weile sitzen sie schweigend am Tisch. Der Raum ist in warmes Licht getaucht.

Geborgenheit.

Zuhause.

Doch bevor sich Jennifer von diesen Gefühlen überwältigen lässt, steht sie auf und geht in den Flur, um das Foto aus ihrer Reisetasche zu nehmen. Sie muss mit Angela darüber reden, und dann werden sie gemeinsam eine Antwort finden. Und wenn es das ist, was sie denkt, vielleicht kann sie Nils dann retten. Deshalb ist sie hier.

»Angela, ich möchte dir das zeigen. Es ist wichtig, dass du die Wahrheit sagst.« Sie legt das Foto auf den Tisch. »Wer sind diese Menschen?«

Angela nimmt den Rahmen mit der Schwarz-Weiß-Fotografie in die Hand. Für einen Augenblick flattern ihre Hände. »Woher hast du das Foto?«

»Ist jetzt nicht wichtig. Ich bin da drauf und du, aber wer ist der Mann neben dir und der Junge, der den Kopf gesenkt hat und meine Hand hält?«

Angela streicht sich mit beiden Händen über das Gesicht. »Das ist Senator Becker, und das ist sein Sohn David.«

»Und was haben wir da gemacht? Ich kann mich gar nicht daran erinnern.«

»Es war Davids Geburtstag. Der Senator bat mich, dass du zu der Party kommst. David hatte nicht viele Freunde. Wenn ich mich recht erinnere, da waren nur noch drei weitere Jungs.«

»Ich versteh nicht. Wann war das?«

»In der Zeit, als ich den Senator ins Visier genommen hatte, kurz bevor ich die Bombe zünden wollte.« Ihre Hand zittert, als sie die Teetasse zum Mund führt. »Ich hätte dich nicht mitnehmen dürfen, aber ich dachte, vielleicht hegt er dann keine Zweifel an mir und ich könnte in Ruhe meine Geschichte …«

»Und was ist da passiert?«, unterbricht Jennifer atemlos.

»Es war Sommer und eine Gartenparty.« Sie schluckt. »David hat dich mit ins Haus genommen. Ich hatte mir nichts dabei gedacht, aber ich hätte es wissen müssen, die ganze Zeit war er in deiner Nähe, hat dich berührt und dich mit diesen Augen angesehen.« Angela hält sich die Hand vor den Mund und starrt Jennifer entsetzt an. »Ich war darauf aus, noch ein paar Informationen aus dem Senator rauszuholen ... erst deine schrillen Schreie aus dem Haus haben mich alarmiert.«

Jennifers Herz schlägt wie wild, doch sie fühlt nichts. Kein Leben. Nur abgrundtiefe Leere. Sie will etwas sagen, doch sie weiß nicht, wo sie anfangen soll. »Hat er mich vergewaltigt?«, stößt sie schließlich hervor.

»Nein, aber er hatte es vor. Er war ganz verstört, als wir ihn von dir rissen. Er sagte, dass ihr zusammengehört, dass wir doch seine Familie sein könnten. Es war furchtbar.«

»Was ist mit ihm passiert?«

»Er ist nach Irland in ein Internat gekommen. Das war nach dem Unfall deines Vaters. Mehr weiß ich nicht.«

»Wie alt war er?«

»Ich weiß nicht genau, vielleicht vierzehn ... ja, vierzehn.«

Jennifer blickt zum Fenster, durch das schwach das Hoflicht scheint. Sie wendet sich Angela zu, die sie mit Augen ansieht, die um Vergebung betteln.

»Warum hast du nie mit mir darüber geredet?«

»Weil du nicht wolltest, und irgendwann hattest du es in deinem Kopf weggeschlossen.« Angela richtet sich auf. »Ich weiß, es war ein Fehler, aber als dein Vater den Unfall hatte, war unser aller Leben auf den Kopf gestellt.«

»Und dann sind wir einfach davongelaufen.« Jennifer lacht hysterisch. Am liebsten würde sie ihrer Mutter eine Ohrfeige geben und sie anschließend in die Arme nehmen.

»Ich muss ein paar Anrufe machen.« Sie steht auf und blickt auf Angela herunter. »Weiß Paps davon?«

Angela schüttelt den Kopf.

Ohne ein Wort nimmt Jennifer das Foto vom Tisch und wendet sich zum Gehen.

»Woher hast du das Foto?«

»Von Dennis.«

***

Ihre Hand bebt, während sie sich eine Zigarette anzündet. Was für eine verfluchte Scheiße ist das alles? Sie reißt das Fenster auf und bläst den Rauch in die kühle Nachtluft. Offensichtlich ist sie eine Meisterin im Verdrängen. Unwillkürlich muss sie lachen bei dem Gedanken. Sie muss unbedingt auf das Therapeutensofa. Gierig zieht sie an der Zigarette und sieht zum wolkenverhangenen Himmel auf. Was muss sie als Nächstes tun? Smilla, ja, Smilla anrufen und ihr sagen, dass es Dennis ist, nach dem sie suchen müssen. Er ist es doch, oder?

Gott, warum zweifle ich immer noch? Ich muss ruhiger werden, sachlicher denken, die Gefühle aussperren und den Fokus auf das lenken, was ich erfahren habe.

Sie schließt für einen Augenblick die Augen, atmet tief durch, bis ihr Körper sich entspannt, ruhig wird und ihre Gedanken leicht wie eine Feder im Wind schweben.

Sieh hin, Jennifer! Sieh, was er getan hat!, hallen Samiras Worte in ihr nach. Ein Letztes braucht sie noch. Sie greift sich ihr Smartphone. Ihr Herz schlägt heftig gegen die Brust, als sie die vertraute Stimme hört.

»Baschar? Ich bin es, Jennifer. Ja, ich weiß, es ist spät. Ich brauche eine Information. Als Dennis und ich in Aleppo waren, gab es da eine Frauenleiche mit einem in den Nacken geritzten Zeichen? Eine Frau, die vergewaltigt und erdrosselt und der eine Haarsträhne abgeschnitten wurde?«

Sie nickt unaufhörlich und greift zur nächsten Zigarette, während Baschar ihre Fragen bejaht.

Das war es also, was Samira ihr sagen wollte. Heute und damals. Jetzt erinnert sie sich wieder, wie Samira aufgeregt in ihr Hotelzimmer kam und unaufhörlich an ihrem mit Staub bedeckten Kleid gezupft hatte. Jennifer sprach nicht sonderlich gut Syrisch-Arabisch, und Samira war so aufgeregt gewesen. Das Einzige, was sie aus Samiras schnellem Gerede herausfiltern konnte, war: »Eine Frau so wie du ist tot, von einem Freund getötet worden.« Als Dennis ins Zimmer kam, verstummte Samira. Und sie hat nicht nachgefragt, hat es einfach ignoriert, so wie ihre Mutter nicht nachgefragt hatte, als sie nach der Geburtstagsfeier von *David* verstört gewesen war.

Ein Schrei dringt aus Jennifers Kehle. Er gleicht dem eines verletzten Rehes. Schrill und anhaltend.

Dennis schließt die Augen, während Jennifers Schrei zu ihm dringt. Er lehnt den Kopf an den Stamm einer Birke, die hinter der Hecke steht und ihm genügend Deckung bietet. Er kann sehen, wie sie am Fenster steht und schreit. Und sich wieder beruhigt, indem sie sich erneut eine Zigarette anzündet und den Rauch kräftig in seine Richtung bläst. Ob sie weiß, dass er in der Nähe ist? Eine Mischung aus Traurigkeit und Hochstimmung erfüllt ihn. Alles ist aus dem Ruder gelaufen, aber nichts ist verloren. Er ist in ihrer Nähe, und das ist es, was zählt. Wie gern würde er sie jetzt in den Arm nehmen, über ihr Haar streichen und ihr sagen, was in ihm vorgeht. Damit sie es versteht. Sie sind eins. Füreinander bestimmt. So sagen es die Zeichen. Die Dreifaltigkeit – Geburt, Leben und Tod.

27. KAPITEL

Unermüdlich fliegen die Finger über die Tastatur. Colin ist wie im Rausch. Endlich hat er die Geschichte, die er immer schreiben wollte. Und wer hat sie ihm geliefert? Richtig, das Leben und das, was seine Fantasie dazu liefert. Wunderbar! Er spürt schon, wie das Werk die Bestsellerlisten erklimmt. Sieht, wie sie ihn hofieren als den neuen Star am Himmel der Horror-Autoren. Das Grinsen will nicht aus seinem Gesicht verschwinden. Was für eine Geschichte! Und er ist Teil von ihr.

Er atmet tief aus und stoppt den Schreibwahn, lehnt sich zurück, legt den Kopf in den Nacken, blickt zur Decke und zählt die unendlich vielen Spinnweben, die dort hängen. Er sollte aufräumen. Angela war entsetzt, als sie ihn hier der Entführung Jennifers beschuldigt hat, das hat er genau gemerkt. Aber ... er hat für einen Quatsch wie Putzen keine Zeit. Schon bald wird er sich eine Putzfrau leisten können, wenn die Leute ihm sein Werk aus den Händen reißen.

Dynamisch schiebt er den Stuhl zurück, eilt mit Dauergrinsen im Gesicht in die Küche und holt sich ein Bier aus dem Kühlschrank. Er wirft noch einen Blick auf den Monitor und entscheidet sich für eine Pause an der frischen Luft. Jeder Künstler braucht eine Pause.

Mit einem zufriedenen Seufzer setzt Colin sich auf die Holzstufen der vorderen Veranda, prostet dem nächtlichen Wald zu und lässt das kühle Bier die Kehle runterlaufen. Dann ein satter Rülpser.

Er fühlt sich so gut wie schon lange nicht mehr, obwohl die Umstände, die ihm diese Geschichte beschert haben, ihn nicht kaltgelassen haben. Aber – was soll's? Die Einzige, die ihm leidtut, ist Jennifer. So eine sexy Braut. Aber warum sie ausgerechnet mit diesem Psycho-Nils rumgemacht hat, ist ihm schleierhaft. Na ja, Svenja ist auch nicht besser. Ach … Er leert die Flasche und wirft sie ins Gebüsch, atmet tief ein und lauscht in den Wald. Es ist so schön hier, friedlich. Man könnte das Ganze wieder richtig in Schuss bringen.

Colin stolziert in der Dunkelheit über den Hof, malt sich aus, wie es in Zukunft hier aussehen wird. Er umrundet die Hütte, stolpert über eine Baumwurzel und schlägt der Länge nach auf den Waldboden. »Scheiße!« Fluchend richtet er sich auf und klopft sich den Dreck von der Hose – der einzigen, die noch sauber ist, sauber war. Sein Blick wandert zu der schiefen Scheune. Schon lange war er nicht mehr hier. Warum auch? Er braucht sie nicht. Aber jetzt hat er eine Idee. Hier könnte er sich eine Schreibstube einrichten oder eine Bar für die Partys, die kommen werden.

Die Holzverriegelung lässt sich nur schwer hochdrücken. Einen Versuch gibt er sich noch. Mit aller Kraft stemmt er sich gegen die Tür und drückt den Hebel nach oben. Und diesmal schafft er es. Er muss kräftig ziehen, um das Tor zu öffnen. Offenbar hat Angela viel Kraft. Bewunderung streift ihn – aber bei der Erinnerung an diese verfluchte Suche nach Jennifer ärgert er sich auch. Na ja, im Nachhinein ist sie ja zu einem Teil seiner Horrorstory geworden, und die wird ein Bestseller werden. Bestimmt.

Ihm schlägt ein muffiger Geruch entgegen. Er hält den Atem an. Im stockdunklen Schuppen tastet er sich voran. Vielleicht sollte er das Tor über Nacht geöffnet lassen und vielleicht sollte er seine Inspektion auf morgen verschieben. Er geht weiter hinein und gerät prompt mit dem Gesicht voran in ein Spinnennetz. Sein Entschluss steht fest. Morgen.

Angewidert streicht er sich über das Gesicht und taumelt zurück. Er will sich nicht eingestehen, dass er panisch ist, weil eventuell eine dicke fette Spinne im Netz gewesen sein könnte, die jetzt über den Hemdkragen und dann seinen Nacken herunterkrabbelt. Mit gesenktem Kopf streicht er sich unaufhörlich über Haare und Hemd, als er plötzlich mit dem Kopf an etwas Weiches stößt. Das schwingt jetzt hin und her. Colin umfasst es mit beiden Händen und sieht auf.

***

Nie in seinem Leben ist er so gerannt. Er ignoriert die Dornen der Brombeerbüsche, die sich durch seine Hose und sein Hemd bohren. Er hat nur ein Ziel: weg! Weg von seinem Haus! Hilfe holen!

Sein Atem geht rasselnd, als er wie ein Irrer an Pauls Haustür hämmert. Erst hört er Nellys lautes Kläffen hinter der Tür, wenige Sekunden später sieht er Licht im Haus, und im selben Moment wird die Tür aufgerissen. Nelly schnüffelt, dann saust sie über den Hof und bellt die Hecke an. Doch niemand kümmert sich um den Hund.

»Was um alles in der Welt …?« Paul sieht Colin entgeistert an, bemerkt das blutverschmierte Hemd an Colins Armen. »Was ist passiert, bist du verletzt?«

Nach Luft japsend schüttelt Colin den Kopf. »Nein! Ich … in meinem Schuppen … Nils!«

Nellys aufgeregtes Bellen und die lauten Stimmen treiben Jennifer aus dem Bett. Sie zieht ihre Strickjacke fest um den Körper und folgt den Stimmen in die Küche. Mit vom Weinen verquollenen Augen sieht sie Colin an, der am Küchentisch sitzt und den Kopf in die Hände gestützt hat. Ihr Blick wandert zu Paul ihm gegenüber. Unermüdlich redet er auf Colin ein.

»Was ist passiert?« Jennifer setzt sich ebenfalls an den Tisch. Colin hebt den Kopf und starrt sie an. »Nils … Nils hängt am Balken meines Schuppens.«

Es fühlt sich an wie ein Faustschlag in die Magengrube, es nimmt ihr den Atem, kein Blut im Hirn, kein klarer Gedanke, nicht begreifen können, was gerade passiert. Jennifer will aufstehen, aber die Beine drohen unter ihrem Gewicht wegzubrechen.

»Setz dich wieder!« Angelas Hand auf ihren Schultern drückt sie sanft auf den Stuhl zurück.

»Hier, trink einen Schluck Wasser!«

Jennifer sieht Angela ins Gesicht, dann auf ihre Hand mit dem Glas Wasser. »Trink, Jenny!«

Wie ferngesteuert nimmt sie das Glas und trinkt es in einem Zug aus. Langsam kommt wieder Leben in ihren Körper. »Ich rufe Smilla an.« Diesmal tragen ihre Beine sie, und doch fühlt sie sich wie eine Gummipuppe, die Schritte sind ungleichmäßig.

Tief atmet sie aus. Das Smartphone immer noch in der Hand, lässt sie sich auf dem Bett nieder. Smillas Stimme zu hören hat gutgetan, sie hat die richtige Mischung aus Disziplin und Pragmatik. Sie hat es sich sogar verkniffen, sie zurechtzuweisen, weil sie sich weggeschlichen hat. Keine Standpauke über das, was hätte passieren können. Im Gespräch mit ihr hat sie sich sofort wieder lebendig gefühlt. Keine Emotionen zeigen und immer den Fokus auf das Wesentliche legen. Selbst als sie Smilla gegenüber Dennis verdächtigt hat, hat sich die Kommissarin auf die Information fokussiert und keine unnötigen Fragen gestellt. Das tat gut, und doch brennt ihr Herz vor Wut und Scham, weil sie der Mittelpunkt dieser verflucht traurigen, sadistischen und sinnlosen Morde ist.

Sie zündet sich eine Zigarette an, öffnet das Fenster und bläst langsam den Rauch in die kühle Luft. Im Osten färbt sich der Horizont zart blaugrau.

In der Küche ist es still. Jennifer betrachtet einen nach dem anderen. Jeder ist mit seinen eigenen Gedanken beschäftigt. Ihr Blick bleibt an Colin hängen. Abfällig zieht sie die Mundwinkel nach unten. Wie ein Häufchen Elend kauert er am Tisch. Seine Haare stehen wild ab, er ist blass wie ein Wintermond. Wie konnte sie sich nur so in diesem Kerl täuschen? Der ist ein Weichei, das nichts auf die Reihe bekommt, und kein von Mordlust getriebener Psychopath. Sie versucht, den Frust über ihre eigene Unzulänglichkeit wegzuatmen. »Smilla und das Ermittlerteam werden in zwei Stunden hier sein, wir sollen warten.«

»Was ist mit Svenja?«, fragt Angela besorgt.

»Smilla meinte, wir sollten es ihr überlassen, und ich glaube auch, dass das das Beste ist.« Sie blickt Angela an, die offenbar etwas erwidern will. »Glaub mir, Angela, ich würde jetzt auch gern bei Svenja sein, aber es ist wichtig für die Ermittlung, dass Smilla zuerst mit ihr redet.«

Niemand spricht, es ist still ... Jennifer zieht die Stirn kraus, blickt sich um und geht in den Flur. »Wo ist Nelly?«

Die Kühle des heranbrechenden Tages dringt zu Dennis durch, er zieht den Reißverschluss seiner Jacke bis zum Kinn hoch. Er ist müde und ausgelaugt. Sein großartiger Plan droht zu scheitern. Dieser Einfaltspinsel von Colin hat viel zu lange gebraucht, um Nils zu finden. Jetzt muss eine neue Strategie her, könnte aber zu spät sein dafür. Genervt schiebt er die Zweige zur Seite, um einen letzten Blick auf das Haus zu werfen. Er reckt den

Hals und erkennt ihre Umrisse hinter dem Küchenfenster. Von hier sieht es so aus, als wären sie in eine Art Schockstarre verfallen. Am liebsten würde er ins Haus stürzen, Jennifer einfach mitnehmen und ihr alles erklären. Sie wird es verstehen, sie wird ihn lieben und mit ihm sterben – so, wie es bestimmt ist. Es war ein Fehler, so lange zu warten. Seine Hände ballen sich zu Fäusten, entspannen sich, ballen sich erneut, entspannen sich wieder und …

Jennifer ruft nach Nelly. Sie ist allein auf dem Hof, keine fünf Meter von ihm entfernt. Ist das die Chance? Ein Zeichen? Aufgeregt wischt er sich die feuchten Hände an der Jeans ab. Sie kommt näher, direkt auf den Busch zu, der Wind weht ihren Duft zu ihm herüber. Gierig atmet er ihn ein. Er späht durch das Blätterwerk, sieht ihre Verzweiflung im faden Licht des anbrechenden Tages.

Jetzt!

Seine Hand ist an den Zweigen, er spürt die feuchte Kühle der Blätter. Ein letzter Blick zum Haus, da tritt Paul heraus und ruft auch nach dem Köter. Seine Zähne mahlen vor Wut und Enttäuschung.

Mit gesenktem Kopf rennt er die fünfzig Meter auf dem schmalen Pfad in den Wald hinein. Er will nicht denken. Selbst das Gezwitscher der Vögel, die den Morgen begrüßen, verbannt er aus seinem Kopf.

Er entfernt die Zweige, die den schwarzen Volvo tarnen, und öffnet die Heckklappe. »Lauf, lauf zu Jenny!«

28. Kapitel

Der Becher Kaffee in Jennifers Hand ist kalt geworden. Seit einer halben Stunde steht sie da, an die Spüle gelehnt, und blickt aus dem Fenster über den Hof zum Wald. Alles wirkt so friedlich im Licht der aufgehenden Sonne. Nichts deutet darauf hin, dass dort im Wald etwas Furchtbares passiert ist. Aber keine dreihundert Meter von ihr entfernt baumelt Nils am Dachbalken eines verdreckten, stinkenden Schuppens. Sein Leben ausgelöscht. Niemand kann das rückgängig machen. Sie kann die Worte, die ihn in den Tod geführt haben, nicht zurücknehmen. Sie hat ihn getötet.

Angewidert von sich selbst schüttet sie den kalten Kaffee in die Spüle. In ihren Augen brennen Tränen, machen sie blind. Wie kann sie mit dieser Schuld leben? Kann sie überhaupt damit weiterleben? Sie wischt sich mit dem Handrücken den Rotz unter der Nase fort.

Nelly winselt leise und kratzt an ihrem Bein, und das bringt sie endgültig dazu, sich der Trauer hinzugeben. Sie gleitet auf den Fußboden und umarmt Nelly, weint in das weiche Fell der Hündin.

Ein energisches Klopfen an der Tür lässt Nelly aufspringen. Mit lautem Bellen flitzt sie zur Tür. Jennifer wischt sich mit beiden Händen über das Gesicht und ordnet ihre Haare zu einem Zopf. Dann geht sie zur Tür und öffnet.

»Hej, Jennifer!«

Sie kann nicht antworten, dreht sich einfach um und wankt in die Küche. Smilla begrüßt Nelly vorsichtig, dann folgt sie ihr, streift die Jacke ab, legt sie über eine Stuhllehne und atmet laut aus. »Sind Sie allein?«

»Nein, meine Eltern haben sich hingelegt und Colin auch. Er ist im Gästezimmer. Soll ich sie holen?«

»Nein, noch nicht.« Smilla sieht sich um. »Könnte ich einen Kaffee bekommen?«

»Natürlich. Entschuldigung, ich …« Jennifer drängt die Tränen zurück, fahrig nimmt sie einen Becher aus dem Regal. »Milch, Zucker?«

»Nein, schwarz.« Smilla beäugt Jennifer. »Sie sehen … schlecht aus.«

»Ich fühle mich schlimmer!«

Smilla presst die Lippen aufeinander und nickt. »Ja, ist eine verflucht beschissene Situation, aber wir schaffen das. Sie und ich, wir werden den Mistkerl bekommen, der dafür verantwortlich ist.«

Und da ist er wieder – dieser Fokus auf das Wesentliche, der den Funken überspringen lässt. Jennifer richtet sich auf und holt sich selbst noch einen Kaffee, gleitet auf die Eckbank und sieht Smilla fest an. »Waren Sie bei Svenja?«

»Ja, sie ist …« Smilla kaut auf der Unterlippe, überlegt augenscheinlich, was sie ihr sagen kann. Sie atmet tief durch, doch Jennifer hebt ihre Hand. »Ich glaube, ich weiß, was sie gesagt hat. Sie war mit Sicherheit voller Drohung und Beschimpfungen, hat getobt, geschrien und geweint, stimmt's?«

Smilla nickt. »Ein Arzt ist bei ihr.«

Jennifer schlingt die Arme um ihren Körper. Alles ihre Schuld, und nichts kann sie tun, um es rückgängig zu machen.

»Was ist mit Dennis?«

»Wir haben eine Großfahndung rausgegeben.«

»Was? Das heißt, er ist da draußen?« Jennifer springt auf und sieht auf Smilla herunter. »Was bedeutet das?«

»Verdammt, Jennifer, setzen Sie sich wieder und schalten Sie auf Journalisten-Modus!«

Entgeistert starrt sie Smilla an und schnappt nach Luft. Wie kann Smilla es wagen? Sie hat doch keine Ahnung, wie sich das alles anfühlt. Am liebsten würde sie ihren Unmut herausbrüllen, doch Smillas fester Blick lässt sie verstummen. Sie hat recht. Keine Emotion, den Blick allein auf die Fakten richten. Ja, so funktioniert es.

»Erzählen Sie mir noch einmal die Sache mit dem Foto. Was hat Dennis damals in dem Zimmer mit Ihnen gemacht?«

Jennifer starrt auf den Küchentisch, zählt die feinen Risse, die sich im Laufe der Jahre in das Holz gefressen haben. Dann holt sie tief Luft und hebt den Blick. »Ich weiß es nicht mehr. Alles ist so verschwommen. Bis vor ein paar Stunden habe ich ja nicht mal mehr gewusst, dass ich Dennis beziehungsweise David von früher kenne. Smilla, ich brauche Zeit.«

»Okay.« Smilla nimmt ihre Jacke von der Stuhllehne und zieht eine Plastiktüte aus der Innentasche. In der Tüte steckt ein Blatt Papier. Ohne sie aus den Augen zu lassen, schiebt sie ihr beides zu. »Das war in Nils' Hosentasche. Sind Sie in der Lage, den Brief zu lesen?«

Jennifer schüttelt den Kopf, sagt aber: »Ja.« Mit zwei Fingern zieht sie die kühle Plastiktüte näher zu sich heran. Ihr Mund wird trocken.

Jennifer,
du warst die Einzige in meinem Leben, die
ich jemals begehrt habe, aber du wolltest mich
nicht mehr. Hast mich abgewiesen wie einen

dreckigen Hund. Trotzdem habe ich immer gespürt, dass dein Verlangen nach mir größer war als dein Nein. Ich habe mich so nach dir gesehnt, mir Frauen gesucht, die dir ähnelten, aber sie waren nicht so perfekt wie du. Billige Zweitware. Und dann warst du wieder da. Ich wollte dich, aber diesmal habe ich deine Zurückweisung nicht ertragen. Ich wollte dich für immer bei mir haben. Das ist mir nicht gelungen. Mein Leben hat keinen Sinn mehr ohne dich.

Lebe wohl, meine Geliebte.

Nils

Es ist still in der Küche, nur das Ticken der Uhr über der Spüle ist zu hören. Jennifer hält den Kopf gesenkt, noch nie hat sie sich so gefühlt wie jetzt. Als würde sie langsam versinken in einem dunklen Morast.

»Jennifer, reden Sie mit mir! Jennifer?«

Sie hört Smillas Worte wie durch einen langen Tunnel. Langsam hebt sie den Kopf. Mit leerem Blick sieht sie Smilla an.

»Jennifer, alles okay?« Smilla neigt den Kopf zur Seite. »Sagen Sie mir, was Sie denken.«

Jennifer befeuchtet die Lippen mit der Zunge, schluckt trocken und liest noch einmal.

Es dauert lange, bis sie Smilla wieder ansieht. »Das ist nicht Nils' Handschrift. Ich kenne sie.« Ohne ein weiteres Wort steht sie auf und geht aus der Küche.

Zwei Minuten später legt sie Smilla einen Zettel auf den Tisch, streicht ihn glatt und deutet mit dem Finger darauf. »Das ist von Dennis. Sehen Sie hier, das J und das i ... Sehen Sie genau hin!« Ihre Stimme zittert. »Sogar ich kann das erkennen, obwohl ich keine Spezialistin für forensische Handschriftenvergleichung bin.«

Smilla legt die beiden Schriftstücke nebeneinander. »Hm … ja, könnte sein.« Sie sieht auf und ein Lächeln zeichnet sich auf ihren Lippen ab. »Sehr gut! Wenn das stimmt, dann ist der Kerl mehr als dran.« Sie kramt erneut in ihrer Jacke, zieht ihr Smartphone heraus und fotografiert die Schriftstücke. »Jennifer, ich hab noch eine Frage … Hatten Sie jemals ein Verhältnis mit Dennis?«

»Nein.«

Smilla sieht sie lange an, spitzt den Mund und bewegt die Lippen von rechts nach links. »Okay, ich schicke die Fotos ins Büro.« Eilig steht sie auf. »Bin gleich wieder da.«

Jennifer sieht ihr nach und hört, wie die Haustür ins Schloss fällt. Müde und ausgelaugt reibt sie sich mit den Händen über das Gesicht. Alles, woran sie geglaubt hat, bricht zusammen; sie ist Teil eines perversen Spieles und kommt da nicht raus. Sie ballt die Fäuste und drückt die Nägel tief in die Handballen, doch selbst der Schmerz kann das tiefe Schuldgefühl nicht lindern.

Jennifer trinkt aus dem Wasserhahn der Spüle, richtet sich wieder auf, wischt mit der Hand über den Mund und blickt aus dem Fenster. Wild gestikulierend wandert Smilla mit ihrem Smartphone am Ohr auf dem Hof herum, immer im Kreis. Plötzlich bleibt sie stehen und sieht zum Küchenfenster. Etwas an ihrer Haltung macht Jennifer nervös.

»Was ist los?«, fragt sie, als Smilla wieder ins Haus kommt. Smilla verschränkt die Arme und lehnt sich an den Rahmen der Küchentür. »Ich habe gerade mit meinem Boss telefoniert, Hauptkommissar Anderson. Er ist auch der Meinung, dass wir Sie in Sicherheit bringen müssen, solange wir Dennis nicht gefasst haben.«

Dennis reißt die Augen auf. Was war das für ein Geräusch? Mit dem Ärmel seines Kapuzenshirts wischt er über die beschlagene Autoscheibe, kneift die Augen zusammen und späht durch das Blätterwerk auf den Hof. Doch da ist alles ruhig. Jennys Wagen steht noch vor der Tür. Er linst auf seine Uhr, neun Uhr morgens. Er hat tatsächlich drei Stunden geschlafen. Sein Körper fühlt sich an, als wäre er eine Hülle ohne Leben. Das Gefühl macht ihn traurig und mit einem Mal fühlt er sich wieder wie damals, als Kind.

Traurig.

Allein.

Niemand verstand ihn, keiner hatte Zeit oder ein Wort für ihn oder gar Liebe. Als er Jenny begegnete, wusste er gleich, dass sie so fühlte wie er. Von Anfang an gab es diese Verbundenheit. Bei der Erinnerung flutet ein wohliges Gefühl seinen Körper. Am liebsten würde er sich diesem Gefühl und seinen Träumen hingeben. Versonnen schließt er die Augen.

Einen Augenblick später aber reißt er sie wieder auf, springt aus dem Wagen und öffnet stürmisch die Heckklappe. Er hat etwas übersehen. Da steht noch ein Wagen. Abseits, neben Pauls Werkschuppen. Aus seinem Rucksack schnappt er sich sein Fernglas. Verflucht. Er hat einen zweiten Fehler begangen. Er hat geschlafen und den Neuankömmling nicht bemerkt. Ist es diese Berglund? Wütend wirft er das Fernglas auf die Ladefläche des Kombis, läuft auf und ab, den Blick auf den Waldboden gerichtet. Sein Körper ist angespannt, sein müder Geist versucht, etwas Brauchbares auszuspucken, etwas, womit er arbeiten, einen Plan entwickeln kann.

Doch der einzige vernünftige Plan, der ihm einfällt, ist, das Haus zu beobachten.

***

Immer wieder blickt Smilla in den Rückspiegel. Der Verkehr hat abgenommen, nur noch vereinzelt ein paar Pick-ups, Trecker und wenige Pkw. Sie lockert den Griff um das Lenkrad, reibt eine Hand nach der anderen an ihren Jeans, öffnet und schließt sie, um die Durchblutung zu steigern. Ihr Blick schweift über die vorbeifliegende Landschaft. Hohe Fichtenwälder säumen die Straße, ab und zu eine Lichtung, die den Blick auf weitläufige Heidelandschaft freigibt. In der Ferne glitzern Seen silbrig in der Herbstsonne. Die Weite mag sie, aber nicht diese dunklen Wälder.

Sie sieht auf die Uhr am Armaturenbrett. Seit mehr als einer Stunde sind sie jetzt unterwegs. Reicht das? Sie kaut auf ihrer Unterlippe, blickt noch einmal in den Rückspiegel. Da ist niemand. Schwungvoll lenkt sie den Wagen auf einen Waldweg.

Sie öffnet die Autotür, die Hand am Holster. Die Waffe zu spüren gibt ihr Sicherheit. Sie scannt die Umgebung, aber außer ein paar Eichhörnchen, die über die Stämme der Fichten fliehen, ist nichts zu sehen oder zu hören. Trotzdem hält sie den Blick wachsam auf den Wald gerichtet, während sie den Kofferraum des alten Volvos öffnet.

»Sie können jetzt rauskommen.«

Jennifer fegt die Wolldecke von sich und krabbelt umständlich aus dem Kofferraum. »Verdammt, warum konnten Sie nicht Ihren Kombi nehmen?«, schimpft sie und beugt sich vor und zurück, um die schmerzenden Glieder aufzuwecken. »Scheiße, Smilla! Wissen Sie, wie es sich anfühlt, in dieser Enge zu liegen und dann auch noch mit einem Gewehr als Partner neben sich?«

»Nun kommen Sie mal wieder runter! Ich mach das ja nicht zum Spaß, sondern um Ihr Leben zu beschützen.«

Die beiden blicken sich abschätzend an.

»Und wenn Sie für kleine Mädchen müssen, ist das der richtige Zeitpunkt.« Smilla macht eine ausladende Handbewegung.

»Alles ist sicher, suchen Sie sich einen Busch aus, er gehört ganz Ihnen.«

Jennifer zögert keine Sekunde und stapft ins Unterholz. Sie ist zu aufgebracht, um sich Gedanken zu machen, ob irgendwer hier sein könnte. Sie streift Jeans und Slip herunter, hockt sich hin und denkt an das, was hier alles so rumkreucht. Sie beeilt sich, als sie die ersten Ameisen entdeckt, die vom Geruch des Urins angelockt werden. Schnell zieht sie die Hose wieder hoch und eilt zum Wagen zurück.

Smilla lehnt an der Fahrertür und blickt konzentriert in alle Richtungen. Als wären sie mitten in einem blöden Actionfilm. Was für eine irrwitzige Idee von Smilla und ihrem Boss, sie in *Sicherheit* zu bringen. Sie hätte sich nicht darauf einlassen dürfen, aber nun ist es zu spät.

29. KAPITEL

»Wo willst du damit hin?« Paul deutet auf das Tablett in Angelas Händen.

»Zu dem Beamten. Schließlich ist er seit drei Stunden da draußen und noch immer ist kein weiterer Polizist im Anmarsch, so wie versprochen. Er kann doch nicht ganz allein alles im Blick behalten.« Sie stellt das Tablett mit dem Kaffee und ein paar Sandwiches auf dem Küchentisch ab. »Paul, ich mach mir Sorgen. Ich will, nein, ich *muss* herausfinden, wie es Jenny geht. Ich möchte wissen, wie es weitergeht ... Ach, Paul! Hätte ich geahnt, wer dieser Dennis wirklich ist, aber ich hab ihn nicht erkannt und ...«

»Hör auf, Angela! Es bringt doch nichts, sich jetzt unnötige Gedanken zu machen.«

Sie will ihm widersprechen, doch sein gekränkter Ausdruck lässt sie stumm bleiben. Sie senkt den Blick. Sie fühlt sich wie eine Versagerin. Ja, und das ist sie auch, sie hat versagt, damals, als sie nur ihre Arbeit im Kopf hatte und diese Wahnsinnsstory. Nicht einen einzigen Gedanken hat sie an ihre Familie verschwendet. Egoistisch hat sie ihren Weg verfolgt.

Hilflos sieht sie Paul an. »Kannst du mir verzeihen?«

»Das habe ich doch schon längst getan.« Er legt eine Hand auf ihren Arm. »Lass uns positiv denken, und wenn alles vorbei ist, werden wir reden und neu anfangen.«

Sie verzieht den Mund zu einem Lächeln und hofft, dass es dankbar aussieht, obwohl sie nicht glaubt, dass es jemals wieder eine unbeschwerte Zeit geben wird.

Dennis presst das Fernglas an die Augen. Gerade zwängt sich Angela mit einem Tablett in beiden Händen durch die Haustür und versucht, Nelly nicht hinauszulassen. Doch der Hund ist wendiger und flitzt durch ihre Beine. Fast hätte Angela das Tablett fallen lassen. Dennis muss schmunzeln, doch gleich darauf ist er wieder ernst. Nelly kommt bellend auf die Hecke zugerast, hinter der er sich versteckt. Verflucht! Er hätte dem Köter den Hals umdrehen sollen.

»Nelly! Komm her!« Nelly ignoriert Angelas Befehl. Erst als sie auf die Hündin zugeht, überlegt sie es sich anders.

»Was ist denn? Wieder ein Hase? Komm jetzt!« Widerwillig folgt Nelly Angela in den Gemüsegarten.

Langsam nimmt er das Fernglas herunter und wartet geduldig, bis Angela keine fünf Minuten später wieder auftaucht. Skeptisch hält Nelly die Nase in den Wind. Angela folgt dem Blick des Hundes. Unsicher kommt sie ein paar Schritte auf die Hecke zu. Er hält den Atem an, er kann spüren, wie Angela überlegt, ob sie weitergehen soll. Schweißperlen tropfen ihm in die Augen, er blinzelt sie schnell weg. Und dann hat sich Angela endlich entschieden. Mit scharfer Stimme zitiert sie Nelly zu sich und geht energischen Schrittes ins Haus zurück.

Ihm bleibt nicht viel Zeit. Er weiß, dass Angela genau wie Jenny beunruhigend neugierig ist. In geduckter Haltung umrundet er die Hinterfront des Hauses, presst seinen Körper an die Wand und sondiert vorsichtig die Lage. Er wagt es sogar, einen Blick durch das Fenster des Gästezimmers zu werfen.

Lang ausgestreckt liegt Colin auf dem Bett, sein Brustkorb hebt und senkt sich im gleichmäßigen Rhythmus des Atems.

Gut so.

Als er die nächste Hausecke erreicht hat, späht er in den Gemüsegarten. Der Bulle sitzt hinter einem Himbeerbusch auf einem Hocker – in der einen Hand einen Becher mit Kaffee, in der anderen ein Sandwich. Von dort hat er einen guten Überblick über die Zufahrt zum Haus und einen Teil des Hofes, auf den er seine Augen gerichtet hält, während er das Sandwich isst.

Mit fünf Schritten kann er bei ihm sein. Es muss schnell gehen. Sein Herz schlägt wie wild. Das Messer in der Hand fühlt sich gut und vertraut an.

Mit einem schnellen Handgriff unter das Kinn des Mannes reißt er den Beamten von seinem Hocker und presst ihn an sich. Er nutzt die Überraschung, und noch ehe der Mann reagieren kann, hält er ihm die scharfe Klinge an die Kehle.

»Ganz ruhig! Wir müssen uns unterhalten.«

***

Je weiter sie nach Norden fahren, desto rauer wird die Landschaft. Hinter tiefblauen Seen ragen Berge auf, struppige Heideflächen beherrschen die Ebenen – und immer wieder Wald.

Jennifer hat den Kopf an das Seitenfenster gelehnt und bestaunt die Natur, das Spiel aus Licht und Schatten zwischen den Fichten und wie sich das Licht der sinkenden Sonne auf Flüssen und Seen spiegelt. Seit Langem hat sie keine so faszinierende Landschaft mehr gesehen. Das beruhigt sie. Für einen Moment hat sie vergessen, warum sie hier ist, doch dann holt sie das Wissen wieder ein und sie ist erneut von Unruhe erfüllt.

Sie wendet sich Smilla zu, die den linken Arm an das Seitenfenster lehnt und den Kopf auf die Hand stützt, den Blick auf die Straße gerichtet. Auch sie wirkt entspannt, ihr Gesicht hat einen weicheren Zug angenommen.

»Wie lange dauert es noch, bis wir da sind?«

Smilla sieht auf die Uhr am Armaturenbrett. »Ungefähr zwei Stunden. Wir erreichen gleich eine kleine Ortschaft, da werden wir eine Pause einlegen und uns mit Lebensmitteln eindecken.« Sie lächelt Jennifer aufmunternd zu. »Sie können schon mal eine Einkaufsliste erstellen, aber Vorsicht, hier in der Einöde gibt es nicht alles, was das Herz begehrt.«

»Das habe ich auch nicht erwartet.« Nach einer Pause fügt sie hinzu: »Wie lange werden wir bleiben?«

»Ich hoffe, nicht allzu lang.«

Jennifer streicht sich eine Haarsträhne hinters Ohr. Sie hasst es, wenn sie nicht weiß, was als Nächstes passiert. Es macht sie nervös, die Fäden nicht in der Hand zu halten. Sie atmet tief durch. »Was ist mit meinen Eltern?«

»Sie sind in Sicherheit. Rund um die Uhr sind Beamte in der Nähe.« Aufmunternd sieht Smilla sie an. »Machen Sie sich keine Sorgen. Alles wird gut.«

Jennifer muss ein hysterisches Lachen unterdrücken. Sie schweigt und blickt wieder aus dem Beifahrerfenster. Die eben noch so faszinierende Landschaft hat ihren Reiz verloren.

Sie passieren das Ortsschild Sällsjö. Vereinzelte Gehöfte und Häuser schmiegen sich in die hügelige Landschaft, eine Werkstatt für Autos und Landmaschinen, bunt bemalte Werbeschilder, die Ferienhäuser anpreisen. Es ist ruhig auf der Dorfstraße, die Sommersaison ist vorbei, bald werden die Angler kommen und die Touristen, die das Licht des Herbstes lieben. Aber noch sind sie nicht da.

In aller Ruhe lenkt Smilla den Wagen auf den Parkplatz des einzigen Lebensmittelladens. Abseits unter einer mächtigen Birke mit herbstlich gelben Blättern parkt sie den Wagen.

Dann sieht sie hinüber, nur drei Autos stehen vor dem Laden, ein viertes parkt gerade ein. Sie dreht den Zündschlüssel und öffnet das Handschuhfach. »Hier, setzen Sie die auf und halten Sie Ihren Kopf gesenkt, wenn wir im Laden sind.« Smilla reicht Jennifer eine Wollmütze.

Stirnrunzelnd nimmt Jennifer sie in die Hand.

»Nun machen Sie schon!«

»Wieso? Ich denke, wir sind hier sicher?«

»Sind wir auch. Aber Vorsicht ist besser als Nachsicht, oder wie geht der Spruch?« Smilla steigt aus, reckt und streckt sich in alle Richtungen.

Genervt setzt Jennifer die Mütze auf, steigt aus dem Wagen und knallt die Tür zu. »Und jetzt? Soll ich mich hinter Ihnen verstecken oder kann ich ganz normal in den Laden gehen? Oh, natürlich nur mit gesenktem Kopf.«

»Ach, Jennifer ... kommen Sie!«

Jennifer verstaut die Einkäufe im Kofferraum, sie betrachtet die Unmengen von Dosen. Ravioli, Hühnersuppe, Brokkolicremesuppe ... sie mag keinen Brokkoli. Das wenige frische Gemüse ist ihr zu verdanken – und die Schokolade auch. Da sind außerdem Unmengen von Wasser und Batterien. Offensichtlich rechnet Smilla doch mit einem längeren Aufenthalt. Sie schließt den Kofferraum und beäugt die Kommissarin, die leise fluchend mit ihrem Smartphone auf und ab geht und es abwechselnd rechts und links in die Luft hält, dann hektisch irgendetwas sagt, bevor sie genervt ihren Weg fortsetzt und das Smartphone wieder in verschiedene Richtungen hält.

Mit finsterem Gesichtsausdruck kommt Smilla auf Jennifer zu. »Diese kleinen Orte sind nur etwas für Menschen, die nichts mit der Welt zu tun haben wollen.«

»Wieso?«

»Der Handyempfang ist gelinde gesagt für'n Arsch.«

»Das ist keine gute Nachricht. Und jetzt?«

»Wir fahren erst mal weiter.«

»Ja, aber meinen Sie, dass es dann besser wird?« Jennifer sieht sie skeptisch an.

»Immer schön den Fokus auf das Wesentliche legen, Jennifer! Alles ist organisiert, in der Hütte gibt's ein Funkgerät.« Sie nickt Jennifer zu und steigt in den Wagen. Doch so zuversichtlich ist sie auf einmal gar nicht mehr. Sie hofft, dass alles noch funktioniert und die Hütte in einem brauchbaren Zustand ist, denn drei Jahre sind vergangen, seit sie das letzte Mal dort war. Aber sie sind weit entfernt von dem Psycho, und allein das zählt.

Schwungvoll lenkt sie den Wagen auf die Hauptstraße.

»Wie lange noch?«, fragt Jennifer einsilbig.

»Etwa eine Stunde.«

Schweigend fahren sie eine Schotterpiste entlang, die Einsamkeit der Wildnis greift nach ihnen.

***

Aus dem Autoradio dröhnt in voller Lautstärke »Thunderstruck« von AC/DC. Dennis' Kopf fliegt zu den harten Rhythmen hin und her, die Hände trommeln auf das Lenkrad, als wäre es ein Schlagzeug. Ja, er fühlt den Thunder, er fühlt das Gewitter in sich, Blitz und Donner. Er hat keine Zeit, den wunderbaren Sonnenuntergang zu bestaunen, der die Welt in sattes Rot und Violett taucht. Er hat keine Zeit, darüber nachzudenken, wie sich dieser kleine Beamte gewunden und um sein Leben gebettelt hat. Den Hoffnungsschimmer in seinen Augen, als er ihn anwies, in seinen Wagen zu steigen und mit ihm den Hof zu verlassen. Und dann die Euphorie, als sein Kollege zur

Ablösung auf den Hof fuhr. Er wurde ganz aufgeregt, leckte sich unentwegt die Lippen, während ihm der Angstschweiß von der Stirn tropfte.

Das Messer, das er ihm fest an die Nieren drückte, machte ihn gefügig. Er grüßte den Kollegen, ließ das Seitenfenster herunter und rief ihm geschäftig zu, alles sei in Ordnung.

Dennis trommelt weiter zum Beat des Songs. Die Bilder in seinem Kopf sind so gegenwärtig, als würde es noch einmal geschehen. Während er ihn ausfragte und ihm versprach, dass er mit dem Leben davonkäme, fühlte sich der Beamte sicher. Offensichtlich hatte er den Plan, ihn zu überwältigen, sobald er einen Fehler machte. Und dann … es fühlte sich gut an und ging schnell. Für seinen Geschmack zu schnell. Ein sauberer Schnitt durch die Kehle.

Nein, er hat keine Zeit für Sentimentalitäten. Vorbei sind die Schmeicheleien und der Kuschelkurs. Es lag nicht an ihm, sondern an denen, die das Spiel nicht nach seinen Regeln spielten. Das hätte alles nicht so weit kommen sollen. Aber nun ist es so und im Grunde auch egal. Bald ist es vorbei. Er ist seinem Ziel sehr nah.

Jennifer.

Er blickt auf sein Navi: *Ankunft in Sällsjö in fünf Stunden.* Er grinst. Freude breitet sich in ihm aus und lautstark stimmt er in den Refrain des Liedes ein.

***

Der Weg wird immer beschwerlicher. Tiefe Schlaglöcher erlauben nur geringes Tempo. Smilla reckt den Kopf, um besser sehen zu können. Fieberhaft versucht sie, den Schlaglöchern auszuweichen. »Verdammt, Jennifer, sehen Sie mich nicht so an! Ich weiß, dass ich nicht die Größte bin und mein Fahrstil eher ruppig ist, aber – bitte – müssen Sie immer grinsen?«

Jennifer kann nicht anders, lauthals lacht sie los. Auch Smilla stimmt nach einer Weile mit ein. Das tut gut.

Jennifer weiß nicht, was sie erwartet hat, aber bestimmt nicht diese alte dunkelgebeizte Hütte, deren Dach voller Moos ist und die aussieht, als würde sie beim nächsten Sturm zusammenfallen.

Sie ist bemüht, sich ihre Enttäuschung nicht anmerken zu lassen, steigt aus, reckt die Arme gen Himmel und atmet tief durch. Die frische Luft belebt ihren Körper. Sie lässt den Blick über das Gelände schweifen. Die Hütte steht auf einem Hügel, hinter ihr ist Wald und davor der grandioseste Ausblick, den Jennifer je gesehen hat.

Keine dreißig Meter von ihr entfernt fließt ein breiter Fluss. Dahinter erstreckt sich eine Ebene mit Heidekraut und Felsen, die in einen Wald übergeht, dahinterliegend ragen Berge auf. Der Himmel ist blutrot, ein paar Vögel fliegen aufgeschreckt in den Himmel.

»Wow! Das ist umwerfend.« Mit leuchtenden Augen wendet sie sich Smilla zu, die neben ihr steht, die Hände in den Hosentaschen vergraben und ein Lächeln auf den Lippen. »Ja, der Ausblick ist fantastisch, aber das ist auch schon alles an diesem Ort.«

»Wenn ich mir die Hütte so anseh … na ja. Lassen wir uns auf ein Abenteuer ein, oder?« Aus einer Laune heraus hakt sich Jennifer bei Smilla unter. Eine Weile betrachten sie einträchtig das Schauspiel des Lichtes und den Fluss, von dem jetzt Nebel aufsteigt, und lauschen den Geräuschen des Wassers und des Waldes.

Weit öffnet Smilla die Fenster der Hütte, um den muffigen Geruch zu vertreiben, der sich in den vergangenen drei Jahren hier festgesetzt hat. Die Hütte ist karg eingerichtet, von Charme keine Spur, das hatte sie anders in Erinnerung. Die Sessel, die um den Kamin stehen, sehen mitgenommen aus, der Stoff ist abgesessen und farblos. Allein die hellen Holzwände und der selbst gezimmerte Küchentisch mit den Bänken davor strahlen Wärme aus.

Sie blickt über die Schulter und sieht Jennifer dabei zu, wie sie die Lebensmittel in den Schränken und in einem groben Holzregal an der Wand über dem Herd verstaut. Sie wirkt konzentriert und versucht offenbar, ein System auszutüfteln. Unerwartet fühlt sie sich beschämt, hat plötzlich das Bedürfnis, sich zu entschuldigen.

»Ist zwar nicht das Hilton, aber für ein paar Tage wird es gehen.«

»Keine Sorge, ich bin Schlimmeres gewohnt.« Jennifer stützt sich mit beiden Händen auf die Arbeitsplatte. »Wem gehört die Hütte?«

»Meinem Großvater. Ich war oft hier draußen bei ihm. Wie man sehen kann, liebte er die Jagd.« Sie deutet zu den Trophäen von Elch, Hirsch und Fasan an den Wänden. »Ich habe die Jagd nie gemocht, aber er hat mir genug beigebracht, um in der Wildnis zu überleben, dafür bin ich ihm dankbar.«

»Dann bin ich ja in guten Händen.«

»Das hoffe ich doch. Aber ich gehe davon aus, dass wir meine Skills nicht benötigen und in zwei oder drei Tagen wieder in der Zivilisation sein werden. Apropos Zivilisation, ich schmeiß mal den Generator an.«

Smilla schnappt sich die Taschenlampe, die neben der Tür hängt, schaltet sie ein und ist erstaunt, dass noch Saft auf der Batterie ist.

Das Zwielicht der Dämmerung und der Nebel, der vom Fluss aufsteigt, lassen Smilla zügig zu dem unterirdischen gut fünfzig Meter entfernten Mietkeller gehen.

Sie kämpft mit dem verrosteten Riegel der Tür, dann endlich bewegt er sich nach oben. Sie steckt sich die Taschenlampe in den Mund und zieht mit beiden Händen die Tür auf. Die Natur hat ganze Arbeit geleistet, Pflanzen ranken über die gesamte Holztür.

Sie atmet tief durch, bevor sie in den dunklen moderigen Raum hineintritt. Sie mag es nicht hier drinnen, als Kind hat sie sich hier schrecklich gefürchtet. Denn wenn sie etwas gar nicht ausstehen kann, dann sind es Nager, und von denen gibt es hier reichlich. Sie lässt den Lichtkegel der Taschenlampe über Wände, Boden und Decke wandern. Und als das Licht eine fette Ratte erfasst, erstarrt sie.

Nicht schreien! Einfach atmen! Trample mit den Füßen!

Wie eine Verrückte stampft sie auf den staubigen Zementboden. Die Ratte hat sich längst verzogen, doch sie kann nicht aufhören.

Smilla wischt sich den Schweiß von der Stirn. Sie sollte sich wegen dieser bekloppten Phobie mal auf das Sofa eines Spezialisten legen.

Geschickt und routiniert wirft sie den Generator an. Er hustet und stottert, doch er läuft, und das schon beim ersten Versuch. Smilla ist erleichtert. Schnell checkt sie noch die Lüftungsklappe am Rohr, das nach draußen führt. Alles gut, und genügend Diesel ist auch vorhanden. Sie presst die Holztür zu und drückt den Riegel herunter. Sofort wird das Geknatter des Generators gedämmt.

Tief atmet sie die feuchte kühle Luft ein. Der Nebel kriecht flach über den Waldboden. Ein Kolkrabe schreit über ihr in der Fichtenkrone. Sein *Krack-Krack-Krack* geht durch Mark und Bein. Ein Warnruf. Sofort rast ihr Herz, und im Schein der Taschenlampe sucht sie mit den Augen den Waldrand ab. »Scheiße!«, entfährt es ihr, als sie einen dunklen Schatten hinter einem Busch ausmacht. Angestrengt versucht sie, im Zwielicht der Taschenlampe mehr zu erkennen. Doch schon ist der Schatten fort, was auch immer dort gewesen war. Auch der Rabe in der Krone der Fichte ist verschwunden.

Möglichst gelassen zieht Smilla die Vorhänge an den Fenstern zu, erst dann schaltet sie das Licht an.

»Super! Jetzt fühl ich mich irgendwie wohler.« Jennifer grinst Smilla an und zieht die Stirn kraus. »Ist irgendetwas? Sie sehen ein bisschen gehetzt aus.«

»Nein, alles gut. Es war nur etwas anstrengend, die Tür zum Erdkeller war überwuchert.« Smilla wischt sich den Schweiß von der Stirn. »Ach übrigens, das Klo ist …«

»Ja, hab ich schon entdeckt und auch benutzt.« Jennifer verzieht missbilligend den Mund. »Ich bin nur froh, dass ich eine harte Schule hinter mir habe, sonst wär ich davongerannt.«

»Haben Sie etwas Ungewöhnliches bemerkt?«

»Nein. Sollte ich?«

Smilla schüttelt den Kopf. »Nein, aber einen guten Rat habe ich: Falls Sie einem etwas größeren Tier begegnen sollten, ich meine: einem, das Sie zum Fressen gernhat. Dann niemals rennen. Okay?«

»Kein Problem.«

»Gut, ich werde mich jetzt über Funk bei den Kollegen melden. Wie sieht's aus, können Sie ein Feuer im Kamin entfachen?«

»Auch das ist kein Problem.«

Smilla zieht sich einen Hocker an die Konsole, auf der das Funkgerät steht. Mit dem Drehknopf sucht sie die Frequenz der Polizeistation, die Funksprüche per Telefon an ihre Zentrale weiterleiten soll. Hoffentlich klappt das.

»Hase an Läufer, bitte melden!« Es knistert, pfeift und rauscht durch den Lautsprecher. Smilla wiederholt die Ansage. Weiter stoisches Rauschen. Sie verfeinert die Frequenz, und noch einmal schickt sie ihre Anfrage durch den Äther. Dann endlich. »Läufer an Hase, ich höre Sie.« Erleichtert gibt Smilla Namen und Dienstgrad durch. »Was kann ich für Sie tun, Frau Kommissarin?«

»Gibt es Neuigkeiten?« Angespannt wartet sie.

»Alles im grünen Bereich.«

Sie gibt die Frequenz durch, auf der sie zu erreichen ist, mit der Anweisung, sofort alle Nachrichten weiterzuleiten, die sie betreffen.

Jetzt ist sie entspannt. Jennifer hat es tatsächlich geschafft, ein Feuer zu entfachen, registriert sie erfreut. Warum auch nicht? Schließlich war sie in Kriegsgebieten unterwegs, gewisses Organisations- und Improvisationstalent muss sie besitzen.

Mit einem Glas Whisky in den Händen sitzen sie einträchtig vor dem knisternden Kamin und blicken in die lodernden Flammen.

Jennifer nippt an dem Whisky und spürt sofort die Wärme und Leichtigkeit, die er ihrem Körper beschert. »Was für ein Tag. Ich bin total erschossen und weiß gar nicht, wie ich damit umgehen soll. Es kommt mir vor, als wären zwischen gestern und jetzt Wochen vergangen.«

»Ja, geht mir ähnlich.« Smilla hebt ihr Glas und prostet ihr zu. »Danke für das gute Abendessen, das hätte ich Ihnen ehrlich gesagt nicht zugetraut.«

Lachend legt Jennifer den Kopf in den Nacken. »Ich habe mich jahrelang in Gebieten aufgehalten, wo Nahrungsmittel knapp sind und man zaubern muss, um etwas Vernünftiges zusammenzustellen. Auch wenn es immer den Anschein hat, dass wir Korrespondenten eine Sonderbehandlung genießen. Na ja, in gewisser Weise stimmt es auch, aber für mich war und ist es wichtig, nah bei den Menschen zu sein und so zu leben wie sie, um ein Gefühl für sie zu bekommen.« Sie sieht

Smilla an, die ihre Beine weit von sich gestreckt hat und in die Flammen sieht. »Und … unter diesen *heimeligen* Umständen sollten wir uns vielleicht duzen, oder?«

»Klar, ist mir auch lieber, zumal wir jetzt auf knappen vierzig Quadratmetern zusammenleben.«

Und schon ist das Gefühl wieder präsent, das sie verdrängt hat. Sie ist nicht hier, um Urlaub zu machen, und schon gar nicht, um darüber zu berichten, wie es sich in der schwedischen Einöde mit Plumpsklo lebt. Sie muss lachen.

»Was ist?«, fragt Smilla.

»Nichts.« Jennifer leert ihr Glas und hält es Smilla hin, damit sie es wieder auffüllt.

Nach einer Weile des Schweigens fragt Smilla: »Hast du nie bemerkt, dass Dennis anders tickt?«

»Nein.« Jennifer dreht ihr Glas in den Händen und betrachtet die goldene Farbe des Whiskys, bevor sie einen kräftigen Schluck nimmt. »Er war einfach nur ein Kollege, aber … irgendwie fühlte ich mich zu ihm hingezogen. Langsam klärt sich auch, warum. Ich habe ihn ja schon als Kind kennengelernt, und etwas ist passiert, auch wenn sich mein Kopf immer noch weigert, mir die Bilder, die Erinnerung zu liefern.«

Sie leert ihr Glas und hält es Smilla erneut hin. »Ich weiß nichts von ihm, aber offensichtlich hat mein kleiner Restverstand oder was auch immer mich gerettet.« Sie verschweigt den Umstand, dass sie noch vor Kurzem in seiner Wohnung war, um mit ihm zu vögeln – endlich der Anziehungskraft nachzugeben, die er auf sie ausübt.

Smilla greift nach einem Holzscheit und wirft es in den Kamin. Sofort züngeln die Flammen und ein Knistern erfüllt den Raum.

»Nachdem du mich gestern über Dennis' wahre Identität informiert hast, haben wir sofort recherchiert.« Sie sieht Jennifer aufmerksam an.

»Dann lass mal hören! Ich denke, ich habe ein Recht, etwas mehr über ihn zu erfahren.«

Smilla wägt ab, dann seufzt sie. »Also gut. Ein paar Monate nach seinem Geburtstag kam er ins Jungen-Internat nach Irland. Laut den Akten der Internatsleitung war er verhaltensauffällig und wurde psychologisch betreut. Hat aber nicht viel genützt. Er hat ein Mädchen aus dem Dorf brutal vergewaltigt, und als man ihn festnehmen wollte, hat er Feuer in dem Wohntrakt des Internats gelegt und konnte entkommen. Seine Flucht dauerte aber nicht lang … anschließend hat man ihn in die Psychiatrie gesteckt.«

Jennifer umklammert ihr Glas, als wäre es die einzige Stütze in ihrem Leben. Entgeistert sieht sie Smilla an. Wie blind ist sie gewesen! Sie hätte doch etwas merken müssen. Wo war ihr Verstand? Was hat sie noch alles in ihrem Leben nicht wahrgenommen?

»Das kann ich nicht glauben – wie ist er an eine neue Identität gekommen? Mein Gott, Smilla! Wie krank ist das!« Sie leert das Glas und hält es Smilla ein weiteres Mal hin.

»Du solltest nicht zu viel trinken. Bekommt dir nicht.«

»Du klingst wie meine Mutter.«

»Das glaube ich nicht, deine Mutter wäre viel subtiler.«

»Ich staune, Smilla! Gut beobachtet.«

Jennifer drückt sich tiefer in den Sessel und starrt in die Flammen. Der Alkohol hüllt sie ein wie eine schwerelose Wolke, es fühlt sich gut an, nach all den Ängsten. Und noch etwas bewirkt dieser Zustand, sie kämpft nicht mehr darum, ihre Selbstdisziplin aufrechtzuerhalten. Sie lässt die Gedanken und Gefühle zu, die da sind, und spricht sie aus. »Dieses keltische Zeichen auf den Opfern, das kommt also aus seiner Zeit in Irland. Ja, ergibt Sinn … die Dreifaltigkeit des Göttlichen oder auch die Einheit von Geburt, Leben und Tod.« Sie nippt an dem Whisky und betrachtet nachdenklich das Spiel der

Flammen. »Ich nehme an, ich bin das. Die Göttlichkeit. Das ist es, was er in mir oder in uns sieht, weil wir uns ähneln.«

»Wie meinst du … dass ihr euch ähnelt?« Smilla richtet sich auf und sieht Jennifer gebannt an.

Ohne den Blick von den Flammen zu heben, sagt sie: »Wir sind eins. Das gleiche Schicksal. Nichtachtung von der Person, die wir lieben, Ausleben von Sex ohne Gefühle, allein für die körperliche Befriedigung.«

»Puh! Ich versteh kein Wort.«

»Smilla, ich habe noch nie jemanden geliebt. Sex war für mich immer nur eine Möglichkeit, den Druck loszuwerden. Nils war da ähnlich. Auch er wollte nur Sex. Wir haben uns ergänzt, es gab keine Verpflichtung, nur die Gier nach dem Körper eines anderen, der das macht und gibt, was du willst.« Ihre Stimme hat jetzt einen harten Klang. »Schockiert?«

»Nein. Aber ich bin nicht sicher, ob ich es verstehe.«

»Ist auch nicht so einfach, aber glaub mir, ich würde alles darum geben, mich nur fallen lassen zu können, aufgefangen von einem Menschen, der mich liebt und mir zeigt, was es bedeutet, ich selbst zu sein. Ein Mensch mit Gefühlen, Sehnsüchten und Träumen. Manchmal, wenn ich Sex mit Nils hatte, stellte ich mir vor, er würde mich einfach nur zärtlich streicheln, mir liebevolle Worte ins Ohr flüstern, mich sanft küssen … aber dann war da immer diese Schranke im Kopf, und ich musste dieses Gefühl, die Sehnsucht danach einfach loswerden. Und je stärker ich diese Sehnsucht empfand, desto gefühlloser war der Sex. Oh, ich hatte immer einen bombastischen Orgasmus, aber die Zärtlichkeit, die Berührung fehlte mir.«

Ruhig sieht sie Smilla an, die sie atemlos anstarrt. Als Smilla ihren Blick spürt, wendet sie sich schnell ab. Doch das beunruhigt sie nicht. Sie weiß, Smilla versucht zu verstehen, und dass da jemand ist, der ihr zuhört und begreifen will, erleichtert sie.

»Dennis ist noch eine Stufe über Nils. Mit seiner kranken Fantasie. Er tötet, um den Kick zu bekommen, den er braucht, um zu fühlen.« Sie leert das Glas. »Ich habe mich zu Dennis hingezogen gefühlt, weil ich gespürt habe, dass er sich nach dem sehnte, wonach auch ich mich verzehre. Und doch hat sich etwas in mir geweigert, der Anziehung nachzugeben. Jetzt weiß ich, warum – weil es meinen Tod bedeuten würde, nicht … Liebe.«

Schleppend erhebt sie sich von dem verschlissenen Sessel. »Ich geh jetzt schlafen.« Sie zögert und legt die Hand auf Smillas Schulter. »Danke, Smilla.«

»Wofür?«

»Fürs Zuhören.«

Eingerollt in ihren Schlafsack, mit dem Geruch der muffigen Matratze in der Nase, versucht sie, in den Schlaf zu finden.

30. Kapitel

Müde wischt sich Dennis über das Gesicht, verlagert die Sitzposition. Noch zwanzig Kilometer, dann ist er endlich in Sällsjö. Und irgendwo dort in den Wäldern wird er Jennifer finden. Einzig dieser Gedanke vertreibt die Müdigkeit. Die paar Stunden, die er geschlafen hat, reichen einfach nicht. Wie auf Kommando muss er gähnen.

Erst jetzt bemerkt er das Rucken und Stottern des Motors und dann die rote Warnleuchte am Armaturenbrett. Doch schon zu spät. Verflucht! Der Wagen wird langsamer, und der Dampf aus der Kühlerhaube bestätigt auf perverse Weise, dass der Motor überhitzt ist.

»Scheiße, Scheiße, Scheiße!«, flucht er und lenkt den Wagen an den Randstreifen. Wütend knallt er die Autotür zu, öffnet die Motorhaube, unter der es gurgelt und zischt. Bis der Motor abgekühlt ist, kann es Stunden dauern, und Kühlflüssigkeit hat er nicht dabei.

Er sieht die dunkle einsame Landstraße hinunter. Weit und breit nichts als Dunkelheit und Nebel, der von der Ebene hochzieht. Er legt den Kopf in den Nacken und schreit seinen Frust heraus.

Die Zeit rennt ihm davon. Mit Sicherheit hat man den Wagen mit dem toten Beamten schon gefunden. Er schwingt sich auf den Fahrersitz und schaltet Warnblinkanlage und Radio an. Während er den Nachrichten lauscht, kaut er nervös auf der Innenseite seiner Wange.

Nichts.

Keine Warnung vor einem Gewalttäter, keine Namensnennung. Nichts. Er ist unsicher, ob der Beamte wirklich noch nicht gefunden wurde oder ob sie ihm still und heimlich näher kommen.

Im Rückspiegel tauchen Scheinwerfer auf, sie kommen schnell näher. Er muss sich entscheiden – jetzt.

Wild fuchtelt er mit den Armen, stellt sich mitten auf die Straße und vertraut auf sein Glück. Immer war es auf seiner Seite. Aber warum ist da mit einem Mal dieses beklemmende Gefühl in seinem Magen, das ihm die Eingeweide zusammenzieht?

Der Fahrer des Wagens geht nicht vom Gas. Dennis springt zur Seite, als er an ihm vorbeirauscht. Ein weißer Pick-up. Eine Spur von Erleichterung macht sich breit. Keine Polizei. Gut so! Dann sieht er die Bremslichter des Pick-ups und wenige Sekunden später das helle Licht der Rückscheinwerfer.

Als der Pick-up auf seiner Höhe ist und das Seitenfenster heruntergleitet, setzt Dennis eine verzweifelte Miene auf.

»Hej! Danke, dass Sie angehalten haben.« Er registriert eine junge Frau hinter dem Steuer. Ihr dunkles Haar zu einem Pferdeschwanz gebunden, ihr Lächeln wirkt verhalten und in ihrer Stimme schwingt ein Hauch Unwohlsein, als sie fragt: »Was ist passiert?«

»Der Kühler ist anscheinend defekt. Nichts geht mehr.«

»Hm …«

Er bemerkt ihr Zögern, sieht ihre Hand auf der Gangschaltung. *Gibt es doch Nachrichten über einen Mann, der gesucht wird?* Er senkt den Blick und betrachtet die Spitzen seiner Boots. »Ich wollte ein paar Tage wandern, meine Frau ist vor wenigen Wochen gestorben und …« Er macht eine Pause, atmet tief durch, bevor er weiterredet. »Sie liebte das Wandern genau wie ich, deshalb bin ich hier. Aber wie man sieht, ist es mir nicht vergönnt. Trotzdem. Danke, dass Sie angehalten haben.«

»Das mit Ihrer Frau tut mir leid.« Sie fährt sich nachdenklich mit der Hand über die Stirn. »Okay, soll ich Sie ins Dorf abschleppen?«

»Das wäre fantastisch.«

»Dann vertäuen Sie das Abschleppseil.«

Erleichtert klemmt sich Dennis hinter das Lenkrad und lässt das Seil nicht aus den Augen. Die junge Frau fährt vorsichtig und sehr langsam. Das macht ihn unruhig. Immer wieder ermahnt er sich, gelassen zu bleiben.

Endlich erreichen sie die Werkstatt. Dennis zwingt sich, eine betrübte Miene aufzusetzen, während er sich auf dem Werkstatthof umsieht. Natürlich ist hier schon Feierabend. Er legt die Hände auf das heruntergelassene Beifahrerfenster des Pick-ups. »Ich danke Ihnen. Wissen Sie, wann die Werkstatt öffnet?«

»So gegen sieben, glaube ich … haben Sie eine Übernachtungsmöglichkeit?«

»Nein, natürlich nicht, ich hatte ja nicht mit einer Panne gerechnet. Aber … kein Problem, ich komm schon klar. Ich werde im Wagen übernachten.«

Sie lächelt ihn an. Ein entspanntes Lächeln, das Dennis sofort gefangen nimmt. Er atmet ihren Duft ein, der ihm aus der Fahrerkabine entgegenströmt. Er muss sich anstrengen, weiter den Witwer zu spielen. »Also nochmals vielen Dank.« Hastig wendet er sich ab, ihr Duft ist einfach zu betörend, genauso wie ihre weiche Stimme.

»Warten Sie! Ich vermiete kleine Hütten. Wenn Sie wollen, können Sie dort übernachten und morgen alles in Ruhe klären.«

Er zögert, die Gedanken überschlagen sich, er wägt ab und schließlich entscheidet er: Er wird mitfahren.

»Ich heiße Anna.« Sie streckt ihm ihre Hand entgegen. »Finn«, sagt er, ohne zu zögern, und ergreift ihre Hand. Sie fühlt sich warm und trocken an. »Leben Sie allein, Anna?«

Sie blickt ihn an, ihre Augen leuchten. »Nein, ich bin verheiratet und habe zwei wunderbare Kinder.«

Dennis kaut auf der Innenseite seiner Wange. Die Freude und Liebe in Annas Worten stimmen ihn traurig.

Noch bevor der Pick-up das Haus erreicht, durch dessen Fenster warmes Licht auf den Hof scheint, wird die Haustür aufgerissen und ein Junge von etwa fünf Jahren, gefolgt von seiner deutlich jüngeren Schwester, stürmt juchzend auf den Pick-up zu. Lachend schwingt sich Anna aus dem Wagen und umfängt die beiden mit ausgebreiteten Armen. Sekunden später kommt ihr Mann aus dem Haus, auch er strahlt, als er Anna umarmt.

Dennis ist unbehaglich zumute in dieser perfekten Familie. So viel Liebe und Glück machen ihn verlegen und wütend. Seine Handflächen schwitzen, die Kehle ist rau und trocken. Er rafft sich zu einem Lächeln auf, als Anna und ihr Mann zu ihm hinsehen. Sie winkt ihm zu, er solle aussteigen.

»Sagt Hallo zu Finn!«, fordert Anna die Kinder auf und sie flitzen auf Dennis zu. Er reißt sich zusammen, hockt sich ungelenk hin, bemüht, die richtigen Worte für die Kinder zu finden. Als der Junge ihn am Arm berührt, um ihm den Feuer speienden Drachen zu zeigen, den er stolz in seinen Händen hält, und ungefragt erzählt, wie der Drache mutig in den Krieg zieht, um seine Geliebte zu retten, muss Dennis aufsteigende Tränen zurückdrängen.

Lang ausgestreckt, die Hände hinter dem Nacken verschränkt, den Blick auf die weiß getünchte Holzdecke gerichtet, liegt er auf dem Bett der Ferienhütte. Anna wollte unbedingt, dass er bei ihnen zu Abend isst. Aber das war zu viel. Er hatte Mühe, sie davon zu überzeugen, dass er lieber allein sein möchte. Er kneift sich in die Nasenwurzel, er muss sich jetzt darauf konzentrieren, wie es weitergeht, anstatt sich irgendwelchen Sentimentalitäten hinzugeben. Ja, Familie ist das, was er immer wollte. Aber das ist vorbei, wurde ihm genommen, und den Rest der Hoffnung hat er selbst zerstört.

Er kann Jenny schon fast spüren, ihren Duft riechen. Er ist so nah bei ihr und so weit entfernt. Verdammt! Er hat keine Ahnung, wo sie sich aufhält. Dieser idiotische Beamte wusste es nicht. Nur den Namen dieses elendigen Kaffs. Seine Kiefer mahlen aufeinander, bis es schmerzt. Dann plötzlich ein Klopfen an der Tür. Er springt vom Bett auf und klemmt sich das Messer hinten in den Bund der Hose.

Er öffnet die Tür einen Spalt, als er Annas Mann Ole erkennt, zieht er sie ganz auf. In seinen Händen hält Ole ein Tablett, er lächelt ihn an. »Hej! Anna meint, dass du vielleicht Hunger hast.« Er drückt Dennis das Tablett in die Hände.

»Danke, das ist sehr … freundlich.« Gerührt schlägt er die Augen nieder. »Ich, ich bin sehr froh, dass sie angehalten hat. So ein verfluchter Mist mit dem Wagen.«

»Ja, das ist ärgerlich. Anna hat mir erzählt, warum du hier bist.« Ole tritt verlegen auf der Stelle. »Nun, ich gehe davon aus, dass es länger dauern wird, bis dein Wagen wieder fit ist. Ich habe einen alten Volvo, nichts Besonderes, aber er läuft. Ich würde ihn dir leihen …«

Fast gleitet ihm das Tablett aus den Händen. Er reißt sich zusammen und versucht, das Angebot abzulehnen, er darf nicht zu schnell annehmen, das würde nicht zu seiner Rolle als harmloser Witwer passen. Doch Ole beharrt darauf.

»Ich würde mich sehr freuen. Ich habe gesehen, wie du mit den Kindern umgegangen bist. Mir wurde klar, dass, wenn ich an deiner Stelle wäre …« Ole räuspert sich. »Na ja, ich würde mich freuen, wenn du mein Angebot annimmst.«

»Ich weiß nicht, was ich sagen soll.«

»Nichts.« Ole greift in seine Hosentasche, zieht einen Schlüssel heraus und legt ihn auf das Tablett. »Er ist schon etwas betagt, aber er schnurrt wie eine alte Geliebte.«

Dennis muss ein Lachen unterdrücken, Oles Worte sind so nah an dem, was er fühlt. »Dank dir, Ole. Morgen ist ein wichtiger Tag, ich habe meine Frau Jule vor drei Jahren hier bei einer Wanderung kennengelernt. Sie hatte sich verirrt.« Er senkt den Blick und schweigt ein paar Sekunden. »Wir sind gemeinsam weitergegangen, und ich war so fasziniert von ihr, dass ich nicht darauf geachtet habe, wo wir langgingen. Jedenfalls kamen wir an einer Hütte an, der Bewohner hieß Berglund, wenn ich mich recht erinnere. Er hat uns wieder hergefahren.«

Erwartungsvoll blickt er Ole an. »Und dort möchte ich wieder hin, nur habe ich vergessen, wie ich da hinkomme. Hast du eine Ahnung?«

Ole streicht sich nachdenklich über das bärtige Kinn. »Nein, tut mir leid, wir sind erst seit zwei Jahren hier, den Namen kenn ich nicht. Frag Sonja unten im Laden, sie lebt hier schon ihr ganzes Leben. Sie wird dir sicher helfen können.«

31. KAPITEL

Explosionen von Bombeneinschlägen. Geschrei. Rennen. Auf den staubigen Boden schmeißen. Hände an die Ohren pressen. »SAMIRA!«

Jennifer schlägt nach den Händen, die sie schütteln.

»Wach auf, Jennifer! Wach auf!«

Ihr Atem geht schnell und keuchend. Ruckartig richtet sie sich auf.

»Du bist in Sicherheit. Hast nur geträumt.« Smillas Stimme ist sanft und beruhigend.

Jennifer atmet tief ein und aus, bis ihr Herz aufhört zu rasen. Immer noch verwirrt blickt sie Smilla an, die auf der Bettkante sitzt und sorgenvoll über ihren Arm streicht.

»Du hattest einen Albtraum und hast fürchterlich geschrien ...«

»Schon okay. Tut mir leid, dass ich dich geweckt hab. Ich habe mich schon daran gewöhnt, dass meine Träume mich immer wieder überwältigen.« Sie reibt mit den Händen über ihre Augen, um auch noch den letzten Spuk zu vertreiben. »Und wenn ich Alkohol trinke, werden sie heftiger.« Jennifer versucht, einen unbefangenen Ton anzuschlagen.

»Wenn du meinst. Aber das war krass, dich so zu sehen.« Smilla steht auf und zieht die Vorhänge zur Seite. »Es ist zwar noch früh am Morgen, aber was hältst du von einem Tee am Fluss?«

»Gute Idee. An Schlaf ist ohnehin nicht mehr zu denken.«

Eingemummelt in Wolldecken setzen sie sich auf einen verwitterten Holzstamm am Ufer des Flusses. Aus ihren Bechern dampft der Tee. Schweigend betrachten sie das Wasser und lauschen dem verhaltenen Vogelgezwitscher aus dem Wald, vereinzelt mischt sich das Krächzen der Kolkraben hinein.

»Das habe ich früher oft gemacht. Wenn mein Großvater auf der Jagd war oder seinen Rausch ausgeschlafen hat, dann hab ich mich aus der Hütte geschlichen und saß einfach nur da und lauschte den Geräuschen.« Smilla nippt an dem Tee und blickt sie von der Seite an. »War es so schlimm in Syrien?«

»Ja. Aber ich musste immer wieder zurück, denn ich fühlte mich verpflichtet, darüber zu berichten, was dort geschieht … auch jetzt noch. Ich würde lieber dort sein, als mich hier zu verstecken.«

»Es wird nicht lange dauern, dann ist alles vorbei.«

Jennifer lacht. »Ich weiß nicht, ich … nein, Dennis ist schlau und besessen von der Idee, dass wir füreinander bestimmt sind. Und diese Kombination ist höchst explosiv.« Sie atmet die kühle Luft ein und schlingt die Decke noch enger um ihren Körper. »Wusstest du, dass Dennis auch in Syrien eine Frau vergewaltigt und ermordet hat?«

Smilla schüttelt den Kopf.

»Bis vor zwei Tagen wusste ich es auch nicht.« Jennifer dreht den Becher in ihren Händen. »Samira hat versucht, es mir zu sagen, aber ich hab es ignoriert, ihr nicht zugehört. Und dann, zwei Wochen später, wurde sie von einer Bombe zerfetzt. Ich erinnere mich jetzt wieder an den Ausdruck in seinem Gesicht, als ich wegen Samiras Tod getrauert hab. Zufrieden und erleichtert. Auch das habe ich ignoriert.«

Sie stürzt den Tee hinunter und blickt über den Fluss.

»Weißt du was? Vielleicht sollten wir einen Augenblick lang diese Idylle einfach genießen. Es ist wirklich schön hier. Friedvoll. Sieh nur! Was sind das für Vögel?« Sie deutet über den Fluss. Unermüdlich stürzen sich dort kleine schlanke Vögel kopfüber ins Wasser, ihr Gefieder schillert im Licht der aufgehenden Sonne in unterschiedlichsten Farben.

»Das sind Eisvögel«, antwortet Smilla, »sie jagen dort nach kleinen Fischen.«

»Ich gebe eine Runde Tee aus. Magst du noch, Smilla?«

»Ja.«

Smilla fährt sich mit der Hand kreuz und quer durch die kurzen Haare, bis sie in alle Himmelsrichtungen abstehen. Dann stößt sie einen langen tiefen Seufzer aus. Wie Jennifer hasst auch sie es, hier zu sein. Untätig eingereiht in einer Warteschlange, ohne dass sie etwas tun kann. Das mit dem Versteck in der Hütte war eine blödsinnige Idee, oder vielleicht auch nicht. Sie muss unbedingt herausbekommen, wie weit die Ermittlungen sind und ob sie Dennis gefasst haben. Sie kaut auf der Unterlippe, starrt auf den Fluss. Und wenn er noch nicht gefasst wurde? Und weiß, wo sie sind?

Hör auf, Smilla!, ermahnt sie sich selbst und zupft an einem losen Faden der Wolldecke.

Plötzlich hört sie ein Scheppern aus der Hütte. Sie kneift die Augen zusammen. Hoffentlich wurden nicht allzu viele Tassen zerschlagen.

Schon wieder scheppert es.

Smilla streift sich die Wolldecke ab und stapft los. Als sie die Hütte fast erreicht hat, bemerkt sie mit einem Mal, wie still es ist.

Zu still.

Automatisch greift sie mit der Hand an ihre Hüfte, dorthin, wo sonst ihre Pistole steckt, aber natürlich nicht jetzt. Sie hat sie in der Hütte gelassen, genauso wie das Gewehr. *Verflucht!*

Geduckt schleicht sie näher heran. Als sie die Außenwand erreicht, hört sie ein Schnauben. Smilla wagt einen Blick durch das Fenster. Sie atmet tief durch. Leise und noch immer geduckt nähert sie sich der Tür. Wie angewurzelt steht Jennifer im Türrahmen.

»Ganz ruhig, Jennifer! Nicht in die Augen sehen und ganz langsam zurückgehen.« Ihre Anweisungen sind ein Flüstern, doch in bestimmtem Ton.

Smillas Worte erreichen Jennifer wie durch einen Nebel. Sie kann den Blick nicht von dem Bären abwenden. Immer wieder richtet er sich auf und lässt sich auf seine Vorderpranken fallen, stürmt auf sie zu und hält wieder an.

»Jennifer, ganz ruhig! Geh einfach ein paar Schritte zurück und gib ihm die Möglichkeit zu fliehen!«

Jennifer schluckt, ihre Beine sind schwer wie Blei, sie gehorchen ihren Befehlen nicht.

»Jennifer! Alles wird gut.«

Zentimeter für Zentimeter geht sie rückwärts.

»So ist es gut. Und jetzt komm ganz langsam zu mir rüber!«

Es sind nur Sekunden, dann flüchtet der Bär tatsächlich aus der Hütte. Sein Geruch und sein Blick streifen Jennifer.

Sie kann nichts sagen. Ihre Augen sind geweitet, sie kann nicht denken.

»Alles gut. Er ist weg. – Ich bin froh, dass du nicht einfach gerannt bist. Gratuliere! Deine erste Begegnung mit einem Braunbären.«

»Verdammt, Smilla! Ich hab mir in die Hosen gemacht!«

Smilla grinst sie an. Und wie auf Kommando brechen sie beide in ein heilloses Gelächter aus. Die Anspannung verfliegt wie der Samen einer Pusteblume im Wind.

Als Smilla einen Blick in die Hütte wirft, verstummt sie jäh. Der Bär hat gut gearbeitet. Alle Vorräte inspiziert. Tüten mit Cornflakes, das Glas Honig und selbst Gemüse und Obst sind seinem Fresswahn zum Opfer gefallen.

»Wow! Das sieht ja aus, als hätte hier ein Tornado gewütet.« Jennifer kickt eine leere Packung Kekse in die Mitte der Hütte. »Was meinst du, wird er noch mal wiederkommen?« Sie bekommt keine Antwort und wendet sich zu Smilla um. Die steht fassungslos vor dem Funkgerät am Boden.

»Scheiße! Und nun?«, fragt Jennifer.

»Keine Ahnung.« Smilla prüft die Einzelteile, die herausgerissenen Drähte. »Ich könnte versuchen, es wieder in Gang zu bekommen, aber ich fürchte …« Sie richtet sich auf und sieht Jennifer an. »Ich muss unbedingt telefonieren.«

Irgendetwas an Smillas Stimme beunruhigt Jennifer. »Lass uns ins Dorf fahren.«

»Ja, pack deine Sachen!« Smilla schaut auf ihre Armbanduhr: kurz vor sieben. »Ich versuche, weiter oben am Fluss zu telefonieren. Dort gibt es manchmal Empfang. Ist das okay für dich?«

»Klar, aber schließ die Tür hinter dir. *Ein* Bär am Tag reicht mir.«

***

Noch bevor Sonja den Laden öffnet, kommt der erste Kunde. Nicht einmal sieben Uhr. Genervt blickt sie über ihre Schulter, dann runzelt sie die Stirn. Ein Tourist. Sie verzieht die Lippen zu einem Lächeln. »Hej!«

Dennis lüftet verhalten sein Basecap, setzt eine entschuldigende Miene auf und scannt Sonja unauffällig von oben bis unten. Schätzungsweise sechzig Jahre alt, die herabgesenkten

Mundwinkel lassen darauf schließen, dass sie nicht gern lacht. »Hej!«, erwidert Dennis lächelnd. Wie erwartet nickt sie ihm zu, leckt sich über die Lippen und bittet ihn unwirsch in den Laden.

Flackernd und mit einem lauten *Pling-Pling* springen die Neonröhren an.

»Was kann ich für Sie tun?« Geschäftig legt sie die Handflächen auf den abgegriffenen, mit Linoleum bezogenen Tresen.

»Tut mir leid, dass ich so früh hier bin, ich hab eine etwas außergewöhnliche Frage.«

Dennis wiederholt die Geschichte von seiner verstorbenen Frau, berichtet, wie sie sich hier in den Wäldern kennengelernt hätten. Er legt viel Pathos in seine Stimme. »Das Fatale ist, ich erinnere mich nicht mehr, wie ich zu dieser Hütte komme.« Er senkt den Kopf und reibt sich die Augen. »Ole Svenson sagte mir, Sie könnten den Weg zu Berglunds Hütte kennen.« Er sieht sie an, seine Augen sind rot und wässrig.

Sonja kneift die Lippen zusammen. »Das ist sehr herzergreifend. Ja, ich hab den alten Berglund gekannt. Er war ein Eigenbrötler und seine Enkelin Smilla …«, sie hält inne, und ein Lächeln huscht über ihre Lippen, »Smilla war erst gestern hier und noch so eine Frau.«

Dennis kann förmlich sehen, wie es in ihrem Hirn arbeitet. Inständig hofft er, dass sie keine falsche Entscheidung trifft. Ein Mann, zwei Frauen.

***

Ole hat recht, der alte Volvo schnurrt wie eine Geliebte. Die Federung ist zwar nicht mehr, wie sie sein sollte, Dennis spürt jeden Stein und jede Bodenwelle, aber er kommt voran. Sonja hat ihm den Weg auf einem fettigen Stück Papier aufgezeichnet und gesagt: »Sie müssen sich weiter oben immer links vom Fluss halten. Bis Sie dort ankommen, dauert es fast eine Stunde, der Weg wird kaum noch benutzt.« Sonja hatte recht, die Äste der Büsche reichen weit über die Schotterpiste und verursachen ein gänsehauttreibendes Geräusch, während sie über den Lack des Wagens schrammen. Doch all das interessiert ihn im Augenblick nicht.

Seine Hände fest am Steuer und den Fuß gnadenlos auf dem Gaspedal rast er den unebenen Weg entlang. Am Himmel türmen sich dunkle Wolken, doch die sieht er nicht, und auch den Wind ignoriert er, der mit den Wipfeln der Fichten spielt.

***

Jennifers Herz klopft ihr bis zum Hals, als sie die Tür der Hütte öffnet und einen Blick nach draußen wagt. Die Begegnung mit dem Bären sitzt ihr noch in den Knochen. Ungeduldig streicht sie sich eine Haarsträhne hinter das Ohr. Ihre Augen hetzen über das Flussufer und den Weg entlang, den Smilla genommen hat. Wo verdammt noch mal bleibt sie? Eine Böe zerrt an der Tür und stößt sie weit auf. Für einen Augenblick steht Jennifer regungslos da – unfähig, eine Entscheidung zu treffen.

Du hast Bombenanschläge überstanden, hast mit Menschen geredet, die eine Aura hatten wie der Teufel persönlich. Also reiß dich zusammen!

Sie tritt aus dem Haus, umklammert den Griff der Tür, um sie zuzuziehen, und dann sieht sie Smilla, die sich mit gesenktem Kopf gegen den Wind stemmt.

Jennifer schließt die Tür hinter Smilla. An Smillas Gesichtsausdruck erkennt sie sofort, dass etwas nicht stimmt.

»Konntest du jemanden erreichen?«, fragt sie dennoch in der Hoffnung auf eine positive Antwort.

»Nur kurz und schwer zu verstehen. Dieser Scheißwind!«
Sie reibt sich ihre müden Augen. »Die Polizei hat den Beamten,
der vor eurem Haus postiert war, ermordet aufgefunden und …«

»Was?«, unterbricht Jennifer Smilla fassungslos. »Du sagtest
doch, dass es sicher ist … ich hab es gewusst. Ich hätte dablei-
ben sollen. Was ist mit meinen Eltern?«

»Sind okay.« Smilla hält die Luft an und stößt sie verärgert
durch die Nase wieder aus. »Dennis weiß, wo wir sind.«

Ungeduldig kramt Jennifer in ihrer Handtasche und fördert eine Packung Zigaretten hervor. Ihre Hände zittern, als sie
sich eine anzündet. »Wann war das, wann wurde der Polizist
gefunden?«

»Keine Ahnung. Wie gesagt, die Verbindung war nicht
besonders.«

»Dann verschwinden wir so schnell wie möglich von hier.«
Sie greift nach der Reisetasche und sieht Smilla fragend an.
»Was ist? Wir sollten keine Zeit verlieren.«

»Warte, lass uns überlegen, ob es nicht sinnvoller ist hierzubleiben. Ich gehe davon aus, dass die Kollegen aus Mörsil längst
zu uns unterwegs sind.«

»Smilla, Dennis ist schlau. Ich habe fünf Jahre mit
ihm zusammengearbeitet und kann dir sagen, er ist ein
Organisationstalent. Er wird einen Weg finden, mich zu kriegen, und zwar bevor die Polizei hier ist.« Sie sieht Smilla durchdringend an. »Bitte, lass uns fahren!«

Unentwegt zupft Smilla an ihrer Nasenspitze. »Ich weiß
nicht. Wir sollten warten. Hier im Haus sind wir sicher.«

»Nein. Wir fahren. Im Dorf sind wir geschützt, dort sind
Menschen und es gibt Telefone.«

32. Kapitel

Die Faszination der frühen Morgenstimmung ist längst verschwunden. Kein fröhliches Vogelgezwitscher hallt durch den Wald. Nur der Wind, der immer mehr zunimmt und Kälte mitbringt.

Seit ihrem Aufbruch von der Hütte haben sie kein Wort gewechselt. Jennifer dreht am Sendersuchlauf des Radios. Endlich hat sie einen Nachrichtensender gefunden. Doch keine Informationen über Dennis.

»Sie werden es nicht herausposaunen. Er soll sich in Sicherheit wiegen«, sagt Smilla und bemüht sich, einem weiteren Schlagloch auszuweichen.

»Ich muss unbedingt eine rauchen, darf ich?«

»Meinetwegen, aber öffne das Fenster.«

Bemüht bläst Jennifer den Rauch durch das halb geöffnete Fenster. »Wie lange brauchen wir noch, bis wir zur Hauptstraße kommen?«

»Etwa eine halbe Stunde.«

Jennifer sieht Smilla unauffällig an und bemerkt den verkniffenen Zug um ihren Mund.

»Ich bin froh, dass du eingewilligt hast zu fahren. Es war eine gute Entscheidung.«

»Hm …«, brummelt Smilla und gibt Gas. Der Wagen holpert über Steine und Baumwurzeln, schwungvoll lenkt sie um eine Kurve, das Auto gerät ins Schlingern. Smilla steuert dagegen und kann das Schlingern abfangen. Sie sehen sich an, geschockt und erleichtert zugleich.

Jennifer bemerkt ihn zuerst. »Aufpassen!«

Der Volvo kommt direkt auf sie zu, aber Smilla reagiert blitzschnell und fährt ganz rechts. Sie kneift die Augen zusammen, als sie das kratzende Geräusch der Äste auf dem Lack hört. »Scheiße!«

Trotz des Schrecks sieht Jennifer zu dem Fahrer hinüber, in der Hoffnung, dass es die Polizei ist, mit der sie fast kollidiert wären. Der Fahrer hat sein Basecap tief ins Gesicht gezogen und starrt sie ebenfalls an.

Alles läuft wie in Zeitlupe ab. Sein Lächeln. Erkennen. Kopfnicken.

Jennifer bekommt kaum Luft. »Dennis«, krächzt sie. »Das ist er! Fahr, Smilla! Fahr!«

»Sicher?«

»Ja!«

Smilla lenkt den Wagen auf die Mitte der Schotterpiste, angespannt blickt sie in den Rückspiegel. Der Wagen hinter ihnen hat gewendet und kommt zurück. »Okay, jetzt wird es holprig.« Sie gibt Gas.

Vor ihnen teilt sich der Weg. Smilla nimmt die Rechtskurve, dann reißt sie das Lenkrad links herum. Kurz darauf biegt sie wieder links ein in einen noch schmaleren Weg, danach rechts. Hier ist der Weg nicht mal mehr als solcher zu erkennen.

»Smilla, es geht nicht weiter!«

»Vertrau mir, das ist ein Weg, auch wenn es nicht so aussieht.«

Sie will Smilla glauben, aber es gelingt ihr nicht. Immer wieder blickt sie aus dem Heckfenster. Nichts. Smilla fährt jetzt langsamer, lenkt den Wagen hoch konzentriert.

»Was ist?«

»Nichts, ich suche den Seitenweg. Verdammt, es ist so zugewuchert!«

Die ansteigende Panik in Smillas Stimme springt auf Jennifer über. Sie schließt die Augen und ermahnt sich, ruhig zu bleiben. Sie war schon oft in brenzligen Situationen und hat immer einen kühlen Kopf bewahrt. »Wonach suchen wir?«, fragt sie mit fester Stimme.

»Nach einer uralten Fichte, in ihren Stamm ist ein Herz geschnitzt.«

»Das ist nicht dein Ernst?«

»Doch.« Smilla schaut Jennifer an. »Die Fichte steht auf der rechten Seite, also mach die Augen auf!«

Noch nie zuvor hat sie Bäume so genau betrachtet. Alle sehen gleich aus.

Ein Herz. Ein Herz. Konzentrier dich auf ein Herz!

»Halt! Da ist es!«

Abrupt tritt Smilla auf die Bremse und legt den Rückwärtsgang ein. »Gut gemacht.«

Im Schritttempo fährt sie weiter. Dann hält sie an, steigt aus. Der Wind zerrt an ihrem Hemd, doch das ignoriert sie. Konzentriert geht sie den Weg ab, sieht sich genau um, dann lächelt sie.

Sie springt in den Wagen. »Noch etwa einen Kilometer den Weg entlang, dann kommen wir auf eine Lichtung, und mit Glück schaffen wir es von dort auf den Hauptweg, bevor er uns entdeckt.«

Jennifer schweigt. Smillas Zuversicht steckt sie nicht an. Ob es doch ein Fehler war, die Hütte zu verlassen?

Wie Smilla reckt sie sich, um einen Weg zwischen den jungen Bäumen und dem Gestrüpp zu finden. Der Wagen schaukelt, als wären sie in einem Boot auf hoher See.

Dann trifft das ein, was Jennifer insgeheim befürchtet hat. Der Weg ist von einer umgestürzten Fichte versperrt.

»Lass uns nachsehen, ob wir daran vorbeifahren können.« Schon ist Smilla ausgestiegen, um nach einem Weg zu suchen. Jennifer tut es ihr gleich. Fieberhaft sucht sie eine Möglichkeit, den Wagen um das Hindernis herumzufahren, doch die Bäume stehen zu eng beieinander. »Smilla, das ist vergeudete Zeit. Wir kommen hier nicht vorbei.«

»Es gibt immer einen Weg, das müsstest du doch am besten wissen.«

***

Diese verfluchten Weiber haben es tatsächlich geschafft, ihn reinzulegen. Er hätte nie gedacht, dass diese Kommissarin einen solchen Fahrstil an den Tag legen könnte. Er hat sie unterschätzt. So wie er alles falsch eingeschätzt hat.

Nach ihrem höllischen Täuschungsmanöver hat er versucht, das Lenkrad herumzureißen und ist mit viel zu hoher Geschwindigkeit in einen Busch gerast. Das hat ihm der alte Volvo übel genommen, er ist verreckt und es hat gedauert, bis er wieder angesprungen ist. Die ersten Meter hat der Motor dann gebockt wie ein Jungpferd, das nicht eingeritten werden mag.

An einem schmalen Pfad steigt er aus dem Wagen. Der Wind fegt über den trockenen Waldboden. Es ist schwer, Spuren auszumachen. Dennis hockt sich hin und betrachtet jeden einzelnen Grashalm, jede noch so kleine Pflanze, bis er sicher ist, dass sie diesen Pfad genommen haben. Unwirsch steht er auf und blickt sich um, fragt sich, was die beiden vorhaben. Er hebt den Kopf und sieht durch die Baumkronen in den schiefergrauen Himmel. Der erste dicke Regentropfen trifft seine Stirn. Er muss sich beeilen, denn ihre Spur bei Regen zu verfolgen könnte schwierig werden. Außerdem könnte der Wagen im Schlamm stecken bleiben.

Im Schritttempo rollt er den Pfad entlang, aufmerksam sucht er die Umgebung ab.

Nichts.

Mit jeder Sekunde, die vergeht, steigt sein Frust. Er presst die Kiefer aufeinander, bis sie schmerzen. Nach etwa hundert Metern endet der Weg. Er kann es nicht glauben. Was für ein Spiel! Er liebt Spiele, aber nur, wenn sie nach seinen Regeln gespielt werden.

Dennis stößt die Fahrertür auf, sie schlägt hart gegen den Stamm einer schief gewachsenen Fichte. Der Spalt zwischen Fichte und Tür ist zu schmal, um auszusteigen. Vor lauter Wut donnert er die Tür erneut gegen den Stamm. Und noch einmal. So lange, bis er sich etwas beruhigt hat.

Als er im Schritttempo rückwärts aus der Sackgasse fährt, bemerkt er aus den Augenwinkeln umgeknickte Zweige von jungen Bäumen. Er hält an und geht langsam den Pfad entlang. Seine Freude wird größer, als er den Wagen der Kommissarin entdeckt. Er ist verlassen. Dann bemerkt er den verrotteten Baumstamm. Hastig öffnet er den Kofferraum. Darin liegen ein paar Lebensmittel, Wasser und eine Reisetasche. Er öffnet sie, und der Duft, der ihm entgegenströmt, beruhigt ihn.

Wie ein Spürhund schnuppert er an Jennifers Wäsche, dann schultert er seinen Rucksack und macht sich zu Fuß auf die Suche.

***

Kreuz und quer laufen sie durch das Dickicht, die Äste hinterlassen ihre Spuren in Jennifers Gesicht. Schon lange hat sie aufgegeben, sie fernzuhalten, es nützt nichts und hält nur auf. *Immer einen Fuß vor den anderen setzen, nicht denken, einfach laufen!* Diese Worte spult sie immer wieder still ab und ignoriert ihre Seitenstiche und die Atemnot. Sie sieht zu Smilla neben ihr, deren Gesicht beängstigend rot vor Anstrengung ist, ihre Augen wirken fiebrig, der Mund ist verkniffen. Hoffentlich kollabiert sie nicht.

»Sieh mich nicht so an, ich bin okay«, keucht Smilla und erhöht das Tempo.

Nach dreißig Minuten haben sie den Waldrand erreicht. Vor ihnen erstreckt sich eine Ebene mit Blaubeersträuchern und Heide. Dahinter sind Berge und ein Fluss zu sehen.

Jennifer bleibt stehen, beugt sich vor und stützt schwer atmend ihre Hände auf die zitternden Oberschenkel. Smilla lässt sich neben ihr der Länge nach auf den Boden fallen. Auch sie braucht einen Moment, um wieder zu Atem zu kommen.

Jennifer richtet sich auf und beugt den Oberkörper nach hinten. Ihr Herz galoppiert, sie atmet tief ein und aus, während sie in den Himmel blickt, der so schwarz und bedrohlich auf sie wirkt, dass sie sich am liebsten verstecken will. »Gleich werden wir einen heftigen Schauer abbekommen.«

»Das fürchte ich auch.« Mühsam erhebt sich Smilla. »Wir sollten weitergehen und uns einen Unterschlupf suchen.«

Es geht nur schleppend voran, ihre Muskeln brennen, die Erschöpfung ist nicht mehr zu ignorieren. Dann öffnet der Himmel seine Pforten und dicke Regentropfen prasseln auf die Erde. Binnen Sekunden sind sie bis auf die Haut durchnässt.

Verzweifelt suchen sie eine vor dem Regen geschützte Stelle. In den Wald zu gehen ist zu gefährlich, denn auch der Sturm hat zugenommen.

»Lass uns hier an der Waldkante etwas suchen«, schreit Smilla gegen den Sturm an.

»Fuck! Wonach suchen wir denn?« Nun ist es so weit, sie kann ihre Anspannung nicht mehr unterdrücken.

»Entspann dich, wir müssen was finden, wo wir uns verkriechen können!«

»Wie gejagtes Wild.«

Sie fängt Smillas erbosten Blick auf und ahnt, was ihr auf der Zunge liegt. Darauf hat sie jetzt aber überhaupt keine Lust. Außerdem weiß sie auch so: Sie hätten in der Hütte bleiben sollen.

Schnell geht sie an Smilla vorbei und sucht die Waldkante ab. Der Wind ist kalt, kräftig und unnachgiebig.

Unter einem Felsvorsprung finden sie Unterschlupf. Eng nebeneinander lehnen sie sich an einen Felsen. Kälte und Nässe sind kaum zu ertragen. Jennifer zieht die Beine fest an ihren Körper, der Kopf ruht auf den Knien, ihr Blick ist auf die Ebene gerichtet. »Tut mir leid, dass ich ausgerastet bin«, murmelt sie.

»Das nennst du ausrasten? Da hätte ich mehr erwartet.«

Dankbar lächelt sie Smilla an. »Was meinst du, folgt er uns?« Lange hat sie diese Frage verdrängt, hatte keine Zeit, darüber nachzudenken.

»Ich weiß nicht, aber wir sollten damit rechnen.«

Diese Antwort wollte sie nicht hören, auch wenn sie ihre eigene Vermutung bestätigt. »Dann sollten wir weiterlaufen. Wie weit ist es noch bis zur Straße?«

»Schwer zu sagen ... zwei oder drei Stunden. Wir müssen die Wege vermeiden und uns durch den Wald schlagen.«

Bei dem Gedanken wird Jennifer mulmig, sie hat sofort den Bären vor Augen – sein Starren. »Aber ist es nicht kürzer, wenn wir auf dem Weg weitergehen?« Noch bevor sie die Frage ausgesprochen hat, kennt sie die Antwort: Das Risiko, auf Dennis zu treffen, wäre zu groß.

Den Blick fest auf den Boden gerichtet, folgt er ihren Spuren. Viel ist nicht zu sehen, doch er weiß, wonach er suchen muss. Abgebrochene Zweige, junge Baumtriebe, die platt getreten wurden. Zum ersten Mal ist er dankbar, dass man ihn im Internat dazu gezwungen hat, bei den Pfadfindern mitzumachen. Er hat es gehasst, sich dem System zu unterwerfen, Mitglied eines Teams zu sein, das Aufgaben gemeinsam löst. Doch jetzt zahlt es sich aus.

Der Wind zerrt an seinem Regencape, die Zuversicht, sie bald zu finden, verleiht ihm ein Gefühl von Macht und Unsterblichkeit. Wie damals, als er Jennifer das erste Mal sah und ihre Hand berührte. Weich wie ein Pfirsich. In ihren Augen sah er Neugierde, da wusste er, dass sie seine Seelenverwandte ist. Aber warum macht sie es ihm so schwer?

Aus seinem Rucksack holt er das Fernglas und scannt die Ebene vor sich. Nervös kaut er auf der Innenseite seiner Wange. Ob die beiden Frauen es wohl wagen würden, über offenes Gelände zu gehen? Nein.

Er hält sich dicht an der Waldkante, dann entdeckt er die Felsspalte.

33. KAPITEL

Langsam kommt der Einsatzwagen der Polizei voran. Die Schotterpiste gleicht einer Schlammlawine. Es erfordert äußerste Konzentration und Können, sich nicht festzufahren. Lars Johansson ist offenbar angespannt. Aber Hannes Karlsson hat vollstes Vertrauen in seinen Kollegen. Er wird sie sicher zu der Hütte bringen.

Hannes freut sich, bei einem so großen Fall dabei sein zu dürfen, nach all den kleinen Vorfällen von Diebstahl und Beleidigungen. Ein Mörder, der es geschafft hat, einen Weg zu finden, um seinem nächsten Opfer nahe zu sein. Von so was hat er immer geträumt, aber er ist nie aus dem kleinen Mörsil herausgekommen. Und auch wenn sie die Zielperson und die Kommissarin nur wieder ins Dorf Sällsjö bringen sollen, ist das schon eine Abwechslung – wenn nur nicht dieses beschissene Wetter wäre. Und noch etwas bereitet ihm Kopfzerbrechen. Stockholm hat die ganze Station angefordert – also vier Polizisten. Und tja, manchmal steckt der Teufel im Detail. Ein Verkehrsunfall mit Fahrerflucht ist dazwischengekommen. Aber was soll's? Wird schon nicht so schwierig sein. Schließlich ist er ein erfahrener Polizist.

Das Funkgerät knattert, dann hört Hannes die feste Stimme von Hauptkommissar Anderson.

»Hannes, wo sind Sie?«

»Gleich da. Das Wetter spielt verrückt, wir brauchen länger als geplant.«

»Melden Sie sich sofort, wenn Sie da sind! Verstanden?«

Hannes rollt mit den Augen. »Verstanden.«

Er schüttelt den Kopf. »Die da oben in Stockholm haben doch keine Ahnung, was hier los ist, wenn man sagt, das Wetter spielt verrückt. Oder?«

»Stimmt, Chef«, antwortet Lars, ohne die Augen vom Weg zu nehmen.

Als sie die Hütte erreichen, wird Hannes sofort klar, dass etwas nicht stimmt. Kein Auto. Die Tür ist nicht verschlossen, im Inneren herrscht Chaos.

Gemeinsam mit Lars inspiziert er sie sorgfältig. »Sieht nicht nach Flucht aus, oder was meinst du?«

»Nein, hier war ein Bär. Siehst du die Kratzspuren an den Schränken und auf dem Fußboden?«

Sofort gibt Hannes über Funk einen Bericht an Anderson weiter. »Sie sind weg, und wie es aussieht, hat ein Bär die Bude auseinandergenommen.«

»Wie viele Beamte sind vor Ort?«

»Zwei.«

»Wieso nur zwei?« Andersons Stimme ist anzumerken, dass er sich anstrengt, ruhig zu bleiben.

Hannes holt tief Luft, zieht eine Augenbraue hoch und bemüht sich ebenfalls um Ruhe. »Weil zwei von unserer kleinen Station bei einem Verkehrsunfall sind.« Er drückt sein Kreuz durch und wartet, dass der Kommissar weitere Anweisungen gibt. Gleichzeitig wendet er sich Lars zu und rollt die Augen. »Was bilden die sich eigentlich ein? Wenn das so eine große Nummer ist, hätten sie die Kollegen in Ottsjö damit beauftragen sollen. Stimmt doch, oder?«, flüstert er.

Lars pflichtet ihm eifrig bei und zieht den Kragen der Regenjacke hoch.

»Okay, bleiben Sie vor Ort, ich melde mich wieder«, kommt es knapp von Anderson.

Gedankenverloren streicht Hannes über seinen blonden Bart. Ist das die Chance, auf die er seit fünfzehn Jahren wartet?

»Lars, du kennst dich doch hier aus, oder?«

»Ja, ich war oft zum Angeln am Fluss und Elche schießen.«

»Gut.« Wieder streicht er sich über den Bart, eine Idee formt sich. Bis Verstärkung da ist, wird es ewig dauern, und wer weiß, wo die beiden sind. Aber da ist dieser Unsicherheitsfaktor. Dieser Psycho.

»Lars, mal angenommen, da wäre so ein Psycho hinter dir her, und du hättest eine Panne oder so, welchen Weg würdest du einschlagen, um ins nächste Dorf oder zur Straße zu kommen?«

***

Der Waldboden ist aufgeweicht. Glatte, von Blaubeerpflanzen verdeckte schmierige Felsen lassen sie nur langsam vorankommen. Es geht bergauf. Obwohl Jennifer keinen Weg erkennen kann, folgt sie Smilla wie ein treuer Hund, der sich auf sein Frauchen verlässt. Sie überlegt, wann sie sich das letzte Mal auf jemanden verlassen hat. Es fühlt sich fremd an, nicht entscheiden zu können, wie es weitergeht. Nicht zu wissen, was passieren wird. Sie hasst es, die Fäden nicht selbst in der Hand zu halten, ausgeliefert zu sein – abhängig.

Jennifer bleibt einen Augenblick stehen und sieht sich um, vergeblich sucht sie nach einer Möglichkeit, schnell und vor allem sicher in den Ort zu kommen. Doch sie hat keine Ahnung, wo sie sich befindet, und das verunsichert sie zunehmend. Wieder steigt dieser Gedanke in ihr auf, sie kämpft ihn nieder. Will sich damit nicht befassen. Doch vergeblich.

Wir sind hier, weil du darauf bestanden hast.

Leise fluchend dreht sie sich noch einmal um und sieht in die Richtung, aus der sie gekommen sind. Die Ebene ist kaum noch zu erkennen, der Wald ist hier nicht so dicht. Sie hat einen guten Überblick, und das erleichtert sie, auch wenn sie zugleich immer stärker das Gefühl hat, beobachtet zu werden.

Sie schließt zu Smilla auf, die unermüdlich voranschreitet – den Blick abwechselnd zum Himmel und auf die Baumstämme gerichtet.

»Du weißt, wo wir lang müssen?«

»Ja, zumindest habe ich eine Vermutung, welche Richtung die richtige ist ...«, antwortet Smilla, ohne sie anzusehen.

»Eine Vermutung!« Jennifer hält Smillas Arm fest und zwingt sie, stehen zu bleiben.

Smilla sieht erst auf Jennifers Hand auf ihrem Arm und dann in ihr Gesicht. »Wir gehen bergauf, und oben angekommen werde ich noch einmal versuchen zu telefonieren. Dann geht es weiter, und zwar in dieser Richtung.« Sie deutet nach links. Ihr Ton ist bestimmend. Und ohne eine Antwort abzuwarten, geht sie weiter.

Jennifer sieht ihr nach. Da ist es wieder, dieses Gefühl von Machtlosigkeit. Ihr Orientierungssinn war noch nie gut. Smilla hätte auch zum Himmel deuten können, sie hat längst den Überblick verloren.

Schwerfällig setzt sie sich wieder in Bewegung und folgt Smilla. Das Bild von dem treuen Hund will nicht aus ihrem Kopf verschwinden.

Als sie am höchsten Punkt der Erhebung ankommen, haben Regen und Wind nachgelassen. Müde und erschlagen von den Strapazen lassen sie sich auf den Waldboden sinken.

Smilla kramt in ihrem Rucksack und fördert eine Flasche Wasser und Kekse zutage. Sie reibt sich die Schulter. Sie ist es nicht mehr gewohnt, über so lange Zeit ein Gewehr zu tragen. Ihr

Blick geht zu Jennifer, die lang ausgestreckt auf dem Waldboden liegt, ihre Augen geschlossen, die Hände auf der Brust gefaltet. Sie tut ihr leid. Wie muss sich das nur anfühlen, gejagt zu werden von einem Mann, mit dem sie so eng zusammengearbeitet hat und von dem sie dachte, sie würde ihn kennen.

»Willst du auch einen Keks?«, fragt sie, hält Jennifer die Tüte hin und nimmt ihr Smartphone aus der Regenjacke. »Drück uns die Daumen, dass ich Empfang habe oder zumindest ein SOS-Signal absetzen kann.« Smilla stopft sich einen Keks in den Mund und steht mühsam auf.

Kurz darauf dreht sie sich mit einem Lächeln zu Jennifer. »Wir haben Signal.«

Jennifer richtet sich auf.

Das Fernglas fest an die Augen gedrückt, mit einem Lächeln auf den Lippen, hält er den Atem an. Er sieht, wie sie tanzen, sich umarmen, wie sie jubeln. Mit einem Mal sind ihre Gesichter entspannt. Sein Lächeln erstirbt. Warum sind sie so euphorisch?

Bedacht darauf, keine Geräusche zu machen, robbt er auf sie zu. Er ignoriert das Stechen der Gnitzen, dieser kleinen Blutsauger, die Feuchtigkeit lieben und jetzt über ihn herfallen. Er will nur eines: wissen, warum sie so glücklich sind.

Eine Schonung aus jungen Birken und Fichten bietet genügend Tarnung und gute Sicht. Er kann sie klar hören. Für einen Moment schließt er die Augen, während er Jennifers Stimme lauscht. Am liebsten würde er aufspringen, sie in die Arme nehmen, liebkosen, auch wenn er nicht weiß, was das bedeutet: liebkosen. Er weiß nur, dass sein Gefühl für sie mehr wert ist als sein Leben.

»Wann, Smilla? Was hat Anderson gesagt? Komm schon, sag es mir noch mal!«

Smilla legt den Kopf in den Nacken und lacht. »Sie sind unterwegs. Er hat die Koordinaten meines Smartphones.«

»Juhu!« Wieder umarmt Jennifer Smilla. »Danke dir. Du glaubst gar nicht, wie erleichtert ich bin.«

»Doch, das glaube ich.«

Der Schrei in seiner Kehle will unbedingt heraus. Nur mühsam kann er sich dazu zwingen, ruhig zu bleiben. Er braucht einen Plan. Unentwegt kaut er auf der Innenseite seiner Wange. Es muss einen Weg geben! Das hier ist seine letzte Möglichkeit, sein Lebenswerk zu vollenden. Die Gnitzen haben sein Gesicht bevölkert, er gibt dem Reflex nach, sie zu vertreiben. Das Geräusch seiner Regenjacke, das er dabei verursacht, klingt in seinen Ohren wie ein lautes Schaben auf Sand. Augenblicklich hält er den Atem an, duckt sich noch tiefer auf den Boden.

»Was war das?«, hört er Jennifer fragen. Er hört, wie sie sich drehen und wenden und wie die Sträucher der Blaubeeren dabei rascheln. »Wahrscheinlich nur Regentropfen von den Bäumen. »Komm, setz dich wieder.« Das ist Smillas Stimme. Ja, recht hat sie, sie sollen sich setzen, damit er in Ruhe nachdenken kann.

Es ist still. Der Drang, den Kopf zu heben und zu ihnen zu sehen, ist groß, doch die Gefahr, entdeckt zu werden, ist größer.

Ein schrilles Piepen durchbricht die Stille.

Vorsichtig hebt er nun doch seinen Kopf. Smilla liest eine Nachricht auf ihrem Smartphone.

»Eine Nachricht von Anderson.« Sie hebt die Augen, Erleichterung spiegelt sich auf ihrem Gesicht. »Zwei Beamte, die uns in der Hütte abholen wollten, sind ganz in der Nähe.«

Wieder jubeln sie vor Freude, und in ihm schwillt die Verzweiflung an wie Magma in einem Vulkan, kurz bevor er ausbricht. Er bleibt noch eine Weile am Boden, bis er sicher ist, dass ihre Aufmerksamkeit wieder den Keksen gilt.

In geduckter Haltung und so leise wie möglich entfernt er sich. Hinter einem runden Felsen findet er Deckung.

***

Angelehnt an einen Baumstamm, die Beine ausgestreckt, hebt Jennifer den Blick, sieht in das Kronendach der Bäume. Dunkle Wolken ziehen schnell über das Firmament. Der Wind lässt die Wipfel der Fichten tanzen.

»Was meinst du, wie lange müssen wir noch warten?«

Smilla zuckt mit den Schultern und sieht auf ihre Armbanduhr. »Anderson hat die Nachricht vor einer Stunde geschrieben ... hm, ich weiß nicht. Wie lange haben wir gebraucht? Drei oder vier Stunden?«

»Das Warten macht mich nervös. Was, wenn Dennis hier herumschleicht?« Jennifer richtet sich auf. »Ich habe kein gutes Gefühl.«

»Beruhig dich, das Gelände ist übersichtlich, und ich bin eine gute Schützin.« Liebevoll streicht Smilla über das Gewehr, das auf ihren Beinen ruht. »Wir müssen hier warten, sonst war alles umsonst.«

Und da ist er wieder, dieser fokussierte Tonfall, den sie an Smilla so mag. »Wahrscheinlich hast du recht.« Fahrig streicht sie sich eine Haarsträhne hinter das Ohr und sieht zu dem runden Felsen hinüber. »Smilla ...«, flüstert sie. Sie kann den Blick nicht von dem Felsen lösen.

Sofort umklammert Smilla ihr Gewehr und folgt Jennifers Blick. »Was siehst du?«

»Hinter dem runden Felsen.« Hastig wendet sie sich zu Smilla. »Hast du es auch gesehen?«

»Nein. Hock dich wieder hin, ich werde nachschauen.«

Gebannt beobachtet sie, wie Smilla in geduckter Haltung zum Felsen schleicht. Tausend Szenarien schießen ihr durch den Kopf, keines davon will sie erleben. Was kann sie tun, wie soll sie reagieren, wenn er dort ist? Rasch sieht sie sich um, neben ihr im Gebüsch liegt ein dicker Ast. Ohne lange zu überlegen, greift sie danach.

Plötzlich richtet sich Smilla auf. Ein junger Elch springt hinter dem Felsen hervor und ergreift mit lautem Schnauben die Flucht.

Erleichtert lässt Jennifer den Ast fallen.

»Nur ein Elch!«, ruft Smilla amüsiert und schultert das Gewehr. Dann bückt sie sich. Jennifer kann sehen, wie konzentriert sie ist. Sie springt auf und eilt zu ihr.

»Was ist?«, fragt sie, als sie bei Smilla angekommen ist.

»Ich weiß nicht.« Ihre Hand gleitet über die platt gedrückten Sträucher. »Mein Großvater hat mir viel über die Jagd und das Lesen von Spuren beigebracht.« Sie schüttelt den Kopf. »Das war das Einzige, was mich immer fasziniert hat. Spuren.« Sie richtet sich auf, ihre Augen kleben förmlich am Boden, während sie langsam zurück zu dem Platz geht, wo sie sich aufgehalten haben.

»Was siehst du?«

Smilla deutet auf die Blaubeersträucher. »Hier hat jemand gelegen.«

34. KAPITEL

Der Wind hat zugenommen, heftige Böen zerren an Hannes'
Regenjacke. Dennoch ist er voller Euphorie. Lars und er
sind sofort los, noch bevor Kommissar Anderson ihnen
die Koordinaten über Funk durchgegeben hat. Mit den
Koordinaten war die Sache einfacher. Die Aussicht auf Erfolg,
darauf, die Frauen sicher aus ihrer Lage zu befreien, lässt ihn
zufrieden lächeln. Er blickt zum Himmel, an dem sich dunkle
Wolken türmen. Sein Lächeln verschwindet. Er malt sich aus,
was in wenigen Minuten auf sie einprasseln wird.

»Lars, wir müssen einen Zahn zulegen. Das da oben sieht
nicht gut aus.«

»Dauert nicht mehr lange. Siehst du da vorn? Dort ist schon
die Ebene. Und ich kenne eine kleine Abkürzung durch den Wald.«
Er zwinkert seinem Boss zu. »War dort schon mal, auf Elchjagd.«

Hannes hat jetzt keine Lust auf Jagdgeschichten. »Kannst
du mir später erzählen, wenn wir im Krog sind und uns ein Bier
gönnen.« Er stiefelt weiter und stemmt sich gegen den Wind.

»Hier lang!«, ruft Lars und verschwindet im Wald. Der Pfad
ist schmal und lange nicht mehr benutzt worden.

»Bist du sicher?«

»Klar! Geh schon mal weiter, ich muss pinkeln.«

Seufzend kämpft sich Hannes durch dichtes Buschwerk.

Der Wind übertönt alle anderen Geräusche. Mit Macht fegt er über die Ebene und den Wald. Dennis hat keine Mühe, sich an den Polizisten heranzupirschen. Das Messer in seiner Hand fühlt sich stark an. Es verleiht ihm die Macht, die ihn ausmacht.

Es geht schnell. Mit einem unerwarteten Griff unter das Kinn drückt er den Kopf nach hinten und streckt den Hals, dann gleitet das Messer durch die Kehle. Sanft, präzise. Das Gurgeln des Blutes, das aus ihr dringt, ist der Beweis, dass er den Schnitt richtig ausgeführt hat.

Fast zärtlich hält er den zuckenden Körper an sich gepresst. »Schsch! Ihr hättet nicht hier sein sollen«, flüstert er dem Beamten ins Ohr, bevor er ihn auf den Waldboden gleiten lässt.

In einem weiten Bogen nähert er sich dem anderen Beamten, der stehen geblieben ist und sich nach seinem Kollegen umsieht. Auch er hört ihn nicht. Erst als er die Hand unter seinem Kinn spürt, kommt Leben in ihn. Er windet sich, tritt nach hinten, versucht, seinen Kopf zu erreichen.

Dennis liebt dieses Spiel, auch wenn es im Moment unnötig ist und ihm Energie raubt. Blitzschnell entscheidet er sich nicht für die Kehle, sondern für Nieren und Leber.

Bedauernd betrachtet er den Beamten, der sich auf dem Waldboden vor Schmerzen krümmt. Dennis hat Erbarmen mit ihm und vollendet, was er angefangen hat.

***

Ungeduldig blickt Jennifer über Smillas Schulter. Sie hat es geahnt und gespürt. Er ist hier, ganz in der Nähe. Sie muss sich jetzt beruhigen. Aber wie? Immer wieder blitzt ein Gedanke kurz auf. Aber nein, noch nicht, noch will sie nicht aufgeben und sich Dennis ausliefern.

»Was ist, Smilla? Mach schon, und dann lass uns verschwinden.«

»Oh verdammt, dieser Sturm meint es nicht gut mit uns!«, schimpft Smilla und versucht erneut, ihre Nachricht an Anderson zu senden.

»Sei nicht so ungeduldig, Jennifer … Bingo! Nachricht gesendet!«

»Dann lass uns los.«

»Nein, noch nicht. Ich will erst eine Antwort abwarten.«

Jennifer reibt sich die verspannten Nackenmuskeln. Vielleicht hat Smilla recht, doch sie wird das Gefühl nicht los, eine Gejagte zu sein. Er ist hier, in ihrer Nähe. Sie streicht sich das nasse Haar aus dem Gesicht und atmet ruhig ein und aus. Sie müssen so schnell wie möglich von hier fort, und sie muss Smilla davon überzeugen.

»Weißt du, was ich mich die ganze Zeit frage: Hast du jemals eine falsche Entscheidung getroffen?«

Verdutzt sieht Smilla sie an. »Willst du das wirklich jetzt diskutieren?« Sie sieht Jennifer lange an. »Bis heute Morgen, nein.«

Das war nicht die Antwort, die sie erwartet hat, obwohl sie auf der Hand liegt. »Gut für dich, wenn du immer die richtigen Entscheidungen triffst. Aber vielleicht ist die Entscheidung, hierzubleiben und zu warten, die zweite an diesem Tag, die falsch ist.«

»Wir warten ab.« Smillas fester Blick gefällt ihr gar nicht. Sie ist es nicht gewohnt, dass andere für sie entscheiden, wenn sie sich so sicher ist wie jetzt. »Überleg mal, die beiden Beamten hätten schon längst hier sein müssen. Das Gelände ist zu offen, wir stehen hier wie auf dem Präsentierteller.«

Genervt seufzt Smilla und sieht sich um. »Du hast recht, aber auch wir können sehen, wenn sich uns jemand nähert.«

Beide schauen sich an. Wägen ab.

»Wir warten noch fünf Minuten«, sagt Smilla schließlich.

Erleichtert schlingt Jennifer die Arme um ihren Körper, der sich wie ein Eisblock anfühlt. Sie sieht zu Smilla, die unruhig auf und ab geht. »Ist dir gar nicht kalt?«

»Doch, ich frier mir den Hintern ab. Der verfluchte Sturm macht alles nur noch schlimmer.« Endlich vibriert das Handy in ihrer Hand. Smilla liest, dann schüttelt sie immer wieder den Kopf.

»Scheiße!«

»Was ist?«

»Sie schicken einen Hubschrauber auf die Ebene … aber es kann dauern, der Sturm ist zu heftig.«

»Egal, Hauptsache, wir bewegen uns. Und vielleicht lässt der Sturm ja nach.«

»Das hoffe ich, aber wir sollten uns nicht darauf verlassen.« Sie schultert ihr Gewehr, zieht die Pistole aus dem Holster und hält sie Jennifer hin. »Kannst du damit umgehen?«

»Ja.« Die Pistole liegt schwer in ihrer Hand, aber das Gefühl von Machtlosigkeit verfliegt. Bestimmt bekommt sie die Situation jetzt wieder in den Griff.

Er hält den Atem an, duckt sich hinter dem Busch, jetzt kommen sie an ihm vorbei, zum Greifen nah. Er wartet, bevor er sich aus dem Versteck löst. Was haben sie vor? Ihm gefällt nicht, wie sie da Schulter an Schulter gehen und sich immer wieder nach rechts und links umschauen. Plötzlich bleiben sie stehen und suchen den Wald ab. Zwei Jäger, die auf die Trophäe ihres Lebens warten. Wie er. Nur dass er seine Trophäe längst sieht und einen Plan hat, der sie überraschen wird.

Endlich liegt die Ebene vor ihnen. Die Heidefläche und der schräge Regen lassen nur erahnen, wo sie anfängt und wo sie aufhört.

»Wir sollten uns am Waldrand aufhalten, damit wir diesem Unwetter nicht völlig ausgeliefert sind.« Smilla deutet auf eine dicht stehende Baumgruppe links von ihnen. »Dort legen wir eine Pause ein.«

»Meinst du, das macht noch etwas aus? Wir sind doch schon aufgeweicht. Ich spür kaum noch meine Glieder. Von der Müdigkeit ganz zu schweigen.«

»Wird nicht mehr lange dauern.« Ermutigend streicht Smilla ihr über den Arm. »Falls es dich beruhigt, mir geht es genauso. Ich freu mich auf eine heiße Dusche, ein riesiges Steak und anschließend ein warmes Bett.« Sie schließt die Augen, als würde sie all diese wunderbaren Dinge sehen, schmecken und fühlen.

»Bis auf das Steak bin ich dabei.«

»Magst du kein Fleisch?«

»Doch, aber im Moment bin ich viel zu müde, um an Essen zu denken.«

Was für eine Energie und Willenskraft diese kleine drahtige Kommissarin hat! »Danke, Smilla«, sagt sie mit belegter Stimme.

»Wofür? Noch sind wir hier nicht raus. Danke mir später.« Umständlich greift sie in die Tasche ihrer Regenjacke. »Ich will Anderson schreiben, dass wir hier sind und auf ihn warten.« Sie versucht ein aufmunterndes Lächeln, doch es misslingt ihr. »Drück mir die Daumen, dass wir ein Signal haben – und behalte den Wald im Auge.« Mit den Worten stapft sie davon, den Blick abwechselnd aufs Handy und auf die Ebene gerichtet.

Jennifer kauert sich an einen Fichtenstamm. Von hier sieht sie sowohl die Ebene als auch den Wald rechts neben sich. Erschöpft legt sie den Kopf in die Hände, sie kann die Augen kaum noch offen halten. Und dann übermannt sie ein Sekundenschlaf. Im Traum trinkt sie neben ihrem Vater in seinem Mustang ein Bier, sie fühlt sich so aufgehoben. Dann sieht sie Angela, ihre Mutter bemüht sich, ihr nah zu sein. Dann Nils, der durch ihre Schuld … Sie schreckt hoch, blinzelt die Müdigkeit fort, schluckt. »Hast du ihn erreicht?« Sie reibt sich das Gesicht. »Smilla, konntest du die Nachricht senden?«

Mühsam rappelt sie sich auf, doch noch bevor sie sich ganz aufrichtet, fühlt sie einen Blick auf sich gerichtet.

»Hej, Jenny!«

Ihr Magen verkrampft sich, ihre Beine fühlen sich an, als wären sie aus schmelzendem Eis, der Druck in ihrem Magen lässt sie kaum atmen. Alles Denken ist verflogen. Es sind nur Bruchteile einer Sekunde, doch für Jennifer fühlt es sich wie eine Ewigkeit an.

Ihre Hand nestelt an ihrem Hosenbund. Wo die Pistole ist. War. Denn da ist sie nicht mehr. Immer hektischer fummeln ihre Finger danach.

»Suchst du die hier?«, fragt Dennis und hält ihr die Pistole entgegen, sie hängt lässig an seinem Finger.

Sie greift danach, doch er ist schneller und steckt sie in die Regenjacke.

»Freust du dich nicht, mich zu sehen?«

»Wo ist Smilla!« Ihre Augen hetzen zu der Stelle, an der sie Smilla das letzte Mal gesehen hat.

»Ihr geht es jetzt gut.«

Sie braucht Sekunden, um zu verstehen, was Dennis damit meint. »Was hast du mit ihr gemacht?!« Reflexartig schnellen ihre Hände vor und treffen Dennis an der Brust. Er taumelt rückwärts, doch sofort hat er sich wieder gefangen. Seine Stimme ist sanft und versöhnlich.

»Jenny, beruhige dich. Jetzt ist alles vorbei. Du kannst dich entspannen.« Er streckt die Hand nach ihr aus.

»Rühr mich nicht an!«, brüllt sie – immer noch unfähig, sich zu bewegen und zu verstehen.

Enttäuscht lässt er die Hand sinken und hockt sich hin. Seine Finger streichen liebevoll, ja, zärtlich über das nasse Gras. »Du kannst mir vertrauen, ich werde dir nichts tun.« Er hebt den Blick, Jennifer sieht Tränen in seinen Augen.

Tausende von Emotionen fluten ihr Bewusstsein. Nils, Smilla, Svenja, Ava F. und die anderen Opfer. Alle vernichtet durch Dennis, den Mann, den sie immer begehrt hat. Warum? *Denk nach, Jennifer! Denken. Denken. Psychologie. Da muss doch noch etwas übrig sein! Irgendetwas Brauchbares. Verdammt!*

Allmählich fängt ihr Gehirn an zu arbeiten. Sie erinnert sich an Bruchstücke aus der Studienzeit, von der sie gelangweilt war und wobei sie auch Angst hatte, dass das, was in ihr verborgen ist, an die Oberfläche kommt. Stück für Stück erinnert sie sich.

Sie atmet tief durch, ihre Hand will eine nasse Haarsträhne hinter das Ohr klemmen. Aber mitten in der Bewegung lässt sie die Hand sinken, hockt sich ebenfalls hin und zwingt sich, in sein Gesicht zu sehen.

»Was willst du?«

Er ist still, seine Aufmerksamkeit gilt weiterhin dem nassen Gras, als wäre es das Schönste, was er jemals berührt hat. Sie sieht auf seine Regenjacke – dorthin, wo die Pistole ist. Sie wägt ab.

»Vertraust du mir, Jenny?«

Erschrocken über die Frage, aber ohne zu zögern, antwortet sie: »Ja.«

»Gut, dann komm mit mir.«

Es hat die Anmutung eines Sonntagsspaziergangs. Dennis schreitet voran, in die Richtung, aus der sie gekommen sind. Wieder in den Wald hinein.

Sie geht hinterher, hält Ausschau nach Smilla, während sie jede seiner Bewegungen beobachtet. Er wendet sich um, lächelt sie vertraut an. Ihre Lippen verziehen sich ebenfalls zu einem Lächeln.

Tu alles, was er will! Sei so normal wie immer! Sei gefügig, gib ihm das Gefühl, dass er die Oberhand hat! So hat es in dem Fachbuch gestanden, oder?

Pure Verzweiflung ereilt sie.

Verflucht, wo ist …?

Und dann entdeckt sie Smilla. Lang ausgestreckt liegt sie in den Blaubeerbüschen, als ruhe sie sich aus.

Jennifer fällt auf die Knie. Unfähig, einen klaren Gedanken zu fassen. In ihr herrscht Leere, eine abgrundtiefe Dunkelheit macht es ihr unmöglich zu begreifen, was passiert ist, was sie tun kann, damit es Smilla besser geht. Ihre Hand zittert, als sie behutsam Smillas Schulter berührt. Da ist Blut, viel Blut. Jennifer will sie umdrehen, sehen, wie es ihr geht, ob sie noch lebt.

»Smilla? Smilla, wach auf!« Sie klingt heiser. Ihre Hand bebt, während sie sanft über Smillas Wange streicht.

»Komm, Jenny, lass sie schlafen!«

Seine Worte verscheuchen die Leere. Füllen sie mit Abscheu, Ekel und noch etwas: dem Wunsch, ihn zu töten.

»Nein! Du bist ein Monster …« Sie hält den Atem an, als er sich neben sie hockt und sie die Kälte in seinen Augen sieht.

Lass es, Jennifer, du musst ruhig vorgehen!

Unwillig erhebt sie sich. Die Vorstellung, Smilla einfach hier liegen zu lassen, schürt ihr Bedürfnis nach Rache. Ein letztes Mal blickt sie zurück und … Jennifer stockt der Atem, und sofort breitet sich Aufregung in ihr aus. Schnell wendet sie sich ab, schlägt den Blick nieder.

»Ja, so ist gut. Und nun komm weiter!«

Immer wieder wendet sich Jennifer zu Smilla um, die Hände zu Fäusten geballt. Der Druck im Inneren ist gewaltig. Sie ist so wütend, es kostet sie große Kraft, sich nicht blindlings auf Dennis zu stürzen und ihm den kranken Schädel einzuschlagen.

Mit wissendem Lächeln wendet er sich zu ihr und neigt den Kopf zur Seite. »Ich mag es nicht, wenn du wütend bist. Ich weiß, du mochtest Smilla, aber sie stand uns im Weg.«

Niemand kann erahnen, wie sie sich in diesem Moment fühlt, sie weiß es ja selbst nicht. Sie sagt nichts, braucht alle Kraft, um nicht zu schreien. Die Angst ist längst fort, statt ihrer ist da nur noch Wut und Hass.

Wortlos folgt sie ihm. Immer wieder sieht sie sich zu der Ebene um – in der Hoffnung, dass der Helikopter landet. Sie darf sich nicht zu weit von der Ebene entfernen.

Kurz entschlossen nimmt sie all ihren Mut zusammen und lässt sich fallen. Sie flucht, verzieht ihr Gesicht, als hätte sie große Schmerzen.

Dennis ist sofort bei ihr. »Was ist los?«

»Ich weiß nicht, mein Knöchel.« Immerfort reibt sie darüber, jammert in den schrillsten Tönen. »Bitte, lass uns hierbleiben!« Sie streckt die Hand nach ihm aus. »Bitte, Dennis, ich kann nicht mehr.«

Prüfend sieht er sich um. Dann setzt er sich neben sie auf den verwitterten Stamm einer Fichte und blickt ihr in die Augen. »Du weißt, dass du nicht fliehen kannst. Und selbst wenn du es könntest, würde ich dich immer finden.«

Stumm nickt sie. Sie braucht Zeit, die Situation richtig einzuschätzen – und einen Plan. Nur, der scheint in weiter Ferne zu sein. »Warum tust du das?«

»Weil wir zusammengehören. Hast du das vergessen?«

Entgeistert sieht sie ihn an. Was für ein Unsinn! Sie hat Mühe, darauf zu antworten.

»Offensichtlich, sonst würde ich dich ja nicht fragen.« Sofort merkt sie, dass sie den falschen Ton angeschlagen hat, seine Kiefer sind fest zusammengepresst. Doch sie bleibt ruhig.

»Sieh mich nicht so an! Ich dachte, du magst es, wenn ich stark bin.«

»Stark schon, aber nicht schnippisch wie all die Frauen, die es nicht verdient haben, dass man sie ernst nimmt. Meine Mutter war so. Immer hat sie herumgekeift, mich und meinen Vater drangsaliert.«

Einen Augenblick lang ist sie verwundert, er hat nie über seine Mutter oder seinen Vater gesprochen – und sie hat das auch nie wichtig gefunden. Und also auch nie nachgefragt. Ein Fehler. Ist das der Punkt, an dem sie ansetzen kann, um ihn von seinem Vorhaben abzulenken?

»Was ist passiert?«

»Ich habe sie bestraft.«

»Wie … hast du sie bestraft?«

»Erinnerst du dich an die große Treppe, die in den ersten Stock unseres Hauses führte?«

Krampfhaft versucht sie, sich zu erinnern, fördert aber nur Fragmente zutage.

»Vage«, sagt sie schließlich, als sie seine Ungeduld bemerkt.

»Schade«, nachdenklich zupft er an einem Blaubeerstrauch. »Sie stand oben an dem Geländer und keifte wie üblich, beschimpfte mich als Nichtsnutz, als Kind ohne Gefühle. Dabei quoll ich über vor Emotionen. Ich wollte doch nur …«

Jennifer wagt es kaum zu atmen. Seine Miene gleicht einer dämonischen Maske. »… dass sie mich liebt. Nichts weiter. Ich habe sie gestoßen«, vollendet er den Satz, lächelt zufrieden und sieht sie an. »Bist du geschockt?«

Am liebsten würde sie schreiend davonrennen. Aber sie schüttelt den Kopf.

»Gut, dann lassen wir das Vergangene ruhen und widmen uns der Zukunft. Unserer gemeinsamen Zukunft.«

»Wie soll die aussehen? Wirst du mich töten?« Sie schluckt, und er genießt es offensichtlich, denn er lässt sich Zeit mit der Antwort.

»Ja.«

»Und was ist mit dir, wirst du weiterleben ohne mich?«

»Oh nein, aber du musst vorangehen.«

Was soll sie darauf antworten?

Komm schon, sag was! Schinde Zeit! Sei nett und interessiert!

Sie tut das, was er am liebsten mag. Sie streicht eine Haarsträhne hinters Ohr. Und bemerkt sofort, wie er sich entspannt.

»Dennis, du kennst mich, ich bin neugierig und würde gern wissen: warum? Warum gerade ich?«

»Du erinnerst dich wirklich nicht mehr, oder? Ich hatte gehofft, dass du es tust, weil du doch unser Foto an dich genommen hast. Das einzige von unserer ersten Begegnung.«

Sie schluckt die aufkeimende Übelkeit herunter. »Nein, ich hatte keine Ahnung, als ich das Foto nahm. Da war nur dieser Wunsch, es bei mir zu tragen, und jetzt brenne ich darauf zu erfahren, was es bedeutet, denn ich weiß, da ist etwas zwischen uns, was ich nicht erklären kann.« Ihr Magen dreht sich um bei den Worten, aber sie lächelt. Nicht viel, doch genug, um ihm zu vermitteln, dass er die Jennifer vor sich hat, die er kennt.

Er reibt sich die Hände, offensichtlich auf der Suche nach den richtigen Worten. Sie weiß nicht, ob sie ertragen wird, was jetzt kommt. Verstohlen sieht sie zum Himmel. Wind und Regen haben nachgelassen. Hoffnung macht sich breit.

»Das Foto ist auf meinem Geburtstag entstanden. Du hast mir gratuliert und mir die Hand gegeben. Da hab ich es sofort gespürt und ich weiß, du hast es auch gefühlt. Diese Verbundenheit.« Dennis sieht sie erwartungsvoll an, und sie gibt ihm, was er will, und nickt.

»Wir sind auf mein Zimmer gegangen. Augenblicklich füllte sich der Raum mit deinem Duft. Bis heute ist er so präsent in mir.« Er gerät ins Schwärmen. Sie kann es kaum ertragen zuzuhören. Wie er beschreibt, was sie gesagt hat, damals. Es ist widerwärtig und absurd, und doch blitzen Erinnerungen auf, die sie über all die Jahre fest weggeschlossen hat – in der hintersten Ecke ihres Bewusstseins.

»Ich sagte dir, dass wir füreinander bestimmt sind und ich dafür sorgen würde, dass wir fortan zusammen sein werden.« Er lächelt versonnen. »Du hast dich gefreut und warst so glücklich. Du hast gesagt, dass du dann endlich jemanden hättest, der dich liebt. Deine Worte klangen sehnsüchtig, und sie ermutigten mich, mir auszumalen, wie das wäre, du und ich als Paar – wie mein Vater und deine Mutter.« Dann ein langer tiefer Seufzer.

Ihr wird schwindelig, während sie immer noch versucht zu verstehen. »Dein Vater und meine Mutter?«

»Aber ja, ich habe sie oft beobachtet, wie sie auf dem Sofa saßen und sich ansahen, lachten und miteinander redeten, sich berührten. So vertraut. Einmal habe ich sie zusammen im Bett gesehen. Schwitzend. Stöhnend. Voller Lust. Das haben meine Eltern nie gemacht.« Dennis rutscht näher, streicht ihr sanft über die Wangen, zeichnet mit den Fingern die Linie ihres Mundes nach. »Ich wollte das auch. Und du genauso. Ich weiß es.«

Jennifer senkt den Blick, sie kann ihn nicht ansehen, dieses verzückte Lächeln, die Augen, die sie fixieren und darauf warten, dass sie reagiert.

»Warum habe ich dann geschrien? Es ist so verschwommen in meinem Kopf, hilf mir zu verstehen.« Sie hat genau den Ton getroffen, der ihn besänftigt, denn er gibt ihm die Kontrolle. Und das will er: Kontrolle. Sie erinnert sich jetzt an das, was damals passiert ist, aber sie will es von ihm hören.

»Ich habe dich berührt, da …« Seine Hand gleitet zwischen ihre Beine. »Deine Augen … wie jetzt. Groß, rund und voller Erwartung.« Er drückt seine Hand noch fester an ihre empfindlichste Stelle. »Ich kann sehen, wie du es genießt, doch damals warst du noch nicht so weit. Sondern unsicher. Du warst ein Kind.« Er küsst ihre Ohrläppchen. »Du hast geschrien, und doch spürte ich dein Verlangen. Deine Mutter und mein Vater kamen hereingestürzt. Sie waren verstört, haben dich mir entrissen. Du hast mich mit großen Augen angesehen. So wie jetzt. Damals war mir sofort klar, du gehörst mir.« Er streicht über ihren Hals hin zum Nacken.

Jennifer krallt ihre Hand in den nassen Waldboden, in ihr unermesslicher Ekel. Ekel über sich selbst – denn für einen Moment wollte sie ihn wirklich spüren. Hier und jetzt.

»Entspann dich, Jenny!«

»Ich bin entspannt.« Ihre Stimme bebt. Vorsichtig rückt sie ein Stück von ihm ab. »Was ist dann passiert?«

»Ich habe dich beobachtet, und mir wurde klar, dass da noch jemand ist, der dich liebt. Dein Vater.«

Als hätte irgendwer einen Schalter umgelegt, sprudeln die Erinnerungen in ihren Kopf. Wild und ungestüm.

Dennis sieht sie mit diesem Lächeln an, nach dem es sie einmal verlangt hat, doch jetzt will sie es nur noch aus seinem Gesicht kratzen. Fieberhaft überlegt sie, was sie tun kann. Die Pistole ist in der Tasche seiner Regenjacke. Das wird sie nicht schaffen. Ihre Hand tastet auf dem Waldboden nach etwas Hartem, einem Stein oder einem schweren Ast.

»Willst du gar nicht wissen, wie es weiterging?«

»Nein. Ich … ich weiß, was geschehen ist. Ich erinnere mich.«

»Jenny, ich habe es für uns getan.«

»Ich weiß.« Es fällt ihr unsagbar schwer, das zu sagen. Zugleich ist sie ganz ruhig, und diese Ruhe macht ihr Angst. Sie blickt in den Wald, saugt die Stille der Natur in sich auf, sieht die Bäume, die vor Nässe im blassen Licht der unentschlossenen Abendsonne glänzen, die sich durch das Grau der Wolken gekämpft hat.

Unauffällig schaut sie zu dem Platz, an dem Smilla liegt. Sie hält den Atem an.

»Was ist, Jenny? Du siehst so erschrocken aus.«

Abwehrend hebt sie die Hand. »Nichts. Ich verabschiede mich von der Welt. Ich werde sie nie mehr sehen, fühlen, riechen, schmecken. Du wirst sie mir nehmen.«

Heftig springt er auf. »Nein. So darfst du das nicht sehen. Du solltest dich freuen. Und nicht ...« Er rudert mit den Armen. »Ich bin doch kein Monster!«

»Doch, das bist du.« Fest sieht sie ihn an. »Warum hast du die anderen Frauen getötet, wenn du mich haben wolltest, und warum hast du so lange gewartet?«

Bedrohlich beugt er sich zu ihr. »Sie waren ein Vorspiel. Du warst noch nicht bereit.«

»Das bin ich auch jetzt nicht.« Sie hält seinem Blick stand. Ihr Herz hämmert so heftig gegen ihre Rippen, als würde es gleich aus ihrer Brust springen. Der Stein in ihrer Hand ist kalt, rund und schwer.

35. Kapitel

Sein Gesicht ist ihrem ganz nah. Sie sieht in seine Augen, sie sind kalt und klar wie ein Bergsee. Sein Mund lächelt sie in der Gewissheit an, dass er bekommt, was er sich wünscht. Sie denkt an die Frauen, die ihretwegen ermordet wurden. An ihren Vater, der fast ums Leben kam, weil sein krankes Gehirn ihn hatte auslöschen wollen. Und sie denkt an Nils.

All diese Gedanken schüren ihre Wut und verleihen ihr Kraft. Sie umklammert den Stein, zielt, und mit einer einzigen schnellen Bewegung lässt sie ihn auf seinen Kopf krachen.

Der überraschte Ausdruck in seinem Gesicht lässt sie nur für den Hauch einer Sekunde innehalten, bevor sie noch einmal zuschlägt.

Er hat keine Chance, den Schlag abzuwehren. Sie fühlt sich gut. Tritt mit ihren Boots nach ihm, als er bewegungslos auf dem Boden liegt. Noch mal und noch mal …

Schwer atmend blickt sie auf ihn herunter. Aus der klaffenden Wunde an seiner Schläfe sickert Blut, er wirkt erstaunt.

Ohne ihn aus den Augen zu lassen, greift sie in die Tasche seiner Regenjacke, entriegelt die Sicherung der Pistole und zielt auf seinen Kopf.

Überlegenheit breitet sich in ihr aus – ein Gefühl, das sie schnell niederkämpft. Sie zögert, dann lässt sie die Waffe langsam sinken, sichert sie und steckt sie in den Bund ihrer Hose. Nein, sie ist nicht wie er.

Hastig läuft sie auf Smilla zu, die an einem Baumstamm lehnt, in ihrer Hand ein dicker Ast, auf ihren Lippen ein schiefes Lächeln. »Wenn du mir nicht zuvorgekommen wärst, hätte ich diesem Sausack eins übergezogen.« Ein Hustenanfall beutelt ihren Körper, sie krümmt sich vor Schmerzen.

Besorgt hockt sich Jennifer vor sie, betrachtet die Stichwunde an ihrer Seite. »Sieht nicht gut aus.«

»Toll, dass du mir so viel Mut machst.«

»Warum sollte ich dich anlügen?« Jennifer zwinkert ihr zu und ist erstaunt, wie stark Smilla ist und wie viel Humor sie hat.

»Was meinst du, schaffst du es bis runter zur Ebene?«

Smilla presst die Lippen aufeinander. »Muss ich ja wohl.«

Jennifer legt Smillas Arm über ihre Schulter und wuchtet sie hoch. Es tut ihr weh, Smillas gepresste Schmerzensschreie zu hören. »Wir schaffen das, Smilla, wir schaffen das.«

Mühsam kommen sie voran. Sie vermeiden es zu sprechen, um Kraft zu sparen. Jennifer sieht immer wieder hinauf, blickt durch die Baumkronen zum Himmel, lauscht nach dem Hubschrauber. Manchmal spielt ihr der Wunsch, ihn zu hören, einen Streich. Dann bleibt sie stehen und sucht den Himmel ab.

»Wo ist dein Handy?«, fragt sie Smilla, die apathisch einen Fuß vor den anderen setzt.

»Ich weiß nicht, ich glaube, ich hab es verloren.«

Sie muss sich zusammenreißen, um ihren Frust nicht laut herauszubrüllen. Wie sollen sie denn jemanden ohne dieses verdammte Handy kontaktieren?

»Schon okay, sie wissen ja, wo wir sind.«

Die Ebene sieht jetzt anders aus. Ruhig und geheimnisvoll wegen des Nebels, der über dem Boden schwebt. Jennifer runzelt die Stirn und sieht Smilla fragend an. »Da ist ja ein Fluss.«

»Der war vorhin auch schon da. Soweit ich weiß, fließt er hier schon seit Jahrtausenden.«

»Wenn ich eins an dir liebe, dann deinen Sarkasmus.«

»Endlich weiß das mal jemand zu schätzen.«

»Meinst du, du schaffst es bis zum Fluss? Ich möchte deine Wunde reinigen und wir könnten etwas trinken.« Sie sieht über ihre Schulter. Sie will so weit wie möglich weg vom Wald.

»Trinken klingt verlockend.« Smilla sieht zum Fluss hinüber. »Ja, ich schaffe das.«

***

»Verdammt! Geht das auch ein wenig zärtlicher?« Smilla verzieht das Gesicht, während Jennifer ihre Wunde inspiziert.

»Tut mir leid.« Sie wünschte, sie könnte mehr für Smilla tun. Aber wie? Die Wunde blutet nicht mehr, aber sie ist gerötet. Hoffentlich sind die inneren Verletzungen nicht dramatisch.

»Versuch zu schlafen.«

»Oh ja, um dann nicht mehr aufzuwachen. Vergiss es!«

»Du bist unmöglich.«

Sie schweigen.

Nach einer Weile fragt Smilla: »Ist er tot?«

»Ja.«

»Gut. Dann können wir uns ja entspannen.« Smilla lehnt sich an einen Felsen, ihre Augen flattern vor Müdigkeit, nach wenigen Minuten schläft sie ein. Nachdem Jennifer sicher ist, dass Smilla schläft, geht sie zum Fluss.

Sie kniet sich an das steinige Ufer, formt ihre Hände zu einem Kelch und schlürft Wasser daraus. Dann blickt sie über den Fluss, seine Strömung ist rasant. Ihr läuft ein eisiger Schauer über den Rücken. Und wenn der Hubschrauber nicht kommt? Was, wenn sie sich mit Smilla durchschlagen muss? Und wenn Smilla...? Schnell schüttelt sie den Gedanken ab. Immer positiv denken! Das hat sie auch damals in Syrien gepredigt, jedes Mal wenn Dennis sie ermahnt hat, sich nicht in Gefahr zu bringen – dass sie die Aktion abbrechen sollten, weil es zu brenzlig sei. Er hat alles darangesetzt, sie davon zu überzeugen, zurück nach Schweden zu gehen. Und jetzt wird ihr auch klar, warum. Er hatte nur Angst, dass irgendeine Bombe oder ein schießwütiger Irrer sie töten könnte, bevor er es tut. Bei dem Gedanken, dass sie ihm jetzt zuvorgekommen ist und sein Leben genommen hat, lacht sie hysterisch. Damit hatte er nicht gerechnet. Und sie hätte nie gedacht, dass sie dazu fähig ist. Ihr wird schlagartig übel, denn plötzlich sind die Bilder präsent: wie sie ihm den Stein auf den Kopf schlägt. Sie sucht nach dem Gefühl, das sie hatte, als sie zuschlug, doch da ist nichts. Sie starrt auf ihre Hände, dreht und wendet sie. Sie sehen aus wie immer, nur dass sie damit ein Leben ausgelöscht hat. Sie taucht sie in das kalte Wasser, bis sie schmerzen.

Erst hört sie das *Krack-Krack-Krack*, den Warnruf der Kolkraben, die aus dem Wald auf sie zugeflogen kommen, dann das Geräusch von Rotoren eines Hubschraubers. Sie springt auf und reißt die Arme in die Luft. »Hier, hier sind wir!«, schreit sie.

Dann wendet sie sich zu Smilla. Die rappelt sich auf und sieht den Kolkraben hinterher. Ihre Augen vor Entsetzen geweitet blickt sie Jennifer aufgeregt an.

»Was ist Smilla? Sieh nur, der Hubschrauber. Wir sind gerettet! Alles wird wieder gut.«

»Ja. Alles wird gut.« Smillas Stimme klingt brüchig.

Als die Tür des Helikopters zuschlägt und er sich vom Boden löst, atmet Jennifer erleichtert auf.

»Alles wird gut.« Smillas Hand fühlt sich kühl an, als Jennifer sie ergreift.

»Ja, alles wird gut«, murmelt Smilla teilnahmslos.

Jennifer sieht aus dem Fenster, ihre Augen füllen sich mit Tränen, inständig hofft sie, dass Smilla durchkommt. Aber je höher der Helikopter steigt und je weiter sie sich vom Wald entfernen, desto zuversichtlicher wird sie. Bestimmt wird sich alles zum Guten wenden.

***

Hektik herrscht in der Notaufnahme im Karolinska-Universitätskrankenhaus. Bis jetzt hat sie Smillas Hand nicht losgelassen, doch nun bittet eine Schwester sie eindringlich, die Hand freizugeben. »Alles wird gut«, flüstert Jennifer. *Wie oft habe ich das Smilla wohl in den letzten Stunden versichert?*, überlegt sie, während sie zusieht, wie Smilla in den OP-Bereich geschoben wird.

Verloren und plötzlich allein steht Jennifer auf dem Gang der Notaufnahme. Das kalte Licht der Neonröhren scheint erbarmungslos auf sie herunter, zeichnet Falten auf ihr Gesicht und lässt die Augenringe noch tiefer erscheinen, als sie sind.

Sie zuckt zusammen, als sich unerwartet eine Hand auf ihren Arm legt.

»Hej! Ich bin Doktor Svenska.«

Ruhige blaue Augen sehen sie aus einem von Sommersprossen übersäten Gesicht freundlich an. »Ich würde Sie gern untersuchen, Frau Holmer.«

Jennifer lässt die Untersuchung über sich ergehen. Sie will nur noch nach Hause in ihr Bett und schlafen.

»Körperlich sind Sie okay ... dennoch würde ich Sie gern zur Beobachtung hierbehalten.«

»Nein. Ich fühle mich gut. Ich warte noch, bis Smilla Berglund aus dem OP kommt, dann geh ich nach Hause.«

Doktor Svenska vergräbt die Hände in den Taschen seines weißen Kittels und sieht sie abwägend an. »Also gut, ich verschreibe Ihnen ein Beruhigungs- und Schlafmittel, wenn Sie möchten.«

»Was auch immer, es ist mir egal.«

Müde lehnt Jennifer den Kopf an die Fensterscheibe im Aufenthaltsraum des Krankenhauses. Die blassen Lichter der Stadt verschwimmen in der feuchten Abenddämmerung. Das wirkt beruhigend. Weit entfernt von dem Wald, der Nässe, dem Wind, der Kälte und dem Horror. Hier in der Stadt fühlt sie sich sicher. Vor zehn Minuten ist Hauptkommissar Anderson gegangen. Seine Fragen waren kurz und präzise. Er wirkte müde, bedrückt und als wollte er noch etwas sagen, bevor er sich verabschiedete. Sie hat aber nicht nachgefragt, jetzt bereut sie es. Morgen wird sie ihn anrufen. Nicht jetzt. Jetzt will sie auf Smilla warten.

Sie atmet tief durch, dann sieht sie ihn in der Fensterscheibe. Sie fährt herum.

Keine Sekunde später liegt sie in seinen Armen, umklammert ihn wie eine Ertrinkende. Seine Hand streicht zärtlich über ihren Rücken.

»Jenny, mein Mädchen«, flüstert er ihr ins Ohr.

»Paps … ich bin so froh, dich zu sehen.«

Sie löst sich aus seiner Umarmung, sieht über seine Schulter zu Angela, die mit den Tränen kämpft.

»Hej, Angela!« Zu gern würde sie sich auch in die Arme ihrer Mutter werfen, doch sie muss an das denken, was Dennis gesagt hat: *»Einmal habe ich sie zusammen im Bett gesehen. Schwitzend. Stöhnend. Voller Lust.«*

36. Kapitel

Der kühle Wind spielt mit den Vorhängen und streicht über Jennifers Gesicht. Unruhig wälzt sie sich auf den Kissen, zieht die Bettdecke bis unter das Kinn. Das Horn eines Schiffes lässt sie beruhigt aufatmen. Sie ist in ihrer Wohnung, in ihrem Bett. Sie will noch nicht aufstehen. Ihr Körper fühlt sich schwer an, in ihrem Kopf tobt ein Inferno, als hätte sie eine ganze Flasche Hochprozentiges getrunken. Sie sieht zum Wecker auf dem Nachttisch. Acht Uhr. Als sie gestern Nacht aus der Klinik kam, konnte sie nicht schlafen. Viel zu aufgewühlt und noch voller Adrenalin. Doch dank der Pillen von dem sommersprossigen Arzt ist sie dann doch in einen traumlosen Schlaf gefallen.

Sie spürt die Strapazen der vergangenen Tage. Ihr Bemühen, den Gedanken zu verscheuchen, dass sie nur knapp mit dem Leben davongekommen ist, gelingt ihr einfach nicht. Warum schafft sie es bloß nicht, den Verdrängungsmodus in Gang zu setzen? Sonst hat der doch immer so gut funktioniert. Verdammt! Sie will nicht über das Gesehene nachdenken und schon gar nicht darüber, was sie gefühlt hat, als Dennis' Hand zwischen ihren Beinen lag. Das Kribbeln in ihrem Körper, als er sie fester berührte. Sie schämt sich und will es vergessen. Unaufhörlich reibt sie mit der Hand über die Stirn. Doch je mehr sie versucht, ihre Gedanken in eine andere Richtung zu lenken, desto unruhiger wird sie.

Sie starrt an die Decke. Und was jetzt? Wie geht es weiter? Auch wenn sie sich am liebsten in ihrem Bett verkriechen möchte, ist da noch etwas, was sie unbedingt klären muss, bevor sie den nächsten Schritt macht – in ein neues Leben hinein. Ja, neu. Denn das, was war, will sie so schnell wie möglich hinter sich lassen, als ein Kapitel der Vergangenheit weit entfernt in ihrem Kopf abspeichern. Vergessen.

Sicher? Wird es nicht weiter zu dir gehören?

Oh, wie sie diesen Gedanken hasst!

Sie schwingt die Beine aus dem Bett. Ihr Weg führt sie in die Küche. Kaffee und eine Zigarette. Das braucht sie jetzt.

Sie öffnet die Terrassentür, der kühle Wind lässt sie frösteln. Sie schlingt die Arme um ihren Körper und ihr Blick schweift zum Hafen hinüber, über den graublauen Himmel, der sich mit dem dunklen Meer vereint. Sie lauscht dem fernen Kreischen der Möwen.

Umständlich zündet sie sich eine Zigarette an und muss sofort an Smilla denken. *Diese Dinger werden dich noch töten.*

»Ha! Nicht die Zigaretten, Smilla.« Sie stützt die Arme auf das Geländer, zieht gierig den Rauch ein und bläst ihn langsam aus. Der Kaffee ist stark und heiß und vertreibt sofort ihre Müdigkeit. Wieder muss sie an Smilla denken. Diese tapfere zähe Frau. Es geht ihr so weit gut, sie ist über den Berg. Das war die beste Nachricht gestern Nacht.

Dann fällt ihr das Treffen mit ihren Eltern wieder ein und nervös zieht sie an der Zigarette. Angela war so bemüht. Doch Jennifer konnte ihre Nähe nicht ertragen, nicht mit ihr reden. Noch nicht. Aber sie wird es tun, denn sie braucht unbedingt ein paar Antworten. Gestern Abend hat sie mit der plausiblen Ausrede, dass sie jetzt Ruhe und Schlaf brauche, das Zusammensein beendet.

Energisch schnippt sie die Zigarette über die Balustrade und sieht zu, wie sie auf dem Gehweg landet. Automatisch suchen ihre Augen den Wagen der Polizisten. Nur ein paar Tage ist es her, seitdem sie hier Wache geschoben haben. Statt des Polizeiautos steht jetzt ihr eigener Wagen da, den ihre Eltern ihr gestern gebracht haben. Lange sieht sie den weißen Mini an. Wie sauber er glänzt.

∗∗∗

Die schüchterne Herbstsonne stimmt Jennifer milde. Dichte Wälder und flache Ebenen mit felsigen Erhebungen dahinter rauschen an ihr vorbei. Aber dafür hat sie im Moment keinen Blick.

Ohne die Augen von der Straße zu heben, sucht sie einen Nachrichtensender. Sie fühlt sich ausgehungert nach Neuigkeiten. Sie möchte wissen, was um sie herum geschieht. Der Wunsch wächst, wieder selbst aktiv zu werden und ebendiese Nachrichten zu übermitteln.

Nur noch zehn Kilometer bis Östervåla. Wie vor knapp zwei Wochen hält sie an dem Ortsschild an, kramt im Handschuhfach nach ihren Notfallzigaretten und lauscht den Zwölfuhrnachrichten. Nicht eine Silbe über das Drama, in dem sie und Smilla die Hauptrollen gespielt haben. Sie versteht es nicht. Gewohnheitsmäßig wühlt sie in ihrer Handtasche nach dem Smartphone, um Hauptkommissar Anderson anzurufen. Doch da ist keins. Sie seufzt genervt. Natürlich nicht! Ihr Smartphone war ja in dem Rucksack, und der ist sechshundert Kilometer weit entfernt in diesem beschissenen Wald.

Noch einmal lässt sie sich die Entfernung durch den Kopf gehen. So weit sind sie gefahren, um ihm zu entkommen. Doch nichts hat ihn davon abgehalten, sie zu finden. Wie groß war bloß dieser Drang, sie zu töten, um eins mit ihr zu werden?

Der Schrei kommt von ganz unten aus ihrem Bauch – schrill und anhaltend wie eine Flut, die alles vernichtet.

***

Dieser Gang ist der schwerste, sie fühlt sich nicht bereit. Seit einer halben Stunde sitzt sie in ihrem Wagen und beobachtet Nils' und Svenjas Haus.

Sie wirft einen Blick in den Rückspiegel, auf Make-up hat sie verzichtet, ihr Haar ist zu einem Pferdeschwanz gebunden. Ihr Gesicht spiegelt wider, wie sie sich fühlt: verwirrt, erschöpft und schuldig.

Sie vermeidet es, den verwaisten Garten genauer anzusehen. Vielleicht ist Svenja ja gar nicht da. Gerade wäre ihr das am liebsten.

Ohne weiter darüber zu sinnieren, drückt sie die Klingel. Sie wartet und drückt erneut. Nichts. Eine Mischung aus Erleichterung und Enttäuschung. Erneut hebt sie den Finger Richtung Klingelknopf, doch noch bevor er ihn erreicht, öffnet sich die Tür.

»Hej!« Ihre Stimme ist rau und viel zu leise.

Svenja hält die Tür fest umklammert, sie mustert Jennifer von oben bis unten.

»Was willst du?«

»Können wir reden?«

»Worüber willst du reden? Darüber, dass du meinen Mann beschuldigt hast?«

Jennifer senkt den Blick und kneift die Lippen aufeinander. Was soll sie sagen? Sie hätte sich vorher ein Konzept überlegen sollen. Aber sie musste ja unbedingt spontan handeln. Und jetzt steht sie hier. Mit dem Wunsch, etwas wiedergutzumachen und Vergebung zu erlangen. Aber wie soll sie um Vergebung bitten? Da gibt es nichts zu vergeben, und trotzdem ist sie hier.

»Sind dir die Worte ausgegangen? Du bist doch sonst nicht auf den Mund gefallen. Also, was willst du?«

»Kann ich reinkommen?«

Svenja sagt kein Wort, dreht sich um und geht in die Küche. Einen Moment lang steht Jennifer ratlos da, dann folgt sie Svenja.

»Erwarte nicht von mir, dass ich dir etwas anbiete – ich bin nicht in der Stimmung.« Mit verschränkten Armen lehnt Svenja an der Spüle, ihr Blick ist feindselig.

»Wollen wir uns setzen?« Jennifer betrachtet sie aufmerksam. Svenja ist schludrig gekleidet. In Jogginghose und ein Sweatshirt, das ihr viel zu groß ist. Wohl eins von Nils. Es versetzt ihr einen Stich mitten in den Magen.

»Klar.« Svenja löst sich von der Spüle, zieht einen Stuhl vom Tisch, setzt sich und verschränkt wieder die Arme vor der Brust.

Jennifer nimmt ihr gegenüber Platz und legt die Hände flach auf den Tisch. »Ich weiß nicht, wie und wo ich anfangen soll …«

»Komm mir jetzt nicht mit Beileidsgefasel!«, faucht Svenja und beugt sich vor. »Du bist schuld. Du und dieser Psycho Dennis, den du im Schlepptau hattest.« Ihr Zeigefinger deutet auf Jennifer, ihr Mund ist zu einer schmalen Linie gepresst, in ihren Augen blitzt Wut. »Du warst mal meine beste Freundin, wir waren wie Schwestern, und du hast mich betrogen, mir alles genommen …«

»Hör auf, Svenja! Ich bin hier, um dir zu erklären, was passiert ist. Und ja, ich bin auch hier, damit du mir vergibst, aber ich verstehe, wenn du mir nicht vergeben kannst.«

»Was denkst du eigentlich, wer du bist? Du hast mit meinem Mann auf unserer Hochzeit gevögelt und auch noch danach … Sieh mich nicht so an! Denkst du, ich hab es nicht gewusst! Jedes Mal wenn er dich gefickt hat, kam er nach Hause und tat es mit mir. Wild, hemmungslos, ohne Gefühl. Da wusste ich, er muss bei dir gewesen sein.«

Svenja springt auf, der Stuhl fällt um und schlägt laut auf den Fliesenboden. Schwer atmend steht sie da, kämpft mit den Tränen, mit Wut und Fassungslosigkeit. »Du hast mir meinen Traum genommen. Schon damals, als wir nach Amerika wollten und du einfach entschieden hast, allein wegzugehen und mich vor vollendete Tatsachen zu stellen. Und als ich mich damit abfand, konntest du es nicht ertragen, dass ich glücklich war mit dem Mann, den ich liebte, und mir eine Zukunft aufbaute, weil du nicht fähig bist zu lieben!«

Svenjas Worte prasseln auf sie ein, erschlagen sie.

Jennifer sieht auf ihre Hände, die immer noch auf dem Tisch liegen – als würde sie immer noch erwarten, dass Svenja sie ergreift und sie gemeinsam über das, was geschehen ist, reden können. Aber das wird nicht geschehen, das weiß sie jetzt. Sie stützt sich auf die Handflächen und erhebt sich mühevoll. »Du hast recht. Es ist meine Schuld.«

Beide sehen sich an. Die Stille um sie herum lastet schwer im Raum. Als hätte die Welt für kurze Zeit aufgehört, sich zu drehen.

Das war es, was sie wollte. Klarheit. Die hat sie bekommen. Sie fühlt nichts mehr, als wäre sie nur noch eine Hülle.

Die Tür zum Garten fällt laut ins Schloss. Sie zuckt zusammen. Dann sieht sie noch einmal durch das Küchenfenster. Svenja aufrecht, den Rücken ihr zugekehrt. Mit jeder Faser ihres Körpers will sie zu Svenja laufen und sie umarmen. Doch das wäre zwecklos, das weiß sie.

***

»Love me tender, love me sweet …« Elvis' Song weht aus der Jukebox und treibt Jennifer Tränen in die Augen. Sie sitzt auf dem Platz, an dem sie immer mit Svenja saß. Hier schmiedeten sie ihre Pläne für die Zukunft, trösteten sich gegenseitig über die Enttäuschungen des Lebens hinweg, freuten sich über die Erfolge, die sie errungen hatten.

Sie schnäuzt sich mit einer Serviette die Nase und wischt sich mit dem Handrücken die Tränen von der Wange.

»Ihr Kaffee.« Die Bedienung hält inne, als sie ihr verheultes Gesicht bemerkt. Schnell entfernt sie sich.

Vorsichtig schlürft Jennifer den Kaffee. Sie muss mit dieser Sentimentalität aufhören. Was hat sie denn erwartet? Heißt es nicht: *Erwartungen sind gleich Enttäuschungen?*

Sie muss lachen. Dann atmet sie tief ein und blickt aus dem Fenster über den Parkplatz. Nur wenige Autos stehen dort, doch eines sticht ihr sofort ins Auge. Ein schwarzer Volvo Kombi.

37. Kapitel

Wenn er eines hasst, dann den Geruch eines Krankenhauses. Desinfektionsmittel reizen seine Nasenschleimhäute und verursachen ihm Übelkeit. Kommissar Anderson versucht, flach zu atmen, aber es nützt nichts, der Geruch klebt an ihm.

Die Gummisohlen seiner Schuhe quietschen auf dem Linoleumboden, auch das mag er nicht, überhaupt hier sein zu müssen stimmt ihn missmutig. Erst gestern hat er hier um Smillas Leben gebangt. Er hält kurz inne, bevor er seinen Gang fortsetzt.

Wie froh wird er sein, wenn er seinen Job an den Nagel hängen und ihn Smilla übergeben kann. Dieser Fall geht ihm wirklich an die Nieren. Bisher hat er gedacht, dass die Sache oben in Ottsjö vor gerade mal einem Jahr der schlimmste Fall seines Berufslebens sein wird. Die jungen Menschen aus Deutschland ... wie hießen sie noch? Sarah ... Ja, Sarah, ihr Mann Frank und deren Freunde, die nur Urlaub machen wollten in ihrem Ferienhaus, und dann ... Er stößt einen tiefen Seufzer aus, fährt sich mit der Hand durch das graue Haar und bleibt vor der Tür zu Smillas Zimmer stehen. Er muss sich unbedingt beruhigen, bevor er zu ihr geht.

Leise schließt er die Tür, lächelt und nähert sich ihrem Bett. Sie hat die Augen geschlossen, ihr Atem geht ruhig und gleichmäßig. Vielleicht sollte er später wiederkommen? Er hadert mit sich. Nein, er muss jetzt mit ihr sprechen.

Anderson hüstelt und zieht den Besucherstuhl nah ans Bett. Das helle kratzende Geräusch der Metallfüße auf dem Linoleumboden weckt Smilla. Schlaftrunken dreht sie den Kopf und blinzelt ihn an.

»Hej! Entschuldige, ich wollte dich nicht wecken.« Verlegen zupft er an seinem Ohrläppchen und blickt sie verstohlen an.

»Aber natürlich nicht, das würdest du nie tun.« Unbeholfen richtet sich Smilla auf, sie zieht die Luft durch die Zähne. »Scheiße, tut das weh!«

»Bleib liegen! Ich werde gleich wieder verschwinden. Du weißt ja, ich hasse Krankenhäuser.« Ungelenk tätschelt er ihren Arm. »Wie geht es dir?«

»Wenn ich das wüsste … ich fühl mich, als hätte mich ein Elch bei einem Frontalzusammenstoß mit seinem Geweih aufgespießt.«

»Toller Vergleich.«

»Ja, ich weiß, ich bin unschlagbar in so was.« Sie mustert ihn. »Was ist los, Anderson? Du bist doch nicht hier, weil dir langweilig ist.«

»Wir haben ein Problem. Dieser Dennis … ist noch nicht gefunden worden.«

»Was! Warum nicht? Ich … das versteh ich nicht, das kann doch nicht so schwierig sein, einen nur einige Hundert Meter von uns entfernten toten Mann aufzusammeln.«

Anderson betrachtet seine gefalteten Hände auf dem Bauch. »Bist du sicher, dass er tot war?«

»Was soll die Frage? Natürlich! Ich habe gesehen, wie Jennifer mit einem Stein auf seinen Kopf schlug, nicht nur einmal – und wie sie ihn getreten hat. Regungslos lag er da … auch noch, als sie seine Taschen durchwühlt hat, um an die Pistole zu kommen.«

»Hm … ihr, ich meine, Frau Holmer hat aber nicht seinen Puls gefühlt, oder?«

Smilla schüttelt den Kopf und sieht aus dem Fenster. Sie atmet tief durch. »Auch wenn er nicht tot war, er war jedenfalls nicht mehr in der Lage, weite Strecken zurückzulegen. Habt ihr die Umgebung abgesucht …?«

»Natürlich! Wir sind heute Morgen mit Suchhunden da gewesen. Das Dumme ist, dass es in der Nacht wieder heftig geregnet hat, deshalb gibt's keine Spuren.«

»Scheiße, Anderson! Wenn dieser Mistkerl noch am Leben ist …« Sie hält inne, ihre Augen weiten sich. »Hast du mit Jennifer gesprochen?«

»Noch nicht. Ich wollte erst mit dir reden.« Er steht auf. »Mach dir keine Sorgen, wir kriegen ihn. Und du hast recht, er kann nicht weit gekommen sein.« Mit einem aufmunternden Lächeln drückt er seine Hand auf Smillas Schulter. »Ich fahr jetzt zu ihr. Außerdem habe ich noch ihren Rucksack. Und nein, du brauchst mir nicht mehr zu sagen, dass ich sie unter Polizeischutz stellen soll, das … ist schon arrangiert.«

An der Tür wendet er sich noch einmal zu Smilla um. Er mag es nicht, wenn sie ein sorgenvolles Gesicht macht, und er weiß, dass sie sich am liebsten selbst auf die Suche machen würde. »Wir werden ihn finden, und ich passe auf Jennifer auf. Werd schnell wieder gesund!«

***

Der Hof ihrer Eltern wirkt einsam. Der Rasen vor dem Haus müsste gemäht werden, bevor der Winter einsetzt, auch die Rosen sollten zurückgeschnitten werden. Erstaunlich, wie das Leben die Routine in so kurzer Zeit auf den Kopf stellen kann. Jennifer zieht den Reißverschluss der Windjacke hoch, vergräbt die Hände in den Jackentaschen und geht auf das Haus zu.

Plötzlich fühlt sie sich wieder beobachtet, ein eisiger Schauer läuft ihr über den Rücken. Unauffällig späht sie über ihre Schulter, doch da ist nichts. Warum auch? Dennis ist tot. Da ist niemand, der sie beobachtet – alles Einbildung. Sie ist froh, dass sie morgen einen Termin bei Malte hat. Die Therapie wird wohl länger dauern. Ihr ist klar geworden, dass sie nicht nur Samiras Tod traumatisiert hat. Das Trauma sitzt tiefer.

Noch bevor sie die Tür erreicht, wird sie aufgerissen. Nelly zwängt sich an Pauls Beinen vorbei, laut winselnd und schwanzwedelnd stürmt sie auf Jennifer zu.

Sie lacht vor Freude über die stürmische Begrüßung, kniet sich hin und begrüßt Nelly, vergräbt ihr Gesicht in dem weichen Fell. »Mein altes Mädchen, auch du hast Glück gehabt, dass du noch am Leben bist«, flüstert sie und fragt sich, warum er Nelly nicht getötet hat. War da doch ein Hauch von Empathie? Ein Psychopath mit einem winzigen Rest Skrupel? Nein. Und sie will jetzt auch nicht weiter darüber nachdenken.

Entschlossen erhebt sie sich und geht schnell auf die Tür zu. »Hej, Paps!« Sie umarmt ihn fest. Nur bei ihm fühlt sie sich sicher.

»Ich dachte schon, du wirst Nelly nicht mehr loslassen und mich einfach ignorieren.«

»Wie könnte ich? Geht es dir gut?«

»Jetzt ja. Komm rein!«

Sie folgt ihm ins Haus. »Wo ist Angela?«, fragt sie und sieht in die Küche.

»Hinten im Garten.«

Unentschlossen stehen sie im Flur. Sie lächelt Paul an, während sie die Haustür wieder öffnet.

»Warte, Jenny! Sei nicht so hart mit ihr, das alles hat sie sehr mitgenommen.«

Jennifer will etwas erwidern, doch der bittende Ausdruck in seinen Augen hält sie davon ab.

Sie geht in den Garten. Ihr Herz pocht, und das ist auch das Einzige, was sie fühlt, dieses Pochen.

Mit verschränkten Armen steht Angela vor dem Himbeerbusch, als überlege sie, den Busch zu trimmen. Und tatsächlich bückt sie sich jetzt und hebt die Heckenschere auf, die neben ihr im hohen Gras liegt.

»Was machst du da?«

Erschrocken dreht sich Angela um. »Jenny!« Für eine Sekunde entspannt sich Angelas Miene, aber nur um gleich wieder einen stumpfen Ausdruck anzunehmen. »Ich will ihn kürzen oder am besten ganz ausgraben.«

»Warum?«

»Weil hier der Polizist gesessen hat, der uns vor Dennis beschützen sollte. Aber Dennis konnte sich an ihn heranschleichen, weil dieser Busch so hoch ist.«

»Du bist irre! Der Busch hat doch nichts damit zu tun.«

Angela neigt den Kopf, wägt ab. »Ja, das stimmt.« Sie lässt die Heckenschere ins Gras fallen. »Vielleicht wollte ich mich nur ablenken, versuchen, etwas in Ordnung zu bringen.«

Jennifer bemerkt, wie müde Angela aussieht. Sie trägt kein Make-up, um ihren Mund haben sich tiefe Falten gebildet, ihr Haar wirkt glanzlos. Sie tut ihr leid. Für eine Sekunde stellt sie ihr Anliegen infrage. Nein, es muss sein, sonst wird sie es mit sich herumtragen, und es wird sie auffressen.

Zögernd geht Angela einen Schritt auf sie zu, hebt die Hand, um ihr Gesicht zu berühren, doch sie weicht ihr aus.

»Nicht jetzt! Lass uns reden.«

»Du gibst mir die Schuld, nicht wahr? Ich habe es in deinen Augen gesehen, als wir gestern bei dir im Krankenhaus waren.« Resigniert lässt Angela die Hand sinken. »Okay, dann reden wir. Wollen wir reingehen?«

»Nein. Setzen wir uns auf die Bank da.«

Sanft streicht der Wind durch die Blätter der Birke, lässt das Laub tanzen. Als Kind mochte Jennifer es, im Herbst die Blätter aufzufangen und wieder in die Luft zu werfen. Damals, als sie noch in Hamburg wohnten. Und dieses Spiel hat sie mit Angela gespielt. In einer besseren Zeit. Also hat sie doch etwas mit Angela unternommen. Warum hat sie das verdrängt? Und warum muss sie gerade jetzt daran denken?

Die Bank ist klein, und Jennifer bereut sofort, dass sie gerade diesen Platz gewählt hat. Angelas Nähe erträgt sie nicht. Es schnürt ihr die Luft ab. Was hat ihr Vater gesagt? Du und Angela, ihr seid euch so ähnlich. Er hat recht, sie benimmt sich genauso, wie Angela es immer getan hat. Zu reserviert, kein Platz, um Gefühle zu zeigen.

Unvermittelt springt Jennifer auf. Blickt auf Angela herunter, die sie ansieht, als wäre sie ein Richter, der gleich ein Urteil fällt. Das macht sie wütend, denn genau so fühlt sie sich, wie jemand, der über ihre Mutter urteilt.

Sie vergräbt die geballten Hände in den Taschen der Windjacke. »Ich werde dir jetzt erzählen, was Dennis mir gesagt hat, bevor ich ihm den Schädel einschlug.«

Stockend wiederholt sie jedes Wort, beobachtet Angelas Reaktion. Doch da ist nur der leere Blick.

»Du wusstest, was mit Dennis los ist beziehungsweise mit David, so heißt er ja eigentlich. Du wusstest, dass er ein schwieriges Kind war, weil du mehr als nur berufliches Interesse an dem Senator hattest. Stimmt's?«

Keine Antwort.

»Du hast gelogen, was deine Recherche anging … oh, vielleicht war ja ein Funken Wahrheit dabei, aber ich denke, du hattest schlicht ein Auge auf den Senator geworfen. Ich zitiere Dennis: ›Ich habe sie oft beobachtet, wie sie auf dem Sofa saßen und sich ansahen, lachten und miteinander redeten, sich berührten. So vertraut. Einmal habe ich sie zusammen im Bett gesehen. Schwitzend. Stöhnend. Voller Lust.«« Herausfordernd sieht sie Angela an. »Sag was dazu!«

»Das haben wir doch schon geklärt. Da war nichts zwischen uns. Dennis hat da etwas hineingelegt, was nicht da war.« Ihre Augen sind für einen winzigen Moment lebendig. »Ich habe Paul nie betrogen.« Sie drückt ihr Kreuz durch und sieht Jennifer herausfordernd an, genauso wie sie es gerade getan hat.

Aufmerksam studiert Jennifer Angela, die sie weiter unverwandt ansieht. Sagt sie die Wahrheit? Vielleicht.

Genau wie Angela drückt sie ihr Kreuz durch und das überlegene Gefühl, Angela zu sehen, wie sie am Ende ist und sich dennoch bemüht, die Fassung zu wahren, kommt ihr niederträchtig vor. Aber sie muss es wissen.

»Gut«, fährt sie fort. »Du wusstest, dass Dennis seine Mutter ermordet hat, dass er sie die Treppe hinuntergestoßen hat. Bloß, weil er sie hasste. Und trotzdem hast du mich zu seiner Geburtstagsfeier mitgenommen, damit er Gesellschaft hat. Und erst als er versuchte, mich zu vergewaltigen, bist du aufgewacht.«

Angelas Kiefer sind fest aufeinandergepresst.

»Ich nehme an, da hast du eine noch größere Story gewittert als den Finanzbetrug im Senat. Stimmt wenigstens der Teil der Geschichte?«

Angela senkt den Blick, zupft nervös an ihrem Pullover, doch sie bleibt stumm.

»Und genau aus diesem Grund hat der Senator dich unter Druck gesetzt. Er wollte verhindern, dass du plauderst und die ganze beschissene Wahrheit ans Licht kommt. Aber er hat nicht veranlasst, das Feuer zu legen. Nein. Das war Dennis. Und auch das wusstest du. Und dann hast du den Senator erpresst.«

Angela springt von der Bank auf. »Du spinnst dir da was zusammen, das ist nicht wahr!«

Jennifer bricht in Lachen aus. »Angela, woher hatten wir denn das Geld, nach Schweden auszuwandern? Du und Paps, ihr habt vielleicht gut verdient, aber doch nicht so viel, um ein sorgloses Leben hier in Schweden führen zu können. Das war der Deal. Geld. Nie mehr als Journalistin arbeiten und das Land verlassen. Richtig?«

Schwer lässt sich Angela auf die Bank sinken. Sie wirkt klein, unscheinbar, wie nicht mehr existent.

Der Triumph, den sie gerade noch empfunden hat, erlischt wie eine Kerze im Wind.

Die Zeit verstreicht. Die gelben Blätter der Birke schweben auf das Gras, auf ihre Köpfe und Schultern.

»Wolltest du deshalb, dass ich mich starkmache, nach der Wahrheit über die toten Frauen zu recherchieren? Weil du ahntest, dass Dennis damit etwas zu tun haben könnte?«

Flüchtig schüttelt Angela den Kopf. Ihre Stimme ist leise, als sie sagt: »Nein. Ich wusste genauso wenig wie du, dass es sich bei Dennis um David, den Sohn des Senators, handelt. Das ist purer Zufall oder Schicksal – je nachdem, wie man es sieht.« Ein Funken ihrer alten Souveränität blitzt auf. Doch der verschwindet sofort, als sie Jennifer ansieht, die wie versteinert vor ihr steht. Schnell wendet Angela ihren Blick ab. »Ich hatte gehofft, dass wir das zusammen machen könnten. Ich wollte dir nah sein und … etwas wiedergutmachen, was ich versäumt habe in deiner Kindheit. Ich dachte, wenn ich dir die Informationen gebe und wir gemeinsam daran arbeiten, wird alles wieder gut zwischen uns.«

Jennifers Gefühle fahren Achterbahn. Sie will Angela anschreien, will sich ihr in die Arme werfen und gemeinsam mit ihr weinen. Pauls Worte hallen in ihr wider.

Du und Angela, ihr seid euch so ähnlich.

Eine Mischung aus Wut und Verzweiflung strömt durch ihren Körper. In Angelas Augen nimmt sie ein Flehen wahr.

»Ich habe dich gebraucht, als ich ein Kind war. Aber du warst nur auf deinen Job fixiert. Ich erinnere mich wieder. Ich erinnere mich, wie du mich angesehen hast, wenn ich etwas von dir wollte, wenn ich mich in deinen Arm kuscheln wollte, deine Nähe spüren wollte, mich nach deiner Liebe verzehrt habe. Du hast es ignoriert … Oh klar, es gab Momente, da hast du dich erinnert, dass ich deine Tochter bin. Doch die waren kurz. Du hast einen emotionalen Krüppel aus mir gemacht. Nicht fähig zu lieben.«

Eine frische Böe spielt mit dem Laub der Birke.

»Jenny, es tut mir leid. Bitte, ich … will es wiedergutmachen. Bitte, Jenny, gib mir … uns eine Chance.«

Ohne ein Wort wendet sie sich ab. Ihre Beine fühlen sich merkwürdig an, steif und schwer. Sie muss all ihre Kraft aufwenden, um schnell zu ihrem Wagen zu kommen.

38. Kapitel

Im Blindflug ist sie nach Stockholm gefahren. Alles lief wie auf Autopilot. In der Stadt fädelt sie sich automatisch in den Verkehr ein.

Nach kurzem Suchen findet sie einen Parkplatz, steigt aus und eilt zu ihrem Haus. Aus dem Augenwinkel bemerkt sie einen bekannten Wagen, doch sie schenkt ihm keine Aufmerksamkeit. Sie will nur noch nach Hause, in ihre geschützte Welt. Ein Glas Wein, eine Zigarette, eine Dusche, dann ins Bett.

Sie nestelt mit dem Schlüssel am Schloss der Haustür. Verdammt, warum zittern ihre Hände? Dann hat sie es endlich geschafft und stößt die Tür auf. Blind rennt sie die Stufen hinauf, ihre Schritte hallen durch das kalte Treppenhaus.

»Jennifer, da sind Sie ja! Mein Gott, ich hab mir Sorgen gemacht. Wo waren Sie?«

Erschrocken weicht Jennifer zurück – bereit wegzurennen. Verdammt, sie muss damit aufhören! Wo sind ihre starken Nerven, die ihre Kollegen immer als Drahtseile bezeichnet haben? Immer cool und entspannt.

»Kommissar Anderson?«

Anderson hält ihren Rucksack hoch. »Den haben Sie doch mit Sicherheit schon vermisst.«

»Ja, stimmt. Danke.« Sie stockt, sieht Anderson genauer an. »Warum sind Sie wirklich hier?«

»Darf ich kurz mit reinkommen?«

»Schön haben Sie es hier.« Anderson lässt den Blick durch die Wohnung streifen und geht auf die Terrassentür zu. »Fantastisch, der Blick auf den Hafen.«

»Ja, ist ganz angenehm – vor allem, wenn man wochenlang in einem Land ohne Wasser war.«

Er nickt und fährt sich mit der Hand durch das Haar.

Jennifer lässt ihn nicht aus den Augen, etwas an seinem Verhalten lässt ihre Alarmglocken schrillen. »Was ist passiert? Etwas mit Smilla?«

»Nein, Smilla geht es verhältnismäßig gut. Sie kennen sie ja ein wenig, die Frau ist nicht kleinzukriegen.« Dann wird er ernst. »Es geht um Dennis Beck.«

Jennifer runzelt die Stirn. Sofort schießt ihr Blick zur Küche, zur Schublade mit den Zigaretten. »Was ist mit ihm?«, fragt sie, eilt in die Küche und reißt die Schublade auf.

»Wir haben ihn noch nicht gefunden.«

»Was soll das heißen, Sie haben ihn nicht gefunden?« Ihre Hand bebt, während sie versucht, sich die Zigarette anzuzünden, doch vergeblich, das Feuerzeug hat seinen Geist aufgegeben.

Anderson kramt aus seiner Hosentasche sein eigenes hervor. Mit einem Ratsch steigt die Flamme auf.

»Sie rauchen?«, fragt Jennifer, während sie den Rauch inhaliert.

»Nein, ich habe es seit ein paar Jahren aufgegeben.«

»Ich nehme an, seit Sie mit Smilla zusammenarbeiten.«

Mit einem zustimmenden Lächeln legt er das Feuerzeug auf die Küchenzeile. »Können Sie gern behalten.«

»Danke«, murmelt sie und zieht kräftig an der Zigarette. Sie hat Zeit geschunden, die sie unbedingt brauchte, um die Nachricht zu verarbeiten. Doch jetzt muss sie es genauer wissen.

»Und was bedeutet das?«

»Vor allem, dass Sie nicht in Panik ausbrechen sollen. Wir gehen davon aus, dass er nicht tot ist, sondern sich entfernen konnte …«

»Unmöglich!«, unterbricht sie ihn schrill. »Ich habe ihm mehrmals den Stein auf den Kopf geknallt. Genau hier!« Sie deutet auf ihre Schläfe. »Und dann habe ich ihm noch einige harte Tritte in die Nieren verpasst.« Sie spuckt die Worte förmlich aus und zieht begierig an der Zigarette, deren Asche achtlos auf den Boden fällt. »Kommissar Anderson, er war tot! Ich bin mir hundertprozentig sicher.«

Anderson kratzt sich am Kopf. »Nun, Fakt ist, er ist verschwunden. Wir gehen davon aus, dass er sich irgendwo verkrochen hat und seinen Verletzungen erlegen ist.«

»Dann suchen Sie ihn, verdammt noch mal!«

»Das machen wir auch, aber der Regen hat zu viele Spuren weggespült, die Suchhunde können nichts ausrichten … es wird dauern, aber wie ich schon sagte, wir werden ihn finden, und bis dahin bekommen Sie Polizeischutz.«

Jetzt weiß sie, wieso ihr der Wagen vor dem Wohnhaus aufgefallen ist. In ihr herrscht ein grandioses Durcheinander. Nicht *ein* vernünftiger Gedanke ist dort zu finden. Sie dreht den Wasserhahn an der Spüle auf und hält die Kippe unter den Strahl. Die Glut zischt. Es ist das einzige Geräusch in der Küche. Sie will nicht glauben, was Anderson gerade gesagt hat. Immer wieder versucht sie, sich Dennis vorzustellen, wie er am Boden lag. Es gelingt ihr nicht.

»Haben Sie jemanden, mit dem Sie über das, was passiert ist, sprechen können?«, fragt Anderson mitfühlend.

Immer noch in Gedanken nickt Jennifer und greift zur nächsten Zigarette.

»Gibt es sonst noch etwas, was ich wissen muss oder tun kann?«, fragt sie mit belegter Stimme.

»Nein. Im Augenblick müssen wir einfach abwarten. Versuchen Sie, sich zu entspannen, und meiden Sie erst einmal öffentliche Einrichtungen, Orte, wo viele Menschen sind.«

»Sie machen mir ja Mut ... Okay, ich werde mich bemühen.«

»Ach, eines noch: Erinnern Sie sich, wie viel Zeit vergangen ist, nachdem Sie Dennis ... also zwischen seinem vermeintlichen Tod und unserem Eintreffen?«

»Keine Ahnung. Ich würde sagen, eine Stunde, vielleicht auch etwas mehr.«

»Gut, das hilft uns weiter. Ich danke Ihnen. Falls Ihnen noch etwas einfällt, melden Sie sich bitte!«

Nachdem Anderson gegangen ist, verriegelt sie die Wohnungstür, überprüft noch einmal, ob sie tatsächlich abgeschlossen ist. Lugt durch den Spion. Lauscht. Noch nie in ihrem Leben hat sie solche Angst gehabt. Das darf sie nicht zulassen. Sie weiß genau, dass er nicht mehr lebt. Sie spürt es, da ist keine Verbindung mehr. Doch eine Bestätigung braucht sie noch.

Aus dem Rucksack holt sie ihr Smartphone. Ungeduldig wartet sie, dass es zum Leben erwacht.

Und das tut es mit der Begrüßung: *Hallo my friend.*

Sie schluckt, und das fühlt sich an, als würde ein Pfirsichkern mit seinen rauen Kanten ihre Speiseröhre hinabschaben und das feine Gewebe aufschlitzen. Als sie dann auch noch Samiras lachendes Gesicht auf dem Foto sieht, ist es mit ihrer ohnehin schon angeknacksten Fassung vorbei. Der Tränenfluss will nicht abbrechen.

Tränenblind streicht sie mit dem Finger über das Display zu ihren Nachrichten. Wischt sich mit dem Handrücken den Rotz unter der Nase fort. Atmet tief durch. Nicht eine einzige

Nachricht. Erleichtert lässt sie das Smartphone in den Rucksack fallen, denn eines ist sicher: Wäre Dennis am Leben, er hätte ihr eine Nachricht geschickt. Er ist viel zu eitel, um hinzunehmen, dass sie ihn so abserviert hat. Das würde er nicht ertragen.

Mit einer Prise neuem Selbstbewusstsein tut sie, was sie vorgehabt hatte. Duschen, um den Dreck des Tages abzuwaschen, und endlich schlafen. Nicht mehr denken. Alles hinter sich lassen.

39. Kapitel

Am nächsten Tag ist der Himmel verhangen und von tiefem Grau. Da ist kein Wind, der dieses Grau beiseiteschiebt. Aber für Jennifer spielt das keine Rolle. Auch wenn die Sonne am blauen Himmel stünde, hätte sie keinen Blick dafür gehabt. Schnurstracks ist sie zu den Beamten in den Wagen gestiegen und hat sich zu Malte chauffieren lassen.

Sie muss immer noch über deren verwunderte Gesichter schmunzeln, nachdem sie ihnen gesagt hat, dass sie gefahren werden möchte. Doch der wahre Grund dafür war nicht Bequemlichkeit, sondern ihre Angst.

»Oh, ein Lächeln. Sehr schön.« Malte schlägt die Beine übereinander, lehnt sich gegen die Lehne des Sessels und sieht sie an. »Ich habe Sie vermisst, Sie sind nicht zu den Terminen erschienen. Verraten Sie mir, was passiert ist?«

Aus ihren Gedanken gerissen, blickt sie Malte stirnrunzelnd an, atmet den weichen reinen Duft ein, der den Raum füllt und den sie von Anfang an so mochte. Er entspannt sie, obwohl er gar keine besondere Note hat. Gelöst lehnt sie sich an die weiche Polsterlehne des Sofas. »Ich weiß gar nicht, wo ich anfangen soll. Es ist so viel passiert ...«

»Am besten am Anfang. Aber das überlasse ich natürlich Ihnen.«

»Wie viel Zeit haben wir?«

»So viel Sie möchten.« Er neigt den Kopf zur Seite und betrachtet sie aufmerksam. »Soll uns Lilly noch Kaffee bringen?«

»Ja.«

Nachdem Lilly ein Tablett mit Kaffee und Keksen auf den Tisch vor dem Sofa gestellt hat, beugt sich Jennifer vor und sieht Malte an. »Ich weiß nicht, wo ich anfangen soll und wie weit ich Ihnen vertrauen kann.«

Malte reibt sich sein glatt rasiertes Kinn. »Wie wäre es, wenn Sie mir erzählen, was Sie in diesem Moment fühlen und bereit sind zu sagen. Und dann sehen wir weiter.«

Erleichtert beginnt Jennifer, über die letzten Tage zu sprechen. Zögernd, doch mit jedem Wort, das sie ausspricht, fällt es ihr leichter. Und schon bald ist sie mitten im Erzählen.

Das Zimmer liegt im Halbdunkel, der Kaffee in ihrer Tasse ist mittlerweile kalt, aber das stört sie nicht. Sie nimmt noch einen Schluck und sieht Malte an, der – wie schon bei ihrer ersten Sitzung – seinen Blick auf die Krone der Birke vor dem Fenster gerichtet hat.

Eine ganze Weile schweigt sie, dann stellt sie die Tasse wieder auf den Tisch. »Gestern war ich bei meiner Mutter und habe ihr gesagt, was ich erfahren habe über sie, den Senator und Dennis. Dass sie durchaus wusste, was sie tat, als sie mich zu der Geburtstagsparty mitnahm und … sie hat mich und meinen Vater die ganze Zeit angelogen. Sie hat den Senator erpresst, es öffentlich zu machen – die Geschichte mit Dennis und mir und natürlich mit seiner Mutter. Denn sie hatte schnell begriffen, dass deren Tod kein Unfall gewesen war. Oh, meine Mutter ist eine Meisterin, wenn es darum geht, lose Enden zu verbinden. Und sie hat es gehasst, nie mehr als Journalistin arbeiten zu dürfen. Sie wusste, der Senator hat den längeren Atem. Ihre Karriere und den Job wäre sie so oder so losgeworden. Schließlich hat sie ihn erpresst und das ist gegen den Kodex eines Journalisten. Ich glaube, sie wollte, dass ich an ihrer Stelle die Morde aufkläre, jemand aus der Familie. Damit sie die Lorbeeren mit einheimsen kann. Und sie wollte nicht, dass wir es gemeinsam tun, damit sie etwas wiedergutmachen kann, das glaub ich einfach nicht.«

Jennifer beugt sich vor und betrachtet ihre Hände, die immer noch die Spuren der Odyssee durch den Wald tragen. »Ich kann ihr nicht verzeihen. Sie hat mich immer benutzt, mich nicht als Kind wahrgenommen ... Sie ist schuld, dass ich so geworden bin, so ... ohne Gefühle, ohne Liebe.« Sie hebt den Blick und sieht Malte Hilfe suchend an.

Er lässt sich Zeit, steht auf und sieht aus dem Fenster. »Wie haben Sie sich gefühlt, als Sie Ihre Mutter mit der Wahrheit konfrontierten?«

»Mies.«

»Was ist mit Samira?«

»Ich verstehe nicht.«

»Na, Sie sagten gerade, dass Ihre Mutter daran schuld sei, dass Sie keine Gefühle haben, keine Liebe in sich tragen. Aber was war mit Samira? Hatten Sie nicht Gefühle für sie? Sie waren doch außer sich, dass es Samira getroffen hat. Erinnern Sie sich? Sie sind in Kriegsgebieten tätig und haben unzählige Opfer gesehen, aber Samira hat Sie aus der Bahn geworfen.«

Fest schlingt Jennifer die Arme um ihren Oberkörper und wiegt sich in leichtem Rhythmus hin und her.

»Denken Sie darüber nach, Jennifer. Sie sind fähig zu lieben.« Er setzt sich wieder in den Sessel und sieht sie lange an. »Was Sie erlebt haben, war die Hölle, aber es gibt einen Weg da heraus, und wir beide schaffen das.«

Mit einer Mischung aus Dankbarkeit und Unglauben sieht sie ihn an. »Sie wollen sich das wirklich antun, diese Reise in mein Innerstes?« Sie legt den Kopf in den Nacken und lacht. Sie kann nicht aufhören, die Tränen rinnen ihre Wangen herunter, Tränen der Erleichterung.

»Hören Sie auf, Jennifer! Das ist ansteckend. Und ja, ich bin bereit zu dieser Reise, wenn Sie es sind.«

»Das bin ich.«

»Sehr gut. Dann freue ich mich auf unser nächstes Treffen.«

Er öffnet ihr die Tür und geleitet sie hinaus. An der Eingangstür hält er inne. »Wie geht es Ihnen damit, dass Dennis noch nicht gefunden wurde?«

»Ich würde lügen, würde ich sagen, dass ich damit gut umgehe, dennoch glaube … nein, ich weiß ganz genau, dass er tot ist. Denn ich war es, die ihm den Schädel eingeschlagen hat.« Sie klingt bitter und bereut das sofort. »Sind Sie jetzt erschüttert?«

»Nein. Ich weiß ja, wer sich unter der harten Schale verbirgt.«

»Das gibt mir Hoffnung.« Sie reicht ihm die Hand und sieht in seine warmen Augen.

40. Kapitel

Eine Woche später

In der Nacht sank die Temperatur auf fast null Grad. In den Wäldern oben im Norden ist das für die Jahreszeit nichts Ungewöhnliches. Doch Björn Petterson kann sich immer noch nicht daran gewöhnen, obwohl er schon seit fast sechs Jahren hier in den Wäldern um Sällsjö lebt. Ausgestiegen aus der Gesellschaft, in der es ihm zu eng wurde. Weg aus Stockholm. Er wollte für den Rest seines Lebens ein freier Mann sein, sich den Wunsch nach Ruhe erfüllen – und seiner Passion nachgehen, dem Jagen.

Bevor er seine Hütte verlässt, legt er ein Holzscheit in den gusseisernen Ofen, zieht den Reißverschluss der Daunenjacke hoch, setzt sich die Fellmütze auf und holt das Gewehr aus dem Waffenschrank.

Vor der Hütte atmet er die kühle feuchte Morgenluft ein. Es ist windstill, die Dämmerung hat gerade eingesetzt. Gut für die Elchjagd. Bevor er sich in den Wald aufmacht, streicht er wie immer über das handgeschnitzte Holzschild an seiner Tür mit dem eingravierten Namen: Björn Petterson im Ruhestand. Das ist sein Ritual vor der Jagd. Es erinnert ihn daran, wie sehr er sich danach gesehnt hat, endlich das zu tun, was er wirklich möchte. Und wie wohl er sich jetzt fühlt.

Seine Bewegungen sind nicht mehr so geschmeidig wie noch vor sechs Jahren. Schließlich ist er jetzt dreiundsechzig, und der Körper altert mit jedem Tag schneller. Gerade hier in der rauen Umgebung. Doch die Entschädigung dafür sind diese Tage, die Momente, wenn der Tag beginnt, das Licht sich verändert und er sich an einen Elch heranpirscht.

Es ist Jagd – einer von ihnen wird gewinnen, und Björn hofft, dass er es ist, denn sein Fleischvorrat ist erschöpft.

Der junge Elchbulle äst friedlich an dem letzten saftigen Gras, er muss sich ranhalten, Fett anlegen, denn es wird nicht lange dauern, bis der Schnee alles bedeckt. Gemächlich schreitet der Elch weiter, den Kopf gesenkt auf der Suche nach neuem Futter.

Ohne Eile bewegt sich Björn Petterson, überprüft den Wind, bringt sich in eine gute Position, sieht durch das Zielfernglas. Sein Atem geht ruhig und gleichmäßig. Der Finger drückt langsam den Abzug durch. Er wartet, bis der Elch so gut steht, dass er ihn mit einem sauberen Schuss erlegen kann. Und dann kommt der Moment. Doch plötzlich hebt der Elch den Kopf und flüchtet ins Dickicht.

»Mist!« Laut fluchend sichert Björn das Gewehr, bückt sich, hebt einen Ast auf und schleudert ihn in Richtung der Stelle, wo der Elch bis eben noch stand. Aber Aufgeben ist nicht seine Art. Er stapft ihm hinterher. Er wird ihn verfolgen, so wie ein Jäger es tut. Immer der Beute hinterher.

Wie angewurzelt bleibt er stehen, als er die Stelle erreicht, wo der Elch geäst hat. Das hat er nicht erwartet, wenn er überhaupt etwas erwartet hat. Und das braucht er auch wirklich nicht in seinem Leben. Dabei fing der Tag so gut an.

Vor ihm auf dem feuchten Waldboden liegt ein Mann. »Verdammt, verdammt!« Vorsichtig kniet sich Björn Petterson hin, betrachtet aufmerksam die gekrümmte Gestalt. Das Gesicht ist weiß, eine verkrustete Wunde an der Schläfe, die

Haut blass und dünn wie Pergament, die Wangen eingefallen. Unsicher berührt er die Schulter des Mannes, rüttelt verhalten daran. Keine Reaktion. Noch nie war er in einer solchen Situation – wie sehr wünschte er doch, er würde träumen. Er berührt die Halsschlagader und hält den Atem an. »Scheiße!«, murmelt er und drückt seine Finger noch fester an den Hals. Da spürt er ganz leicht ein Pulsieren.

41. KAPITEL

Zwei Monate später

Lang ausgestreckt liegt Jennifer auf dem Sofa, die Wintersonne scheint ihr auf das Gesicht. Wenn sie die Augen schließt, fühlt es sich an, als wäre Sommer. Sie sehnt den Sommer herbei, denn dann wäre das Problem, auf dem sie seit Tagen herumkaut, gelöst. In zehn Tagen ist Weihnachten, und sie ist sich nicht sicher, ob sie zu ihren Eltern fahren soll. Malte meinte, sie sollte nur das tun, worauf sie Lust hat, und nichts, was ihr nicht guttue. Alles richtig, aber im Moment tut ihr die Qual der Entscheidung nicht gut.

Seufzend richtet sie sich auf und nimmt sich das Buch von dem niedrigen Tisch vor dem Sofa. Laut liest sie sich noch einmal den Titel vor und kann sich ein Lachen nicht verkneifen. »Der Mörder neben dir. Ein Psychothriller von Colin Walsh.«

Er hat es also wirklich getan, und offensichtlich ist es ihm ganz gut gelungen. Es kam heute mit der Post, mit einer für Colin typischen kurzen Nachricht.

> Liebe Jennifer,
> ich habe es endlich geschafft – nur durch deine Inspiration und das, was du erlebt hast. Selbstverständlich hat mir deine Mutter dabei

geholfen, aber mein Name steht auf dem Cover, und das macht mich stolz.

Ich wünsche dir alles Gute.

Colin.

Ob sie jemals die Kraft hat, das Buch zu lesen? Wahrscheinlich nicht. Entschieden steht sie auf, blickt aus dem Fenster und betrachtet die von feinem Schnee überpuderte Stadt. Und dann fällt sie die Entscheidung, dieses Jahr nicht aufs Land zu fahren. Sie wird in der Stadt bleiben und sich wie so viele andere Stockholmer einfach treiben lassen.

Der einzige Wermutstropfen ist ihr Vater, er wird enttäuscht sein, aber sie ist sich sicher, er wird es verstehen, schließlich kennt nun auch er die ganze Geschichte.

Seufzend blickt sie auf die Armbanduhr. Sie muss sich beeilen.

Es ist noch früh am Abend, das Restaurant in der Österlånggatan ist nur mäßig besucht. Der Duft nach Fisch, Dill und anderen Köstlichkeiten lässt ihr das Wasser im Mund zusammenlaufen. Wann hat sie sich das letzte Mal so gut und gelöst gefühlt? Sie freut sich, einen entspannten Freitagabend mit Smilla zu verbringen. Eines der wenigen Dinge, die sie wieder zu schätzen gelernt hat. Ein gutes Essen, eine anregende Unterhaltung mit einem Menschen, der ihr wichtig ist, dem sie gern zuhört und mit dem sie gern diskutiert. Ein solcher Mensch ist Smilla für sie geworden.

Sie lässt den Blick durch das rustikale Restaurant gleiten, Weihnachten ist überall zu spüren und zu sehen. Elchgeweihe, mit roten Weihnachtsmützen verziert, kitschige Engelsfiguren, die Kerzen in den Händen halten, Musik mit sentimentalem Touch. Alles das, was sie sonst für furchtbar und unnötig hält. Aber jetzt mag sie diese heimelige Atmosphäre.

Ihr Gesicht hellt sich auf, als sie Smilla entdeckt, die ihre Lippen zum Weihnachtslied »Jul, Jul, strålande Jul« bewegt.

»Hej!«

Smilla breitet die Arme aus. »Hej! Da bist du ja.« Die Umarmung ist herzlich. Smilla betrachtet Jennifer anerkennend. »Ich habe dich fast nicht erkannt. Steht dir sehr gut ... ist ja genauso kurz wie meines.«

»Ja, das musste sein, nach alldem ...« Sie zögert, und nicht zum ersten Mal spürt sie, dass sie noch lange nicht frei von diesem Albtraum ist.

Smilla bemerkt ihr Zögern. »Heute ist die Spezialität des Hauses Lachs mit Dillsoße. Was meinst du? Und dazu eine Flasche Chardonnay und anschließend ...«

»Smilla, was auch immer du empfiehlst.«

Dann genießen sie das Essen und den Wein. Sie lachen und scherzen. Ein Thema aber vermeiden sie: Dennis.

Mittlerweile ist das Restaurant mit Menschen gefüllt, die einen entspannten Abend verbringen wollen – wie Jennifer und Smilla.

Nachdenklich streicht Jennifer über den Stiel des Weinglases. »Ich werde dieses Jahr an Weihnachten nicht zu meinen Eltern fahren. Und du?« Sie sieht Smilla an, die sich nachdenklich zurücklehnt. »Ich habe niemanden, mit dem ich die Feiertage verbringen kann und werde also arbeiten. Wie jedes Jahr.«

»Hm ... ist an Weihnachten viel los?«

»Was denkst du? Natürlich! Der häusliche Frieden sitzt auf einer Zeitbombe.« Sie lacht herzlich, aber das Lachen erstirbt sofort, als sie Jennifers betrübte Miene bemerkt. »'tschuldigung, das mit der Bombe.«

»Quatsch, alles gut.« Jennifer nippt an ihrem Wein. »Ich vermisse meinen Job.«

»Warum fängst du nicht einfach wieder an?«

»Ich weiß nicht. Malte meint, vielleicht ist es noch zu früh, aber ich fühle mich stark genug, es durchzustehen. Und ich muss wieder raus und der Welt berichten, wie es da draußen wirklich aussieht.«

»Dann tu das!«

»Ja, vielleicht.«

Nach einer Weile stellt Jennifer die Frage, die sie so lange vermieden hat. »Ist es wirklich sicher, dass Dennis …«

»Ja.« Smilla legt ihre Hand auf Jennifers. »Das haben wir doch schon besprochen. Die Suche war zwar nicht erfolgreich, aber nach den Verletzungen zu urteilen, ist er irgendwo … verendet. Und die Wölfe oder welches Getier auch immer haben ihn gefressen.«

Jennifer ist versucht, sich eine Strähne ihres Haares hinter das Ohr zu klemmen, doch sie greift ins Leere, da ist kein Haar mehr. Unmerklich schüttelt sie den Kopf. »Ach, Smilla, ich denke, es wird noch dauern, bis das endlich bei mir angekommen ist.«

»Das versteh ich.« Smilla grinst sie an. »Und jetzt eine Kalorienbombe? Der Winter wird kalt.«

Beschwingt vom Wein und mit einem Gefühl von Neubeginn tänzelt Jennifer die Stufen hinab zur U-Bahn-Station, auf die Rolltreppe zu, die sie weiter nach unten bringen wird. Fröhlich summt sie eine Melodie, deren Text sie vergessen hat. Auf die Felswände ist das wogende Meer gemalt, mit blauen Pflanzen, die sich sanft in der Strömung wiegen. Es wirkt beruhigend und verleiht ihr ein Gefühl von Aufbruch zu neuen Ufern.

Beschwingt schlendert sie auf den Bahnsteig zu und mischt sich unter die Menschen, die auf die Bahn warten. Eine Gruppe von Jugendlichen rennt grölend auf sie zu. Das Weihnachtslied, das sie johlen, klingt in ihren Ohren zwar schief, aber das ist es nicht, was ihr plötzlich einen kalten Schauer über den Nacken jagt. Sie kennt dieses Gefühl. Sie wird beobachtet.

Ihr Atem beschleunigt sich, ihr Blick geht hektisch über die Menschen um sie herum. Das Quietschen der Bremsen, als die Bahn in die Station einfährt, lässt sie zusammenzucken. Immer wieder sieht sie sich um, und dann erblickt sie ihn. Sein Basecap tief ins Gesicht gezogen, ein Grinsen auf den Lippen. Wie angewurzelt bleibt sie stehen. Die Menschen drängen an ihr vorbei, versperren ihr die Sicht, schubsen sie. Jennifer erwacht aus der Schockstarre. Sie sieht wieder hin zu der blauen Meereswand, doch da ist niemand. Ihre Augen suchen den Bahnsteig ab.

Nichts.

Sie hastet in die Bahn, späht auf den Bahnsteig. Der ist jetzt menschenleer.

Mit einem Ruck fährt die Bahn an, ihre Augen gleiten über den verlassenen Bahnsteig. Jennifer atmet erleichtert auf und wischt sich den Schweiß von der Stirn. Alles nur eine böse Halluzination, zu viel Wein und dann auch noch das Gespräch mit Smilla über Dennis.

Aufgewühlt lehnt sie die Stirn an die Fensterscheibe. Langsam beruhigt sie sich. Dann klingelt ihr Smartphone. Sie sieht auf das Display und traut ihren Augen nicht. Ihr Redakteur. »Hej, Helge!«

»Hej, Jennifer! Wie geht es dir?«

»Gut. Sehr gut.« Sollte ihr Traum wahr werden?

»Wie fühlst du dich … ich meine, bist du so weit, wieder nach Syrien zu gehen?«

»Ja.« Sie kneift die Augen zusammen – sie weiß, sie hat viel zu schnell geantwortet. »Ich meine, klar. Warum nicht?«

»Sei ehrlich zu dir, Jennifer, wenn du noch Schwierigkeiten hast, warten wir.«

Jennifer zögert. *Bin ich wirklich bereit?*

»Ich freu mich auf meinen Job.«

»Gut. Dann erwarte ich dich am Montag in der Redaktion.«

»Moment, wer wird mein Partner sein?«

»Oh, er ist neu, hat aber schon einige Erfahrungen im Ausland und liefert Spitzenbilder, du wirst begeistert sein.«

»Klingt gut. Wie heißt er?«

»Warte …«

Sie hört das Rascheln von Papier und spürt ihren freudigen Herzschlag.

»Björn Petterson. Er müsste schon vor Ort sein und erwartet dich so schnell wie möglich in Syrien.«

Jennifer kann ihr Glück nicht fassen. »Ein Schwede – sehr gut. Ich freue mich, ihn kennenzulernen.«

Glücklich lehnt sie sich zurück. Alles wird gut.

Liebe Leser, vielen Dank, dass Sie sich für dieses Buch entschieden haben.

Eine Geschichte vom Verdrängen, von Geheimnissen und Wahn.

Anregung zu dieser Geschichte war übrigens das Leben. Denn wer kennt es nicht – das Verdrängen und auch die kleinen oder großen Geheimnisse, die wir haben. Na ja, den Wahn habe ich dazugedichtet. Ich hoffe, dass Sie beim Lesen ebenso viel Spaß und Spannung verspürten wie ich beim Schreiben.

Und wenn wir schon einmal beim Leben sind, dann möchte ich natürlich meinem kleinen Kosmos danken: meinem Lebensgefährten, der mich und meine Zickigkeit mit Gelassenheit nahm, wenn ich mal wieder nicht weiterwusste, oder sich nach einer langen Schreibnacht mein wirres Zeug anhören musste. Danke fürs Zuhören.

Meine Hunde und mein Kater, die trotz meines Schreibwahns ihre Aufmerksamkeit einforderten und mich stets ins Hier und Jetzt zurückholten.

Ich freue mich von Ihnen, liebe Leser, zu hören. Schreiben Sie mir Ihr Feedback, besuchen Sie mich bei Facebook auf meiner Autorenseite und selbstverständlich freue ich mich über jede Rezension.

Herzliche Grüße, Ihre Marion Krafzik
E-Mail: info@marionkrafzik.de

Zeitfracht Medien GmbH
Ferdinand-Jühlke-Straße 7
99095 Erfurt, Deutschland
produktsicherheit@kolibri360.de

Druck:
CPI Druckdienstleistungen GmbH
im Auftrag der
Zeitfracht Medien GmbH
Ein Unternehmen der Zeitfracht - Gruppe
Ferdinand-Jühlke-Str. 7
99095 Erfurt